이사부로 양복점

Taylor Isaburo

©Nanao Kawase 2017

First published in Japan in 2017 by KADOKAWA CORPORATION, Tokyo.

Korean translation rights arranged with KADOKAWA CORPORATION, Tokyo through BC Agency.

이사부로
양복점

가와세 나나오 장편소설

이소담 옮김

차 례

제 1 장

무뢰파 코르세티에 7

제 2 장

도호쿠 사투리 스팀펑크 93

제 3 장

자포니즘과 평행 세계 177

제 4 장

환상 시계탑 255

제 5 장

레지스탕스의 행방 341

참고 문헌 435

옮긴이의 말 436

일러두기 ——————

* 이 책의 주는 모두 옮긴이의 주입니다.
* 편의상 본문의 도호쿠 사투리는 표준어로 옮깁니다.

제 1 장

무뢰파
코르세티에

1

내 인생은 앞으로도 쭉 변변찮을 것이 분명하다.

중학생 때 이런 생각이 어렴풋이 들었는데, 고등학교에 진학하고서 확신으로 바뀌었다. 우선 첫 번째 비극은 후쿠시마 현의 어중간한 시골에서 태어난 것이다. 도시 사람이나 외국 관광객이 열 일 제치고 달려올 아름다운 전원 풍경도 없고, 역사가 느껴지는 성터라는 결정적인 요소는 번쩍번쩍 잘 닦은 조립식 완구처럼 변해버렸다. 이 지역 사람들의 평판은 더할 나위 없이 좋다는데, 나는 이렇게 말하고 싶다.

"정서적인 부분이 절망적으로 부족합니다만."

사방에 수두룩한 테마파크도 최소한 와비사비• 느낌이나마 내던데, 밋밋한 주택 전시장처럼 만들어버린 이유를 모르

• 일본의 전통적인 미의식으로, 어딘가 불완전하며 수수하고 정적인 것을 가리킴

겠다. 통일성 없는 토지 개발이 어디에서나 흔히 볼 법한 지방 도시를 만들어 원숙한 매력도 없고 개성조차 없는 패밀리 레스토랑과 대형 할인 마트에 점거된 동네가 되고 말았다. 게다가 이곳에서는 타인에게 간섭하고 소문을 떠벌리는 것이 일상적인 오락이다. 좋든 나쁘든 사람과 사람의 거리가 지나치게 가까워 정보 공유율이 무섭도록 높다. 도통 사람을 가만히 내버려두질 않는다. 생각할수록 우울하다.

나는 교복 셔츠의 단추를 잠그며 플라스틱 그릇에 초콜릿 맛 시리얼을 우르르 부었다. 할인 광고지가 붙은 냉장고에서 우유를 꺼내 우선 유통기한을 확인했다. 날짜가 어제니까 내일까지는 괜찮을 것이다. 엄마는 이래도 되나 싶을 정도로 식생활에 무신경하다. 예전에 식중독에 걸려 고생한 적이 여러 번 있었기 때문에 위험하지 않은지 확인해 어떻게든 내 몸을 지켜야 한다. 그릇에 우유를 붓자 고리 모양 시리얼이 떠올라 빙글빙글 돌았다.

그제도 어제도 오늘도, 하루하루가 판에 박힌 것처럼 똑같다. 나는 회전하는 시리얼을 가만히 응시했다. 최근 몇 년간 안개가 끼기라도 한 양 기분이 후련하게 맑은 적이 없다. 진심으로 웃은 적도 없고 시간 가는 줄 모르고 무언가에 몰두한 적도 없다. 만 열일곱 살인 나는 손쓸 여지없이 비뚤어져 온갖 부정적인 생각에 갇혔다.

아침부터 괴로워하며 의자에 앉았는데, 햇볕에 그을려 누렇게 변한 미닫이문이 힘차게 열리더니 긴 머리를 대충 묶은 엄마가 고개를 내밀었다.

"잘 잤니? 아쿠아, 오늘 몇 시까지 집에 올 수 있을까? 수업이 아마 6교시까지였지?"

창백한 얼굴은 부어올라 아파 보이고, 눈 아래에는 시커먼 다크서클을 달고 있다. 눈두덩도 막 울다 나온 것처럼 부풀어서 실제 나이인 서른일곱 살보다 열 살은 더 늙어 보인다. 아무래도 어제 한숨도 못 잤나 보다.

"그냥 솔직하게 말할게, 이번에도 좀 도와줄래? 이제 아쿠아가 유일한 생명줄이야. 엄마 일생일대의 부탁이야! 몇 시쯤 집에 올 수 있니?"

일생일대의 부탁을 일상적으로 수없이 남발하는 엄마는 얼굴 앞에서 손을 비비며 재촉하듯 물었다. 밤을 새워 안쓰러운 얼굴을 힐끔 쳐다보고, 나는 숟가락으로 시리얼을 휘저어 입에 넣었다.

내 신변에 생긴 두 번째 비극은 바로 이것이다. '아쿠아마린'이라는 말도 안 되는 이름이 붙은 것 이외에 또 뭐겠는가. '海色'이라는 한자를 쓰고 아쿠아마린이라고 읽는 이름 때문에 아들이 얼마나 괴로운 삶을 짊어지게 될지, 엄마는 기가 막힐 정도로 아무 생각이 없다. 앞으로 벌어질 일을 상상하면 불안해서 잠을 이루지 못할 때도 종종 있다.

우선 사회로 나가는 데 필요한 이력서와 면접이 기다린다. 그리고 입사한 회사에서 자기소개, 거래처와 명함 교환, 은행 계좌나 카드 신청, 기타 이런저런 계약도 그렇고, 만약 결혼하 더라도 상대방 친척과의 상견례도 문제고, 아이가 태어나도 내 이름 때문에 비행 청소년이 되어 일가족이 해체되고 자포 자기해버린 나는 범죄에 손을 댄 끝에 얼굴과 이름이 전국적 으로 보도되어 각 가정 안방은 대폭소의 도가니……. 일단 상 상하기 시작하면 끝이 없다. 남에게 이름을 밝히는 당연한 행 위가 내게는 평생 따라붙는 트라우마 수준의 참사다.

나는 흐무러진 시리얼을 기계적으로 입에 넣고 달콤한 초 콜릿 맛 우유를 목 너머로 삼켰다. 그리고 테이블 위에 놓인 크림빵을 손에 든 후에야 엄마와 눈을 마주쳤다.

"아마 5시까지는 올 수 있을 거야."

"5시? 5시라고? 틀림없지? 늦지 않을 거지?"

"그러니까 아마라니까."

남의 말을 제대로 듣지 않는 엄마는 "앗싸" 하고 소리를 지르며 손뼉을 치고 안심했다는 듯 휴우 한숨을 내쉬었다.

"이번 주말이 마감인데 절대 못 맞출 것 같아. 앞으로 열여 덟 장이나 남았어."

"아직 돕는다는 소리 안 했잖아. 그리고 왜 지금 이 시점에서 열여덟 장이 남았는데? 이제 나흘밖에 안 남았어."

"아쿠아, 제발 부탁할게. 지난주에 반상회 모임이랑 단지 청소가 있었잖아. 그거 두 번 연속해서 쉬었으니까 이번에는 빠질 수가 없었어. 아래층 마나베 여사가 너무 무섭잖아? 도대체가, 낙엽 따위 아무리 쓸어도 끝이 없고, 청소는 한가한 노인들이나 하면 될 텐데. 아침이면 5시도 되기 전에 일어나니까."

"규칙은 규칙이니까. 그리고 우리는 반상회비도 조합비도 안 내잖아. 불평할 자격이 없을 텐데?"

나는 달콤한 크림빵을 입에 넣고 기름 묻은 손가락을 행주에 비볐다.

"둘 다 면제잖아. 우리는 가난한 모자가정이니까. 어쨌든 배경이랑 톤, 그리고 먹칠도 해주라. 특히 배경은 이제 아쿠아 말고는 못 그린다니까? 중간고사도 끝났으니까 괜찮지? 괜찮지? 부탁할게!"

엄마는 닳아 떨어진 좌식 의자에 쿵 무릎을 꿇고 앉아 알랑거리며 애교 넘치는 미소를 보냈다. 저 무계획적인 성격을 어떻게 좀 했으면 좋겠다. 돈을 벌기 위해서라지만 일을 너무 경솔하게 맡는다.

엄마의 작업실인 세 평짜리 다다미방에는 B4 사이즈 켄트지가 널렸다. 전문서와 잡지도 산더미처럼 쌓여 늘 그렇듯 발디딜 틈이 없다.

　나는 중간까지 펜 터치를 넣은 만화 한 장에 시선을 주었다. 남녀가 알몸으로 달라붙어 농밀한 치태를 부리고 있었다. 어느 페이지나 과격한 성행위 묘사가 가득해 미성년자 관람 불가 등급인 것이 당연했다. 나는 작게 한숨을 쉬고 세면대에서 이를 닦은 후 교복 재킷을 걸쳤다.

　내게 일어난 비극을 말할 때 이것도 절대 빼놓을 수 없다. 엄마가 에로 만화가라는 사실이다. 생활고에 시달린다거나 아빠가 누군지 모를 여자와 증발했다는 사실 따위는 간단히 잊어버릴 정도로 강렬한 한 방이라고 표현할 수밖에 없다. 게다가 무슨 이유에선지 여성 독자들이 옛 유럽을 무대로 한 에로 만화에 열을 올리는 바람에 책으로도 출판되었으니 미칠 노릇이다. 엄마는 자기 일을 감추려는 마음도 없어서 본명인 '쓰다 사키코'를 그대로 펜네임으로 썼기에 이미 동네방네 알려졌다.

　그리고 네 번째 비극은 나 자신. 세면대의 김 서린 거울로 내 둥그스름한 얼굴을 여기저기 뜯어보았다. 동안, 작은 체구, 마른 몸, 안쓰러울 정도로 하얀 피부까지, 우스워 보이는 요소란 요소는 전부 다 갖췄다. 동그란 눈이 다람쥐처럼 귀엽다고 칭찬받은 적도 있지만, 그런 평가 기준은 아무리 잘 쳐줘도 초등학생 때까지다. 이렇게 컸으니 너무 어려 보이는 얼굴은 기분 나쁠 뿐이다. 게다가 이 나이가 되도록 키가 자라지 않아 160센티미터를 간신히 넘는다. 운동을 싫어하고 먹는 데 흥미가 없으며 냉동식품과 정크푸드가 식탁의 단골손님이다 보니 적절한 발육을 기대할 수 없다.

"보통 이러면 불량스러워지거나 은둔형 외톨이가 될 텐데."

불쑥 말하자 엄마가 "응? 뭐라고 했니?" 하고 못 들은 척 딴청을 부렸다. 복잡한 이야기는 서로 피하는 것이 우리 집 습관이다.

엄마는 꾸물꾸물 일어나 보풀이 잔뜩 인 저지 실내복 주머니에서 오백 엔짜리 동전 두 개를 꺼내 내게 건네주었다. 그러면서 흐릿한 눈썹을 축 늘어뜨려 미안하다는 표정을 지었다.

"점심, 오늘도 매점에서 빵 사 먹어. 그리고 돌아오는 길에 편의점 들러서 네가 먹을 저녁 도시락도 사 오고. 이번 주에는 밥할 여유가 없을 것 같아. 아쿠아, 매번 미안하다."

나는 받아 쥔 동전을 얼른 교복 주머니에 넣었다. 동전에는 엄마의 미지근한 체온이 묻었다. 이 온기를 느끼면 지금 이 생활이나 내 진로, 먼 훗날 우리의 장래 등 불안이 우르르 닥쳐와서 싫었다.

"다녀올게요."

나는 입으로 삼키듯 웅얼거린 뒤, 가방을 집어 들고 낡고 찌든 새까만 단화에 발을 쑤셔 넣었다. 오늘은 다른 때보다 유난히 가난한 현실과 호흡을 맞추기가 어렵다. 녹슨 현관문을 열자 묵직한 잿빛 구름이 하늘을 뒤덮고 있었다.

10월 하순에 들어서자 낌새만 보이던 겨울이 제 모습을 선명하게 드러냈다. 나스산에서 불어오는 습한 바람이 묵직하니 무거워서 밖에 나와서도 내 기분은 가라앉았다. 음습하고 지루하게 긴 겨울이 또 돌아온다. 이 우울한 하늘과 뼛속까지 시린 날씨 때문에 싫어도 대지진 당일이 떠올랐다. 그날 들은 땅 울림 소리와 비명, 울음소리를 기억 밑바닥에서 끄집어내는 날씨라 불편하다.

옷깃 사이로 차가운 바람이 훅 파고 들어와 몸이 부르르 떨렸다. 추워서 굳은 몸으로 시영 단지의 어두컴컴한 계단을 3층에서 1층까지 뛰어 내려갔는데, 쓰레기장 옆에 세 명쯤 옹기종기 모여 있는 것이 보여 저절로 신음이 나왔다.

"망했다……."

시영 단지 C동 반장인 마나베 여사와 그 일당이었다. 아침마다 밖에 나와 주민을 감시하는 데 온 열정을 쏟는 전직 초등학교 교감과 부하들이다. 동시에 나와 엄마가 가장 거북해하는 인물이기도 하다. 평소에는 복도를 쭉 걸어 C동 뒷문으로 빠져나오는데, 오늘은 넋을 놓고 있었다. 이렇게 정신이 없어서야.

나는 눈을 내리깔고 최대한 기척을 죽이며 뛰어 "안녕하세요" 하고 잘 들리지 않을 만한 작은 목소리로 인사를 건네고 환갑을 넘은 여성 무리 앞을 지나갔다. 그러나 당연하게도 부르심을 받았다.

"좋은 아침이구나. 아, 잠깐만. 쓰다 군."

팥색 카디건에 무릎 아래까지 오는 회색 스커트. 누가 봐도 선생님 같은 차림으로 무장한 마나베 여사는 볼이 바싹 마른 건조한 얼굴에 빈틈없는 미소를 짓고 있었다. 미간에 깊이 팬 주름 두 줄과 움푹 들어간 눈 때문에 어떻게 해도 악마의 웃음처럼 보였다.

"다음 주에 너희 집이 쓰레기 당번이니까 어머니한테 전해드리렴. 잊으면 안 된다고 말씀드려라."

"아, 네. 알겠습니다."

"게시판에도 분담 일정표를 붙여놨는데, 요즘 외출을 잘 안 하시더라. 아마 못 보셨을 거야. 거의 일주일이나 집에 계신 것 같더구나. 어머니, 어디 아프신 건 아니지?"

"네에."

"그리고 전에도 누누이 말했는데 종이 쓰레기를 버릴 때는 조심 좀 해주겠니? 찢거나 가위로 잘게 잘라 밖에서 절대 보이지 않게 해야지. 여기는 어린애도 많이 사니까 여자 알몸 그림이 떡하니 버려져 있으면 안 된다는 것쯤은 알지? 직업을 가지고 간섭하기는 싫다만 여성 인권과 차별 문제에 대해 네 어머니와 한 번쯤 제대로 대화를 나눠야겠다."

"게다가 그냥 알몸도 아니잖아요. 말도 안 되는 자세를 취한 알몸이지."

조깅복을 입은 아줌마가 신이 나서 말을 보탰다.

"어쨌든 집단생활에서는 규칙을 지키지 않으면 곤란하단다. 누구나 다 사정이 있겠지만 특별 취급은 해줄 수 없어. 다들 인연이 있어서 같은 단지에 사는 거잖니. 나는 한 학급처럼 생각하니까 나이가 몇 살이든 주민들은 다 귀여운 제자나 마찬가지야. 그러니 모두 하나가 되어 협력하자꾸나."

마나베 여사가 염불하듯이 단조롭게 설교하고 흰머리가 섞인 단발머리를 귀 뒤로 넘겼다. 강압적인 교감의 태도 그 자체다. 엄마가 붙인 '여사'라는 경칭이 아주 딱 들어맞는다.

"그렇게 전할게요."

나는 슬금슬금 거리를 벌리며 대답하고, 마나베 여사 일당을 등진 후 허둥지둥 달렸다. 뒤에서 "열심히 공부해서 훌륭해지려무나"라는 날카로운 소리가 따라붙었지만, 긴장한 웃음을 되돌리는 것이 고작이었다.

마나베 여사가 단지 입주자의 가족 구성이나 근무처, 과거, 지병에 출신지에 친척 관계에 이르기까지 온갖 정보를 꿰뚫고 있다고 주민들이 불평하는 것을 들은 적이 있다. 이 주변에서 빈집털이 사건이 생겼을 때, 경찰이 제일 먼저 마나베 여사에게 단지 주민의 정보를 얻었다는 소문도 거짓말이 아닐 것이다. 게다가 어느 가게에 가서 아주 조금이라도 실수를 발견하면 본사에 일러바치고, 생활보호비나 아동부양수당을 어떻게 쓰는지까지 감시한다니 해도 해도 너무하다. 특히 최고봉은 무슨 일에든 여성 차별 문제를 엮어 공격한다는 점이다. 이 이야기를 꺼내면 정말 아무도 이기지 못한다. 악마 같은 선도위원은 마을 이곳저곳을 어슬렁거리며 자신의 비뚤어진 정의감을 채우고 있다.

나는 빛바랜 놀이 기구가 있는 단지 광장을 빠져나와 골목을 돌아 중고생이 오가는 통학로에서 벗어난 후 포장되지 않은 샛길로 들어섰다. 질퍽거리는 비좁은 길을 따라 목재와 함석으로 지은 엉성한 연립이 나란히 서 있고, 얽히고설킨 전선이 어둡고 냄새나는 먹색 하늘에 어우러졌다. 마른 잎이 쌓인 도랑을 뛰어넘어 그 너머의 우중충한 무연고 묘지를 잽싸게 뛰어 지나갔다. 소토바*가 북풍을 맞아 덜컹덜컹 소리를 냈고, 이끼 낀 위령탑에는 민달팽이 몇 마리가 들러붙어 있었다. 나는 지름길인 오래된 절의 뒷마당을 지나 골목을 걸어 가와라마치 상점가로 나왔다.

• 죽은 사람을 공양하고자 경문 등을 새겨 무덤 앞에 세우는 뾰족하고 갸름한 나무판자

오랜만에 달린 탓에 숨이 차고 관자놀이에 땀이 흘렀다. 와이셔츠 첫 번째 단추를 풀고 손등으로 땀을 닦으며 상점들이 문을 닫아 퇴색한 '셔터 거리'를 걸었다. 지역 상점 추진회가 여기저기 화려한 깃발을 세워두었지만, 이제는 무슨 짓을 해도 소용없다. 이곳은 이미 오래전에 수명이 다했다.

나는 '가와라짱 색칠 릴레이'라고 적힌 이 마을 마스코트 캐릭터의 벽보를 힐끗 보고, 몸을 앞으로 숙이고서 묵묵히 걸었다. 그렇게 어두컴컴한 가게 앞을 지나는데, 내 눈에 믿을 수 없는 이미지가 뛰어 들어와 반사적으로 돌아보았다.

"어? 이게 뭐야⋯⋯."

나는 녹색 나무틀에 둘러싸인 작은 쇼윈도를 올려다보고 입을 뻐끔 벌렸다.

2

유리에 드문드문 벗겨진 까만 염료로 '이사부로 양복점'이라는 가게 이름이 적혀 있었고, 불이 꺼진 실내 안쪽에는 녹이 슨 양철 간판이 거꾸로 기대어 세워져 있었다.

정통 영국 신사복 재봉, 사이즈 수선, 짜깁기도 해드립니다.

요모조모 뜯어봐도 시대에 뒤처져서 망해버린 양복점이었다. 이 마을에서 태어났으니 이 가게 앞을 셀 수 없이 오갔겠지만, 시선을 준 적은 한 번도 없다. 그런데 지금 장식된 것은 정통파 영국 신사복과 몇 광년 거리다.

나는 침을 꿀꺽 삼키고 오래된 가게 앞으로 빨려 들어가듯이 다가갔다. 어제까지만 해도 이 쇼윈도 너머는 상자가 쌓이고 상처투성이 작업대와 낡은 도구만 빼곡히 들어찬 창고 같은 곳이었다. 그런데 지금 대체 내 눈앞에서 무슨 일이 벌어진 거지?

나는 오싹하도록 차가운 유리에 손을 대고 장식된 그것을 뚫어지게 쳐다보았다. 쇼윈도 안에는 오래된 여성형 보디가 놓여 있었다. 햇빛을 받아 군데군데 헤진 천 위에 다른 천을 패치워크처럼 덧대 손본 흔적이 가득했다. 내가 내뿜은 숨으로 흐릿해진 유리를 교복 소매로 서둘러 닦았다. 보디에 입혀 쇼윈도에 내놓은 것은 하얀 여성용 속옷이었다. 그것도 단순한 속옷이 아니었다.

"아니, 잠깐만. 진정하자. 이거 현실이지? 왜 이런 게 여기에……."

나는 다시 침을 삼키고 쿵쾅쿵쾅 소란스러운 가슴을 쓸어내리며 여성용 속옷을 살펴보았다. 완벽하다. 디자인도 그렇고, 매끄러운 곡선도 그렇고, 꼼꼼한 재봉도 그렇고, 이렇게 수준 높은 것은 갈리에라 박물관* 사진집에서만 봤다.

그때 등 뒤에서 비명 비슷한 새된 소리가 들리는 바람에 나는 유리에 얼굴을 박으며 돌아보았다.

"저게 뭐야! 저거 봐! 대박! 기분 나빠! 말도 안 돼!"

남색 재킷에 체크무늬 스커트를 입은 고등학생이 동그란 얼굴을 대놓고 구기고 있었다. 같은 학년 여학생이다. 친구 네 명과 한데 뭉쳐 야단법석을 떨며 쇼윈도를 가리켰다.

"여기 원래 신사복 만드는 가게였지? 왜 뜬금없이 저런 걸 내거는데? 완전히 성희롱이잖아!"

"성희롱은 무슨, 그냥 파는 물건이겠지."

"에미, 왜 이리 쿨하니! 애초에 통학로에 저런 걸 걸어두면 안 되지! 예전에 러브호텔도 건설 중지됐잖아! 주민 운동 때문에! 아침 댓바람부터 지나친 여성 차별이야!"

뭐 저렇게 멍청한 대화가 다 있지. 나는 반쯤 질렸지만, 혹시라도 비난의 화살이 이쪽으로 향할지 몰라 경계하며 가게에서 슬금슬금 멀어져갔다. 그러자 에미라고 불린 짧은 머리 여학생이 팔짱을 끼고 제법 진지하게 대꾸했다.

"좀 진정하라니까. 분명 무슨 꿍꿍이가 있을 거야. 망한 시골 양복점에 갑자기 마니악한 여자 속옷이 걸렸어. 어쩌다가

• 프랑스의 의상 박물관

이런 일이 생겼을까?"

"내가 어떻게 알아."

"아무리 생각해도 부자연스럽잖아. 마치 통학 시간을 노린 것처럼 이런 걸 걸어뒀단 말이지. 이 상황을 미루어 짐작하면…… 이건 방송국의 몰래카메라일지도 몰라."

에미가 명탐정 같은 추리를 선보이자 다른 여자들이 "말도 안 돼!" 하고 일제히 날카로운 비명을 내질렀다. 그러고는 반사적으로 머리카락을 정돈하고 주변을 두리번두리번 살폈다. 나도 거기 낚여서 주변을 둘러봤는데, 소란을 눈치채고 등교 중인 고등학생들이 다가왔다.

"몰래카메라라면 우리 반응을 어디선가 찍고 있겠지? 혹시 상공회의소가 기획한 걸까? 마을 경제 활성화를 위해서. 아니면 시골에 숨은 미소녀를 발굴하는 기획이라거나?"

에미의 추리는 갈수록 부풀어서 멈출 줄 몰랐다.

양복점 앞에 꽤 많은 인파가 모였다. 다들 스마트폰으로 쇼윈도를 찍느라 바빴다. 여자들은 방송국 카메라가 있을 것이라며 바쁘게 처마를 살폈는데, 이 상황이 몰래카메라 특집일 리 없다는 것을 나는 잘 알고 있다.

나는 낡은 보디에 입힌 고상한 코르셋을 바라보았다. 허리 부분을 과도하게 조였고, 몸에 맞춘 자연스러운 실루엣을 연출하기 위해 열 장 이상의 조각을 복잡하게 꿰맸다. 가슴에서 허리까지 오는 코르셋은 세로줄 무늬를 강조했고, 촘촘한 솔기 사이에 뼈대를 몇 개나 삽입한 것이 보였다. 저것은 고래수염이다. 가터벨트까지 갖춘 이 코르셋에는 18세기 로코코풍 기교가 한껏 발휘되었다.

나도 흥분해서 스마트폰으로 촬영했는데, 그때 가게 옆에서 비쩍 마른 중년 남자가 고개를 내밀었다. 남색 양복을 입고 까만 테 안경을 썼으며, 혈관이 튀어나온 목에 사원증 비슷한 것을 걸고 있었다. 이 남자라면 본 적 있다. 여름 축제에서 사회자를 맡았던 시청 직원이다.

"어이, 너희 여기서 뭐 하는 거야? 학교는?"

피부가 까무잡잡한 공무원이 안경을 검지로 밀어 올리며 와글와글 모여 서 있는 고등학생들을 어리둥절한 표정으로 바라보았다.

"아저씨, 이 집에 사세요?"

에미가 당돌하게 묻자 남자는 억지 미소를 지으며 고개를 끄덕였다.

"그렇다만, 무슨 일이냐?"

"저기, 저거요……."

여자 몇 명이 나란히 쇼윈도를 가리키자, 얼굴 길쭉한 남자도 고개를 돌려 가게를 보았다. 그러고는 그대로 서서 한참이나 여성용 속옷을 바라보는가 싶더니, 갑자기 몸을 바들바

들 떨고 튕기듯이 발길을 돌려 가게 옆으로 사라졌다. 현관문을 난폭하게 여는 소리에 이어 뒤집어진 목소리가 들렸다.

"마치코! 가, 가게에 걸린 거 당장 내려! 괴상한 게 걸려 있어!"

"어? 무슨 소리야? 괴상한 거라니? 가게? 왜 그래?"

"아, 얼른! 설명은 나중에 할게! 그리고 아버지 오시라고 해! 당장!"

우당탕 발소리를 내며 다시 골목으로 뛰어나온 남자는 눈이 휘둥그레진 고등학생들에게 굳은 미소를 지어 보였다.

"어어, 일단 너희는 학교에 가야지. 조금 있으면 7시 50분이다. 아, 그리고 스마트폰으로 촬영한 가게 사진은 SNS에 올리거나 하진 말아다오. 여기에는 이런저런 사정이 있어서 말이다."

"이런저런 사정이요? 역시 텔레비전 몰래카메라죠! 방송 언제 해요?"

"몰래카메라? 아, 아니, 그게 아니야. 개인적인 집안 사정이야."

더듬거리며 재빨리 둘러댄 남자는 쇼윈도를 가리듯 우리 앞에 버티고 섰다. 그러고는 숨을 깊이 들이마시고 어색하게 목을 가다듬었다.

"너희 아카쓰키 고등학교 학생이지? 내가 알기로 그 학교는 교내 스마트폰 금지인데 다들 갖고 있구나. 그러면 안 되잖니, 교칙을 지켜야지."

공무원인 남자는 갑자기 화제를 바꿔 교칙 위반을 방패로 입막음을 하려고 들었다. 그건 그렇고 집안 사정으로 가게에 여성용 특수 속옷을 장식하다니, 오히려 더 흥미가 생기는데? 나는 요즘 들어 가장 흥분해서는, 우뚝 버티고 선 남자의 몸 너머로 가게 안을 살폈다. 곧 남자의 아내로 보이는 통통한 여자가 안쪽 문을 열고 나와 창가에 놓인 보디를 보고 눈을 동그랗게 떴다. 손으로 입을 틀어막고 허둥지둥하다가 속옷이 걸린 쇼윈도로 달음박질했다. 코르셋을 붙잡고 어떻게든 벗기려고 했으나, 갑옷처럼 단단하게 고정된 그것은 꿈쩍도 하지 않았다.

나는 웃음을 참으며 가게 안을 바라보았다. 코르셋은 18세기 상류계급이 쓰던 것을 완벽하게 재현한 것이다. 손으로 놓은 자수와 니들 레이스를 아낌없이 쓴 화려한 장식은 말할 것도 없고, 뒤로 끈을 묶는 구조여서 혼자서는 입고 벗지 못한다. 게다가 끈을 세 개나 써서 절대 풀리지 않도록 묶던 그 당시 방식을 적용했기에 벗기는 데만도 최소 한 시간은 걸릴 걸 작이다.

프랑스혁명 전후 유럽을 무대로 한 엄마의 만화에서 남자들이 여자 코르셋을 벗기려고 하인 여럿을 대동하고 저택에 숨어드는 장면이 종종 나온다. 만화에 나오는 의상은 철저하게 조사해 역사에 거의 충실하게 그리니까 싫어도 외웠다. 그건 그렇고 왜 이런 시골구석에 있는 망한 양복점에 18세기 속옷이 걸렸을까?

"왜 이리 시끄러워?"

탁한 목소리가 들려 옆을 보니 앞치마를 두른 할머니가 어리둥절한 표정으로 쇼윈도를 들여다보고 있었다. 고등학생들은 하나둘 가게에서 멀어졌는데, 그와 교대하듯 동네 주민들이 우글우글 모여들었다.

"아이고야."

코르셋을 본 할머니들이 입을 모아 외쳤다.

"다이치, 가게에 여자 속옷은 어쩌려고 걸었니?"

"아아, 그게, 그러니까, 이건 여러모로 차질과 연락 실수가 겹쳐서……."

집주인인 남자가 콧잔등에서 땀을 뻘뻘 흘리며 헛웃음이 나올 정도로 공무원다운 변명을 늘어놓았다. 나이 지긋한 주부들은 낡은 보디와 격투를 벌이는 남자의 아내를 보고 서로 얼굴을 마주 보았다가 걱정스럽게 물었다.

"설마 저걸 만들고 걸어놓은 게 이사부로 씨일까?"

"아아, 아직 확인하지 못했지만 아마도 그럴 것 같다고 생각됩니다……."

그러자 머리에 스카프를 두른 할머니가 굽은 허리를 두드리며 알 것 같다는 표정으로 목소리를 낮춰 말했다.

　"애, 다이치야. 걱정해서 하는 소린데, 이거 예삿일이 아닐지도 모른다. 네 아버지가 노망난 것 아니냐?"

　"……그것도 확인하지 못해서."

　"의사한테는 가봤어? 노망이 나서 호색한 기질만 남는 노인네들이 많잖니."

　"그렇지. 그, 아케도초에 사는 사사키 씨 댁 말이야. 거기 할아범도 감당이 안 된대. 주간 보호 센터의 젊은 아가씨를 툭하면 덮친다나."

　"아이고 참. 그래서 호색한은 버겁다니까. 머리에 든 게 그것뿐이니까. 그건 그렇고, 다이치. 조상님은 열심히 공양하고 있니?"

　할머니들은 "그 이사부로 씨가?" 하고 수군대며 한숨을 쉬고, 치매 증상과 이 근처에 사는 치매 노인들 이름을 줄줄 늘어놓았다. 오호라, 저 코르셋을 만든 사람은 이 가게 이름이기도 한 이사부로라는 사람인가 보다. 호색한 따위를 걱정할 필요도 없고 당연히 조상님을 공양하는 문제도 아니라고 외치고 싶었다. 오히려 완전히 도가 통한 경지 아닌가. 기대에 잔뜩 부풀어 상황을 지켜보는데, 가게 안에서 걸걸한 목소리가 들려 깜짝 놀랐다.

"그거 벗기지 마라. 멋대로 뭐 하는 짓이냐?"

땅딸막하고 퉁퉁한 체구 작은 노인이 아마도 살림집과 이어졌을 문에서 천천히 모습을 드러냈다. 저 할아버지가 이사부로……. 나는 자세히 보려고 다시 가게로 다가갔다.

이사부로는 재봉이 잘된 연갈색 셔츠를 입고 서스펜더 달린 트위드 바지를 입고 있었다. 잘 어울린다는 말은 빈말로도 못하겠지만, 세련된 유럽 분위기가 나는 것만은 분명했다. 노인들은 나이를 짐작하기 어려운데, 어쨌든 여든은 넘었으리라. 불그스름한 얼굴에 가느다란 금테 안경을 쓰고 하얀 수염을 덥수룩하게 기른 그의 표정은 무뚝뚝함 그 자체였다. 굵고 짧은 손가락은 거칠고 마디가 울퉁불퉁 억세 보였고, 손톱은 까만 세로 선이 몇 줄이나 박혀 변형되었다. 나는 섬세한 여성용 속옷을 만들어냈을 주름진 손에 그야말로 감동했다.

이사부로는 턱짓 하나로 며느리를 쫓아내더니, 보디의 방향을 바꾸고 가게 출입문을 열었다. 그러고는 샌들을 신고 밖으로 나왔다. 그런 다음 묘한 표정을 짓고 선 무리를 못마땅하게 둘러보고 두피가 비쳐 보이는 솜털 같은 백발을 쓸어 올렸다.

"이른 아침부터 왜 이리 소란이야?"

"소란이라니, 아버지야말로 뭐 하시는 거예요. 저런 걸 남들 보는 곳에 내놓으면 다들 놀라잖아요? 당장 벗겨야죠."

"저런 거라니. 훌륭한 작품이고 상품이잖아."

"사, 상품이라고요? 저런 이상한 속옷을 대체 이 마을 누구한테 팔 건데요. 게다가 여기는 아이들 통학로라고요."

"그게 어쨌다고? 여긴 내 가게야. 네놈이 이러쿵저러쿵할 자격 없어."

"아이고, 이 사람들이. 둘 다 진정 좀 해봐. 이사부로 씨도 그렇게 화만 내지 말고 진정하라고."

얼굴을 새빨갛게 붉히고 목소리를 높인 이사부로를 머리에 스카프를 두른 할머니가 손을 들어서 막았다.

"이사부로 씨, 당신도 아들 처지를 좀 생각해야지. 공무원인데 이런 파렴치한 속옷을 노골적으로 걸어두면 곤란하잖아? 직장으로 항의라도 들어오면 어쩌려고 그래?"

"그런 건 시시껄렁한 간섭이야. 그냥 두면 돼."

"어떻게 그냥 두나. 당신도 다 늙어서 젊은 여자나 탐하면서 이런 거나 만들지 말고. 멋들어진 고급 신사복만 고집하던 사람이 갑자기 왜 이렇게 됐어? 죽은 사토코 씨도 나랑 같은 소리를 할 거야."

이사부로는 버석버석 마른 입술을 불쾌한 듯 꾹 다물고 퉁명스럽게 몸을 돌렸다.

"말이 안 통하는군. 나는 내가 하고자 하는 일을 할 뿐이야. 무엇보다 이걸 파렴치하다고 생각하는 놈들이 이상한 거라고."

시청 공무원인 아들이 다시 속옷을 내려달라고 설득했지만, 이사부로는 들은 척도 하지 않고 가게 문을 열었다. 나는 안으로 들어가려는 노인에게 다급하게 말을 걸었다.

"저기, 코르 발레네······죠? 저거요."

이사부로가 문 앞에서 우뚝 멈춰 서더니 천천히 뒤를 돌아 내게 매서운 시선을 던졌다. 하얀 속눈썹에 둘러싸인 잿빛 감도는 눈동자에는 이루 말할 수 없는 위압감과 박력이 담겨 있었다.

"지금 뭐라고 했지?"

"저, 코르 발레네요."

"너, 어디 사는 녀석이냐?"

노인이 틈을 주지 않고 물었다. 이런 상황인데도 이름을 밝히지 못하고 우물쭈물하는 나의 트라우마가 발동했다. 사람들의 시선을 한 몸에 받아서 당황한 그때, 쿵쾅쿵쾅 요란한 신발 소리를 울리며 같은 반 친구가 골목 앞을 뛰어 지나갔다.

"쓰다! 뭐 하는 거야! 안 뛰면 지각한다!"

나는 퍼뜩 놀라 상점가에 있는 시계를 보고 뒷걸음질 치며 인사한 후 몸을 돌렸다. 늘 아래로 처졌던 입술이 올라가 차츰 얼굴에 미소가 번지는 것을 느꼈다. 변화라곤 없어 모래색 같던 아침에 갑자기 양동이 한가득 형광염료를 뿌린 듯한 기분이었다. 그것도 저 망한 양복점 덕분에.

통학로를 달려가는 속도도 평소보다 훨씬 빠른 것을 알 수 있었다.

3

집 현관문을 열자마자 세 평짜리 작업실 미닫이문이 거칠게 열렸다. 엄마는 앞머리에 핀을 잔뜩 꽂고 뒷머리는 하나로 묶고서 잉크가 묻은 쭈글쭈글한 티셔츠를 입고 있었다. 손과 팔에 하얀 수정액을 덕지덕지 묻히고서는 오싹하리만치 차분한 눈빛으로 나를 똑바로 쳐다보았다.

나는 "다녀왔습니다" 하고 안으로 들어가 가방을 등에 멘 채 부엌에서 물을 한 컵 마셨다. 엄마는 아들의 움직임을 빤히 눈으로 좇으며 절박하다는 티를 풀풀 풍겼다. 나는 컵을 홀짝이고 한숨을 쉰 후, 뒤를 돌았다.

"알았어, 알았다고. 바로 도울게. 뭐야, 말도 없이. 무섭잖아."

"다행이다!"

엄마가 손뼉을 짝 치고 그 자리에서 춤을 추기 시작했다.

"아쿠아가 거절하면 줄행랑치는 길만 남은 상황이거든. 마감에 짓눌리기 직전이라고."

나는 매번 반복되는 우는 소리를 흘려들으며 내 방으로 들어가 가방을 내려놓고, 교복을 벗은 다음 남색 저지 상·하의를 입었다. 엄마의 침실 겸 작업실로 들어가자 인물에만 펜 터치를 한 새하얀 원고가 널브러져 있었다.

"이러니 도망치고 싶지. 혼자서는 감당하지 못할 만한 상황이잖아. 시간상으로 아웃이야."

"그렇지? 오늘은 이상하게 펜이 움직이지 않아서 기분 전환하려고 자다가 놀다가 했더니 이렇게 됐네."

"자업자득이라는 말 빼고는 할 말이 없네."

나는 딱 잘라 말하고 원고를 모아 페이지를 넘기며 작품 내용을 대충 파악했다. 늘 그렇듯이 마니악하고 이해하기 어려운 장면이 이어졌다.

철학자 루소가 '자연으로 돌아가라'라는 사상을 발표한 이래, 기교를 잔뜩 부린 부자연스러운 복식 양식은 배제 대상이 되었다. 특히 코르셋은 의학적으로도 해롭다고 총공격을 받아 상류계급의 상징이던 코르 발레네가 추방당하기에 이르는데……가 이번 화 줄거리였다. 물론 역사적 사실보다 과격한 성 묘사가 가득하다. 엄마 만화는 연재지만 한 화에 끝나는 형식이다.

"루소가 갑자기 귀족 따님을 덮치는 그림인 것 같은데, 괜찮겠어? 한 페이지 전부 그거네."

나는 펜 터치를 넣은 대형 컷을 가리켰다. 깔끔한 미청년으로 묘사된 루소가 소녀의 복잡한 코르셋 끈을 손이 눈에 보이지 않는 속도로 벗기는 장면이었다. 속도감 넘치는 효과 선과 과장된 의성어가 들어갔고, '당장 벗어라, 자연으로 돌아갈 때가 왔노라!'라는 대사가 연필로 휘갈겨 적혀 있었다.

"무슨 소린지 모르겠다. 루소가 한 이 말은 알몸이 되어서 자연스럽게 살자는 뜻이 아니잖아? 아무리 생각해도."

"괜찮아. 루소는 코르셋 도착자여서 '자연으로 돌아가라'라는 어려운 철학을 주장한 것도 여자 속옷을 눈 돌아갈 정도로 좋아한다는 증거거든."

"아니, 그건 엄마 만화의 설정이잖아. 실존 위인을 이렇게 변태처럼 묘사해도 돼? 비난 들으면 어쩌려고."

"괜찮아, 괜찮아. 자손이 영국에서 모델 일을 한다고 알고 있는데, 설마 내 만화를 읽을 리 없을 테니까. 그리고 루소가 주인공인 에로 만화라니, 구미가 당기잖아. 바흐처럼 구불구불한 가발을 쓴 것도."

대체 어떤 요소에 구미가 당기는지 모르겠다. 엄마는 벽에 바싹 붙인 책상 앞에 앉아 다시 일을 시작하며 웅얼웅얼 말을 이었다.

"이 연재를 맡기 전에는 시대 설정이나 의상이나 배경을 그럴싸하게 대충 그렸어. 어쨌든 화려하기만 하면 옛날 유럽처럼 보일 테니까."

"전에는 역사 소녀 만화를 그렸잖아?"

"응. 그런데 전혀 안 팔리지 뭐야. 신분이 다른 사랑이나 사별, 경쟁자가 판 함정에 약혼자까지, 재미있을 만한 요소란 요소는 죄다 넣었는데도 말이야. 그래서 깨달았어. 이제는 에로의 시대라는 걸."

"그게 무슨 시댄데."

나는 되받아치고 원고를 모았다.

"처음에는 에로 만화니까 자극적이고 야하기만 하면 될 줄 알았어. 줄거리 따위는 상관없이 과격할수록 인기가 있을 줄 알았지. 독자를 우습게 본 거나 마찬가진데, 사람들은 그럴 때면 꼭 내 속을 꿰뚫어 보더라. 정말 얄밉다니까."

엄마는 책상을 바라보며 한숨을 쉬고, 잠깐 사이를 둔 후 다시 말을 이었다. 벌써 몇 번이나 들었는지 모르는 이야기인데, 일할 의욕을 긁어모으기 위한 의식 비슷한 것이다.

"그래서 귀찮지만 화려한 로코코나 부르봉 왕조 시대를 샅샅이 조사하기로 했어. 그러다가 여성의 복식사는 투쟁과 번영의 역사 그 자체라는 걸 알게 됐지. 남자들이 쓴 역사 이면에서 중요한 의미를 지니고 보조를 맞췄어. 속옷 하나라도 무시하면 안 돼. 코르셋과 크리놀린°에 쓴 고래수염은 국가 경제를 좌우할 정도로 가치가 있었으니까. 에로에 더해 그런 역사까지 독자에게 알리겠다고 결심했어. 물론 아쿠아에게 도."

엄마는 어깨 너머로 나를 돌아보며 잠이 부족해 핏줄이 선 눈으로 싱긋 웃어 보였다.

솔직히 나는 엄마 일을 부끄럽게 여긴다. 한시도 쉬지 않고 섹스만 생각하고 뭐든지 섹스로 연결하고 망상 속 섹스를 그림으로 그려 돈을 벌고, 그 돈으로 나는 밥을 먹고 학교에 다닌다. 아무리 생각해도 이상하다. 직업에 귀천은 없다는 그 럴싸한 격언으로 이런 모순을 극복하는 것은 무리다.

하지만 내 마음은 부끄러움에서 경멸로 바뀌지 않았다. 엄마에게서 비굴함의 그림자도 보이지 않는다는 점도 그렇고, 도감 수준으로 면밀하게 묘사한 의상에는 반쯤 압도될 정도이기 때문이다. 에로 만화이면서 에로틱함이 흐릿해질 정도로 이쪽에 몰두하는 괴상한 에너지를 독자도 분명 갈구하기 시작했다.

나는 크게 심호흡하고 가볍게 몸을 굽혔다 편 뒤, 테이블 앞에 놓인 좌식 의자에 앉았다. 지금부터는 대장정이다. 각오를 다지고 원고 한 장을 책상 위에 올렸다. 엉겨 붙은 남녀와 과장되게 화려한 캐노피 달린 침대만 그린 하얀 배경에 '로카

• 스커트를 불룩하게 부풀리기 위해 안에 넣은 버팀대

이유, 작은 방'이라는 지시가 연필로 적혀 있었다.

테이블 아래에서 유럽 건축 사진집을 꺼내 예카테리나 궁전이 있는 페이지를 펼쳤다. 삭스 블루와 흰색, 그리고 금도금으로 번쩍번쩍 장식된 몽상적인 인테리어는 로코코의 상징이나 마찬가지다.

엄마가 원고에 넣은 눈높이에 맞춰 원근을 잡아 먼저 방의 깊이를 정했다. 자 두 개로 천장 구석의 패널에 장식을 그려 넣었다. 작은 꽃 모티브는 올록볼록한 느낌을 주되 나중에 붙일 톤 효과도 고려해가며 밑그림을 완성했다. 엄마가 좋아하는 로카이유는 건축과 인테리어에 과다하게 쓰인 복잡한 장식으로, 그림을 완성하는 데 시간이 너무 오래 걸리는 원인이기도 하다.

사진을 참고하며 방의 세밀한 인테리어를 그리는데, 기어드는 엄마 목소리가 들렸다.

"당시 캐노피 침대는 말이야, 캐노피 위에 먼지와 벌레 사체가 잔뜩 쌓였대. 자다 보면 얇은 천을 통과해 얼굴로 떨어졌다더라."

상상만 해도 기분 나쁘다. 엄마는 계속 말을 이었다.

"여자는 밀가루로 머리를 굳혀서 고정하니까 머릿속이 벌레 소굴이었고. 화장품으로 납과 수은을 썼고 눈을 반짝이게 하려고 벨라도나라는 식물의 독을 안약으로 썼대. 숙녀들은

36

동공이 열려서 실명하거나 수은 중독 때문에 이가 몽땅 빠졌다더라."

"그런 역사의 비화 같은 걸 만화로 그린 적은 없지?"

"너무 비참해서 에로랑 연결할 수 없으니까. 그림도 보기 싫고."

엄마가 갑자기 우뚝 멈췄다.

"아니, 잠깐만…… 특별한 플레이가 될지도 모르겠네."

엄마가 갑자기 소재 노트를 꺼내더니 뭔가 적기 시작했다. 바로 이럴 때 평범한 모자 관계 같지 않다는 생각이 든다. 나도 에로 파트너라는 역할을 담당하고 있으니까.

엄마는 노트를 덮고 다시 진지한 표정으로 펜 터치에 몰두했다.

"그나저나 그림이나 건축을 공부한 적도 없는데, 아쿠아는 대단하다. 어시스턴트를 고용해도 배경을 이 정도로 완벽하게 그리는 사람은 없어."

"무엇보다 어시스턴트를 쓸 여유가 없잖아."

나는 연필을 움직이며 대꾸했다.

"그림을 컴퓨터로 그리면 배경을 꽤 정밀하게 그릴 수 있고 속도도 빠를 거야. 수정하기도 편하고."

"아, 그게 안 돼. 선이 죽어버리고 내 작풍이랑 영 안 맞더라고. 아마 앞으로도 계속 손으로 그리겠지. 어쨌든 너는 재능이 대단해. 엄마가 그리면 아쿠아가 그리는 것보다 시간이 세 배는 더 걸릴 거야."

그래도 몇 년 전까지는 엄마 혼자 다 했다.

타원형 거울과 융단 무늬를 그린 뒤, 나는 일어나서 전체 원고를 살펴보았다. 배경이 인물보다 튀지 않아야 한다. 다시 의자에 앉아 여분의 선과 무늬를 지우고, 엄마가 그린, 독보적인 존재감을 뿜내는 드레스로 시선을 옮겼다. 프릴과 리본으로 잔뜩 장식한 로브 아 라 프랑세즈라는 거창한 의상 사이로 끈을 뒤로 묶는 코르셋이 보였다. 엄마가 그리는 만화에는 코르 발레네가 꼭 나온다. 그건 그렇고, 드레스나 속옷 일부만 보고 명칭과 시대, 게다가 계급까지 추정하는 남고생이라니, 역시 정상은 아니다.

오늘 아침 이것과 시대 배경이 같은 여성용 속옷이 당당하게 걸려 있던 것이 문득 떠올랐다. 수업이 끝나자마자 다시 가게로 직행했는데, 쇼윈도에 블라인드가 쳐졌고 출입문도 잠겨서 아무 일도 없었다는 듯 고요했다. 하지만 가게 주인인 이사부로라는 노인의 강렬한 목소리가 여전히 귓가에 맴돌았다. 신사복 재봉사였던 노인은 그것을 상품이라고 주장했다. 남의 시선이나 의견을 전혀 개의치 않고, 자기만의 의지를 관철해서 도달한 지점이 코르셋인가……. 뭐가 뭔지 도무지 모르겠다.

"엄마."

나는 원고에 잉크를 흘리는 바람에 욕을 퍼붓는 엄마에게 말을 걸었다.

"가와라마치 상점가에 있는 양복점 알아? 신호 건너서 조금 가면 있는 곳."

"양복점? 아아, 그 망한 가게 말이지? 가토 접골원 옆에."

"응, 거기. 그 양복점, 예전에는 뭐였어?"

엄마가 원고를 휴지로 눌러 피해 정도를 확인하면서 대답했다.

"뭐긴, 양복점이지. 아쿠아가 어릴 때만 해도 남성용 양복이 걸려 있었어. 장인이 만든 작품답게 격식 차린 양복. 좋게 말하면 전통적이고 나쁘게 말하면 시대에 뒤떨어졌지."

"여자 옷은?"

"본 적 없어."

엄마는 마른 잉크 자국을 수정액으로 덧칠하며 대답했다.

"그 가게는 왜 망했어?"

"잘은 모르지만 시골 가게가 망하는 이유야 다 거기서 거기지. 후계자가 없거나 수요가 없거나 저렴한 체인점에 손님을 빼앗기거나. 애초에 양복을 오더메이드로 지으려면 아무리 저렴해도 십만 엔 이상은 들잖아? 요즘 세상에 그 정도 돈을 낼 사람이 몇이나 되겠니."

당연한 소리다. 노화, 그리고 시대에 맞물리지 못해 양복점은 설 곳을 잃고 문을 닫았다. 그런데 더 거부감이 들 만한 코르셋에 도전하다니, 이사부로라는 노인은 평범한 사람이 아니다.

나는 기쁨에 벅차올라 저지 주머니에서 스마트폰을 꺼냈다. 그리고 사진을 띄워 엄마에게 내밀었다.

"이거 좀 봐."

"뭐니, 오늘 말이 좀 많네? 좋은 일이라도 있었어?"

엄마가 바퀴 달린 의자를 반 바퀴 돌려 조금 귀찮은 기색으로 스마트폰을 받아 들었다. 그러고는 눈을 깜박이며 화면을 바라보더니 갑자기 벌떡 의자에서 일어났다.

"자, 잠깐만. 이게 뭐니? 어? 이게 뭐야? 어라? 어라?"

머리 위로 물음표가 잔뜩 날아다니는 광경이 보이는 것 같았다.

"코르 발레네잖아! 게다가 고풍스러워. 앤티크인가?"

"신상품이야. 가와라마치 양복점인 이사부로 양복점의 신상품이래."

"신상품? 이걸 판다고? 그 망해버린 구닥다리 신사 양복점에서?"

엄마가 의자에 털썩 앉아 몸을 뒤로 젖히더니 흥미진진하다는 듯 스마트폰을 흔들었다.

"설마 프랑스에서 온 후계자가 가게를 물려받았나? 아니면 프랑스 출신 양자가 시골 마을에 새로운 바람을 일으키려고 한다거나?"

"왜 갑자기 프랑스인이야? 만든 사람은 그 양복점의 재봉사인 이사부로라는 사람이야. 나이가 아주 많던데. 여든은 넘었을 것 같더라."

엄마는 눈을 반짝이며 이야기를 재촉했다.

"아침에 살짝 소동이 일어났어. 동네 사람들이랑 그 할아버지 아들은 치매가 아니냐고 걱정하더라."

"치매라고? 노망이 나서 코르셋을 만드는 노인이 있어? 그런 의식장애가 있으면 너무 웃기잖아!"

"목소리가 너무 커. 또 옆집이랑 아랫집에서 잔소리한다."

고래고래 소리를 지르는 엄마를 진정시키려고 나는 입술 앞에 검지를 세웠다.

"어쨌든 이 마을에 엄마 말고도 이상한 사람이 있다는 소리야."

"얘는, 결론이 이상하잖아?"

엄마는 이사부로 이야기를 더 듣고 싶어 했지만, 일단 마감이 닥친 원고가 먼저다. 나는 샛길로 빠져 돌아올 줄 모르는 엄마를 억지로 책상에 앉히고, 다시 배경 밑그림을 그렸다.

4

그로부터 사흘 동안 학교가 끝나면 어시스턴트로 일을 도와 마감 안에 간신히 만화를 완성할 수 있었다. 엄마는 쉴 틈도 없이 다음 단편물 작업에 들어갔는데, 이번에는 콘티가 안 떠오른다며 난리였다. 만화가는 늘 마감에 쫓겨 발작을 일으키는 것이 일을 잘하는 증거라고 믿는 모양이다. 쫓길 대로 쫓겨 영혼까지 불사른 예술가라는 설정에 일종의 미의식이라도 느끼나 보다.

금요일에는 조금 일찍 집에서 나와 단지 앞에 진을 친 마나베 여사 일당을 피해 이사부로 양복점으로 직행했다. 늘 다니던 뒷골목을 지나는데, 황량한 무연고 묘지에서 새빨간 물체를 보고 소스라치게 놀랐다. 무너진 묘비들 사이에 누군가가 파묻힌 듯 오도카니 서 있었다. 순간 온몸에 소름이 돋았다. 어린애처럼 자그마한 노파가 피처럼 시뻘건 스카프로 얼굴을 푹 감싸고 인형 같은 것을 안고 있었다.

"저 애니? 저 사내애니? 아아, 그렇구나, 그렇구나. 다들 불려서 모이는 중이라고. 으응? 그러니? 그거 어렵겠구나. 그래, 그러니. 자아, 어떻게 할까……."

이 근처에서 본 적 없는 할머니였다. 약간 튀어나온 눈을 내게 고정한 채 중얼중얼 자기 혼자 대화를 했다. 치매에 걸린 노인인가 본데, 아침부터 너무 무섭다. 나는 최대한 아무렇지 않은 척 그 자리를 떠나 뒤도 돌아보지 않고 정신없이 뛰어 상점가로 나왔다. 저런 기분 나쁜 할머니가 나타난다면 내일부터는 저 지름길도 못 쓰겠다. 맥이 빠져 마른세수를 하다가 양복점이 보이자 더 우울해졌다.

그날 이후로 가게에는 구부러진 블라인드가 쳐져서 폐업한 양복점의 비장한 분위기를 여봐란듯이 내뿜었다. 나는 일과처럼 블라인드 틈으로 어두컴컴한 가게 안을 들여다보았다. 상자와 세월이 느껴지는 커다란 작업대, 그리고 사용 흔적이 묻어나는 양재 도구가 유물처럼 놓여 있었다. 오늘도 이사부로가 만든 코르셋은 없다.

나는 실망해서 한숨을 푹 내쉬었다. 그 할아버지라면 가족이나 이웃 주민의 말은 들은 척도 하지 않고 무슨 수를 써서라도 특수 속옷을 내걸 거라 믿었다. 거기에 그치지 않고 코르셋 수를 더 늘렸을지도 모른다고. 그러나 역시 세상살이를 위한 체면과 시청에서 일하는 견실한 아들에게 졌나 보다. 결국 이 세상은 그렇다. 기대가 크면 그만큼 실망한다.

무거운 걸음을 옮겨 등교한 나는 평소처럼 지루한 고등학교 생활을 대충대충 보냈다. 학교처럼 공부하기에 좋지 않은 공간도 없을 것이다. 오늘은 수학 II, 영어 문법, 정보, 물리, 체육으로 이어지는 최악의 시간표였다. 게다가 예고도 없이

5킬로미터 마라톤을 해야 했고, 청소 당번까지 하게 되어서 나는 친구인 가와치 하야토와 투덜대며 하교했다.

통통한 친구는 재킷 단추를 풀고 재잘대면서 스포츠 음료를 홀짝홀짝 마셨다.

"체육 선생 고토, 미친놈이야. 오늘 쉰 애들은 다음 주 방과 후에 10킬로미터를 뛰게 할 거래. 나야 당연히 꾀병이었지. 다음 주에도 꾀병을 앓는 수밖에 없겠네."

"그냥 10킬로미터를 뛰어."

나는 어이가 없어서 웃었다.

"그 새끼, 여자 화장실을 불법 촬영한다더라."

"그냥 소문이잖아."

"3반 여자애가 현장을 목격했다고 난리 치던데. 뉴스에 나오는 것도 시간문제일걸? 방송국에서 인터뷰하러 오면 꼭 해야지. 그건 그렇고, 쓰다네 어머니는 불법 촬영물 만화 안 그려? 마니아들한테 인기 있는 장르래."

갑자기 화제가 그쪽으로 가버리는 바람에 나는 어색하게 웃을 수밖에 없었다. 이 소꿉친구는 "엄마 직업쯤 개그 소재로 써!"라는 소리를 종종 하는데, 그럴 수 있는 성격이라면 고민도 하지 않을 거다. 그래도 하야토는 내 처지를 전혀 동정하지 않으니까 편했다. 단순히 무신경할 뿐이더라도 고맙다.

"촬영 앵글이랑 최신 기재에 대해서는 내가 감수해줄게."

"컴퓨터 전자 기기 오타쿠는 괜찮지만, 불법 촬영에는 손 대지 마라. 인생 끝장이야."

"내가 그런 걸 왜 해. 포토샵으로 얼마든지 나체 사진을 만들 수 있는데."

하야토가 가슴을 활짝 펴고 말했다. 하야토는 이른바 인터넷 오타쿠로, 온갖 SNS를 섭렵해 매일 정보를 수집하느라 바쁘다. 계정이 여러 개 있고 블로그나 홈페이지도 운영하는데, 딱히 활동을 하지는 않는다. 복잡한 것을 만드는 데 만족하는 타입이다.

하야토는 각종 만화 설정을 들먹이다가 또 체육 선생의 불법 촬영 이야기를 꺼냈다. 우리는 오래된 단층집이 이어지는 주택가를 지나 역을 향해 걷다가 가와라마치의 셔터 상점가 방향으로 꺾었다. 그와 동시에 나는 천천히 발걸음을 늦췄다. 요 며칠간 대충 막아놓았던 양복점 쇼윈도가 열려 있었다. 유리에 적갈색 저녁놀이 반사되었지만, 보디가 나와 있는 것을 확실히 알 수 있었다.

나는 친구와 함께 달려가 이사부로 양복점 앞에 멈춰 섰다.

"이게 뭐야?"

하야토가 쇼윈도에 다가가 미간을 찡그렸다. 사방을 덧댄 낡은 보디는 기대하던 것을 입고 있지 않았다. 그 대신 종이가 한 장 붙어 있었다.

10월 17일 이른 아침, 가게 앞에 있던 아카쓰키 고등학교의 학생 쓰다 소년과 연락을 취하고 싶소. 널리 정보를 구하오. 이사부로 양복점 점주, 스즈무라 이사부로.

자필로 거칠게 쓴 글은 마치 결투장 문구 같았다. 나는 하야토와 얼굴을 마주 보고 다시 종이로 고개를 돌렸다.

"쓰다 소년이라는 게 너냐?"

"그런 것 같지?"

"야, 인마. 너 뭐 하고 다니는 거야? 무슨 수를 써서라도 찾아내겠다는 듯한 문장인데? 학교랑 이름까지 알고 있으니까 이건 위험해."

하야토가 반사적으로 목소리를 낮추고 내게 눈짓했다.

"어쨌든 머리를 굴려야지. 최대한 빨리 증거 인멸과 위장 공작을 해야겠다."

"아무 짓도 안 했어. 그냥 공감했을 거야. 서로."

친구는 더욱더 의심스러운 표정을 지었지만, 내 심장은 5킬로미터 마라톤을 뛰었을 때와 같이 빨리 뛰었다.

나는 하야토에게 나중에 전화할 테니 먼저 가라고 하고 억지로 헤어졌다. 그리고 종이를 한참이나 쳐다보다가 침을 꿀꺽 삼키고 가게 출입문 손잡이를 돌렸다. 잠겨 있지 않았다. 마름모꼴 불투명 유리가 박힌 문이 삐걱거리며 열리자, 문 한

쪽에 달아놓은 놋쇠 종이 경쾌한 소리를 냈다.

"저기, 실례합니다……."

가게 안은 낡은 나무와 방충제, 그리고 기계 기름이 뒤섞인 냄새가 났다. 상처투성이 바닥에는 살깃 모양처럼 판자를 깔았고, 벽에는 볕을 받아 바랜 줄무늬 천이 걸려 있었다. 중후한 인테리어였고 장식도 싸구려가 없었다. 마치 노이즈가 있는 외국 고전 영화를 보는 듯한 기분이었다.

나는 손을 뒤로 돌려 문을 닫고 살금살금 앞으로 걸었다. 안쪽 벽 전면이 선반이었다. 예전에는 저곳에 신사복용 옷감을 잔뜩 쌓아뒀을 것이다. 아담한 가게는 다다미 열 장 크기, 즉 다섯 평 정도였고, 구석에는 발재봉틀처럼 보이는 물체가 하얀 천에 덮여 있었다.

"실례합니다."

나는 안쪽으로 이어지는 문에 대고 다시 말을 걸었다. 잠시 후 문 너머에서 소리가 나더니, 녹색 아가일 패턴 스웨터를 입은 노인이 불쑥 모습을 드러냈다. 불그스름한 얼굴에 솜털 같은 하얀 수염이 덥수룩하고 금테 안경을 쓴 무뚝뚝한 얼굴이다. 그때나 오늘이나 변함없이 기분 나빠 보였다.

"어, 저기, 저, 안녕하세요. 그게…… 종이에서 찾으시던 쓰다입니다."

나는 극도로 긴장해서 간신히 억지웃음을 지었다. 이사부로는 아아, 하고 대답하고, 나를 머리부터 발끝까지 묵묵히 살펴보았다. 그리고 뭔가 눈짓을 한다 싶더니 안쪽 문으로 들어가버렸다. 따라오라는 소리인가 보다. 나는 커다란 작업대를 돌아 이사부로 뒤를 쫓아가 신발을 벗고, 살림집으로 이어지는 어두컴컴한 복도로 들어갔다.

노인은 바로 옆에 있는 방으로 들어갔다. 입구에 달린 간판처럼 드리운 길쭉한 포렴을 조심스레 헤치고 들어갔더니, 그곳은 형태가 다른 낡은 재봉틀이 세 대 있고, 잘 닦아 번뜩이는 은색 다리미가 있는 작업실이었다. 작업대에는 도면이 그려진 크래프트지가 여러 장 펼쳐져 있고, 그 네 귀퉁이에 둥근 문진이 올라가 있었다. 세 평쯤 되는 좁은 공간이었지만, 가게와 달리 활기가 느껴졌다. 이 방은 살아 있다. 저녁놀에 물드는 창가에는 그날 본 특수 속옷이 입혀진 보디가 있었다.

나는 바닥에 가방을 두고 이끌리듯이 재봉틀과 작업대 사이를 비집고 창가로 다가갔다. 드디어 다시 만났다. 하얀 무염색 코르셋은 자잘한 조각으로 조합되었다. 쇼윈도 유리 너머로는 조각을 열 장 정도 쓴 것처럼 보였는데, 실물은 그 수준을 훌쩍 뛰어넘었다. 더욱 정밀하고 섬세했다. 전면에 새긴 은방울꽃 자수도 이사부로가 직접 놓은 것일까? 수작업이라는 표현은 너무 간단하다. 이쯤 되면 예술의 경지다.

"이건 18세기 말부터 19세기에 걸친 시대에 유행하던 형태네요. 코르 발레네의 초기 형태는 직선적이었는데, 점차 몸의 부담을 줄이는 곡선으로 바뀌었어요. 이 S자 실루엣은 당시 기술로는 쉽게 재현해내지 못한다고 책에서 읽었어요."

너무 기뻐서 입이 제멋대로 움직였다. 이럴 때면 유난히 수다스러워지는 내가 스스로 생각해도 징그럽다. 이사부로는 긍정도 부정도 하지 않고 색소가 옅은 눈으로 여전히 나를 응시했다.

"너는 변태냐?"

"네?"

갑작스러운 말에 어리둥절해진 나는 얼빠진 소리를 냈다.

"솔직히 말해봐라. 여자 속옷에 발정이나 하는 놈에게는 볼일이 없어."

"네? 아니요, 무슨 말씀이세요. 아, 아니에요. 절대로요."

나는 눈앞에서 손을 세차게 저었다.

"그, 그야 흥분은 하지만 그런 의미의 흥분이 아니고, 어, 어, 이 코르셋의 조형미나 역사적 배경이나 사양이나, 그리고 그것과 얽힌 이야기나 풍속이나, 어어, 저는 그런 것에 흥미가 있는 거지 저, 절대로 변태가 아니⋯⋯라고 생각해요."

팔짱을 끼고 딱 버티고 선 땅딸막한 노인에게 압도된 나는 횡설수설하다가 말끝을 흐렸다. 그런데 말하다가 든 생각인데, 혹시 내가 변태에 속하나? 이런 상황인데도 갑자기 정신이 번쩍 들었다. 엄마 일을 돕다 보니 그런 쪽에 익숙해지긴 했는데, 열일곱 살 먹은 남자 고등학생이 열광하는 대상치고는 확실히 마니악하다.

이사부로는 살피는 듯한 눈빛으로 나를 거침없이 바라보다가 짧게 한숨을 내쉬고 숱이 적은 백발을 쓸어 넘겼다.

"잘 들어라. 요즘 세상에는 발칙한 놈이 많아. 시체 애호자가 멀끔한 얼굴을 하고 장의사로 일하고, 지저분한 여성용 옷을 좋아한다는 이유로 세탁소에서 일하거나 공중화장실을 어슬렁거리는 놈도 있어. 훔쳐보기 전문가지."

"그, 그런 건 지극히 특수한 취미랄까……."

"네 녀석이 그런 이상 성격인 놈이라면 아직 어리니까 골수파겠어. 그렇게 타고났다고 하는 수밖에. 훗날 주변 사람을 괴롭히겠지."

말도 안 되는 억측이다. 노인은 다시 내 눈을 들여다보더니 바로 옆에 있는 코르셋으로 시선을 옮겼다.

"하지만 이걸 보고 지식을 술술 늘어놓는 꼬맹이라니 흥미로워. 변태라도 장래성이 있는 변태라면 괜찮을 것 같구나."

"그러니까 아니라고요."

나는 온 힘을 다해 부정했다.

"그러니까 저기……."

이름을 부르려다가 나는 입을 다물었다. 대충 계산해도 나

보다 60년은 더 살았을 노인을 '스즈무라 씨'라고 부르려니 거부감을 느꼈다. 그렇다고 '할아버지'는 너무 허물없어서 좀 아니다. 나는 분위기를 살피다가 조심조심 말했다.

"저어, 이, 이사부로 씨는 어떠세요? 왜 요즘 시대에 이런 아이템을 만드셨어요? 아, 죄송해요. 갑자기 이런 질문을 해서……."

"지금 나보고 이상한 변태냐고 묻는 거냐?"

"아니요, 그게 아니라."

나는 과해 보일 정도로 고개를 저어 부정했다.

"그야 독특하지만 절대 이상하다고는 생각하지 않아요."

"그건 네가 사람 보는 눈이 없기 때문이야. 나는 이상한 인간은 아니지만 그렇다고 정상도 아니니까."

이사부로는 쌀쌀맞게 대답했다. 상대하기 영 힘든 노인이어서 대화를 어떻게 끌어가야 할지 모르겠다. 나는 잠시 생각하다가 노인의 기분이 상하지 않을 만한 단어를 골라서 질문했다.

"이사부로 씨는 신사복 전문가인데 왜 이걸 만들 생각을 하셨어요? 아마 저뿐만 아니라 다들 궁금할 거예요. 연세도 연세니까……."

"연세라고?"

"아, 죄송합니다. 연세는 관계없죠. 죄송합니다."

식은땀을 흘리며 몸을 움츠리는 나를 보고 노인은 흥 코웃음을 쳤다. 이사부로는 보디에 입힌 코르 발레네를 열기 가득한 눈빛으로 바라보았다.

"노인네들은 대부분 아직 한창때라고 주장하지. 하지만 사실은 뇌가 점점 쪼그라들어서 감정을 억제할 수 없고 툭하면 깜박하고 참을성도 없어져. 규칙을 잘 지키지 못하고 생각이란 걸 안 하게 되지. 생물학적으로 보면 노인은 훌륭한 인격자가 될 수 없어. 그러니까 이걸 완성해낸 거다."

이사부로는 단숨에 말하더니 수염을 매만지며 코르셋을 턱으로 가리켰다.

"너는 이 코르 발레네를 보고 무슨 생각을 했느냐?"

"그냥 감동했어요."

나는 선뜻 대답했다.

"코르셋에는 역시 건축과 공통되는 부분이 있어요. 날카로운 컷은 고딕 양식 교회를 염두에 둔 것 같고, S자 실루엣은 아르누보 양식이죠?"

"오호, 너는 평론가 소질이 있구나. 갖다 붙이기를 잘해."

노인의 표정을 봐서는 비꼬는 소리인지 아닌지 알 수 없었다. 이사부로는 금테 안경을 손등으로 밀어 올리고 오래됐을 둥그런 나무 의자에 천천히 걸터앉았다.

"건축이나 그림과 복식이 다른 점은 만든 사람의 발상이 곧 골인이 아니라는 점이야. 패션이란 남의 손에 넘어간 순간부터 예측하지 못한 방향으로 흐르지. 코르 발레네가 정착한 시대도 그랬어. 결혼하지 않은 젊은 처자라면 허리둘레가 자기 나이보다 적어야 좋다고 국가에서 장려할 정도였으니까."

"스무 살이라면 20인치 이하라는 소리네요?"

"그래. 50센티미터야. 헛소리지만 인간의 생리적 기능에 역행하는 복식 표현은 셀 수 없이 많아. 하이힐도 그렇지? 의사나 지식인이 아무리 비판하고 금지하더라도 일단 흐름이 생기면 아무도 바꾸지 못해. 그런 의미에서 복식은 혁명과 비슷하다."

실제로 루소조차 계몽에 실패했다. 엄마 만화에서는 간단하게 자연 회귀에 성공했지만.

"저기, 혹시 이사부로 씨는 패션으로 혁명을 일으키실 생각인가요?"

노인은 안경 너머의 눈동자를 희번덕희번덕 거리며 목소리를 더 낮췄다.

"나는 82년이나 사회라는 체제에서 벗어나지 못했어. 안전지대에 앉아서 그저 순종하며 살아왔지. 정신을 차리고 보니 얼간이 같은 체제 쪽에 서 있더구나. 남자로서 이 꼴이 한심하지 않니?"

"아니요, 그다지요."

"어리석기는! 한심하다고 생각해야지! 지금 당장 일어나야 한다! 화염병을 여자 속옷으로 바꿀 때야! 속옷으로 이 세상을 깨부술 순간이 왔어!"

왜 갑자기 화염병이 나와……. 대체 이 노인이 싸우는 대상은 뭐지?

나는 주먹을 움켜쥐고 일어난 노인을 부담스러워하며 바라보았다. 왜 코르셋을 만들었느냐는 직접적인 질문에는 대답하기 싫은 이유가 있는 듯했다. 위험한 사상이 언뜻 엿보이는 노인이지만, 아까부터 이 비현실적인 상황에 흥분이 가라앉을 줄 몰랐다. 지금까지 만난 노인들이 하는 소리는 두 종류였다. 흔해 빠진 설교나 고리타분한 옛날이야기. 그러나 이사부로는 여든두 살이라는 나이에 진심으로 혁명을 꿈꾼다. 과거가 아니라 미래를 본다. 게다가 무기는 18세기 특수 속옷. 대체 무슨 혁명이지? 뒤죽박죽이라 웃음이 나왔다.

"그런데 네 이름이 뭐냐?"

갑자기 닥친 질문에 나는 현실로 붙잡혀 왔다.

"……쓰다요."

"성은 알아. 이름 말이다."

이사부로는 잿빛이 감도는 눈동자로 나를 쳐다보았다. 나는 코르셋 옆에 멀거니 선 채 몸을 꼼지락대다가 마른기침을 하는 척하며 잽싸게 대답했다.

"아쿠아마린이요."

"뭐라고? 악마마리?"

"아니요, 악마가 아니라 아쿠아마린이요. 바다의 색이라는 한자를 쓰고 그렇게 읽어요."

나는 자포자기해서 말했다. 투명한 파란색 돌 이름에서 따온 것이라고 설명하고, 그리스신화에서는 바다의 정령이 가진 보석이라고 덧붙였다. 앞으로 인생을 살면서 이런 설명을 도대체 얼마나 많이 해야 할까. 그리고 또 동정과 멸시 어린 시선을 얼마나 많이 받아야 할까. 그러나 노인은 무뚝뚝하게 딱 한마디 했을 뿐이다.

"좋은 이름이구나."

나는 깜짝 놀라 고개를 들었다. 이사부로의 얼굴에 아첨이나 동정심은 전혀 없었다. 내 이름을 누군가 순순히 받아들인 것은 태어나서 처음이었다. 완전히 흥분한 내 입에서 말이 마구 튀어나왔다.

"이사부로 씨, 혁명을 일으킬 거면 저도 함께하게 해주세요!"

"참가자를 모을 마음은 없어."

매몰찬 대답에도 지지 않았다. 물러나고 싶지 않다고 처음으로 생각했다.

"그럼 그냥 곁에서 지켜볼게요. 보여주세요. 이사부로 씨는 진정한 코르세티에예요. 어떤 사명을 띠고 현대에 환생한 것 같아요. 그리고 저는 그걸 지켜보는 사람으로 선택된 거예요. 운명이란 어느 날 갑자기 나타나는 거였어요!"

"뭐냐, 어린애처럼 진부한 말투는."

"일단은 어린애가 맞으니까요."

이사부로는 더 부루퉁해졌다.

"이 세상에 운명이나 윤회 따위는 없어. 뭐든 죽으면 다 끝이니까. 애초에 코르세…… 그게 뭐냐? 너는 꼬부랑말을 많이 쓰는구나."

"코르세티에요. 파티시에 같은 거예요. 남성 코르셋 장인을 당시 프랑스에서 이렇게 불렀어요."

이사부로는 코르세티에라는 단어를 몇 번 발음하더니 음미하듯 한동안 말이 없었다. 그리고 고개를 숙이더니 여전히 불쾌한 표정이지만 입술을 살짝 올려 반전 미소를 지었다. 재봉사 노인이 처음으로 보여준 미소는 매우 늠름하고 위험한 매력이 넘쳤다.

5

초등학교 저학년일 때, 여름방학에 가족 셋이서 오나하마

해변으로 놀러 갔다. 여행 가기 일주일 전부터 가슴이 떨렸고, 전날에는 눈이 초롱초롱해서 잠 한숨 못 잔 기억이 생생하다. 학수고대하던 출발 당일 아침은 공기가 차갑고 기분이 좋았다. 나는 자동차에 튜브와 비치볼을 넣고 언제 출발하나 기대하며 기다렸다. 드디어 아빠와 엄마가 아이스박스를 들고 와서 시동을 걸었는데, 그와 동시에 나는 너무 흥분해서 토하고 말았다.

누군가와의 약속을 이렇게 기다리는 것은 아마도 그 여름 이래 처음인 듯했다. 화창한 토요일 오후, 나는 가와라마치의 양복점으로 갔다.

오늘 엄마는 만화 소재를 찾는다고 이른 아침부터 포르노 잡지에 묵묵히 포스트잇을 붙였고, 그 일을 마치자 성인 등급 DVD를 세 배속으로 재생하기 시작했다. 음성 없는 영상을 뚫어지게 응시하는 눈빛은 마치 악당을 몰아넣는 형사처럼 예리했다. 지긋지긋해서 밖으로 나가고 싶어도 마나베 여사 일당의 검문이 기다린다. 평소라면 비관하고 체념해서 내 방에 틀어박혀 의미 없이 휴일을 보냈겠지만, 오늘부터는 다르다.

양복점 문을 열자, 문 모서리에 달린 종이 울리고 재봉틀 기름의 퀴퀴한 냄새가 훅 끼쳐왔다.

"안녕하세요."

홍분을 억누르고 안쪽에 대고 말을 걸었다. 전동공구 같은 모터 소리가 들리는데, 그 작은 작업실에 있던 낡은 재봉틀일까? 살림집으로 이어지는 문은 활짝 열려 있었다. 다시 말을 걸려고 했을 때, 그 문에서 까무잡잡한 얼굴이 불쑥 나와서 움찔했다. 동네 할머니가 '다이치'라고 불렀던, 시청에서 일하는 공무원 아들이었다. 엄마를 닮았는지 늘씬한 장신이어서 땅딸막한 이사부로와는 체형은 물론이고 얼굴도 전혀 달랐다.

"앗, 저기, 안녕하세요. 이, 이사부로 씨 계신가요?"

나는 한심하게도 안절부절못하며 인사하고 아첨하는 미소까지 지었다. 키가 훌쩍 큰 아들은 문을 막고 서서 무례하게도 나를 빤히 내려다보았다. 그러더니 검은 테 안경을 중지로 밀어 올리고 짧게 헛기침을 했다.

"너, 지난번 아침에 우리 집 앞에 있었던 애지. 아카쓰키 고등학교에 다니는."

"아, 네. 맞아요."

"무슨 용건이지?"

비쩍 마른 아들은 경계심이 대단했다. 마치 한창때인 딸에게 달라붙는 벌레를 쫓으려고 벼르는 아버지 같았다. 나는 꼼지락거리며 말했다.

"이사부로 씨와 만날 약속을 해서……."

"무슨 용건으로?"

"저어, 대화를 나눌 예정이에요."

"그러니까 어떤?"

아들이 매섭게 따져 물었다. 아무래도 나는 그의 속을 뒤집어놓는 타입인 모양이다. 이유 없이 안색을 살피고 움찔거려서 남의 성질을 돋우는 것을 나도 잘 안다. 최소한 평범하게 대화할 정도로는 자신감이 있으면 좋겠다. 나는 진정하자고 속으로 계속 되뇌며 솔직하게 말했다.

"저기, 이사부로 씨에 대해서 좀 더 알고 싶어요. 이사부로 씨의 말씀이나 삶의 태도를 접하고 싶습니다."

"미안한데 무슨 소린지 전혀 모르겠다."

"네? 어, 그러니까 말하자면 이사부로 씨는 제 인생에서 중요한 분이어서."

내가 지금 무슨 말을 하는 거지? 평소 이상으로 의사소통에 과부하를 일으킨다. 애초에 왜 건실한 아들과 여든두 살 할아버지를 두고 경쟁하는 구도가 된 건데?

얼굴이 머리와는 반대로 달아올라 점점 새빨개지는 바람에 나는 허둥댔다. 내 꼴을 지켜보던 공무원 아들은 미간에 잔뜩 주름을 잡고 불쾌함을 감추지 않았다. 아니, 잠깐만요. 설마 그럴 리 없겠지만 이상한 오해를 하는 건 아니겠지? 나는 땀을 뻘뻘 흘리며 손짓과 발짓까지 더해 필사적으로 변명했다.

"아아, 그게 그런 의미가 아니에요. 저와 이사부로 씨는 어디까지나 건전한 관계로, 상상하시는 그런 일은……."

"무슨 소리야. 그런 건 당연히 알지."

아들은 더욱 냉랭하게 내 말을 막았다.

"일부러 와줬는데 미안하다만 아버지는 상태가 좋지 않아. 아마 너와 약속한 것 자체를 깜박하셨을 거야."

그는 나를 대놓고 밀어내려고 했다. 하지만 어느 정도 이해가 갔다. 아들은 여전히 이사부로가 치매에 걸렸다고 의심하고, 그것을 부끄럽게 여기고 있다. 지금은 나뿐 아니라 다른 누구와도 만나게 하는 것이 싫다고 얼굴에 또렷하게 쓰여 있었다.

"이렇게 되어 미안하다."

아들은 기계적으로 억지웃음을 지으며 나를 압박했다. 어쩔 수 없이 물러가려고 했을 때, 앞에 보이는 방문이 벌컥 열렸다.

"무슨 짓이냐. 내 손님이야. 함부로 돌려보내지 마."

모스그린 카디건을 입고 목에 줄자를 건 이사부로가 아들을 밀치며 입구까지 나왔다.

"이런 데 서 있지 말고 냉큼 들어와라. 알아서 들어오라고 했잖아."

"아, 네. 죄송합니다……."

나는 둘의 안색을 살피며 신발을 벗었다. 그러자 아들은 보란 듯이 한숨을 쉬고 이사부로를 바라보았다.

"아버지, 이번 문제에 관해서는 몇 번이나 말씀드렸잖아요. 괴상한 거나 만들고 남의 집 귀한 자식까지 끌어들이다니, 대체 갑자기 왜 이러세요? 무엇보다 예전부터 애를 싫어하셨잖아요."

"굳이 지적하지 않아도 애는 여전히 싫어. 애들은 시끄럽고 멍청하니까. 하지만 동네 학생과 대화를 나누는 게 잘못됐니? 단순한 세대 교류잖아."

"그러니까 학생들과 교류하고 싶으면 제대로 절차를 밟아서 아동관에서 실버 봉사 활동을 하시라고요. 요즘 세상에 학생들과 함부로 얽히면 위험해요. 예전하고 다르다고요."

"위험하다고?"

이사부로는 말끝을 올리며 코웃음을 쳤다. 그러나 아들은 아버지에게 말할 기회를 주지 않고 계속 몰아붙였다.

"시와 교육위원회와 경찰이 연계한 수상한 사람 정보도 보여드렸잖아요? 이런 시골이라도 하루에 서른 건 이상 신고가 들어온다고요. 시청에 툭하면 전화를 거는 인간도 있어요. 사람 눈은 어디에나 있고, 애가 갑자기 피해자라고 주장하는 일도 많다고요. 사춘기에는 원래 불안정하니까."

"저기, 신고는 절대 안 할 테니까 걱정하지 마세요."

옆에서 끼어든 나를 아들은 안경 너머로 찌릿 노려보았다.

"물론 제삼자가 하는 신고가 대부분이야. 어쨌든 어떤 내용이든 기록이 확실히 남으니까 문제라고."

아들은 떨리는 숨을 가늘게 내쉬었다.

"이게 얼마나 심각한 일인지 너는 상상도 못하겠지?"

"저어, 어디가 심각한지 모르겠어요……. 죄송합니다."

"왜 모르는데!"

갑자기 호통을 쳐서 나는 깜짝 놀라 펄쩍 뛰었다.

"잘 들어라! 재봉사와 남자 고등학생과 여성용 속옷을 엮어서 추잡하기 짝이 없는 신고가 들어올지도 몰라. 아니, 벌써 들어왔다 해도 이상할 게 없지. 그러면 우리 집은 사람들의 장난감이 될 거야. 너도 '악플'이라는 말쯤은 알겠지? 그거랑 같아. 젠장, 이 상황은 리스크 어세스먼트로 보면 5단계 평가 중 5단계에 해당해. 무슨 수를 써서든 피해야 한다고."

공무원 아들은 머리를 감싸고 한탄하더니 비틀대며 기둥에 기댔다. 예측할 수 없이 흥분하는 것은 이사부로에게서 물려받은 게 분명하다. 나는 조심스럽게 아들을 살펴보았다. 그래도 상호 감시 체제로 이루어진 마을인 만큼 절대 유난 떠는 소리가 아니어서 무섭긴 하다. 허둥거리는 아들을 보니 이사부로 씨가 치매에 걸린 듯하다는 소문이 이미 퍼질 대로 퍼진 것이 분명했다. 그리고 늙은 재봉사와 소년과 코르셋이라는 조합은 엄마가 신바람 나서 소재로 쓰려고 들 만큼 엄청난 상황을 몰고 올 것 같다는 패륜적인 상상도 했다.

이사부로는 걱정이 끊이지 않는 중년 아들을 한동안 바라보더니 내게 시선을 주고 무뚝뚝하게 말했다.

"자, 들어가자."

"아버지! 아들 말 좀 들어요!"

아들이 또 서슬이 퍼레져서 외쳤지만, 지난번과 다르게 이사부로는 감정을 전혀 내보이지 않았다.

"지금 한 말, 곰곰이 생각해봐라."

"생각하라고요? 뭘를요. 저도 오랜 경험에서 하는 말이에요. 시청의 위기 관리에 당연히 해당되는 상황이잖아요. 저는 누구보다 성실하게 살았어요. 이 세상과 마을의 규칙을 잘 아니까 지금 이 상황을 그냥 내버려둘 수 없다고요."

그러자 이사부로는 하얀 수염을 만지며 아들에게 타이르듯 말했다.

"잘 들어라. 자기만의 중심도 없이 멍청하게 살아온 인생을 두고 성실하게 살았다고 하진 않아. 너 좋을 대로 말을 바꾸지 마라."

"그만하시죠. 비상식적인 아버지한테 그런 말은 듣기 싫어요."

아들이 발끈했으나 이사부로의 표정은 달라지지 않았다.

"다이치, 너는 네 안위만 걱정한다. 내가 여자 속옷을 만드는 것은 물론이고, 미성년자의 신변을 걱정하는 것도 아니야. 네 체면과 시청에서 근무하는 공무원으로서 위신만 걱정하지. 늘 그렇지만 너는 남과 대화를 나누지 않고 너 자신만 보는구나. 상대방 안에 있는 네 모습 말고는 보질 못해. 나는 네가 사토코에게 한 짓을 잊지 않았다."

아들은 반사적으로 안경을 밀어 올리더니 얇은 입술을 악물었다. 사토코란 분명 이사부로의 죽은 아내였지. 아무래도 아들 입을 단번에 막는 결정적인 한마디인가 보다. 부자의 불화가 뿌리 깊은 듯해 돌아가고 싶었지만, 붙임성 없는 이사부로가 재촉하는 바람에 신발을 벗었다.

물건이 넘쳐나는 작은 작업실은 이상한 열기로 가득했다. 재봉틀은 세 대 모두 작은 전등이 켜졌고, 꿰던 옷감이 노루발에 끼워져 있었다. 얇은 천을 몇 겹이나 겹쳐서 세밀한 다이아몬드 무늬 퀼트를 만드는 중인가 보다.

작업대에는 이런저런 자잘한 양재 도구가 놓여 있었다. 생소한 도구 모두 오래 쓴 티가 났는데, 거의 모든 것에 보수하고 수선한 흔적이 있어 주인과 함께한 시간을 알려주었다. 낡은 시침 핀 꼭지를 실과 풀로 고정해서 고치며 쓰는 사람이 이 세상에 몇 명이나 있을까. 이 방 안 공기는 답답할 정도로 농밀했다. 노인의 인생이 여기저기 잔상처럼 떠돌았다.

땅딸막한 이사부로는 방의 미닫이문을 쾅 닫고, 입을 꾹 다문 채 성큼성큼 걸어왔다. 거칠게 팔을 빼 뒤집어진 모스그린 카디건을 긴 줄자와 함께 의자로 집어 던졌다. 나는 등에 멘 가방을 조심스럽게 내려놓고 최대한 분위기와 어우러지려고 노력했다.

노인은 부루퉁해서는 말없이 벽에 붙은 전통 장롱의 서랍을 열었다. 그리고 안에서 얇은 종이에 싸인 것을 꺼내 내게 내밀었다.

"이걸 봐라."

나는 시키는 대로 그것을 얼른 받아 작업대 위에서 펼쳤다. 안에 든 것은 코르 발레네였다. 게다가 지난번에 본 것과 달랐다.

나는 흥분한 가슴을 억누르며 섬세한 속옷을 더듬더듬 만졌다. 연자색 세로줄 무늬가 들어간 광택 있는 자카르 천에 장미가 벽을 뒤덮은 듯 전면에 수놓여 있었다. 가슴 아래부터 허리까지 오는 짧은 코르셋으로, 지난번 것과 달리 앞에서 끈을 묶는 형식이었다.

나는 실루엣과 바느질 상태를 천천히 살폈다. 그러는 동안 머릿속에서는 점점 시대를 거슬러 올라가 당시 배경이 세피아색으로 펼쳐졌다. 이 코르셋은 새침하니 점잔을 빼는 것이 아니다. 여성스러움이라는 개념을 강요하는 것이 아니라 활동적이고 자유롭다. 나는 고개를 번쩍 들었다.

"이건 19세기 말의 형태죠. 당시 상류계급에서 자전거나 승마가 대대적으로 유행했어요. 집의 속박에서 해방된 거죠. 여자도 바지를 입으면서 코르셋 형태도 달라졌어요. 솔직히 스포츠를 할 때는 좀 벗었으면 싶지만요."

이사부로는 언짢아하면서도 살짝 표정을 풀고 만족스럽게 고개를 끄덕였다.

"이 시기에 코르셋은 당연히 입는 거였지. 중간계급도 입었고 농사꾼의 딸까지 직접 만들었다고 한다. 고흐니 밀레가 그린 그림에도 코르셋을 입고 들일을 하는 아가씨가 있어."

"부르주아의 시대인 거죠. 그때까지는 귀족계급이 나라를 움직였고 패션 선구자였는데, 돈 많은 상인이 정치와 문화에 개입했어요. 그래서 서민에게도 많은 것이 퍼졌고요."

"어쨌든 세상이 결정적으로 변화한 계기는 산업혁명이었어. 도시 공장에 노동자가 모이면서 인구가 급격히 늘었지. 노동계급이 돈을 손에 넣은 결과, 패션에 관심을 가질 여유가 생겼어. 그리고 소비가 폭발적으로 늘어 경기도 기술력도 좋아졌지. 지금 일본과는 정반대야."

이사부로는 비꼬듯 말하고 가는 금테 안경을 밀어 올렸다. 정말 즐겁다. 나는 작업대에 손을 짚어 몸을 불쑥 내밀고는 말을 이었다.

"프랑스는 오더메이드를 존중하는 제조가 중심이었고, 미국과 영국은 합리성을 중시했어요. 코르셋 끈을 통과하는 구멍을 한 번에 열 개나 뚫는 기계를 개발했고, 금속 쇠고리나 풀칠, 프레스 공정을 기계화했죠."

"오, 그러냐?"

"네. 19세기 중엽 런던에서는 코르셋 공장에서 일하는 사람이 만 명을 넘었고, 서민용 제품을 대량생산했어요. 미국에서는 이 시기에 카탈로그 통신판매도 성공했죠. 같은 시기에 일본에서는 머리를 깎은 사무라이들이 흑선*을 보고 허둥거렸는데 말이죠."

나는 숨 쉴 틈도 없이 빠르게 말했다. 엄마 일을 돕다 보면 따라붙는 지긋지긋한 지식이어서 이런 데 흥미를 느끼는 나 자신에게 혐오감을 느꼈다. 최대한 거리를 두고 늘 나와는 별개라는 태도를 유지했다. 그러나 지금 내 앞에는 그것을 이해해주는 사람이 있다. 그것도 이런 시골 마을에 존재하다니, 기뻐서 어쩔 줄 몰랐다.

기분이 좋아졌는지 이사부로는 둥근 의자에 앉아 꿰매던 옷감을 살짝 붙잡았다. 그러고는 수염이 흔들릴 정도로 숨을 크게 내쉬더니, 발아래 컨트롤 페달을 갑자기 꽉 밟았다. 순간 모터가 요란하게 윙윙거리며 무시무시한 소리와 힘으로 재봉

---

* 에도 시대 당시 서양에서 타고 온 증기선을 부르던 이름

틀이 움직이기 시작했다. 마치 폭주하는 말 같아서 나는 넋이 나갔다. 가정 과목 실습 때 만졌던 것과는 비교도 안 되거니와, 전혀 다른 물체 같았다. 바늘과 실채기가 눈에 보이지 않는 속도로 미친 듯 위아래로 움직이는데, 주름투성이 노인은 무표정하게 손에 쥔 옷감을 담담히 밀어내고 있었다. 초현실적인 그림 같았다.

살아 있는 생물처럼 옷감을 먹어치우는 광경에 시선을 빼앗긴 채, 나는 재봉틀 옆에 쪼그려 앉았다. 격렬한 폭음도, 진동도, 우아해 보이는 노인의 움직임까지도 전부 환상적이어서 비현실 세계에 빠져든 것처럼 신기했다. 트랜스 상태라는 게 이건가. 이대로 영원히 바라보고 싶다.

재봉틀 위에서 춤추듯이 튕기는 목제 실패에 손을 뻗은 순간, 갑자기 소리가 멈추더니 노루발이 튀어 올랐고, 이사부로는 천을 끌어당겨 위아래의 실을 정성껏 잘랐다.

"이 방에 있는 재봉틀은 절대 건드리지 마라. 오래된 공업용인데 나만 쓸 수 있게 개조했어. 죽을지도 모른다."

"죽다니요."

농담인 줄 알고 웃자, 이사부로가 내 눈앞에 마디가 울퉁불퉁 불거진 손을 들이밀었다. 엄지와 검지 손톱에 파고든 몇 줄이나 되는 무늬가 시커멓게 침착되어 유독 튀었다.

"이걸 막 개조했을 때, 폭주하는 재봉틀 속도를 쫓아가지 못해 손가락까지 꿰맨 흔적이야. 멈출 틈도 없이 순식간에 빨려들었어. 옷감과 함께."

나는 흉측하게 변한 손톱을 겁에 질린 눈으로 바라보았다.

"재봉틀에 안전장치가 없나요? 일정한 압력을 넘어가면 멈추는 기능이나."

"그런 귀찮은 건 진즉 없앴지. 제한이 있는 기계는 아무 도움도 안 되는 잡동사니일 뿐이야. 손톱 뿌리에 바늘이 박히면 이후로는 깨진 채 살아야 한다. 평생 말이야."

"진짜 아플 것 같아요. 상상하기도 싫어요. 그래도 이 재봉틀은 이사부로 씨한테는 오랜 세월 함께한 파트너 같은 거죠? 괴로울 때나 즐거울 때 항상 옆에서 지켜준 그런 거요."

일부러 내 나이에 어울리는 순진무구한 소리를 했는데, 이사부로는 턱을 꾹 당기더니 금테 안경 너머로 나를 빤히 쳐다보았다.

"헛소리는. 이건 파트너가 아니야. 악마가 달라붙은 흉기지. 틈만 나면 주인을 죽일 기회를 노리니까. 마력을 억지로 극한까지 끌어올렸다가 모터 벨트에 바짓가랑이가 휩쓸려서 정강이 피부가 몽땅 뜯긴 적도 있어. 죄다 이거 때문에 다쳤어."

"으, 으악. 불법 개조도 정도껏 하셔야지요. 기계의 제동장치가 완전히 고장난 거잖아요. 너무 위험해요."

나는 폭주 재봉틀과 거리를 두고 대 아래 놓인 거대한 모터를 들여다보았다. 어떤 모터를 장착했는지 모르겠지만, 이것만으로도 50~60킬로그램은 거뜬히 넘을 만한 풍채를 자랑했다. 물론 규격 따위 당연히 무시했다.

이사부로는 재봉틀 전등과 전원을 끄고, 회색 철 덩어리를 냉정하게 내려다보았다.

"나는 마지막까지 이길 거야. 이 녀석을 자유롭게 해주지 않겠어."

"뭐랑 싸우시는데요……."

나는 중얼거리며 마른세수를 했다. 이사부로 노인이 자신만의 세계에서 산다는 것은 직접 만든 코르셋만 봐도 안다. 아니, 그를 둘러싼 모든 것이 상식에서 크게 벗어났다고 해도 과언이 아니다. 여든을 넘어서도 전력으로 질주하는 이유가 분명 있을 것이다.

재봉사 노인은 내 옆을 지나 전통 장롱에서 얇은 종이에 감싼 꾸러미를 또 하나 꺼냈다. 작업대에 내려놓고 펼치자, 이번에는 첫날 본 무염색 코르 발레네가 나왔다. 노인은 형태가 다른 두 개의 코르셋을 나란히 놓고, 작업대 끝을 턱으로 가리켰다.

"그 다리미를 치워다오."

나는 허리를 낮추고 작업대를 돌아가 도제처럼 이사부로

의 지시를 따랐다. 은색으로 빛나는 자그마한 다리미 자루를 쥐었는데, 들지도 못하고 폭 고꾸라졌다.

"이거 왜 이래요? 말도 안 되게 무거운데요?"

"너는 젓가락보다 무거운 걸 들어본 적이 없구나?"

이사부로가 기가 막힌다는 듯이 고개를 절레절레 저었다.

"고바야시 다리미를 개조해서 3킬로그램짜리로 만들었어. 다리미는 무겁지 않으면 쓸모가 없거든. 이 업계에서는 상식이야."

이것도 개조품이라니……. 이사부로의 하반신이 튼튼한 것은 아령 같은 다리미를 매일 들며 흉악한 폭주 재봉틀과 맞선 덕분일까? 가혹한 육체노동이다. 나는 허리에 힘을 주어 철제 다리미판까지 통째로 들어 재봉틀 옆으로 옮겼다.

이사부로는 두 개의 코르셋을 번갈아 살피며 팔짱을 끼고 물었다.

"이걸 어떻게 생각하느냐?"

"음, 완벽한 아름다움이요."

그러자 노인이 옆에서 날카로운 시선을 보냈다.

"솔직한 의견을 말해."

뭘까, 이제껏 보인 적 없는 감정이 어른거렸다. 불안…… 인가?

나는 코르셋을 바라보았다. 처음 보고 충격을 받은 무염색 코르 발레네는 부드러운 비단과 새틴에 같은 색 은방울꽃 자수가 아른아른 놓여 있었다. 꽃잎과 잎에서 절묘한 입체감이 느껴져 이것만으로도 충분히 볼 가치가 있었다. 거기에 바늘로 한 땀 한 땀 뜬 가느다란 니들 레이스를 더해 코르셋을 예술의 경지까지 끌어올렸다. 거의 모든 조각이 곡선인데, 꿰맨 자국 하나 없이 완벽하게 재봉한 것도 놓치면 안 된다.

"이건 박물관에 전시해도 이상할 게 없어요. 아니, 이미 속옷이 아니에요. 고차원 기술이 모여 있는 예술품이에요."

이사부로는 팔짱을 낀 채 고개를 끄덕였다. 이어서 나는 옆에 놓인 줄무늬 코르셋을 끌어당겼다. 이것도 비단이다. 재봉이 정밀하고 기술력이 뛰어나다는 점은 똑같은데, 은방울꽃 코르 발레네와는 뭔가 달랐다. 나는 길이가 짧은 코르셋을 자세히 살폈다.

"원래 줄무늬는 이교도나 범죄자가 입는 불길한 무늬였죠. 낮은 신분의 상징이기도 했어요. 하지만 낭만주의 시대에 크게 유행하면서 상류계급이 경쟁하듯이 쓰기 시작했다고 책에서 읽었어요. 그런 의미에서 이건 이색적이고 아주 개성 있어요. 하지만……."

"하지만 뭐야?"

이사부로가 급하게 재촉했다.

"음, 뭐랄까, 품질이 뛰어난 건 분명해요. 그런데 장미 자수가 이상하게 추상화 같아요. 아, 저기, 저는 전문가도 아니고 나쁜 뜻으로 하는 말은 아니에요."

"말이 왜 이리 복잡해. 똑바로 말하지 못해."

이사부로는 코르셋에 시선을 둔 채 초조하게 목소리를 낮췄다. 나는 노인의 옆모습을 재빨리 훔쳐보았다. 우뚝 서서 꼼짝하지 않는데도 몸이 떨릴 정도로 살기를 내뿜었다. 아무리 생각해도 문외한이 장인의 일솜씨를 지적해선 안 되고, 하고 싶은 말을 했다가는 역린을 건드릴 것이 뻔했다.

머리에 떠오른 말을 닥치는 대로 검토하는데, 이사부로가 옆에서 한층 차분한 말투로 말했다.

"걱정하지 않아도 돼, 너한테 호통을 치진 않을 거야. 나는 남의 의견에 귀 기울이지 않는 고집불통 늙은이는 아니니까."

어디가요? 나는 속으로 곧바로 지적했다. 옛날 코르셋을 재현해서 통학로에 장식한 사람이 고집불통이 아니면 뭐란 말인가. 어쨌든 나는 최대한 어린애처럼 웃으며 악의가 없음을 어필했다.

"그럼, 감상을 말할게요. 어디까지나 개인적인 감상이에요."

"알았다. 그래서?"

"음, 장미 자수가 코르셋 조형과 안 맞는 것 같아요. 도안이 그렇다는 게 아니라 본체의 품질과 너무 차이가 난다는 뜻이에요."

"그 말은 즉?"

"그러니까, 자수만 서민의 예술처럼 보여요. 세련된 프로의 기술이 아니라 집에서 엄마가 수놓은 것처럼 소박한 분위기예요. 아, 죄송해요. 일부러 부조화를 노리셨다면 성공이에요……. 저, 이게 제 생각입니다."

나는 노인의 표정을 힐끔 곁눈질로 살피며 이마에 맺힌 식은땀을 파카 소매로 닦았다. 역시나 이사부로는 입을 꾹 다물고 지금까지 본 중 가장 불쾌한 표정을 짓고 있었다.

그러니까 내가 그렇게 말했는데!

나는 완전히 침착함을 잃어 급한 용건을 꾸며내 도망치고 싶은 충동을 느꼈다. 양복 제작에 인생을 바친 사람이 입만 산 열일곱 살 애송이에게 지적받았으니 기분 좋을 리 없다. 아니, 불쾌한 정도를 떠나 허무하지 않을까.

이사부로는 우두커니 선 채 장미 자수 코르셋을 하염없이 바라보았다. 노인이 축 처져서 어깨를 늘어뜨리는 모습은 가슴 아파서 보고 싶지 않았다.

나는 예전부터 이런 면이 있다. 누가 조금이라도 받아주면 희희낙락해서 해서는 안 될 말까지 해버린다. 즉, 감정의 거리를 파악하지 못해 사람과 교류할 때 필요한 강약 조절에 오작동을 일으킨다.

나는 기운이 빠진 이사부로의 모습을 견디기 힘들어 어떻게든 화제를 바꿔보려고 했다.

"저, 저기, 이사부로 씨. 지난번에 말씀하신 코르셋 혁명 말인데요, 앞으로 어떻게 하실 거예요?"

노인은 아아, 하고 건성으로 대답하고 간신히 코르셋에서 시선을 뗐다.

"이 두 벌을 가게에 내놓을 거야. 고객에게 주문을 받아야지. 코르 발레네는 치수를 재지 않으면 못 만드니까. 양복과 마찬가지로 오리지널 오더메이드야."

"그렇죠. 그런데…… 아, 아니에요."

"뭐냐. 의견이 있으면 확실히 말해라."

곧바로 지적받자 나는 허둥지둥 말해버렸다.

"아, 그 주문은 샘플이 될 코르셋을 어느 정도 만든 후에 받는 게 좋을 것 같아서요. 종류가 많아야 충격을 확 주니까요."

"그게 낫다는 건 나도 당연히 안다. 하지만 너와 달리 늙은 이에게는 미래가 없어. 일흔 넘어서부터는 죽음이 바로 곁에서 알짱대는 셈이니까. 차례차례 동창생이 죽고 가족이 죽고 장례식에서 독경을 해준 스님까지 갑자기 죽었어. 기다리고 고민하고 주저하면 시간 낭비일 뿐이다."

이사부로는 단호하게 잘라 말하며 평소의 뻔뻔함을 되찾

았는지 턱을 치켜들었다.

"하지만 인생은 종반부터 진짜다. 늙은이는 가능성이 낮지만 경험만큼은 썩을 정도로 풍부하지. 잘 들어라. 병원 침대에 누워서 그동안 고마웠다고 중얼거리며 머저리처럼 죽는 짓만은 하지 마."

억지로 당당한 척 꾸미는 것은 아니어서 안심했지만, 실질적인 문제로 겨우 코르셋 두 벌을 가게에 내건다고 해서 손님이 올 리 없다. 마을의 반응은 지난번 소동으로 끔찍하도록 확실히 알았다.

나는 망설이며 입을 열었다.

"참고로 코르셋을 팔 대상 연령층은 어떤가요? 그에 따라서 가격도 결정되니까요. 얼마 전에 학교에서 배웠어요. 물건을 팔려면 우선 타깃을 정하고 라이프스타일을 생각해서 기회를 잡아야 한대요. 쉽게 말해 누가 어떤 상황에서 이걸 입는지, 하는 거죠."

"흠, 당연히 젊은 여자가 사주면 좋겠지."

노인은 떨떠름한 표정을 풀더니 허공을 쳐다보며 싱긋 웃었다.

"그렇다면 이십대인가요?"

"그건 어린애잖아. 내가 말하는 건 육, 칠십대야."

"……아, 아아. 요즘 중·장년은 젊으니까요."

나는 얼굴이 굳지 않게 신경 쓰며 웃었지만, 이사부로는 무표정한 얼굴로 매섭게 지적했다.

"너, 마음에도 없는 소리는 하지 마."

나는 평소처럼 곧바로 죄송하다고 했는데, 노인이 또 곧바로 "사과하지 마"라고 지적했다. 반사적으로 다시 사과하려던 것을 삼키고, 긴장해서 말을 이었다.

"그런데 조금 상상이 안 돼요. 그분들은 돈이야 있겠지만 어떻게 팔아야 할지 모르겠어요. 육, 칠십대 분들이 코르 발레 네를 이해할까요? 아니, 대체 언제 입어요?"

"그건 다 생각이 있어."

이사부로는 하얀 수염을 쓰다듬으며 꿍꿍이가 있는 악당처럼 눈을 가늘게 떴다. 노인이 여간해서 속마음을 털어놓지 않으니까 나는 또 이것저것 상상의 나래를 펼쳤다. 이사부로라면 이렇게 생각하겠지, 혹은 이렇게 생각해주면 좋겠다, 라고. 그러나 노인의 생각은 상상의 범주를 훌쩍 뛰어넘었으며 나 따위가 추측할 만큼 단순하지도 않다. 코르셋 혁명을 지켜보려면 내가 적극적으로 관여하는 수밖에 없다. 이사부로에게 도움을 주고 싶었다.

나는 자신감을 끌어모아 아랫배에 힘을 주고 외쳤다.

"이사부로 씨, 내일도 일하는 모습을 보게 해주세요. 판매까지 어떻게 끌어갈지 계획도 알려주셨으면 좋겠어요. 매일

학교 끝나면 들를게요. 폐가 되는 건 알지만 이렇게 부탁드립니다."

어린애가 달라붙으면 귀찮을 것이다. 얼마나 성가신 부탁인지 나도 잘 안다. 이사부로는 자기가 만들었을 파란 셔츠의 옷깃을 정돈하며 내 얼굴을 차근차근 살폈다. 하얀 속눈썹이 풍성한 잿빛 눈동자는 모든 것을 꿰뚫어 볼 것처럼 투명하게 맑았다.

신사복 전문인 이사부로가 코르셋을 만들었다면 그렇게 할 수밖에 없는 이유가 있을 것이다. 이사부로가 얼마나 진지한지 손수 만든 코르 발레네를 보면 안다. 그래도 내게는 따분하고 지루한 일상에 던져진 자극적인 이벤트라는 생각이 강하다. 내가 달라질 기회일지도 모른다. 세대도 감각도 다른 두 사람의 마음이 만나 중화되면 적절하게 힘이 빠져 그럭저럭 쓸 만한 것이 나오지 않을까?

나는 거절당하기 싫어서 반박할 말을 몇 가지나 준비하고 이어질 말을 기다렸다. 그런데 이사부로는 나란히 놓인 코르셋으로 시선을 옮기고 천천히 입을 열었다.

"여기 오려거든 조건이 있다."

불길한 예감이 들었다. 설마 얼토당토않은 조건을 내걸어 쫓아내려는 것은……. 이사부로는 다시 나를 쳐다보고, 절대 거절할 수 없이 강하게 말했다.

"남의 눈치 보지 마. 남과 비교하지 마. 의견을 억누르지 마. 네 인생을 너 이외의 누구에게도 맡기지 마."

말로는 간단하지만, 그게 쉽다면 누구나 즐거운 인생을 살 것이다. 그러나 나는 입술을 악물고 이사부로의 진지한 눈을 바라보며 고개를 끄덕였다.

6

일요일인 다음 날. 이사부로의 선언대로 쇼윈도에 코르 발레네 두 벌이 걸렸다. '상담 및 주문받습니다'라고 자필로 문구를 적은 종이가 보디 다리쯤에 놓인 나무판에 붙어 있었다. 극장에 붙은 선전 문구 같다.

나는 떨리는 가슴으로 잽싸게 거리를 둘러보며 사람들의 반응을 살폈다. 그런데 일요일 한낮인데도 인파가 적었고, 상점가의 가게에 시선을 주는 사람이 없었다. 나는 길 끝까지 뛰어가 꺾어진 골목을 살폈다. 여기에도 겨우 몇 명뿐이다. 골목에서 눈에 띄는 것이라곤 이웃 주민들이 가게 앞에 서서 시시한 잡담을 나누는 모습뿐이다. 코르셋을 장식한 첫날은 그렇게 난리를 쳤으면서 이제 그런 것에는 전혀 관심이 없고 상관하기도 싫다고 주장하는 것 같다.

반응이 없어서 오히려 무서웠다. 나는 마음을 졸이며 이사부로 양복점 앞으로 돌아왔다. 화려하게 꾸민 여자가 걸어오는 것을 보고 전신주 뒤에 얼른 숨었으나, 쇼윈도에 전혀 시선을 주지 않고 완벽하게 무시한 채 지나가서 혀를 찼다. 그와 동시에 등에 식은땀이 흘렀다. 혹시 이미 마을 전체에 저 가게와는 접촉하면 안 된다는 명령이 떨어졌나? 설마 마을 전체가 따돌리려는 건 아니겠지……

나는 내 추리에 당황해서 가게 앞을 우왕좌왕하다가 제풀에 지쳐 이사부로 양복점으로 들어갔다.

작업실로 가 묵묵히 노인의 작업을 지켜보았다. 손님이 하나도 없는데도 전혀 불안하거나 초조하지 않나 보다. 어쨌든 이사부로의 집중력은 타의 추종을 불허해서 자신만의 세계에 푹 빠졌다. 게다가 눈앞에서 펼쳐지는 작업은 쇼를 방불케 했다. 양재 자체에는 별로 흥미가 없는 내가 무심코 스마트폰을 꺼내 사진을 찍을 정도로 매혹적이었다. 등을 굽히고 손만 움직이는 지루한 바느질과는 차원이 달라, 마치 거대한 캔버스에 색을 칠하는 것 같은 대담함이 엿보였다.

이사부로는 입에 핀을 몇 개나 물고 짜깁기한 보디에 염색하지 않은 거친 무명천을 고정했다. 코르 발레네의 바탕이 되는 것으로, 이사부로는 "먼저 투알•을 만들 거야"라고 간단하게 표현했다. 각도와 커브를 계산하고 수치화해 도면을 그리는 것이 아니라 감각에 따라 형태를 만들어가는 '입체 재단'이라고 한다. 평면 천 한 장을 쥐었다가 가위질했다가 접기를 되풀이하다 보면 보디에 부드럽게 밀착되는 아름다운 라인으로 변형되었다. 감탄이 나왔다. 나무뿌리처럼 우둘투둘한 노인의 손은 망설임 없이 자신만만했다.

"옷감의 결을 거스르면 안 된다."

이사부로가 걸걸한 목소리로 불쑥 중얼거렸다.

"어떤 천이든 방향이 있어. 거기에서 1밀리미터라도 벗어나는 순간 천은 내 말을 들어주지 않아. 결을 거슬러서 억지로 완성하면 주름이 생기고 형태가 무너져서 결과적으로 옷이 인간에게 복수를 한다."

"옷이 복수를 한다니요……."

"몸의 중심선에서 옷감의 결이 한 군데라도 어긋나면 옷을 입는 사람이 영향을 받아. 왠지 편하지 않고 당겨지는 것 같고 움직이기 불편한 느낌은 몸이 보내는 경고야. 재봉이 형편없는 옷은 뼈와 근육을 서서히 비틀어지게 하고 신경에도 영향을 줘. 내가 국가 첩보원이나 킬러였다면 옷을 무기로 쓸 거다."

- 평직물이라는 뜻으로, 보통 본재봉에 들어가기 전에 실루엣이나 사이즈 등을 보려고 본 재봉과 똑같이 만들 때 사용하는 무명 천, 혹은 그것으로 완성한 샘플을 가리킴

"왜 꼭 뒤숭숭한 쪽으로 이야기를 끌고 가세요."

나는 만족스럽게 히죽이는 이사부로에게 한마디 던지고, 내가 입은 체크무늬 플란넬 셔츠를 살펴보았다. 오래 입어서 그렇다고 보기 어려울 정도로 옷감이 심하게 비틀렸다. 솔기도 엉망이었고, 사이즈는 맞는데 어깨뼈 부분이 답답해서 움직임을 제한하는 듯한 기분이다. 그러자 노인은 어깨 너머로 나를 보고 손을 움직이며 말했다.

"공업용 패턴은 양산하려고 그린 거야. 직선적으로 만들고 다른 천을 쓸데없이 잔뜩 이어 붙이면 옷감을 훨씬 절약할 수 있지. 품삯을 극단적으로 깎고 조악한 소재를 써서 저렴한 가격으로 대량 판매하는 것이 유일한 목적이니까. 유기농이니 캐시미어니 재활용이니 듣기 좋은 말로 손님을 끌어들이는 싸구려 옷 가게에서는 당연히 돈벌이를 최고 목적으로 삼아. 입만 살아서 자존심이라곤 없지."

"확실히 이사부로 씨가 만드는 것과는 정반대예요. 그래도 싼 게 최고의 매력이니까요. 이 셔츠, 겨우 천 엔이었어요."

이사부로는 핀을 꽂던 손을 멈추더니 갑자기 고개를 휙 돌렸다. 위압감을 느낀 나는 반사적으로 등을 폈다.

"잘 들어라. 물건에는 적정 가격이 있어. 어느 멍청한 놈이 싸게 팔면 더 멍청한 놈이 그보다 더 싼 가격을 매겨. 그러면 가격도 시장도 산지도 무너져서 업계 전체의 목을 조이는 결과를 낳지. 싼 가격에 익숙해지면 어긋난 가치 감각에서 벗어나지 못해."

"그렇게 말씀하셔도 비싼 건 살 수가 없는데……."

"적정이라는 의미를 잘 생각해봐라. 너는 싸구려 셔츠를 사는 대신 몸의 성장을 방해하는 것을 받아들였어. 악마와 맺은 계약이나 마찬가지니 어떤 의미에서는 적정 가격이라고 할 수 있겠구나."

"아, 저기요."

발끈해서 반박하려고 했지만, 이사부로는 손을 휘저어 내 입을 다물게 했다.

"인간의 팔은 몸 앞쪽으로 기울어졌어. 그런데 네가 입은 셔츠는 생산 효율만 중시해서 얏코다코*처럼 직선과 평면으로 재봉했어. 등 요크는 세로로 재단한 옷감 한 장을 써서 신축성도 없어. 몸이 잘 안 움직이지?"

"뭐, 그래요. 하지만 사는 데 지장은 없어요."

"흠. 그렇게 스스로 설득하면서 사는 수밖에 없지. 싸구려니까 어쩔 수 없고 금방 망가져도 또 사면 그만이라고. 나는 조악한 상품이 넘쳐나는 이 세상이 정말 지긋지긋하다. 특히 옷 쪽은 쳐다보기도 싫어. 내 영역에서 제멋대로 날뛰다니."

• 사람이 팔을 벌린 자세를 본떠 만든 연

이사부로는 콧김을 거칠게 내뿜으며 보디로 몸을 돌려 다시 무명천에 핀을 꽂았다. 장인들의 고집과 노인 특유의 완고함을 풀풀 풍겼다. 그렇다고 시대가 변한 것을 절대 받아들이지 않으려는 우스운 모습으로는 보이지 않았다. 이사부로가 지금까지 갈고닦은 기술을 코르셋으로 해방하는 중이기 때문이다. 노인의 사고가 어떻게 돌아가는지 그 논리는 여전히 잘 모르겠지만.

이사부로는 미간에 깊은 주름을 잡고 상반신만 투알 쪽으로 기울이다가 때때로 뒤로 물러서 전체를 살피고 수정하기를 반복했다. 일을 그때그때 닥치는 대로 하는 것처럼 보이는데, 나중에는 치밀한 코르셋이 완성되니 정말 놀랍다. 세 번째 코르 발레네는 가슴에서 허리뼈까지 뒤덮는 디자인 같았다. 가슴 아래에는 삼각형 조각을 넣고 어깨끈은 리본으로 장식할 생각인 듯하다. 불그스레하고 고집스러운 얼굴을 한 노인의 손에서 이런 로맨틱한 것이 완성된다는 사실이 믿기지 않았다.

"이사부로 씨, 귀여운 걸 좋아하세요?"

별생각 없이 물었는데 "싫어해"라는 대답이 곧바로 돌아왔다. 뭐, 당연하겠지.

"하지만 일본에는 귀여움이 넘쳐나잖아요? 지역 마스코트 캐릭터도 그렇고 옷도 디자인이 화려하고요. 귀여운 디자인이 없는 게 더 나은 것도 많지만요."

"그러니까 직접 만드는 거야. 기성복 파는 곳에 가보면 대체 어떤 머저리가 디자인했나 싶은 옷밖에 없어. 전부 다 사족이야."

"대충 이해는 하는데, 실제로 그런 게 팔리니까요. 이사부로 씨는 코르셋에 잘 팔릴 만한 요소를 넣기 싫으세요?"

"그래서 넣었잖아. 리본."

아하, 누가 봐도 한번에 알 수 있는 공략법이군.

이사부로는 무명천에 연필로 표시를 하고 보디에서 투알을 벗겼다. 이번에는 작업대 위에 크래프트지를 펼치고 중심선과 바스트 라인을 그린 다음 벗긴 투알을 얹었다. 코르셋의 입체 조형이 되는 옷감에서 핀을 빼 평면으로 되돌린 후, 표시한 곳을 선으로 연결했다. 이것을 종이에 옮기면 패턴이 되나 보다. 나는 몸을 숙여 쳐다보았다.

"저 입체물을 전개하면 이렇게 복잡한 형태가 되는구나. 꼭 수학 같아요. 양복 제도는 치수부터 시작해서 어떤 공식에 따라 산출하는 건 줄 알았어요. 중학교 가정 수업 시간에 앞치마를 만들 때는 그렇게 했거든요."

"숫자는 그냥 기준일 뿐이야. 인간의 눈은 세상을 늘 착각해서 보니까. 봉제물은 수치의 정확함보다 봤을 때의 정확함이 중요해. 직각 옷깃을 만들 때도 눈의 착각 때문에 안쪽으로 들어간 것처럼 보여. 직각으로 보이려면 몇 도쯤 바깥으로 내야 하는데, 대부분 수치에 지나치게 의존하니까 기계적으로 패턴을 그리고 끝이지. 이 동네 중학생들이 입는 세일러복 말이야. 그걸 볼 때마다 옷깃을 고쳐주고 싶어서 근질근질 하다니까."

이런 경지에 도달하기 위해 대체 얼마나 많은 경험과 노력을 쌓았을까. 이사부로가 지닌 기술과 지식은 아마 누구에게도 전수되지 않고 사라질 운명이리라. 노인도 그것을 딱히 슬퍼하지 않고, 누군가에게 계승해야 한다는 사명감도 없다. 그저 묵묵히 자신이 믿는 길을 간다.

그러나 한 가지가 마음에 걸렸다. 디자인. 나는 투알에서 패턴을 만들어가는 이사부로를 가만히 바라보았다. 지금 가게에 내놓은 줄무늬 코르셋도 그렇고, 아무래도 감각이 너무 구식이다. 아무리 18세기 이후 코르 발레네를 재현하는 것이 목적이라도 상품으로 판매하려면 현대 스타일과 어우러지게 할 무언가가 필요할 것이다. 물론 나는 그 '무언가'가 뭔지는 모르고 시대를 좇으려다 괜히 저속해지는 것도 싫다.

이사부로는 생각에 잠긴 나를 쳐다보고 종이 위에서 50센티미터짜리 자를 움직이며 물었다.

"물어보려다가 깜박했는데, 너는 코르셋에 대해서 왜 이렇게 잘 아니? 비정상적인 성적 취향이 아니라면 뭣 때문에 그렇게 됐어?"

"몇 번이나 말씀드리지만 비정상적인 성적 취향이 아니라는 사실만은 제발 믿어주세요. 코르셋을 잘 알게 된 건 엄마 영향인데……."

나는 여느 때와 달리 순순히 대답하는 나 자신에 놀랐다.

"엄마는 만화가인데, 프랑스혁명 전후를 무대로 한 작품을 그려요. 그래서 시대 배경과 문화에 흥미를 느낀 거예요."

"호오, 이 마을에 역사 만화를 그리는 사람이 있는 줄은 몰랐구나. 변두리에 있는 미나미 서점에서 사 올 테니 제목을 가르쳐다오."

"아, 그게! 그게 말이죠! 절망적으로 안 팔리는 만화가여서 동네 서점에는 없을 거예요! 절판이어서 주문도 못하고요!"

나는 목소리까지 뒤집어가며 무작정 둘러댔다.《생테티엔 기숙학교의 처벌》이라는 제목만큼은 절대 밝힐 수 없다. 내용에 대해서는 변명의 여지가 없다. 화제를 바꾸려는 찰나, 가게에서 문이 열리며 종소리가 들렸다.

"스즈무라 씨, 있나?"

골초 같은 걸걸하고 낮은 목소리였다. 이사부로는 패턴을 그리던 손을 멈추고 "누구요?" 하고 목소리를 높였다.

"상공회에서 왔어. 소마야. 좀 나와보게."

부회인가……, 이사부로는 혼잣말을 하고 짧게 한숨을 내
쉬며 연필과 자를 내려놓았다. 남색 브이넥 스웨터 옷자락을
당기고 하얀 수염을 손가락으로 매만지며 방을 나갔다. 나는
묘한 긴장감을 감지하고 출입구로 가서 엿들었다.

"바쁜데 미안하게 됐네. 전달 사항이 좀 있어서 말이야."

나는 길쭉한 포렴 사이로 재빨리 가게를 살폈다. 투실투
실 살이 찐 대머리 노인 한 명과 그 옆을 지키듯이 선 평범한
두 노인이 있었다. 모두 이사부로와 비슷한 나이로 보였다. 상
공회라고 하니 이 상점가에서 가게를 꾸리는 경영자들이겠지.
소마 철물점 간판은 본 기억이 있다. 체구가 작고 둥글둥글한
이사부로가 샌들을 신고 세 사람 앞에 섰다.

"사실은 자네 가게에 내놓은 물건 말인데."

그 말에 나는 더욱 귀를 쫑긋 세웠다.

"조금 위험하겠어. 아니, 위험해. 여러모로 문제가 됐어."

소마라는 이름을 댄 비만 노인은 뒤를 돌아 쇼윈도의 코르
셋을 가리켰다.

"이 지역 사람으로서 솔직히 말하겠는데, 저것과 이 가와
라마치 상점가가 어울리지 않는 게 큰 이유야. 여기는 예전부
터 소매점이 모인 마을이니 결속력이 단단하다네. 물론 스즈
무라 씨도 잘 알고 있겠지만."

"내가 상공회를 그만둔 지 10년 이상 지났어. 애초에 남의

가게에 참견할 권리는 부회에 없을 텐데."

"사람 참, 그렇게 싸우려고 들지 말고. 그런 의견이 여기저기에서 나온다는 사실을 인정해줬으면 해. 지금 상공회는 지역 활성과 매력 넘치는 거리 조성에 힘을 쏟고 있는데, 자네 상품 때문에 상점가 이미지가 완전히 뭉개진단 말일세."

지역 활성에 힘을 쏟은 결과가 어린애 장난 같은 '가와라짱 색칠 릴레이'란 말인가. 그런 릴레이는 유행이 지난 지 한참 뒤라 이미 늦었다.

뒤에서 봐도 알 수 있을 만큼 이사부로의 분노가 짜릿짜릿 전해졌다. 뚱뚱한 상공회 노인은 가래를 삭이듯 여러 번 헛기침을 하고, 양옆에 선 동료에게 눈짓을 보냈다.

"게다가 상공회를 넘어서 여러 문제로 발전할 것 같아. 먼저 여기는 통학로니까 아이들에게 안 좋은 영향을 준다고 걱정하는 사람이 있어."

"부인회나 상공회 부인부, 그리고 청년부야. 이대로라면 아마 학부모회까지 끼어들 거야. 시끄러워지겠지."

옆에 선 사람들이 맞장구를 쳤다.

"아무튼 저 요란하고 스트리퍼나 입을 법한 속옷은 동네와 안 어울려. 대체 어디에 쓰려는 건가? 노인들 사이에서도 뒷말이 얼마나 많이 나오는지 몰라. 신사복 전문점에서 왜 저런 걸 내놓느냐면서."

"반상회의 노인회와 세 마을 합동노인회, 그리고 노인연합회, 흰 독수리 노인연합총회에서도 의제에 올랐어. 스즈무라 씨는 결석이었지."

반대편에 선 노인도 입을 열었다. 이 마을은 대체 노인회들이 어떤 피라미드를 이룬 거지. 나는 머리가 아파서 관자놀이를 눌렀다.

이사부로는 팔짱을 끼고 상공회의 말을 묵묵히 듣고 있었다. 그 차분함이 폭풍 전야처럼 느껴져서 오싹했다. 얼굴이 번지르르 빛나는 비만 노인은 코르 발레네에 드문드문 시선을 주며 말했다.

"얼마 전에 자네 아들을 만났는데, 안쓰럽게도 힘이 쭉 빠졌더라고. 그럴 만도 하지. 이번 사건은 가족도 몰랐다면서? 스즈무라 씨, 대체 앞으로 어쩔 생각이야?"

"어쩔 생각이라니, 가게에서 물건을 팔 거야. 자네들과 똑같은 일을 하는 거지."

"그러니까 그러면 안 된다니까. 잘 알면서 그래. 이 마을에서 살려면 따라야 할 규칙이 있지 않나."

그러자 이사부로가 나직하게 웃었다. 나는 반사적으로 긴장했다.

"네놈들이 규칙 운운할 자격이 있나? 부정 회계, 득표수 조작, 공무원과의 유착, 시골 의원 접대, 기존 권익만 지키려는 은폐 관행에 추잡한 괴롭힘과 불륜의 온상. 지역 활성을 앞장서서 방해하는 조직이라는 자각도 없군?"

아, 대놓고 싸움을 걸면 어떡해! 나는 포렴 틈에서 경악했다. 좀 더 부드럽게, 이쪽이 불리해지지 않게 계산해가면서 맞서야지!

나는 머리를 감싸 안고 이까지 갈며 겁에 질린 채 동태를 살폈다. 이쪽에 등을 지고 버티고 선 이사부로 너머로 세 노인이 잔뜩 긴장한 표정을 짓고 굳어 있었다. 이렇게 해서 지역대 이사부로 양복점이라는 대결 구도가 형성되었다. 이쯤 되니 공무원으로 일하는 아들 다이치가 안쓰러웠다.

"말이 안 통하는군."

한숨 섞인 소리가 들리자 나는 얼른 포렴 사이로 고개를 박았다. 비만 대머리 노인이 기름진 커다란 얼굴에 딱딱한 미소를 짓고 있었다.

"저세상에서 사토코 씨가 울겠어. 최선을 다해 마을에 헌신하고 부인회에도 열심히 참여한 사람인데. 사교성이라곤 하나도 없는 자네 대신 어디든 얼굴을 내비치며 그렇게 열심히 했는데 말이야."

"주제를 흐리지 마. 내가 하고 싶은 말은 상공회나 회의소가 썩었다는 것과 위법이 아니니 규제할 수 없다는 거야. 그리고 자네가 뚱뚱한 불륜남이라는 것도."

"무슨 헛소리야!"

나는 그 자리에 주저앉아 비명을 꾹 참았다. 왜 저렇게 공격성이 하늘을 찌르냐고! 왜 전방위로 싸움을 거는 거지! 아니, 어떻게 이날 이때까지 이사부로 양복점을 꾸려왔지!

엄마라면 록 음악처럼 점점 더 짜릿해진다고 좋아하겠지만, 이대로 가면 노인이 모든 것을 불태운 코르셋 혁명에서 멀어진다. 나는 이 지점에서 불이 꺼지는 것만은 절대로 싫었다.

상공회 노인들은 얼굴을 마주 보며 화가 나고 기가 막힌다는 티를 내며 발걸음을 돌렸다. 나가기 전에 비만 노인이 뒤를 돌아보고 카랑카랑하게 외쳤다.

"후회하지 말게. 그리고 당장 의사한테 가봐. 완전히 미쳤어."

종소리를 요란하게 울리며 세 사람이 우당탕 나갔다.

제 2 장

도호쿠 사투리
스팀펑크

1

정말이지 지쳤다. 나는 저녁놀에 물든 인적 드문 뒷골목을 무거운 발걸음으로 걸어갔다. 적갈색 태양이 산을 넘어가자 기온이 급격히 떨어졌다. 나는 체크 플란넬 셔츠 앞섶을 여미고 등을 잔뜩 움츠리고 걸었다.

이사부로와 상공회 노인들이 보여준 이 마을의 어두운 면에 굉장히 충격을 받았다. 이 마을은 내가 지금까지 짐작하던 이상야릇함과는 수준이 다른, 생생하고 현실감 넘치는 어른들의 폐쇄 사회였다. 엄마와 둘이 세상과 동떨어져 살면서 전혀 느끼지 못했던 부분이다. 생활이나 장래에 대한 불안만으로도 버거운데, 우울한 씨앗이 잔뜩 뿌려진 기분이다.

나는 한눈팔지 않고 발걸음을 재촉했지만, 골목 앞에 멈춰 서서 잠깐 고민하다가 오른쪽으로 꺾었다. 청바지 주머니에 양손을 찔러 넣고 한참을 걸어 뻥 뚫린 뒷골목 공터 앞으로 나왔다. 주택가와 떨어진 곳에 자리한 이 넓은 공터는 넓이가 테니스 코트 여섯 개 정도는 될 것이다. 키 높이까지 자란 잡초가 마구잡이로 엉켜 가을 풀벌레들이 시끄럽게 울어댔다.

나는 훗훗한 풀 냄새를 들이마셨다.

예전에 이곳에는 '히카리 극장'이라고, 나무로 지은 작은 영화관이 있었다. 스크린이 하나뿐인, 옛날부터 있던 허름한 극장인데, 조폭 영화나 액션 영화를 주로 상영했다. 가끔 어린이용 애니메이션을 할 때면 엄마가 데려가줘서 얼마나 기뻤는지 모른다. 상영 시작을 알리는 시끄러운 알람 소리가 지금도 생각난다.

내가 초등학교에 올라가기 전에 망했는데, 이 동네 주민들은 딱히 아쉬워하지 않았다. 유일한 오락거리인 데다 그럭저럭 인기가 있었는데도. 그렇다. 이 마을은 외부 사람에게는 붙임성 있게 굴지만, 이곳에 사는 사람과 이곳을 떠나는 사람에게는 괴이할 정도로 냉담하다. 조금 전 상공회 사람들처럼. 그 영화관 옆에 아빠 가게가 있었다.

"인생이란 마음먹기에 따라 어떻게든 된단다."

풀숲을 멍하니 쳐다보며 나는 조용히 중얼거렸다. 열 살 때, 이름 때문에 놀림받아 울던 내게 아빠가 해준 말이다. 담배와 갓 내린 커피 냄새가 났던 것을 기억한다.

아빠는 재즈 카페를 경영했는데, 이런 시골과는 전혀 어울리지 않게 세련된 분위기였다. 키도 크고 이목구비가 뚜렷했으며, 곱슬기가 있는 길고 부드러운 머리를 하나로 묶은 모습은 엄마가 만화에 즐겨 그리는 미화된 귀족과 비슷했다. 사소한 행동 하나에서도 여유와 우아함이 느껴지는 것은 도쿄 중심지에서 태어난 도련님이기 때문이다. 외모만큼이나 차분한 성격이어서 나를 혼낸 적이 한 번도 없지만, 그만큼 서먹서먹해서 왠지 남 같았다.

6년 전 증발하는 바람에 아빠 소식은 전혀 모르는데, 살아 있다면 예순여덟 살일 것이다. 엄마와 나이 차이가 서른한 살이니, 이것만 놓고 봐도 문제 있는 남자가 분명하다.

나는 똬리를 튼 칡을 짓밟고 노란 꽃을 피운 미역취와 참억새를 난폭하게 헤집었다. 지면에는 머릿돌로 보이는 콘크리트블록이 잡초에 뒤덮인 채 남아 있었다.

영화관 옆에 낡은 빌딩이 있었다. 스낵바와 펍 같은 초라한 가게가 자리해 밤이면 형형색색의 간판에 불을 밝히고 여자들이 손님을 끌었다. 그 삭막한 빌딩 한쪽, 폭이 좁은 반지하에 재즈 카페가 고요히 숨을 쉬었다.

"여기가 계단."

나는 컨버스 운동화로 콘크리트 파편을 찍었다. 지하로 내려가는 계단은 다섯 계단. 나는 잡초로 뒤덮인 땅을 바라보며 기억 속 계단을 내려갔다. 막다른 곳에 붉은 유리를 끼운 두꺼운 목제 문이 있었다. 손잡이를 당겨서 열면, 카운터와 테이블 자리가 하나씩 있는 움막 같은 비좁은 공간이 나왔다. 세 평인 내 방보다 조금 더 큰 정도였다.

다시 청바지 주머니에 손을 찔러 넣고, 건조한 공기를 한 가득 들이마셨다. 낮에도 어두컴컴한 가게에는 나른한 재즈가 흘렀고, 까만 앞치마를 두른 아빠는 늘 담배 연기를 내뿜으며 사색에 잠겨 있었다.

나는 블록 잔해를 폴짝 뛰어넘어 정취라곤 없는 공터를 둘 러보고 좁은 시영 도로를 걸었다.

같은 반 여자들이 하는 말을 들으면, 아담하고 귀여운 카 페에서 프릴 달린 앞치마를 입고 웨이트리스 아르바이트를 하는 애니메이션 같은 설정을 동경한단다. 잘생긴 바리스타가 있으면 더할 나위 없다고도 한다. 엄마는 고등학교 2학년 여 름, 지금 나와 같은 나이에 이곳에 있던 재즈 카페에서 아르바 이트를 시작했다고 들었다.

그러나 나는 엄마가 우리 반 여자들과 감각이 다르다고 확 신한다. 아빠가 경영하던 카페는 벽을 피처럼 새빨갛게 칠하 고, 뻥 뚫린 천장에 전기 배선이 고스란히 드러나서 수상하기 짝이 없는 공간일 뿐이었다.

나도 모르게 "살인귀의 지하실"이라고, 그 카페를 보고 품 었던 인상을 중얼거렸다.

양철 갓을 단 어두운 전구와 육류 절단대처럼 흠집 난 카운터, 그리고 그냥 봐도 값어치 있어 보이는 중후한 앤티크 장식이 오히려 손님의 발길을 멀어지게 했다. 아무리 생각해도 십대 여자가 첫 일터로 고를 곳은 아니다.

나는 고개를 푹 숙이고 낡은 단층집이 이어진 뒷골목을 걸었다. 이 근처에는 산다화 산울타리가 많아 떨어진 꽃잎이 인근 도로를 적자색으로 물들인다. 일부러 꽃잎을 짓밟으며 울적하게 걸음을 옮겼다.

엄마는 열여덟 살에 동거를 시작했다. 고등학교를 졸업하자마자 서른 살 이상 많은 아르바이트하던 카페 주인장 집으로 굴러 들어갔다. 그런 면은 앞날을 생각하지 않는 철없는 십대가 할 법한 행동으로 볼 수 있지만, 엄마는 몰라도 쉰 살이 코앞이던 아빠는 좀 말렸어야지 싶다.

엄마의 부모님은 이 동네보다 역 하나 더 간 곳에 사는 지방 의회의 의원이었고, 그 지역에서 발이 넓은 농업 종사자이기도 했다. 딸의 동거나 결혼을 당연히 허락할 리 없었는데, 엄마는 어차피 성인이 되면 집을 나갈 테니 다를 것 없다고 당당하게 선언했다고 한다.

들은 이야기에 따르면, 당시 엄마는 성적도 좋고 행실도 발랐으며 대학에도 합격했다고 한다. 만화 마감 하나 지키지 못하는 어리숙한 모습을 보면 전혀 상상이 안 되지만. 아무튼 엄마는 모든 것을 버리고 수상한 재즈 카페의 주인과 결혼해 스무 살에 나를 낳는 가시밭길을 선택했다. 아빠는 한 소녀의 미래를 꺾어버렸다.

나는 '맹견 조심'이라고 적힌 팻말을 곁눈질하며 단지로 이어지는 지름길로 들어섰다.

어떤 책에서 읽었다. 가정에서 부모와의 관계가 충족되지 못하면 연애 상대에게 부성이나 모성을 강하게 요구하는 심리가 발동한다고. 엄마가 바로 그랬다. 할아버지는 여느 의원들이 그렇듯 주목받기 좋아하는 연설가로, 정치부터 대항 파벌, 농협, 젊은 사람, 아내에 대한 불만까지, 사고방식이 모두 불평 불만으로 가득했다. 아마 자기 의견을 따르지 않는 딸과 손자를 짜증스럽게 여길 것이다. 자기 자신만 최고인 오만방자한 남자라는 인상이었다.

유치원에 들어갈 무렵에 할아버지가 "이름은 실체를 상징한다"라고 무뚝뚝하게 말했던 것을 나는 지금도 잊지 못한다. 의미는 한참 뒤에야 알았는데, 부정적인 뜻으로 한 말이 분명했다.

꽃잎을 잘못 밟아 주르륵 미끄러질 뻔해서 나는 살짝 비틀거렸다. 내 성격이 이렇게 비뚤어진 것은 모두 출생과 환경 탓이라고 주장해도 되지 않을까? 하지만 이런 데 얽매여 끙끙 앓는 것도 바보 같다.

어떻게든 기분을 바꾸려고 애쓰는데, 새된 소리가 들려 움찔 몸을 떨었다.

"아쿠아!"

고개를 번쩍 들자, 자전거 한 대가 맹렬한 속도로 좁은 길을 폭주하고 있었다. 까만 테 안경을 쓰고 얼굴 절반을 마스크로 덮은 데다, 머리카락을 경단처럼 높이 묶어 올린 엄마가 손을 흔들었다. 페달을 밟을 때마다 자전거가 톱니바퀴처럼 삐걱거리며 듣기 싫은 소음을 주변에 퍼뜨렸다.

엄마가 급브레이크를 걸자 소리가 더 심해져서 나는 귀를 막고 어금니를 악물었다. 헉헉 숨을 몰아쉰 엄마는 덥다고 중얼거리며 마스크를 턱까지 내렸다.

"동네에서 우연히 만나면 굉장히 기쁘지 않니?"

"하나도 안 기뻐. 그보다 그 자전거 그쯤 됐으면 버리라고. 아무리 기름을 쳐도 소음이 심해서 조만간 항의가 들어올 거야."

"아직 괜찮다니까. 얼마 전에 녹을 없애서 소리도 제법 줄어들었어. 하야토랑 놀다 왔니?"

엄마가 코끝까지 내려온 안경을 밀어 올렸다. 나는 엄마의 몸을 살펴보고 주변을 빠르게 살핀 뒤, 목소리를 낮췄다.

"엄마, 부탁이니까 그 저지 옷은 집에서만 입으라고. 실내복과 잠옷과 외출복이 똑같다니, 인간으로서 완전히 최악이잖

아. 대충 봐도 보풀이 만 개는 넘을 것 같네. 게다가 'FBI'라니 대체 옷이 왜 이래."

엄마는 남색 저지 옷을 쭉 잡아당겨 커다랗게 프린트된 미국 연방수사국 로고를 내려다보았다.

"그냥 요 앞까지 뭐 사러 가는 거고, 아무도 안 보는데 뭐 어때? 그리고 이렇게 마스크를 쓰면 얼굴을 못 알아보잖아."

다시 마스크를 쓴 엄마는 의미 없이 엄지를 척 들어 보였다. 그런 문제가 아니거니와 아무도 안 본다는 소리 또한 말이 안 된다. 지금도 가정집 산울타리 너머에서 시선과 기척이 찌릿찌릿 느껴진다. 생각하기만 해도 손에 찐득하게 땀이 배고 심박 수가 급격히 상승했다.

"왜 그러니? 얼굴빛이 창백한데."

엄마가 얼굴을 들여다보았는데 나는 반사적으로 뒤로 물러났다.

"좀 떨어져."

"왜? 어디 안 좋아?"

"괜찮아. 됐으니까 빨리 갔다 와."

이상하게 짜증이 솟구쳐서 냉정하게 말하자, 엄마가 조금 놀란 표정을 지었다.

아빠는 공안의 감시를 받았다고 들었다. 이른바 사상에 문제가 있는 과격한 활동가로, 도쿄에서 폭력적인 학생운동에 열을 올린 과거가 있다. 아빠의 차분함 뒤에 숨어 있던 은밀하고 불온한 정체가 그거였겠지. 이 마을에 정착한 것도 엄마와 결혼한 것도 갑자기 증발한 것도 전부 수면 아래에서 꿈틀대는 반체제 활동을 숨기기 위해서였을까? 어쨌든 지금은 사라져줘서 다행이라고 생각한다. 내게 일어난 비극에 아빠를 포함하지 않을 이유를 도저히 못 찾겠으니까.

아들의 상태를 살피던 엄마는 페달에 발을 올리고 내 팔을 톡톡 쳤다.

"알았어, 알았어. 그럼 다녀올게. 세이치 제과점에서 초콜릿 소라빵도 사 올게. 너도 좋아하지? 그리고 모리사키야에서 저녁 장을 보고 곧장 양복점에 정찰하러 갈 거야. 오늘이야말로 내 눈으로 직접 보고 싶어. 완벽한 코르 발레네를."

엄마는 말을 다 끝마치기도 전에 신경을 벅벅 긁는 소리를 내며 힘차게 자전거 페달을 밟았다.

저렇게까지 남의 시선에 무신경한 이유를 모르겠다. 어쨌든 자기 삶을 의심하지 않고 전혀 부끄러워하지 않는다는 점은 이사부로와 엄마의 공통점이다. 그리고 다양한 의미에서 세상과 어울리지 못한다.

나는 크게 숨을 들이마시고 단숨에 내쉬었다. 머리를 점령한 부정적인 생각을 밀어내자 오기가 펄펄 들끓었다. 나는 직접 행동하지도 않으면서 늘 막연하게 무언가를 원한다. 이사부로가 말하는 코르셋 혁명이 뭔지 여전히 오리무중이지만 '무슨 일이 있더라도 결말을 보고 싶다'는 마음만은 확고했다.

저무는 해를 받아 길쭉하게 늘어난 그림자를 밟으며 나는 성큼성큼 뒷골목을 걸었다.

2

할머니가 걸걸한 목소리를 최대한 낮추고, 머리에 푹 뒤집어쓴 녹색 스카프 안으로 흰머리를 쑤셔 넣었다. 오늘은 그다지 춥지 않지만 허리 아래까지 오는 두툼한 모헤어 카디건을 입었다.

"이사부로 씨, 상공회 사람들이랑 싸웠다면서?"

"누구한테 들었어?"

"오늘 아침에 두부 가게가 시끄럽더라고. 거기 며느리는 소문에 빠르고 확성기나 마찬가지라서."

화요일 저녁. 나는 평소처럼 출입구에 걸린 포렴 뒤에 진을 치고 밖을 염탐하며 교복 앞 단추를 풀었다. 하굣길에 이사부로 양복점에 들르자마자 이웃집 할머니가 지팡이를 짚고 찾아왔다. 처음 코르셋과 마주친 아침에도 본 노인인데, 바로 옆집 오사와 사진관 사람인 모양이다.

얼굴에 주름이 안 잡힌 곳이 없는 할머니는 느릿느릿 뒤를 돌아 쇼윈도에 장식한 두 벌의 코르 발레네를 바라보았다. 그러더니 고개를 설레설레 젓고 약하게 한숨을 쉬었다.

"상공회도 화가 날 대로 났나 보이. 특히 소마 씨가. 그 노인네가 거칠기로 유명하잖아."

"거칠기로 말하면 할멈이 키우는 개가 최고지. 밤톨 같은 주제에 사람 가리지 않고 짖어대는 게 표독해."

이사부로가 태연하게 말하자 할머니는 딴소리하지 말라는 듯 손을 내저었다. 상공회의 소마 씨란 이사부로가 말하던 그 비만 불륜남이다. 지방이 낀 거무죽죽한 얼굴을 떠올리자 노인의 불륜 행위까지 떠올라 정말이지 소름이 끼쳤다. 도저히 믿기 어려운데 아무도 부정하지 않았으니 사실이라는 소리겠지. 가게에서는 할머니가 지팡이에 체중을 싣고 허리를 굽혀 해가 저무는 길거리를 분주하게 살펴보았다.

"이사부로 씨도 알겠지만 소마 씨는 살모사처럼 집념이 대단해. 정상 범위를 넘어섰다고. 선술집 얘기는 당신도 잘 알지?"

"이 동네에서 모르는 사람이 없지."

"그러니까. 뒤로 손을 써서 가게가 매입하지 못하게 하지를 않나, 그 집 양반이 목을 매 죽을 때까지 집요하게 영업을 방해했대. 선술집 양반이 첩한테 손을 댔다나 뭐라나, 이유도

저질이라니까. 어휴, 지금은 과부한테 지분대지 않나, 소마 씨의 밝힘증은 정도를 몰라."

"그게 다 선술집 주인장이 고작 소마 따위를 물리치지 못해서 그 꼴이 난 거야. 자업자득이지."

"이 사람아! 죽은 사람을 비난하는 말을 하면 쓰나!"

사진관 할머니가 노인을 나무라며 노려보았다. 할머니는 이사부로에게 잔소리를 할 만큼 가까운 사이인가 보다. 왠지 묘한 기분을 느끼며 다음 이야기를 기다렸다.

"이번 사건은 부회는 넘기고 곧바로 이사회에 올라갈 거야."

"그다음은 총 대회겠지. 특별할 것 없어. 놈들의 뻔한 수법이야."

"잘 알고 있으면서 그러나? 당신이 상공회를 그만둘 때도 난리가 났지만, 그때는 사토코 씨가 있었어. 처신을 잘해서 상점가와 좋은 관계를 유지했다고. 사토코 씨는 워낙 의지가 되는 사람이었고, 현명해서 적도 만들지 않았어. 몇 안 되는 내 친구였지."

이사부로가 입을 열었지만 사진관 할머니의 뒷말이 먼저였다.

"이봐, 이사부로 씨. 내 속이 속이 아니야. 동네 사람들을 화나게 하면 여기서는 못 산다고. 여생을 외톨이로 쓸쓸하게 지낼 생각이야?"

할머니는 구겨진 종이 같은 얼굴을 더욱 찡그리고 눈꺼풀이 축 처진 눈으로 이사부로를 불안하게 올려다보았다. 구경꾼으로 염탐하러 온 것이 아니라 진심으로 걱정하는 마음이 전해졌다.

나는 포렴 사이에서 고개를 들고 영 떨떠름한 기분으로 녹갈색 흙벽에 기댔다. 재봉사 노인은 마을 사람들과 친하게 지낼 마음이 없을 것이다. 그런데도 이 폐쇄적인 동네에서 살 수 있었던 것은 아내의 존재 덕분이었으리라. 노인과 만나고 요 며칠간 '사토코'라는 이름을 몇 번이나 들었다. 얼굴은 모르지만 괴팍한 이사부로 곁을 지키며 언제나 구김살 없이 웃는 모습을 상상하면 가슴이 아팠다.

그나저나 이 마을은 상상 이상으로 어둠에 물든 것 같다. 나는 벽에 기댄 채 전등불이 켜진 재봉틀을 멍하니 바라보았다. 눈에 보이지 않는 계층이나 파벌이 단지에 존재하는 것처럼, 장사를 할 때도 지킬 것을 지키지 않으면 안 된다는 소리다. 아무리 부조리하고 어리석고 막돼먹더라도 눈을 감고 받아들이지 않는 한 공동체의 평화는 없다.

"이게 사회라는 건가……."

왠지 싫다. 나는 긴 앞머리를 거칠게 쓸어 넘겼다.

이사부로와 만나고 얼마 지나지 않았는데 이 마을의 수면 아래에 가라앉은 질척질척하고 더러운 것이 눈앞에 차례차례 들이밀어지는 기분이었다. 결국 학교에서 지겹게 가르치는 도덕 따위는 아무 의미도 없다. 오히려 이 세상은 정반대의 힘이 기세등등하다. 겉으로 보이는 모습 너머의 숨은 본심을 읽지 못하면 짓밟히는 게임이다. 그러나 나는 놀랍게도 그게 곧 질서라고 순순히 받아들였다. 사회에 나갔을 때, 기꺼이 체제 편이 된 내가 쉽게 상상됐다. 한심하지만 다수파에는 묘한 안정감이 있다.

나는 힘이 빠져 낡은 재봉틀을 바라보았다. 이사부로가 종종 말하는 '투쟁'의 의미가 이것일지도 모른다. 그렇다고 이제 와서 세상을 바꾸려는 생각은 아니고, 그는 그저 남에게 방해받기 싫은 것이다. 긴 인생을 걸어 마지막에 도달한 영혼의 단독 투쟁. 혹시 전사하는 것도 각오하지 않았을까.

가게에서는 오사와 사진관 할머니가 콧잔등에 잔뜩 땀을 흘리며 "지금은 지는 게 이기는 거야" 하고 이사부로를 열심히 설득하고 있었다. 저 할머니도 속으로는 마을 돌아가는 꼴이 지긋지긋할 것이다. 이사부로는 목에 줄자를 건 채 아까부터 가만히 입을 다물고 있었다. 그러더니 쇼윈도에 내놓은 코르셋 두 벌을 바라보며 입을 열었다.

"내 가게가 상점가에서 그렇게 큰 문제가 됐나?"

"그야 큰 문제 정도가 아니야. 다들 여기 얘기만 하느라 정신없어. 그것들은 메뚜기 떼야. 여럿이 모여서 근거도 없는 쑥 덕공론이나 해대고 있지."

"그런가. 그렇다면 얌전히 따르지. 내일부터는 저걸 내리 겠어."

"응?"

나는 무심코 소리를 냈다가 허둥지둥 입을 막았다. 저게 무슨 소리야! 한 걸음도 물러서지 않겠다고 잘라 말했으면서! 화염병을 코르셋으로 바꿔 들고 싸우겠다고 주장했으면서! 매번 얄미울 정도로 여유만만한 태도를 보였으면서! 이렇게 빨리 포기하겠다고?

나는 뛰쳐나가고 싶은 충동을 필사적으로 억눌렀다. 혼자 내팽개쳐진 기분을 느끼며 출입구 옆에 주저앉았다. 이사부로 는 아주 잠깐 내 쪽으로 시선을 주더니, 가느다란 금테 안경을 천천히 벗어 스웨터 자락으로 렌즈를 닦았다.

"지금 그것들 생활은 구경꾼 근성과 분노를 중심으로 돌 아가. 지루한 삶에 갑자기 나타난 신선한 자극이겠지. 귀중한 오락거리야."

"이 사람이 무슨 태평한 소리를 하나?"

"나는 부회 녀석들을 일부러 화나게 했어."

할머니는 의아한 표정을 지었고, 나도 머리 위에 물음표를 몇 개나 띄웠다.

"이것도 심리전이야. 소마가 가게에 왔을 때 내가 금방 꺾였으면 녀석들은 더한 요구를 해댔을 거야. 원래 특권 의식으로 똘똘 뭉친 것들이니까."

"실제로 특권이 있긴 하지."

"그런 건 없어. 오랜 세월 놈들에게 의지해온 우리 책임이야. 마을 전체가 그것들이 착각하도록 거든 셈이야."

이사부로는 겨자색 스웨터 소매를 걷어 올렸다.

"무슨 소린지 알겠어? 나는 놈들을 일부러 자극해서 쫓아냈어. 그리고 며칠 지나서 '역시 부회의 의견에 일리가 있소이다……' 하고 이쪽에서 굽히고 사과하면 그놈들도 떨떠름하지만 받아들일 수밖에 없겠지."

"아, 그야 그렇겠지. 당신, 부회에 어마어마한 폭언을 퍼부었다면서? 마을 전체에 소문이 쫙 퍼졌으니까 다들 이사부로 씨가 곰곰이 생각한 끝에 반성했다고 여길 거야. 고개를 숙이는 사람을 서슬이 시퍼레져서 내칠 수는 없으니까."

할머니와 함께 나도 고개를 끄덕였다. 이사부로는 잠깐 사이를 두고 나서 마치 자기 자신을 설득하려는 듯이 차분하게 말했다.

"그리고 이제부터가 본론이야. 나는 앞으로 학생들 통학 시간에 코르셋을 내놓지 않겠다고 약속할 거야. 놈들은 내가 요구를 하나 받아들였으니 일단 불만은 가실 테지. 그러면 내일 자체를 문제 삼을 마음도 사라질 테고. 애초에 월권행위였고 서로 타협점이 일치했으니까. 놈들의 체면도 섰고. 이걸로 깔끔하게 거래 성립이야."

오사와 사진관 할머니는 골똘히 생각하다가 고개를 번쩍 들더니, 축 처진 눈꺼풀을 깜박였다.

"잠깐만. 설마 일부러 아침 일찍 저걸 내놓고 소동이 나도록 몰아간 건가? 처음부터 이렇게 될 줄 알고?"

"그럼. 저건 내기에 쓰기 위한 사전 작업, 즉 연출이야. 내가 앞으로 할 일에 참견하지 못하게 하려는 수단이지. 학생들에게 나쁜 영향을 미친다는 쪽으로만 시선을 돌리려고."

이사부로는 다시 안경을 쓰고 하얀 수염을 쓰다듬으며 히죽 웃었다.

"하지만 놀이는 이쯤에서 끝이야. 나는 물러서지 않아."

나는 쿵쿵 마구 뛰는 가슴을 쓸어내리며 비틀비틀 일어났다. 저 할아버지, 대체 뭐지? 그날 아침 코르 발레네를 장식한 것도 전부 다 계산한 거라고? 마을 반상회나 학교 단체에서 문제 삼을 것을 알고 역으로 이용해 장기적인 전략을 세웠다. 노인의 말이 악의 넘치고 강렬할수록 잘못을 인정하고 물러났을 때 깊은 인상을 남긴다. 일종의 '게인 로스 효과'가 아닌가.

나는 흥분해서 얼굴이 시뻘게지고 콧김까지 거칠어졌다. 몇 분 전까지 이사부로에게 품은 불안과 의문 따위가 전부 사라졌다. 노인에게 이 상황은 정말 진지한 투쟁이었다. 보수적이고 딱딱한 이 마을에는 무턱대고 돌진하는 방법도, 비위를 맞추는 방법도, 혹은 울며 매달리는 방법도 통하지 않는다. 언제나 우위를 점하는 것이야말로 적절한 방법이었다.

"참 나, 갑자기 여자 속옷을 만들지를 않나, 부회에 덤비지를 않나. 이사부로 씨, 그 머리로 대체 무슨 생각을 하는 거야. 솔직히 반쯤 노망이 난 줄 알았어. 그래도 다이치도 일단은 안심하겠구먼. 사이에 껴서 불쌍했는데 말이야."

할머니는 기가 막힌다는 듯이 허리를 톡톡 두드리더니 걸걸한 목소리를 한층 낮춰 속삭였다.

"그래도 소마 씨는 조심해야 해. 워낙 음험하고 원한은 절대 잊지 않는 인간이니까."

"그놈 머릿속은 과부들 때문에 바쁠걸. 그보다 할멈, 허리가 더 안 좋아진 것 같아."

이사부로가 자꾸만 허리에 손을 대는 오사와 할머니에게 물었다.

"골다공증 때문에 허리뼈 압박골절이 왔어. 의자에 그냥 앉아 있었는데 뼈가 뚝 부러졌지 뭐야. 3년 전에 그러고 나서는 허리가 자꾸만 굽네. 의사가 말하기를 누워 지내지 않는 걸 다행이라고 생각하라는군."

"지금 입은 코르셋은 매직 테이프 제품이지?"

"맞아. 의사가 사라고 했는데, 그냥 마음의 위안이야. 고약
도 침도 뜸도 아무 소용 없어."

이사부로는 할머니 허리에 손을 대고 뭔가를 찾는 것 같더
니 갑자기 휙 뒤를 돌아 포럼 틈으로 지켜보는 내 눈을 똑바
로 바라보았다.

"아쿠아, 노트와 펜을 가져와라."

"네? 왜요……"

쭈뼛거리며 출입구에서 고개를 내밀자 오사와 할머니가
먹이를 노리는 도마뱀처럼 목을 쭉 뺐다.

"이 아해는 누군가? 이사부로 씨 손자는 다들 성인이잖
아? 어디서 툭 튀어나왔어?"

"내 전우야."

"전우? 그건 또 무슨 소리야? 아직 중학생이잖아?"

"아니요, 고등학생이에요."

나는 얼른 바로잡았다. 할머니는 나를 빤히 쳐다보다가 좀
더 자세히 보고 싶은지 한 걸음 다가왔다. 지나치게 힘이 넘치
고 파스 냄새도 심해서 나는 잔뜩 긴장해서는 뒤로 물러섰다.
이사부로는 목에 건 줄자를 벗어 고불고불 말린 것을 풀려고
손으로 비비며 내게 다시 지시를 내렸다.

"너는 내가 말한 치수를 노트에 적어라. 오사와 씨, 당신은
그 촌스러운 겉옷을 당장 벗어."

"뭐야, 갑자기 실례되는 소리를."

투덜대면서도 할머니는 갈색 너구리를 떠올리게 하는 카디건을 벗어 작업대에 놓았다. 이사부로는 옷을 껴입어 뚱뚱한 할머니의 허리에 줄자를 두르고 수치를 읽었다.

"대체 몇 겹이나 껴입은 거야? 아직 10월이야."

"무슨, 다섯 겹밖에 안 입었어."

"너무 많이 입었어. 그러니까 몸에 괜한 부담이 가지. 게다가 코르셋을 조이지도 않고 입었잖아. 이러면 그냥 장식이랑 다를 게 없어. 복대로도 쓸모가 없고."

"조이면 답답하다고."

할머니는 영문도 모르면서 시키는 대로 양팔을 들어 언더바스트 치수도 재게 했다.

"저기, 이사부로 씨. 혹시 이분의 코르 발레네를 만드시려고요?"

나는 열심히 숫자를 적으며 다양한 각도에서 치수를 재느라 분주한 이사부로에게 물었다.

"갑작스러운데 근본적인 질문을 좀 해도 될까요?"

"뭐냐."

"음, 품질이 좋고 입기 편한 옷을 제공하는 것이 이사부로 씨의 신조잖아요. 그런데 코르셋은 몸을 조이는 것이니까 저번에 말씀하신 옷 제조 신념과는 반대되지 않나요?"

"반대되지 않아."

이사부로가 노파에게 줄자를 대며 바로 대답했다.

"몸에 잘 맞는 코르셋은 외골격과 똑같은 역할을 해. 내장과 근육, 뼈를 바깥에서 무리 없이 지탱해주지. 답답하지도 않고 요통 같은 지긋지긋한 통증에서도 해방될 거야."

"아하, 그렇구나. 그러고 보니 19세기에는 외과용 코르 발레네도 있었어요. 굽은 척추를 교정할 때 썼대요."

"그래. 예전부터 코르셋이 몸을 망친다는 소리가 있는데, 당시 뼈가 변형되는 유행병을 앓는 환자에게는 몸을 편하게 해주는 도구였어."

"그래도 코르셋을 너무 조여서 기절한 사람도 많았다고 하던데요."

재봉사 노인은 손을 움직이며 크게 코웃음을 치더니 나를 힐끔 보았다.

"그건 대부분 크리놀린 때문이야. 거대한 스커트를 부풀리려고 페티코트를 몇 겹이나 겹쳐 입었으니까. 크리놀린은 말털과 아사 혼방에다 고래수염까지 넣었으니 아주 무겁지. 앉지도 못하고 서 있어야 하는 디자인이니 졸도하고도 남아."

당시에는 부자연스러운 복식이라는 이유로 코르 발레네만 공격의 대상이 되었으나, 생각해보면 드레스도 신발도 머리 형태도 전부 상식에서 크게 벗어났다. 문득 아무리 벗기고 벗겨도 페티코트가 무한 등장하는 엄마 만화의 한 장면이 떠올랐다.

바삐 움직여 치수를 모두 잰 이사부로는 이어서 가게 안쪽 선반에서 자투리 천 여러 개를 골라 왔다.

"뭐야, 도대체 뭘 하려는 거야? 무슨 말인지 하나도 이해 못하겠어. 크리놀린은 뭐고 코르 발레네는 뭐야?"

조금 불안해하던 할머니도 이사부로가 작업대에 샘플용 천을 펼치자 표정이 눈에 띄게 밝아졌다.

"아이고! 천들이 어쩜 이리 예쁜가! 이런 건 본 적이 없어! 이 가게에 여성용 옷감도 있었어?"

"이 중에서 마음에 드는 걸 골라."

"응? 하지만 이건 외국에서 건너온 고급품 아니야? 이건 꽃무늬까지 있고. 이건 자잘한 물방울무늬네. 아, 이건 비단벌레처럼 반짝여. 독특한 가스리 무늬*도 있어. 예쁘구먼, 정말 예뻐."

할머니는 눈을 반짝이며 사방 30센티미터 크기의 옷감을 조심조심 만졌다. 목소리 톤이 지금까지와 완전히 달랐다. 수줍어하는 표정이 왠지 사랑스러워서 나는 얼른 안쪽에 놓아둔 커다란 거울을 가져왔다. 그러자 할머니는 눈치를 보며 자

• 붓으로 살짝 스친 것 같은 가느다란 빗살무늬

투리 천을 얼굴 아래에 대고 거울에 비친 자신을 향해 생글생글 웃어 보였다. 다른 사람까지 기분이 좋아지는 미소였다. 피곤해서 지쳐 보였던 모습은 온데간데없었다.

"……나는 이게 마음에 드네. 복숭아색 꽃무늬. 소녀 시절에 친구가 이런 색깔의 원피스를 지어 입었거든. 얼마나 부러웠는지 몰라. 정말 예뻤지. 바람이 불 때마다 팔랑팔랑 나부끼는 것이."

할머니는 그립다는 듯 한참이나 천을 만지작거리다가 짧게 한숨을 내쉬고 쓸쓸한 미소를 지었다.

"하지만 이렇게 쭈그렁이에 허리가 굽은 늙은이한테는 추할 테지. 어울리고 말고 그 이전의 문제야. 동네 사람들이 비웃을 거야."

"그렇지 않아요."

나는 반사적으로 목소리를 높였다.

"분위기가 아주 잘 어울려요. 흐릿한 색보다 저는 이쪽이 더 좋아요. 예, 예쁘세요!"

흥분하다 못해 사레들린 나를 보고 노인은 황당한 표정을 지었지만, 얼굴에 살짝 붉은 기가 돌았다. 그래서 나는 힘주어 말했다.

"저기, 오사와 씨께 이사부로 양복점의 모니터를 부탁드리고 싶어요. 반드시 만족하실 거예요. 그렇죠, 이사부로 씨?"

재봉사 노인은 줄자를 다시 목에 걸고 묵묵히 내 팔을 툭 쳤다.

3

양복점을 나왔을 때는 해가 저물어 별이 반짝였다. 나는 인기척 없는 뒷골목을 달리며 교복 주머니에서 스마트폰을 꺼내 시간을 확인했다. 조금 있으면 7시다. 습기를 머금은 찬 밤공기가 재킷 목깃 사이로 들어온 탓에 소름이 돋아 몸이 바르르 떨렸다.

작은 공장이 점점이 흩어져 있는 주변은 가로등도 드문드 문하고 빛이 닿는 범위 또한 아주 좁다. 낮과는 정반대로 공구 나 기계 소리 하나 나지 않아 분위기가 고요했다. 나는 무의식 적으로 자꾸만 뒤를 돌아 어둠 속을 살피며 하치만 골목 언덕 을 뛰어 내려갔다.

강물 소리와 벌레 울음소리에 귀를 기울이며 이끼 낀 울퉁 불퉁한 돌다리를 건넜다. 그때 앞에서 하얀 불빛이 다가오는 것이 보여 갓길로 피했다. 원동기 바이크 같았다. 시끄러운 소 리를 내며 옆을 지나갔는데, 곧 브레이크 거는 소리가 들려 걸 음을 늦췄다. 무심코 뒤를 돌아봤다가 진심으로 후회했다.

"쓰다 군 아니니? 학교 끝나고 오는 것 치고는 늦었는데 동아리 활동이니? 설마 아르바이트는 아니지?"

마나베 여사였다. 적자색 헬멧을 쓰고 투명 페이스 실드를 위로 올렸다. 뺨이 움푹 팬 얼굴이 추위에 검붉게 달아올랐다.

"아, 안녕하세요. 동아리 활동도 아니고 아르바이트도 아니에요⋯⋯."

"그럼 어디 들렀다 왔니? 아카쓰키 고등학교는 끝나면 곧장 하교해야 할 텐데? 아르바이트는 정학 심의까지 갈 문제야. 교칙은 지켜야지."

왜 고등학교 교칙까지 알고 있는 건데? 자기가 학생주임이라도 되는 줄 아는 듯한 말투였다. 새까만 나일론 점퍼 깃을 세운 마나베 여사는 어둠 속에서 나를 빤히 쳐다보았다.

"그런데 쓰다 군, 동아리 활동은 뭘 하니?"

"어, 저는 동아리 안 하는데요."

마나베 여사는 바이크 엔진을 협박하듯이 돌리며 내가 압박을 느낄 만큼 충분히 시간을 두고 입을 열었다.

"그러면 쓰나. 학생의 본분은 공부와 운동이잖아. 아카쓰키 고교의 야구부 고문이 내 제자니까 이참에 부탁해주마."

"네? 아니요, 야구는 절대 못해요. 사실 운동을 잘 못해서요."

"왜?"

왜라니, 이걸 어떻게 설명하지? 나는 슬금슬금 뒤로 물러나며 한심하리만치 힘없는 미소를 지었다. 하필이면 왜 이 길을 지나갔을까. 이사부로 양복점에서 5분, 아니, 3분이라도 늦게 나왔다면 피할 수 있었는데……. 운이 나빠도 이렇게 나쁜가 싶어 화가 났다.

"아무튼 앞으로 어디 들르지 않겠다고 선생님하고 약속한 거다."

그쪽이 왜 선생님이야, 라고 생각하면서도 나는 고개를 어설프게 끄덕이고 인사를 한 뒤, 서둘러 걸음을 옮겼다. 뒤에서 "야구부 얘기, 예전부터 네 어머니한테도 하던 얘기다만"이라는 무뚝뚝한 목소리가 들렸고, 이어서 바이크가 멀어지는 소리가 들렸다. 나는 어깨 너머로 돌아보고 아무도 없는 것을 확인하고서야 긴장이 풀려 강변도로를 걸었다.

마나베 여사는 모리사키야 슈퍼가 할인 행사를 할 때면 반드시 나타난다고 한다. 지금이 딱 그 시기다. 유통기한이나 조리 시간을 꼼꼼히 확인해 조금이라도 지났다 싶으면 투서함에 클레임을 넣는다. 엄마도 할인 행사 기간을 노려 슈퍼에 갔는데, 마나베 여사와 마주칠 때가 많아 지금은 시간대를 바꿨다. 우리 집 가계부에도 일절 도움이 안 되는 마나베 여사……. 나는 머릿속에 떠오르는 표어 비슷한 문장을 중얼거렸다.

어디선가 생선 굽는 구수한 냄새가 나서 갑자기 배가 고파졌다. 처마가 낮은 목조 가옥에서 텔레비전과 아이의 웃음소리가 들렸다. 그렇게 한참을 걸어 드디어 휴가 단지로 들어섰다.

박스 모양의 4층짜리 건물이 두 동씩 네 줄로 나란히 선 모습이 어렴풋이 떠올랐다. 그중 삼 분의 일은 현관 외등이 망가져 창백한 불빛이 드문드문 반짝였다. 나는 집에 도착했다는 안도감과 함께 기분이 살짝 가라앉았다. 싸늘한 밤에 잠긴 부식된 콘크리트 덩어리는 어딘지 사람을 우울하게 만들었다.

나는 거대한 느티나무 아래를 지나 C동으로 이어지는 닳아빠진 징검돌을 바쁘게 걸었다. 그때 나뭇가지가 흔들리는 소리에 섞여 희미하게 금속음이 들려와 나는 우뚝 걸음을 멈췄다. 재빨리 주변을 둘러봐도 조악한 나무 벤치와 빛바랜 놀이 기구가 있을 뿐이다. 아직 그렇게 늦은 시간은 아니지만, 이곳은 이 단지에 사는 전형적인 불량배와 폭주족이 모이는 곳이어서 조심해야 한다. 올해는 새해가 되자마자 이 단지에서 세력을 이룬 브라질 입주자와 대결까지 벌였다. 안타까운 사실이지만, 휴가 단지는 이 동네에서도 1, 2위를 다툴 정도로 치안도 안 좋고 평판도 나쁘다.

주변을 경계하며 다시 걸음을 옮기려는데, 무시할 수 없는 인기척을 느끼고 황급히 뒤를 돌아보았다. 역시 누군가 있다. 어둠에 녹아든 광장에서 페인트가 벗어진 그네가 바람에 흔들렸다. 나는 마른 낙엽을 꾹 밟고 서서 외등 빛이 닿지 않는 안쪽으로 가만히 시선을 주었다. 그리고 움직이는 것을 시야에 포착한 순간, "힉……" 하고 괴상한 소리를 내고 말았다.

용수철 달린 판다 놀이 기구에 누군가가 앉아 있었다. 나는 눈이 어둠에 익숙해질 때까지 그곳을 뚫어지게 쳐다보았다. 키로 보아 어린애는 아니다. 불량배도 아닌 것 같은데, 이럴 때는 못 본 척하는 게 최고겠지. 자칫 휘말렸다가는 후회할 일이 벌어지리라는 예감이 들었다.

나는 판다를 탄 인물을 의식하며 어색하게 발걸음을 돌리려고 했다. 그러나 어둠 속에서 힐끗 이쪽을 돌아본 하얀 얼굴을 본 순간, 조금 전보다 더 큰 소리를 내고 말았다.

두 개의 눈이 새까맣게 비어 있었다. 아니, 아니다. 나는 꿀꺽 침을 삼켰다. 까만 렌즈가 박힌 둥근 고글을 쓰고 있었다. 옛날 파일럿처럼 가죽 비행모를 쓰고 까만 셔츠를 입었다. 손목에 낀 둔탁한 금속제 리스트밴드에 쇠사슬과 톱니바퀴, 육각너트 같은 것이 수두룩하게 매달린 것까지 확인했다. 귀에 거슬리는 소리를 내던 정체가 저것이겠지. 허리까지 내려오는 길게 땋은 머리가 흔들리는데, 설마 여자야……?

이거 위험하다. 불량배나 폭주족보다 몇 배는 더 위험한 놈이다.

나는 산에서 곰과 만났을 때 지켜야 할 기본 수칙을 떠올리며 시선을 피하지 않고 슬금슬금 뒷걸음질 쳤다. 그와 동시에 여자 파일럿이 판다 놀이 기구에서 벌떡 일어나는 바람에 나는 벌벌 떨었다. 무릎 위로 20센티미터는 올라온 새까만 초미니스커트에 프릴이 잔뜩 달렸고, 허리에는 폭이 넓은 가죽 벨트를 둘렀다. 서스펜더라고 생각한 것은 총이나 수류탄 같은 무기를 넣는 홀스터인 모양이다. 대체 저런 걸 왜? 여자는 목이 긴 부츠로 모래사장을 밟고 서서 천천히 고글을 벗었다.

곧 드러난 창백한 얼굴을 본 나는 놀라면서도 혀를 쯧쯧 찼다. 주근깨 가득한 하얀 피부와 눈꼬리가 솟구친 야성적이고 날카로운 눈동자. 저 여자라면 잘 안다. 미키 아스카다. 초등학교 다닐 때 같은 반이던 애다. 그리고 휴가 단지 B동에 산다.

아스카는 엉거주춤하니 한심한 꼴을 한 나를 깔보는 시선으로 빤히 쳐다보았다. 갑자기 모든 것이 한심하게 느껴져서 나는 몸을 돌리고 걸음을 옮겼다.

"기분 나빠."

평소라면 절대 하지 않았을 말까지 했다.

저 여자애가 한 짓은 절대 잊지 못한다. 초등학교 6학년 때, 아스카는 아무 예고도 없이 학교에 엄마의 만화를 가져왔다. 우리 엄마가 무슨 일을 하는지 신이 나서 폭로하고 반 전체에 만화를 돌리며 소란을 피운 끝에 담임에게 들켜 사태를 심각하게 만들었다. 그런데 최악은 그다음부터다.

선생이라는 직업은 자아도취에 빠지지 않고서는 일할 수 없는 것인가 보다. 담임은 "예술 활동을 하는 엄마에게 꼭 감사하다고 전해주렴"이라는 의미 모를 말을 늘어놓더니, 학급 회의라는 명목으로 두 번째 가해의 장을 마련했다. 나는 반 친구 모두에게 바라지도 않은 사과를 받는 꼴이 되었다. 게다가 교단에 서서 영문도 모르고 엄마에 대한 마음을 억지로 고백해야 했다. 다행히 심각한 괴롭힘으로 이어지진 않았지만, 포르노 만화가의 아들이라는 소리를 듣는 계기가 되었다.

그때 느낀 썰렁한 분위기를 떠올릴 때마다 위장이 꽉 조여드는 것처럼 아프다. 나는 짜증을 한숨에 섞어 내뱉었다. 어쨌든 저 여자애는 앞으로도 무시하는 것이 최선이다. 외등에 모여든 날벌레를 난폭하게 쫓아내며 계단에 발을 올렸는데, 날카로운 목소리가 단지의 벽에 반사되어 고막을 울렸다.

"쓰다 아쿠아마린!"

갑자기 이름이 불린 나는 경악하며 뒤를 돌아보았다. 이어서 우다다다 요란한 소리가 주변에 메아리쳤다. 아니, 고글을 이마에 고쳐 쓴 아스카가 나를 목표로 맹렬히 돌진하는 것이 아닌가!

"어이, 잠깐만! 뭐, 뭔데!"

나는 계단에서 비틀거렸다. 아스카가 목에 걸고 있는 브론즈 회중시계가 뛸 때마다 튀어 올랐고, 액세서리인지 기계 부품인지 모를 것이 시끄럽게 소리를 냈다. 아스카는 달리면서 옆구리 아래에 손을 넣더니 홀스터에서 천천히 총을 뽑았다. 내 눈이 휘둥그레졌다.

"잠깐만! 그 총은 뭐야! 설마 진짜는 아니지! 아니, 이쪽으로 오지 마!"

아스카는 나를 바라본 채 팬지 심은 화단을 뛰어넘더니 내게 총구를 똑바로 겨눴다. 나는 이 상황을 도저히 이해할 수 없었지만, 콘크리트 계단을 두 단씩 뛰어 올라갔다. 일단은 도망치고 싶었다.

정신없이 계단을 꺾어 올라가며 위를 향했지만, 아스카 역시 집요하게 쫓아왔다. 나는 거의 넘어질 듯 4층까지 단숨에 올라가 먼지 쌓인 어스름한 복도로 미끄러졌다. 끝에서 두 번째 현관문을 향해 온 힘을 다해 뛰며 가방 주머니에 넣어둔 열쇠를 끄집어냈다. 초조하게 열쇠 구멍에 꽂아 넣었는데, 계단 입구에서 사람 그림자가 힘차게 튀어나왔다.

아스카는 어깨로 헉헉 숨을 몰아쉬며 턱을 바싹 당기고, 손에 들기 벅찰 정도로 큰 총을 아래로 내리고 우뚝 서 있었다. 괴상망측하다. 이것 말고 표현할 말을 못 찾겠다.

나는 유난히 무겁게 느껴지는 문을 열고 쓰러지듯 안으로 들어가 얼른 열쇠를 잠그고 체인까지 걸었다.

"아, 아쿠아. 어서 오렴. 늦었네?"

드물게도 부엌에 선 엄마가 화가 날 정도로 태연하게 말을 걸었다. 나는 헉헉 숨을 몰아쉬며 어깻죽지에 얼굴을 대고 땀을 닦은 후, 도어 스코프를 들여다보았다. 그 순간 완전히 확대된 안구가 보여서 놀라서 펄쩍 뛰다가 신발장에 허리를 콱 찍었다.

"젠장, 저게 진짜……."

나는 욕을 퍼부으며 허리를 붙잡고 쭈그려 앉았다.

"뭐 하니? 설마 또 A동 불량배한테 쫓겼어? 얼마 전에 역 앞 이발소에서 그 애가 파마를 하는 거 봤어. 요즘도 고데로 파마를 하더라."

관심도 없는 소식을 전하며 엄마가 현관문으로 가려고 해서, 나는 쭈그린 채 손을 들어 말렸다.

"정신이 어떻게 된 여자 파일럿이 밖에 있으니까 지금은 나가면 안 돼."

"응? 여자 파일럿? 뭐야 그게? 새로운 머리 스타일이야?"

"아니라니까. 나가자마자 총에 맞을 거야. 도어 스코프도 위험해. 어쨌든 현관에서 떨어지는 게 좋아. 빨리."

아픈 허리를 문지르며 신발을 벗고, 아스카의 공격을 경계해 방 불까지 껐다. 엄마는 멍하니 서서 내 얼굴을 차분히 살펴보았다.

"아쿠아, 정말 왜 이러니? 너야말로 머리 괜찮아?"

"괜찮지. 그냥 미친 여자한테 쫓겼을 뿐이야. 구형 리볼버를 들고 있더라. 모델 건일지도 모르지만, 일단 신고하는 게 좋지 않을까? 인터넷에서 진짜를 밀수했을지도 모르니까."

"아하, 역시 이상하네."

엄마는 어두컴컴한 부엌에 서서 식탁 쪽을 손으로 가리켰다. 앉으라는 뜻인 듯했다. 남색 가방을 내려놓고 받침대가 딱딱한 나무 의자에 앉자, 엄마가 컵에 물을 따라 눈앞에 놓아주었다. 나는 물을 절반쯤 단숨에 마시고 입을 손으로 닦은 뒤 고개를 들었다.

"B동에 사는 미키 아스카야. 초등학생 때 같은 반이었어."

"미키?"

엄마는 고개를 갸웃거리며 생각했다.

"왜 몸이 약해서 자주 학교를 쉬던 여자애 있잖아. 인형처럼 머리가 길고 사투리가 아주 심한 애."

"그런 애가 있었나? 기억이 안 나네."

"그 녀석이 지금 밖에서 돌아다녀. 옛날 파일럿처럼 고글을 쓰고 머리는 길게 땋았고 무릎까지 오는 양말에 프릴 달린 초미니스커트. 그런 차림에 무장까지 했으니까 완전히 미쳤지. 대체 뭐 하자는 걸까."

그러자 엄마가 "아!" 하고 소리 내며 손뼉을 탁 치고, 가스레인지에 올린 냄비의 불을 조절했다. 오늘은 카레인가 보다.

"알겠다, 생각났어. 그 스팀펑크 여자애 말이지? 만난 적 있어."

"스팀펑크 여자애라니?"

"영국 빅토리아 시대를 차용한 느낌인데, SF 장르 중 하나야. 그 애는 그걸 롤리타 룩처럼 연출하더라. 증기기관이나 비행선이나 굴뚝처럼 복고적인 느낌을 주는 메카닉 판타지 세계관이야. 나도 그쪽은 잘 모르지만 걔 꽤 그럴싸하지 않니?"

그러고 보니 톱니바퀴나 너트 따위를 몸에 치렁치렁 달고 있었다.

"그런데 갑자기 총을 들고 덮치는 거랑 펑크랑 무슨 상관이야?"

"그건 아마 그거겠지. '도둑과 형사' 놀이. 어려서 단지에 사는 애들이랑 자주 하고 놀았잖아. 아쿠아는 가위바위보를 못하니까 맨날 도둑 역할만 했고. 불량했던 애가 민완 형사였지. 걔는 체포하는 데 천부적인 재능이 있어서 진짜 형사가 되면 좋겠다고 생각했는데."

엄마가 부엌 불을 켜자 피로감이 급격히 몰려온 나는 식탁에 엎어졌다. 이사부로에 사진관 할머니에 마나베 여사에 미키 아스카라니, 오늘 센 인간을 너무 많이 만나 체력을 바닥까지 빼앗겼다. 아스카와는 초등학교 시절 이후로 만나지 않는데, 대체 어디에서 무슨 짓을 하며 사는 걸까. 그렇게 이상한 존재감을 내뿜는데, 본 기억도 없고 소문도 듣지 못했다.

"혹시 정말로 판타지 세계에 사는 거 아니야? 눈이 완전히 맛이 갔던데. 그쪽에서 두 번 다시 돌아오지 못할 수준이었는데……."

나는 팔에 얼굴을 묻고 중얼중얼거렸다. 마음의 병에 걸려서 스스로 해결하지 못하고 있다면 아까 내가 보인 태도는 좀 심했다. 아스카가 무엇을 바라고 내 이름을 불렀는지도 모르면서……. 갑자기 입이 썼다. 하여간 나라는 인간은 옛날 일로 여전히 원망이나 하는 음습한 놈이구나. 이러니까 앞으로 나아가지 못한다.

앞머리 사이로 엄마를 보니 찬장에서 식기를 꺼내며 웃고 있었다. 아무 생각도 하지 않는 것처럼 보이지만, 사실은 모든 것을 다 알고 있는 웃음 같았다. 분하지만 한편으로 마음이 편해졌다.

"뭐, 판타지 세계랑 이쪽을 잘 오가는 것 아닐까? 그 애, 아쿠아랑 같은 고등학교에 다니잖아."

"진짜?"

나는 고개를 들었다.

"중학교 때부터 이날 이때까지 한 번도 본 적 없는데?"

"그러니? 뭐, 상습 지각범 같더라. 불쌍하게도 마나베 여사한테 찍혔어. 교복 스커트가 너무 짧아서 단정치 않고 교칙 위반이라면서."

아까 그 스커트 길이처럼 교복을 입는다면 눈 둘 데 없이 짧을 것이 분명하다. 그다지 눈에 띄는 인상은 아니었는데, 고등학교에 입학하면서 새로운 자신을 발견하기라도 했나?

"엄마는 어디서 만났는데? 그 스팀펑크 차림을 한 걸 본 거지?"

"응, 맞아. 아마로리나 고스로리*보다 자기주장이 강해서 멋있잖니? 걔, 우리 집 초인종을 몇 번이나 누르고 도망쳤어. 왜 그러는지 모르겠지만."

"역시 미쳤나 보네."

"아니야, 최고라니까? 마나베 여사의 집에도 했다지 뭐야? 한때 게시판에 커다랗게 경고문이 붙었는데, 못 봤니? '장난질 한 자에게 경고!'라고 글자부터 무시무시하게. 나는 그 애의 무모한 용기를 인정해. 그야말로 달콤새콤한 청춘 같잖니?"

"어디가?"

엄마는 만족스럽게 고개를 끄덕이며 밥을 그릇에 담았다. 나는 몸이 가라앉는 것을 느끼며 비틀비틀 일어나 방에 가방

---

* 롤리타 룩의 일종으로, 아마로리는 달콤하고 동화 같은 분위기이고 고스로리는 고딕 스타일을 가미한 음산한 분위기임

을 집어 던지고, 저지로 갈아입은 다음 세면대에서 손을 씻었다. 내 주변에 이상한 인간들이 모여드는 것은 나에게 문제가 있기 때문일까? 아니면 이 마을의 지반이 이상한 인간을 키워내는 곳이어서 그런 인간이 많은 걸까? 아니, 어쩌면 내가 가장 이상할지도 모르지.

괴로워하며 부엌으로 돌아오자, 엄마가 카레를 찰랑찰랑 밥에 끼얹고 있었다.

"어묵이랑 유부랑 곤약이랑 채소를 잔뜩 넣은 호화로운 카레야. 할머니가 감자를 잔뜩 보내주셨으니까 싹이 나기 전에 먹어치워야지. 고기는 다음 원고료가 들어오면 먹여줄게."

"제발 부탁합니다."

나는 별로 기대도 하지 않고 말했다. 그러고는 곧장 현관으로 가서 도어 스코프를 들여다보았다. 문 앞에 아스카는 없었다. 열쇠와 체인을 풀고 문을 열어 조심스럽게 고개를 내밀었다. 그러나 공격을 퍼붓던 여자는 흔적 하나 남기지 않고 어둠 속으로 사라졌다.

4

하굣길에 이사부로 양복점에 들르고 마나베 여사를 경계

하며 집으로 돌아오는 것이 요즘 일과였다. 이사부로가 완성한 코르셋은 두 벌뿐이지만, 모니터 상품이 시침질 단계에 들어갔다. 오사와 사진관의 할머니가 입을 코르셋이다. 입어서 미세하게 조정한 뒤 본바느질에 들어간다고 했다.

"하야토, 오늘도 가게에 들를 거니까 먼저 가."

나는 저녁노을이 드리운 상점가를 걸으며 같이 걷던 친구에게 말했다. 하야토는 오늘도 수상하다는 표정으로 나를 보고는 페트병에 든 탄산음료를 시원하게 들이켰다. 취미가 먹는 것인 친구는 입가를 닦고 둥근 배를 흔들며 답답한 듯 바지를 추켜올렸다.

"너 알고 보니 진짜 이상한 놈이었구나."

"갑자기 무슨 소리야?"

"공부도 잘하고 남 욕도 안 하고 주제넘게 굴지도 않고 멋있는 척도 안 하고 늘 차분하니까 상식적인 어른인 줄 알았는데."

"그런 콘셉트를 유지하는 거야. 너도 알잖아? 다른 것들이 정상적이지 않으니까 최대한 중화해야지."

"여전히 걱정병은 심하시고. 그나저나 대체 뭐가 재미있어서 매일 노인네랑 어울리는 거야? 그 할아버지, 맨날 화만 내지 않아?"

하야토는 호들갑스럽게 고개를 저으며 다시 페트병을 입

에 물었다.

"나 초등학생 때 그 할아버지한테 혼난 적 있어. 아이스크림을 먹으면서 가게 쇼윈도를 치덕치덕 만졌더니 갑자기 뛰어나와서는 때리더라?"

나는 그 장면이 선명하게 그려져서 씩 웃었다.

"보통 모르는 애한테 손을 대냐? 부모님한테도 맞은 적이 없는데. 절대 용서 못해."

"이 세상을 적으로 돌려도 좋다는 분이니까."

"점점 더 가까이 가기 싫어진다. 그래도 아쿠아가 뭔가에 열중하는 게 처음이라서 놀랐어. 기본적으로 넌 냉정하잖아."

나는 토실토실한 하야토와 나란히 해가 짧아진 가와라마치 상점가를 천천히 걸었다.

기타 다수에 묻히면 편했다. 만화에서 대사 없는 단역을 일컫는 '몹'처럼 개성을 죽이면 아무도 관심을 갖지 않고 느닷없이 내면을 파고들어 파헤치지 않는다. 그러나 절친이라고 할 만한 하야토에게도 거리를 두었다고 생각하니 나의 나약함이나 영악함이 싫었다. 나는 상처를 받아도 꺾이지 않는 의지를 갖고 싶었다.

이사부로 양복점 앞에서 하야토와 헤어진 나는 쇼윈도 너머로 가게를 들여다보았다. 계속 방치되던 상자 등은 전부 정리했고, 세월을 느끼게 하는 발재봉틀과 오래 쓴 도구들은 디스플레이로 남겼다. 가게를 깨끗하게 정리하고 개장하자고 내가 이사부로에게 제안한 것이다. 시간이 숙성된 듯한 농밀한 분위기는 남기고 싶었다. 그렇지만 창백한 형광등에 적나라하게 드러나 생활의 연장선으로 보였던 따분함은 피하고 싶었다. 재봉틀 옆에는 하얀 천으로 덮어놓은 보디 두 개가 있었다. 이사부로는 전에 했던 말대로 학생들의 등하교 시간에는 코르셋을 내렸다.

나는 이사부로의 전략이 거의 예상대로 맞아떨어져서 안심했다. 상공회나 다른 단체에서는 사건을 대놓고 악화하려고 들지 않았다. 그보다 더 기쁜 것은 이사부로가 내게 가게 리뉴얼을 맡긴 것이다. "마음대로 해라"라고 무뚝뚝하게 말했을 뿐이지만 분명 우리는 대등한 신뢰 관계였다.

나는 스마트폰으로 가게를 여러 각도에서 찍어 다양한 이미지를 상상해보았다. 만화 배경으로 그린 적 있는 영국 리즈성 인테리어를 도서관에서 조사해보면 어떨까? 기품 있고 어두운 중후함에 일본 특유의 서민적인 복고풍을 섞으면 재미있을 것이다. 어딘가 정크 같은 분위기도 나면서. 유럽 앤티크 따위를 단순히 긁어모은 것은 지루하다.

나는 의기양양하게 가게 문에 손을 댔다. 그때 옆에서 잔뜩 음량을 낮춘 쉰 목소리가 들렸다.

"얘야, 잠깐만. 아쿠마리. 이리 온."

그쪽을 보니 오사와 사진관 할머니가 가게 문을 살짝 열고 그 사이로 주름투성이 팔을 내밀어 이리 온, 이리 온, 손짓하고 있었다. 어린애를 꼬여 잡아먹는 내용의 동화 속 한 장면 같았다. 나는 얼른 할머니에게 달려갔다.

"아쿠마리야, 학교는 잘 갔다 왔니? 오늘도 열심히 공부하느라 고생했다. 배고프지?"

이 노인에게는 내 이름이 '아쿠마리'로 입력되었는데, 나는 굳이 바로잡지 않았다.

"자, 이것저것 들었단다. 이사부로 씨 집에 가지고 가서 먹으려무나. 많이 먹고 무럭무럭 자라야지. 너는 너무 말랐어."

"늘 고맙습니다. 잘 먹을게요."

나는 할머니가 내민 티슈로 싼 물건을 받았다. 안에는 라쿠간*이나 모나카, 알사탕 같은 단것이 들었다. 노인들이 다들 사 모으는 수수께끼 주전부리다. 그때 작고 시끄러운 포메라니안이 왕왕 짖으며 뛰어나오자, 할머니가 얼른 붙잡아 한 손에 안아 들었다. 목걸이에 적힌 '라피스라줄리'라는 이름이 내이름과 참 비슷해서 우울해졌다.

할머니가 집에 있는 가족에게 들리지 않도록 목소리를 더욱 낮추고 내게 한 걸음 다가왔다.

• 찹쌀, 쌀 같은 곡물 가루, 밤, 콩 등에 설탕을 섞어 모양 틀에 넣고 말린 과자

"그때 그거 말이다, 얼마 전에 입어봤단다. 몰래 옆집에 가서. 치수를 조금 줄인다고 하더구나."

"맞아요. 한 번 더 맞춰본 후에 본바느질을 시작한다고 이사부로 씨가 말씀하셨어요."

"그렇구나. 왠지 오랜만에 가슴이 뛰더구나. 기모노가 아닌 옷을 맞추는 건 신혼여행 이후 처음이니까. 그때는 신혼여행지로 아타미가 인기였어. 이 할미도 거기 다녀왔단다, 격자무늬 투피스를 입고."

할머니는 옷 색깔과 디자인까지 자세히 설명하더니, 역에서 누가 자길 보고 영화배우로 착각했다는 부분에서는 들떠서 몇 번이나 목을 움츠렸다. 할머니에게 코르셋 모니터는 일상에서 벗어난 것이자 반짝이는 사건이다. 완성되기를 기다리느라 안달이 난 마음이 절절하게 느껴져 더 기쁘게 해주고 싶었다. 나는 할머니의 말을 막지 않고 끝까지 귀를 기울이고, 완성될 때까지 조금만 더 기다려달라고 한 후 양복점 문을 열었다.

가게에 들어서자 안쪽에서 뭔가를 비비는 것처럼 둔탁한 소리가 들렸다. 날붙이를 가는 듯 딱딱한 소리였다. 나는 실례한다고 말하며 신발을 벗고 안쪽 출입구 바로 옆 작업실을 들여다보았다. 불은 환하게 켜져 있는데 이사부로는 없었고, 시침질과 보정 단계인 코르셋이 작업대 위에 놓여 있었다. 무와 오징어 조림을 만드는지 어두운 복도 안쪽에서 간장과 맛국물 냄새가 풍겼다.

"안녕하세요. 아쿠아예요."

나는 조심조심 말을 걸었다. 그러자 곧바로 "이쪽이다" 하고 이사부로가 탁한 목소리로 대답했다. 살림집의 현관 쪽일까? 나는 삐걱거리는 바닥을 밟으며 오래된 목조 주택 안을 조심스럽게 걸었다. 옥구슬 포렴 너머 부엌에서는 며느리일 통통한 여성이 가스레인지에 올린 냄비 속을 젓고 있었다. 벌써 저녁을 준비하나 보다. 부엌을 지나 복도를 돌자, 현관 바닥에 이사부로가 쪼그리고 앉아 있었다.

"뭐 하세요?"

나는 반질반질 닦아 까맣게 윤기가 흐르는 복도로 들어섰다. 현관 앞에 펼쳐진 신문지에는 새까만 덩어리가 여러 개 굴러다니고 있었다. 주변에는 손도끼에 대패, 가위와 줄 같은 공구도 널려 있었다. 이사부로는 가느다란 막대기 같은 것을 휘어가며 가느다란 줄로 깎고, 중간중간 만지며 어느 정도로 부드러운지 확인하고 있었다.

"목공 시간이에요?"

현관 앞에 몸을 구부리자 이사부로는 손등으로 안경을 올리며 나를 힐끔 보았다. 베이지색 셔츠 소매를 팔꿈치까지 걷어 올리고 막대기 같은 것을 내 눈앞에 쓱 들이밀었다.

"코르 발레네의 심이다."

"네?"

나는 소리를 지르며 바닥에 손을 짚고 몸을 굽혔다.

"이게 코르셋의 뼈대예요? 그럼 이 까만 덩어리가 고래수염이겠네요?"

나는 구겨진 신문지 위에 놓인 까만 물체를 가리켰다. 태어나서 처음 봤다. 세 개나 되는 고형물은 모두 일그러진 삼각형이었는데, 대모갑* 같은 윤기가 흘렀다. 덩어리 끝에는 말털처럼 두꺼운 섬유가 부스스 나 있었다.

"향유고래의 수염이야. 명칭은 수염이지만 이런 수염과는 다르지."

그러면서 이사부로는 자신의 하얀 수염을 만졌다.

"고래 입에 자라는 박판 같은 거야. 턱 피부가 변형됐어. 고래가 먹는 작은 어류를 거르거나 저장하는 기관이야."

"고래를 그리면 입에 세로로 선을 꼭 넣죠. 빗처럼."

"그래. 고래의 수염은 엠버판이라고도 불리는데, 탄력이 있어서 가공하기 쉬워. 게다가 튼튼하고 가볍지. 현악기 활이나 낚싯대 끝, 칼집에 묶는 끈을 만들 때 이걸 사용하기도 해."

이사부로는 정성껏 깎은 막대기를 수건으로 닦아 도자기

---

* 바다거북과의 하나인 대모의 등과 배를 둘러싸고 있는 껍데기

꽃병에 꽂았다. 벌써 열 개 이상 완성해놓았다. 나는 얇고 가느다란 판처럼 생긴 그것을 하나 꺼내 만져보았다. 따뜻하고 낭창낭창한데 마치 깃털처럼 가벼웠다.

"이런 재료는 어디서 팔아요? 본 적도 없어요."

"우오추에 부탁해서 손에 넣었어. 거긴 생선 가게니까 예전부터 이런 걸 구하는 루트를 알고 있거든. 홋카이도산은 품질이 떨어지니까 남극해에서 잡은 고래로."

"왠지 보기만 해도 비쌀 것 같아요."

"시가야. 길이 1미터, 폭 30센티미터 덩어리 한 장이 만 엔은 가볍게 넘어."

"그럼 이 세 개가 삼만 엔 이상……."

나는 신문지 위에 놓인 것을 내려다보았다.

"다 큰 고래라면 한 마리당 길이 4미터짜리 수염을 250개 정도 얻을 수 있어. 예전에는 왕실 의상에 쓰려고 많은 양을 저장했지."

"그러고 보니 19세기 후반에는 고래수염 가격이 올라서 뼈대 재료를 등나무나 경질고무, 스틸로 바꾸었죠. 그런데 전쟁이 나면서 코르셋에 쓴 스틸은 전부 회수되었어요. 무기로 재사용하려고요."

나는 앉은 채로 생각했다. 세상이 어떻게 돌아가는지 잘 모르지만 포경에 엄격한 규정과 제한이 있다는 것쯤은 안다.

이사부로에게 특별한 입수 루트가 있다고 해도 언제나 일정하게 재료를 공급받기가 어렵지 않을까? 게다가 가격이 매번 달라진다면 그 모든 게 상품 가격에 반영된다. 아무도 엄두를 내지 못할 비싼 코르셋은 단순한 구경거리다.

"이사부로 씨. 코르 발레네의 판매 가격은 어느 정도로 생각하세요?"

나는 조심스럽게 물었다. 노인은 손을 움직이며 쉰 목소리로 대답했다.

"물건에 따라 다르지만, 제일 간단한 것이 오만에서 육만 엔 정도 한다. 그 위로는 한계가 없고."

사양이 전문적이고 손이 많이 가는 완벽한 오더메이드라지만 오만, 육만 엔이나 내고 코르 발레네를 살 사람은 흔치 않을 것이다. 몇몇 부자나 마니아라면 프리미엄 가격이라고 받아들이겠지만, 이사부로가 열정을 담아 말한 '코르셋 혁명'은 그런 의미가 아니다.

나는 점점 더 고민에 빠져 조금 쌀쌀한 툇마루에 무릎을 모으고 앉았다. 평소 같으면 그냥 입을 다물고 말았겠지만, 노인은 내게 의견을 삼키지 말라고 했고, 전우라고 인정도 해주었다. 지금은 단순한 구경꾼이 아니다. 꿀꺽 침을 삼켰다.

"저기, 이사부로 씨. 의견이 있어요."

"뭐야."

"이 코르셋을 많은 여성이 입기를 바라시죠?"

"그렇지."

"그렇다면 가격이 조금 비싼 것 같아요."

노인이 울퉁불퉁한 손으로 고래수염을 휘며 아주 잠깐 내게 날카로운 시선을 보냈다.

"원단이나 부속품의 원가와 공임을 계산하면 그 가격이 나와. 그리고 가격에 걸맞은 부가가치는 충분하다. 기모노 허리에 두르는 오비 같은 천을 봐라. 백만 엔을 넘는 것도 수두룩하잖아."

"물론 가치가 있죠. 이사부로 씨가 만든 코르 발레네는 오비와 마찬가지로 예술품에 속하니까요. 하지만 코르셋은 속옷이에요. 겉으로 드러나지 않는 특수한 속옷에 몇만 엔이나 내는 사람이 과연 얼마나 있겠어요? 인터넷 사이트를 찾아보니까 레이스 달린 코르셋이 이만 엔 정도던데요."

"그런 것과 똑같이 취급하지 마."

이사부로는 단호하게 잘라냈지만, 시원시원한 느낌이 없는 것은 내 착각만은 아니리라. 신사복 양복점이 문을 닫은 것도 아마 비슷한 이유에서일 것이다. 뛰어난 품질이야 보증되고도 남지만, 서민이 탐내기 어려운 물건인 데다 이 세상에는 저렴한 것이 차고 넘친다. 물론 이사부로도 이 점은 인정한다.

나는 바닥에 손을 짚어 몸을 내밀고 열심히 설득했다.

"뼈대로 쓰는 고래수염을 스틸이나 플라스틱으로 바꾸면 어떨까요?"

"스틸은 땀이 묻으면 녹슬어. 플라스틱은 몸 선에 맞지 않는 데다 착용감도 안 좋고."

"그럼 레이스의 품질을 조금 낮추거나?"

"바로 볼품없어질 거야."

"그럼 자수는 어때요? 손으로 놓는 자수를 좀 줄이는 대신 스티치를 늘린다거나."

"만드는 목적이 뭔지 모르겠군."

이사부로는 손뼉을 짝짝 쳐서 자잘한 부스러기를 털고 자리에서 일어나 목 관절을 뚝뚝 꺾었다.

"하지만 네 지적은 옳아. 아마 그 문제점을 극복하지 못하면 아무리 난리를 쳐도 코르셋 혁명은 불발로 끝나겠지. 하지만 싸게 팔려고 품질을 낮추면 결국 혁명은 실패해. 그런 건 할인 마트에 맡길 일이지 굳이 내가 할 일이 아니야."

"하지만 저는 이걸 꼭 성공시키고 싶어요."

이사부로를 똑바로 바라보면서 말하자, 노인은 솜털 같은 흰머리를 곤란한 듯 만지작거렸다.

"물론 나도 그렇다. 하지만 가치만 있으면 비싸도 팔리는 시대가 끝났으니 솔직히 말해 뾰족한 대책을 세우기 어렵구나. 생각은 열심히 하는데, 이렇다 할 해결책이 떠오르지 않

아. 지금처럼 품질을 떨어뜨리지 않고 정면 승부를 거는 것 정도일까. 나도 늙어빠졌구먼."

"그런 말씀은 하지 마세요."

약한 모습을 보이는 이사부로에게 나는 야단맞을 것을 각오하고 말했다.

"늙어빠졌을 리 없잖아요. 여든두 살 어르신이 코르 발레네를 만들어 마을 전체를 적으로 돌리더라도 개의치 않고 온 힘을 다해 매달리다니, 십대 어린애도 못할 일이에요."

갑자기 내가 강하게 받아치자 노인은 잠깐 멍한 표정을 짓더니 고개를 숙이고 웃음을 참았다.

"너도 제법 하고 싶은 말을 하게 됐구나."

"아, 저어, 건방진 소리였다면 죄송해요……. 아, 사과해서 죄송해요. 으악, 안 돼. 또 사과했어."

당황해서 허둥거리는 내게 이사부로 씨가 정신 차리라고 한소리 했다.

"원래 무모한 짓은 젊은이가 아니라 늙은이가 하는 법이야. 나이를 먹을수록 멍청해지니까. 나는 꿈과 보람을 위해서라면 벌이 따위 없어도 행복하다느니 하는 말은 개나 줘버릴 헛소리라고 생각해. 그런 건 인정받지 못했을 때를 위한 예방책에 불과해. 상품에 맞는 대가를 얻어야 혁명이 비로소 성공하는 거니까."

"저는 저어, 상품을 히트시키는 것만이 혁명은 아니라고 생각해요."

나는 현관에서 일어나 바닥에 팔짱을 끼고 선 검붉은 얼굴의 이사부로를 내려다보았다.

"무슨 일이 벌어질 때 느끼는 기대감이나 누구도 말릴 수 없는 흥분, 마을을 뒤덮을 정도의 열기 등 코르 발레네를 둘러싸고 벌어지는 실체 없는 소용돌이가 혁명이라고 생각해요. 오사와 사진관 할머니는 벌써 그 소용돌이 안에 있어요. 상공회도 이미 먹힌 것 아닐까요?"

이사부로는 고개를 들어 나와 마주했다. 잿빛이 도는 눈동자가 흔들렸다. 건방진 소리라는 것은 알지만 내 마음을 꼭 전하고 싶었다. 이사부로가 이런 행동을 하는 것이 오로지 장삿속 때문만은 아니라는 사실쯤은 안다. 그러나 노인은 솔직한 마음을 감춘다. 가장 중요한 부분을 파악하지 못하는 현실이 조금씩 답답해졌다. 나를 좀 더 믿으면 좋겠다는 절박한 마음을 알아주길 바랐다.

이사부로는 여전히 마음속을 꿰뚫는 듯한 시선으로 나를 봤다. 나도 어떻게든 지지 않으려고 마주 보는데, 가게 문이 열리는 것을 알리는 종소리와 함께 느릿느릿한 여자의 목소리가 들렸다.

"안 계세요, 저기요."

나와 이사부로는 동시에 가게로 이어지는 어두컴컴한 복도를 바라보았다. 목소리로 보아 오사와 사진관 할머니는 아닌 것 같았다. 이사부로는 걷어 올린 셔츠 소매를 내리고, 부엌에서 고개를 내민 며느리에게 나오지 않아도 된다고 하고는 성큼성큼 가게로 갔다. 나도 황급히 노인의 뒤를 쫓아 평소처럼 포렴을 지나서 작업실로 들어갔다. 이사부로는 그대로 샌들을 신고 가게로 나갔다.

"어서 오시오."

"코르셋 하나 주실래요?"

나는 포렴 뒤에서 반사적으로 "하?" 하고 놀라며 가게를 엿보았다. 그리고 또 신음을 흘리며 양손으로 머리를 감쌌다. 비밀스러운 스팀펑크 소녀이자 나의 트라우마 발생 장치이기도 한 미키 아스카가 아닌가! 왜 이런 곳에? 교복 스커트를 짧게 줄였고, 목에는 새빨간 타탄체크 목도리를 둘둘 말아 매고 있었다. 허리까지 내려와 징그러운 흑발을 하나로 묶었고, 가지런히 자른 앞머리 아래에서 눈꼬리가 올라가 마치 고양잇과 동물 같은 눈을 반짝이고 있었다.

이사부로는 추워서 코끝이 빨간 아스카를 바라보며 입을 열었다.

"하나 달라니? 너는 누구냐. 여긴 과자 가게가 아니야."

"그런 것쯤은 알죠. 여기는 양복을 만드는 양복점이고, 요즘 들어 코르셋을 팔기 시작했잖아요? 소문으로 듣고 학교 끝나고 들렀어요."

이 동네에서는 들을 수 없는 사투리다. 억양이 올라갔다 내려갔다 기상천외해서 귀에 금방 와 닿지 않는다. 말하는 모습은 초등학생 때 이후 처음 보는데, 사투리를 고치기는커녕 더 확실한 도호쿠 억양을 익힌 모양이다. 열일곱 살 여고생 같지 않다.

아무리 이사부로라고 해도 금방 대꾸할 말을 찾지 못하겠는지, 갑자기 뒤를 돌아 내게 고개를 끄덕였다. 나오라는 소리인가 보다. 내 얼굴이 차츰차츰 굳는 것을 느꼈다. 제발 이번만은 좀 봐줘라. 저 여자애와 엮여서 좋은 일이 없을 것이 뻔했고, 무엇보다 내가 여기 있는 것을 가장 알리고 싶지 않은 인간이다. 사실과 거짓을 뒤섞어서 퍼뜨리고 다닐 것이다.

포렴 그림자에 숨어 반쯤 혼란 상태에 빠졌는데, 이사부로가 못 기다리겠는지 목소리를 높였다.

"아쿠아, 좀 오너라."

"아, 네, 지금 갑니다……."

늘 닥쳐오는 불운을 저주하면서 나는 발을 질질 끌며 가게로 나갔다. 그러자 아스카가 눈에 띄게 움츠러들며 한 걸음 뒤로 물러섰다.

"쓰다 아쿠아마린……."

"으응? 둘이 아는 사이인가? 너도 아카쓰키 고등학교에 다니는구나?"

이사부로가 의아한 표정으로 우리를 번갈아 바라보았다. 큰 검은 눈망울의 눈을 동그랗게 뜬 아스카는 아주 잠깐이지만 난처한 표정을 지었다. 그러더니 갑자기 분위기를 바꾸려는지 크게 헛기침을 하고 이사부로를 바라보았다.

"네, 저 애랑은 소꿉친구예요. 같은 휴가 단지에 살아요."

확인하듯 시선을 보내는 이사부로에게 나는 어색하고 모호한 웃음을 지어 보였다. 소꿉친구라고 할 정도로 친한 건 아니지만 어쨌든 내 마음 안쪽에 달라붙어 떨어질 생각을 하지 않는 애다. 물론 유쾌하지는 않다.

아스카는 몇 번 크게 숨을 들이마시고, 순진무구하다고 할 만한 웃음을 지었다. 이사부로는 표정을 바꾸지 않고 담담하게 질문했다.

"너는 코르셋 얘기를 어디서 들었지?"

"전에 같은 반 여자애들이 떠드는 걸 듣고 알았어요. 양복점에서 SM 아이템을 장식했다고."

"뭐야? SM 아이템이라고? 어디가!"

내가 발끈해서 끼어들었지만, 아스카는 신경도 쓰지 않고 말했다.

"그런 게 있단 소리를 들었으니까 당연히 보러 와야 하잖아요? 그런데 아무리 가게 앞을 지나도 뭔가가 없어서 오늘은 안으로 들어온 거예요."

"흐음, 참고로 네가 쓰는 그 사투리는 어디서 배웠지?"

"배우긴 뭘요. 할아버지랑 할머니랑 지내다 보니까 자연스럽게 이렇게 됐어요. 어릴 때부터 자주 할머니 집에서 지냈으니까. 그래서 이 동네 억양이랑은 조금 달라요."

조금 수준이 아니다. 나도 이사부로도 말끝이 살짝 올라가는 도호쿠 사투리를 쓴다는 느낌은 있는데, 아스카의 사투리는 무형문화재에 등록될 수준이 아닐까? 이사부로는 여고생을 무례할 정도로 빤히 보더니 입술을 살짝 올렸다. 아스카에게 흥미를 느낀 것을 알아차린 나는 초조함인지 질투심인지 모를 감정에 짜증이 났다.

노인은 발재봉틀 옆 보디로 다가가 덮어놓은 하얀 천을 힘차게 걷었다. 곧 아스카가 눈을 예리하게 빛내며 코르 발레네 앞에 섰다. 귀엽고 예쁘장한 것에 사족을 못 쓰는 여고생의 얼굴이 아니라 완성도를 엄격하게 살피는 검열자 같은 표정이었다.

아스카는 긴 머리를 뒤로 넘기고 팔짱을 끼고 선 이사부로를 돌아보았다.

"할아버지, 이거 얼마예요?"

"학생이 살 가격이 아니야. 팔 생각도 없지만."

"그러면 누구한테 팔 건데요?"

"필요한 사람에게."

아스카는 자기보다 체구가 작은 할아버지와 눈을 마주치고 생각에 잠긴 듯 고개를 갸웃거렸다.

"말씀 참 이상하게 하신다. 필요한지 안 필요한지를 손님이 아니라 할아버지가 정한다는 거예요?"

"그래."

그러자 아스카는 반짝 밝은 표정을 짓더니 입을 크게 벌리고 웃었다. 주근깨 뿌려진 하얀 얼굴에 풋풋함이 돌아와 그제야 평범한 여고생으로 보였다.

"네 네, 잘 알았어요. 그러면 내가 할아버지한테 중요한 여자애가 되면 된다는 거네요? 음, 그래도 좀 불쌍하다."

"뭐가?"

"이 코르셋, 속옷 얼굴이 아닌데 강제로 속옷이 됐으니까."

아스카는 의미심장하게 말하더니 빙그르르 돌아섰다.

"그럼 나는 가요. 번거롭게 해드려 죄송합니다. 감사합니다아."

"어이, 기다려라."

이사부로는 문에 손을 댄 아스카를 불러 세우고 나를 돌아보았다.

"너도 그만 가거라. 여자애가 해 저문 휴가 단지를 혼자 돌아다니게 하면 쓰나. 바래다줘라."

왜 내가……, 라는 말을 삼키고 묵묵히 짐을 챙겼다. 밖으로 나오자마자 쌀쌀한 바람이 불어 두 고등학생은 동시에 팔뚝을 비볐다.

5

산에서 내려온 바람이 휘이잉 소리를 내며 불어와 추위를 견디려고 어금니를 악물었다. 겨울 내음이 풍기는 밤거리는 늘 그렇듯이 우울했다. 새까만 그림자로 변한 나무들이 불길하게 웅성거리고 사방에서 직박구리가 날카롭게 절규했다. 나는 교복 재킷 앞섶을 여미고 몸을 굽혀 강변도로를 묵묵히 걸었다.

뒤에서 아스카의 기척이 났고, 때때로 콧노래를 부르는 소리가 바람을 타고 흘러왔다. 어쨌든 저 애를 집으로 보낼 때까지만 참자. 아무렇지 않은 아스카의 태도에 화가 치밀었지만, 그보다도 그 애를 과도하게 의식하는 나 자신에게 더 짜증이 났다. 어쨌든 여자와 단둘이 하교하는 것은 처음이다. 게다가 주변에는 사람 하나 안 다니고, 밤이고, 뒷길이고, 주택도 없고, 이 근방은 휴대전화 전파도 안 잡히고……. 아니, 이상한 짓을 저지를 생각은 절대 없지만 누가 나를 경계하는 것 자체가 싫었다. 특히 저 여자애만큼은.

긴장한 탓에 발걸음이 점점 더 빨라지는데, 뒤에서 억양 강한 사투리가 들려 내 몸이 반사적으로 굳었다.

"왜 빙 돌아가는 거야? 하치만 골목으로 가면 더 빠른데?"

나는 어깨 너머로 힐끔 돌아보았다가 얼른 앞을 보았다. 아스카는 타탄체크 목도리로 코 주변까지 푹 감싸고 있었다. 나는 쓸데없이 헛기침을 했다.

"하, 하치만을 지나는 것보다 이쪽이 여러모로 안전해."

"안전하다니?"

아스카가 무슨 소리냐는 듯 되물었다. 뭔가 의심스러워하는 목소리였다. 나는 다시 뒤를 돌아보고 허둥지둥 변명을 늘어놓았다.

"말해두겠는데, 나는 이상한 생각은 절대 안 해. 다리를 지나면 만나기 싫은 인간하고 마주칠지도 모르거든. 그래서 이 시간대는 늘 피해 다녀. 나한테도 아스카…… 아니, 미키한테도 기분 좋은 인간이 아닌 것만은 확실하니까."

나는 이유도 없이 여러 번 마른기침을 했다. 초등학교 때는 같은 반 친구 모두의 이름을 부르며 지냈지만, 지금은 이름을 부르는 것에 묘한 거부감이 있었다. 아스카는 가로등이 드문드문 서 있는 강변을 걸으며 나를 빤히 쳐다보더니 목도리를 당겨 입을 밖으로 꺼냈다.

"혹시 지금 네가 말하는 싫은 인간이 마나베 여사야?"

나는 놀라서 아스카와 눈을 마주쳤다.

"'마나베 여사'라는 호칭을 어떻게 알아?"

"네 엄마가 그렇게 말하던데. 초인종 누르고 튈 거면 마나베 여사한테 들키지 않게 조심하라더라. 연이어 했다간 들킬지 모르니까 간격도 두랬어."

"무슨 이상한 조언을 하는 거야, 엄마는."

눈을 반짝반짝 빛내는 엄마를 떠올리며 나는 얼어붙은 얼굴을 비볐다. 아스카는 하나로 묶은 긴 머리를 손가락으로 가지고 노나 싶더니 갑자기 달려와 내 옆에 바싹 붙어 섰다.

"좋아, 너랑 네 엄마한테 쓸모 있는 정보를 알려줄게."

아스카는 나와 키가 비슷해서 가까이 다가오니 당장에라도 어깨가 맞닿을 것 같았다. 나는 펄쩍 뛰어서 일정한 거리를 유지했다.

"마나베 여사가 문 닫는 시간에 맞춰서 모리사키야에 가는 건 보통 월, 수, 금, 3일이야. 특히 금요일은 특별 할인을 하니까 낮에도 갈 확률이 높아. 타임 세일을 하는 3시부터 문 닫기 전까지는 조심하는 게 좋아. 매달 마지막 화요일은 공민관에서 '여성의 삶'이라는 공부 모임이 있는데, 그거 끝나고는 아줌마 군단을 이끌고 패밀리 레스토랑에 죽치고 있어. 드링크 바만 시키고서. 다른 날에는 봉사라는 명목의 첩보 활동을 해. 휴가 단지 부인회는 상호 감시로 이루어지니까 한 번이라도 참여했다가는 두 번 다시 못 빠져나오지. 현대판 마녀사냥 시스템이라니까."

막힘없이 술술 말하는 아스카를 나는 멍하니 바라보았다. 마나베 여사가 무슨 일을 하는지 대충은 알고 있었지만, 일정이나 내용까지 자세하게 꿰고 있다니 대단함을 넘어 이상하다. 아스카는 양손에 입김을 불고 비비며 세차게 부는 북풍을 맞아 빨개진 얼굴로 나를 바라보았다. 나는 얼른 시선을 피하고 웅얼웅얼 물었다.

"어, 어떻게 마나베 여사에 대해 그렇게 잘 알아?"

"그야 쫓아다녔으니까 알지롱. 여름방학 때 2주 정도 찰싹 달라붙어서."

"그게 으스대며 할 소리냐……."

나는 바지가 스칠 정도로 가드레일에 착 붙어서, 옆을 걷는 아스카에게서 최대한 멀리 떨어졌다. 역시 이 애는 이상하다. 그런데 마나베 여사에게 이렇게 집착하는 이유에 흥미를 느꼈다. 스팀펑크라는 그 이상한 차림과 그날 밤에 있었던 일도.

"마나베 여사한테 원한이라도 있어?"

"그다지."

아스카는 뚱하게 대답하고 길고 곧은 검은 머리칼을 또다시 가지고 놀았다.

"방해받기 싫을 뿐이야. 지금 상황에서는 내 일상을 망가 뜨릴지도 모르는 요주의 인물이거든."

이해하지 못할 소리를 한다. 아스카는 밤공기를 한껏 들이 마시고 계속 설명했다.

"내가 아르바이트를 하거든. 일주일에 한 번 하는데, 나한 테는 정말 중요한 일이야. 그런데 마나베 여사가 어디서 소문 을 들었는지 몰라도 갑자기 심문을 하더라고. 아카쓰키 고등 학교는 아르바이트를 금지하니까 교칙을 위반하면 엄격한 벌 을 받는다나 뭐라나."

"설마 학교에 일러바쳤어?"

"그러고 싶어서 근질근질한가 보더라. 그래도 나는 끝까지 잡아뗐어. 현장에서 적발하지 않는 이상 자기가 뭘 어떻게 하 겠어."

"아니, 그런 상황인데 왜 초인종 장난질을 치면서까지 위 험한 다리를 건너는 거야. 들켰다가는 불난 집에 부채질하는 거잖아."

기가 막혀 말하자 아스카는 새까만 하늘을 우러러보며 싱 긋 웃었다.

"그야 마나베 여사의 눈을 속이려는 작전이지. 한밤중이나 이른 새벽에 초인종이 울리면 진짜 에골나잖아? 그러다 보면 나를 잊어버리지 않겠어?"

"잠깐만. '에골나다'가 무슨 뜻이야?"

"짜증이 난다는 뜻. 뭐야, 너 이 동네에서 태어났으면서 이 말을 몰라?"

이 동네에서 아스카처럼 사투리를 구수하게 하는 사람이 없으니 들어본 적도 없다. 나는 그걸 굳이 지적하지 않고 이야기를 이어갔다.

"초인종 장난을 친 범인을 반드시 찾으려고 들 거야. 마나베 여사는 자기한테 칼을 들이댄 사람을 용서하지 않는 성격이니까."

"그걸 노렸다니까. 아무튼 휴가 단지에는 용의자가 수두룩하잖아? 불량배에, 폭주족에, 젊은 여자들에, 브라질 사람들까지. 누군지 쉽게 솎아내지 못해. 약자한테는 하늘 높은 줄 모르고 거만하고 강자와는 눈도 못 마주치는 게 마나베 여사니까."

나는 한숨을 쉬고 고개를 저었다.

"그 작전은 우리 엄마한테 들켰을 때부터 실패야. 다른 주민도 봤을지 모르잖아. 그런데 왜 우리 집 벨까지 누른 거야? 마나베 여사랑 관계 없는데."

기세를 몰아 지적하자, 술술 말하던 아스카가 입을 꾹 다물었다. 그러자 북풍 소리와 나무의 술렁거림이 주도권을 되찾아 내가 한 말은 그대로 날아가고 말았다. 내가 조금 심했나? 아스카는 목도리를 입까지 올리고 뭔가 망설이면서도 두려워하는 것 같은 태도를 보였다. 미묘한 긴장감이 나에게도 전해져서 둘 다 어색하게 밤의 강변을 걸어야 했다.

나뭇가지 사이로 보이는 오리온 별자리가 차가운 바람에 잘 닦여 싸늘한 빛을 내뿜었다. 강물이 찬기를 뿜으며 흘렀고, 완만하게 굽은 어두운 길은 저 멀리까지 이어졌다. 단지까지 아직 좀 남아서 답답한 공기를 마시며 걷기가 괴로웠다. 나는 옆에서 걷는 아스카를 힐끔힐끔 훔쳐보며 초조해했다. 나는 왜 이렇게 차분하지 못하고 듬직하게 굴지 못할까. 초등학생 시절 이후에는 대화를 나눈 적이 없으니 침묵을 두려워할 이유도 없는데. 애초에 이상한 짓을 한 쪽은 아스카이므로 내가 안절부절못할 이유가 없다.

학교 가방을 자꾸 추스르고 머리를 넘기며, 나는 평상심을 잃은 채 걸음을 재촉했다. 그러자 옆에서 조심스러운 목소리가 들렸다.

"있지, 내가 전부터 하려던 말이 있는데."

"뭔데."

나는 최대한 아무렇지 않게 대답했다.

"쓰다의 엄마."

아스카는 고개를 푹 숙이고 한참이나 뜸을 들인 후 결심한 듯 입을 열었다.

"초등학생 때, 내가 학교에 만화를 가지고 갔잖아? 그거 그런 의미가 아니었어. 네가 생각하는 그런 거 아니야. 재미 삼아서 그런 거 아니야."

아스카는 침을 꿀꺽 삼키고 우뚝 멈춰 서더니 고개를 들어 내 눈을 바라보았다.

"그때는 미안했어."

"왜, 왜 이래? 갑자기……."

예고 없이 맞닥뜨린 사과에 나는 당황했다.

"나는 애들한테 자랑하고 싶었어. 이렇게 멋있는 만화가가 우리랑 같은 반 남자애의 엄마라고."

"아니, 가만있어봐. 그게 어떻게 자랑이 돼? 만화 내용을 알고서 하는 소리야?"

"당연히 알지. 하지만 그런 거랑 전혀 상관없는걸. 프랑스 혁명 후 유럽 상황이나 아주 자세하게 그린 드레스나 속옷이나 성이나, 귀족은 물론이고 길쌈하는 소녀나 가정교사나 장인 길드까지, 그 만화에는 엄청난 이야기가 한가득 들어 있었잖아. 나는 그런 세계에 들어가고 싶다고 늘 바라왔어."

"하? 웃기지도 않는 미친 세계인데?"

나는 만화 속 성행위 묘사를 떠올리자 창피해져서 그저 묵묵히 밤거리를 걸었다. 아스카의 말을 어떻게 받아들여야 할지 모르겠다. 무엇보다 엄마의 만화를 비웃지 않고 진지하게 말하는 사람과 만난 것은 처음일지도 모른다. 그러나 하필이면 그 사람이 내 비밀을 폭로해 인생을 엉망으로 만든 여자애다. 이제 와서 뭘……, 이라는 생각 뒤에는 엄마 칭찬을 대놓고 들은 쑥스러움도 있어서 마음이 크게 흔들렸다.

아스카는 종종걸음으로 나를 쫓아와 옆에서 나를 바라보았다.

"나는 쓰다의 엄마를 존경한단 말이야. 누가 무슨 소리를 해도 흔들리지 않고 본인이 뭘 해야 하는지 아는 분이야. 에너지가 대단한 분이라고."

"그 에너지를 에로 만화로 뿜어내잖아. 가족 입장에서는 좋은 직업이 아니야. 남이니까 존경이니 하는 소리가 쉽게 나오는 거지."

"무슨 소리야? 네 말은 모순이야. 엄마 일이 부끄럽다면 왜 양복점의 코르셋에 흥미를 느끼는데?"

"그건……."

이 애는 예전부터 건드리지 말았으면 하는 부분의 정곡을 찌른다. 나는 분명 엄마의 영향을 받아 감성적인 면이 특수한 방향으로 비틀어진 채 자랐다. 그것을 부끄러워하고 숨긴 나를 호쾌하게 깨부순 것이 이사부로다.

무뚝뚝하게 걸음을 재촉하는 나와 보조를 맞추며 아스카가 숨을 몰아쉬면서 소리를 높였다.

"쓰다한테 계속 사과하고 싶었어! 오해였다고 말하고 싶었어! 그때 말하면 좋았을 텐데 소동이 하도 커져서 차마 말을 못했어! 집에 사과하러 여러 번 갔는데 엄마가 나오셔서 놀라서 도망쳤어."

"일단 그게 이상하거든."

"학교에서 사과하면 또 애들이 난리를 칠 테니까, 그래서 말할 기회를 엿보다가 고등학생이 되고 말았어."

"아하? 그럼 지난밤에 갑자기 나를 쫓아와서 총을 쏘려고 한 것도 사과하고 싶어서?"

나는 일부러 비꼬며 말한 건데, 아스카는 머리를 마구 흐트러뜨리며 고개를 열심히 끄덕였다.

"그때 그 총 말이야. 방아쇠를 당기면 총구에서 메모지가 튀어 나가도록 해놨어. 거기에 '그때는 미안했어'라는 메시지를 적어놨거든. 대담하게 행동해야 전해지는 것도 있잖아?"

"무슨 뜻인지 전혀 모르겠다. 하나도 안 전해지거든? 아무리 생각해도 역효과잖아."

싸늘하게 대꾸하면서도 나는 참지 못하고 웃어버렸다. 이렇게 보기 드물 정도로 이상한 여자애가 가까이에 있다는 사실이 놀라웠다. 게다가 최악의 인연으로 엮인 것이 왠지 운명처럼 느껴져서 긴장이 조금 풀렸다.

나는 불안해 보이는 아스카의 주근깨 뿌려진 얼굴을 바라보았다.

"이제 화도 안 나고 다 옛날 일이니까 신경 쓸 것 없어. 오히려 사실을 알아서 마음이 편하다."

"정말?"

나는 고개를 끄덕였다. 그러나 반은 진심이고 반은 거짓말이었다. 나는 여전히 그때 받은 상처를 끌어안고 있고, 지금도 그때 일이 꿈에 나와 울면서 깰 때도 있다. 그러나 언제까지나 그 시점에 머무르면 시간 낭비다.

강변을 걸어 오래된 주택가를 지나 휴가 단지가 보이는 곳까지 왔다. 늘 사람을 우울하게 하는 무기질적인 콘크리트 무더기인데, 둘이 같이 있으니 가볍게 느껴지는 것이 신기했다. 작은 날벌레와 모기가 잔뜩 모여든 창백한 가로등 아래를 지날 때, 아스카가 떠보듯 물었다.

"너는 그 양복점에서 뭐 하는 거야?"

물어 마땅한 질문이다. 나는 어떻게 둘러댈지 고민했는데, 오히려 다 털어놓고 아스카의 반응을 보고 싶었다. 여든 넘은 노인이 갑자기 코르 발레네를 만드는 것. 엄마 만화에 영향을 받아 나도 코르셋에 관련된 지식이 있는 것. 그리고 노인이 제품을 팔아 자신의 의지를 전하려고 하는 것까지. 아스카는 끝까지 묵묵히 귀를 기울이다가 단지 입구의 차량 통행금지 표시 앞에서 멈춰 섰다.

"꼭 지하조직 같다. 그 레지스탕스에 들어가려면 시험을 쳐야 하니?"

"강인함과 이사부로 씨의 기분."

"너는 계급이 뭐야?"

"계급은 또 뭔데⋯⋯. 일단 나는 가게 리뉴얼을 맡고 있어."

아스카가 성큼 한 걸음 다가왔고, 동시에 나는 물러났다.

"지금 꼭 필요한 직위는 뭐야?"

"직위고 뭐고 스태프는 모집 안 한다니까. 애초에 이사부로 씨는 그럴 마음이 없어. 하지만 나는 디자이너나 스타일리스트가 있으면 좋겠어. 솔직히 말해서 이사부로 양복점은 그런 면에서 약하거든."

그러자 아스카가 싱글벙글 웃더니 타탄체크 목도리를 획 벗으며 한 걸음 다가왔다.

"나도 코르셋 혁명군 이사부로 원수의 입대 시험을 치를래. 스팀펑커로서 이렇게 재미있는 걸 손 놓고 보고만 있을 순 없으니까. 가게에서 코르셋을 보니까 가슴이 막 쿵쾅쿵쾅 뛰었어!"

짧은 프릴 스커트를 펄럭이며 아스카는 그대로 B동으로 통통 뛰어갔다. 그러고는 도중에 돌아보더니 목도리를 마구 흔들며 "바이바이!" 하고 소리쳤다. 반쯤 기가 죽은 나는 아스카를 따라 바이바이 하고 손을 흔들었다.

6

다음 날인 토요일은 아침부터 비가 내렸다. 그것도 몸에 착 달라붙는 안개비여서 마을 전체가 축축하게 가라앉았다. 대낮부터 켜진 가로등 빛이 번졌고, 죽 늘어선 상점가의 창이나 쇼윈도는 김이 서려 안이 보이지 않을 정도였다.

하얗게 숨을 내쉬며 상점가를 달려간 나는 비닐우산을 접어 가게 앞에 기대놓았다. 이사부로 양복점의 문을 연 순간, 세 사람의 시선이 쏠렸다. 어제에 이어 미키 아스카, 그리고 이사부로의 아들이자 시청 직원 다이치와 그의 아내였다. 나는 출입구 앞에서 그대로 우뚝 멈췄다. 하늘이 무너져도 서로 이해하지 못할 인간들이 한곳에 모여 있다.

손을 뒤로 돌려 문을 닫고 서둘러 걸어가 녹갈색인지 황토색인지 알 수 없는 가로줄 무늬 스웨터를 입은 키 큰 남자를 올려다보았다.

"안녕하세요."

오늘도 빈틈 하나 없이 반듯해서 절차와 규칙이라면 죽고 못 사는 귀신같은 모습이다. 둥글둥글한 아내는 황매화색 앞치마에 손을 대충 닦고 있었는데, 표정에서 아스카가 신경 쓰여 죽겠다는 티가 역력했다. 그럴 만하다. 새까만 판초 같은 우비로 전신을 뒤덮고, 머리에는 얼마 전에 본 가죽 비행모와 새까만 렌즈 고글을 썼다. 대체 어느 시대를 방랑하는 인물인지 모를 차림이니⋯⋯. 게다가 어제에 이어 오늘 곧바로 찾아오다니, 평범하지 않은 의욕과 흥분이 엿보였다.

톱니바퀴를 여러 개 붙인 땋은 머리를 손으로 가지고 놀던 아스카가 나를 돌아보더니 친근하게 말을 걸었다.

"이제 슬슬 올 줄 알았어. 이사부로 원수는 지금 안 계셔."

"응? 잠깐만."

시청 공무원인 아들이 말을 더듬으며 끼어들었다.

"설마 아버지가 너희에게 '원수'라고 부르게 하는 건⋯⋯."

"아니요, 아니에요."

내가 틈을 주지 않고 바로잡았다. 그러나 아들과 며느리의 불안은 진정되지 않는 듯했다. 최소한 나만큼은 모범적인 고교생으로 보이기를 바라며 조금 긴 편인 앞머리를 정리하고 등을 쭉 폈다.

"저어, 오늘은 1시에 이사부로 씨를 뵙기로 약속했는데요. 오늘도 작업하는 모습을 보고 싶어서요."

"아하, 그랬구나? 먼저 온 네 친구가 중요한 시험이 있다고 해서 대체 무슨 소린가 했다."

아들은 옆에 나란히 선 통통한 아내를 마주 보고 아스카를 재빨리 훔쳐보았다.

"아버지는 지금 병원에 약 타러 가셨어. 이 시간인데 안 오시는 것을 보니 아마도 오후 진료를 받으시나 봐. 그러면 시간이 좀 더 걸릴 텐데, 기다릴 수 있니?"

"네. 폐가 안 된다면요."

"뭐, 음. 폐랄 것은 없지만."

중년 아들은 어딘가 석연치 않게 대답했다. 과연 두 손 들고 환영할 마음은 없지만 지금까지처럼 무턱대고 쫓아내지는 않기로 했나 보다. 이사부로가 집을 비웠다는 것도 거짓말은 아닌 모양이고, 코르셋에 대한 극단적인 거부반응도 지금은 보이지 않았다. 통학 시간에는 쇼윈도에서 내리겠다는 노인의 조건을 받아들여 양보했는지도 모른다.

아스카는 보디에 입힌 코르 발레네 두 벌을 여러 각도에서 살피며 진지한 표정으로 생각에 잠겨 있었다. 그 모습을 곁눈질한 아들은 아내에게 의미심장한 눈빛을 보내고 목소리를 낮췄다.

"너는 쓰다라고 했지. 아버지 말인데, 이번 기회에 좀 물어보고 싶구나. 혹시 평범하지 않은 행동이나 말씀을 하시진 않았니?"

"그런 건 없는데요."

곧바로 대답했지만, 어디를 어떻게 뜯어봐도 이사부로에게 평범이라는 단어는 어울리지 않는다. 그러자 이번에는 통통한 아내가 다가와 입가에 손을 대고 목소리를 극단적으로 낮췄다.

"얘, 이렇게 됐으니 확실히 말할게. 조금이라도 이상한 점이 있다면 알려주렴. 지금 아버님과 대화를 가장 많이 나누는 건 너일 테니까. 나도 걱정이 이만저만 아니야. 갑자기 여자 속옷을 만들질 않나, 고등학생과 친해지질 않나. 수십 년간 이런 일이 없었거든."

뒤를 이어 아들이 진지하게 말했다.

"너는 영리한 애 같으니까 하는 말이다. 아버지는 조심하는 게 좋아."

"네? 조심하라고요?"

"그래. 요즘 들어 좀 과격해지신 것도 같고, 몸이 아프실 가능성도 있다고 본다. 정신적인 면까지 포함해서. 만약 그렇다면 가족이 나서서 아버지를 말려야 하는데, 솔직히 그게 쉽질 않아."

아내는 바지런히 고개를 끄덕이며 입을 열었다.

"쓰다도 너무 끌려가지 말았으면 해. 여기서 이상한 경험을 했다가 앞으로 네 인생에 나쁜 영향을 끼치기라도 하면 어찌나 걱정된단다. 그러니까 무슨 일이 있으면 꼭 우리한테 말해야 한다?"

나쁜 영향이라면 엄마에게 잔뜩 받는 중이니까 이 상황에서 하나둘쯤 늘어난다고 해도 전혀 상관없다. 오히려 이사부로와 만난 이후로 평생 도저히 떨치지 못한 열등감이나 비뚤어진 근성이 줄어들었다. 이 두 사람은 아버지의 새로운 면모를 왜 고집스럽게 무시하려고 할까? 아버지의 진지한 모습을 왜 수치나 병이라고 받아들일까? 결론을 말하면, 이 동네에서는 남 보기 부끄러워서 고개를 들지 못한다는 말이 괴이할 정도로 활개를 쳐서 사람들을 딱딱하게 옭아매기 때문이다.

어쨌든 조심하라는 소리만 반복하는 아들 부부는 전에 얘기했을 때와는 다른 의미로 이사부로를 걱정하고 있었다. 그때 갑자기 아스카가 뒤를 돌더니 동그란 코를 손가락으로 만지며 끼어들었다.

"그러니까 우리보고 혁명군의 내통자가 되라는 소리지요?"

갑자기 분위기가 얼어붙었다. 아스카는 순진무구해 보이는 웃음을 지으며 아들 부부를 번갈아 바라보았다.

"위험한 사상을 지닌 노인을 감시해야 한다. 혹시 컬트 교단처럼 아이들을 세뇌하는지도 모른다. 그러나 함부로 일을 키웠다가 소란이 나면 이 마을에서 살 수 없다. 그러느니 이참에 아이들을 이용해 정황을 살핀다. 지금 걱정하는 것은 집안과 체면뿐이니까."

"무, 무슨 소리야."

나는 얼른 아스카의 팔을 잡아당겼다. 물론 아들 부부의
생각이 딱 그거겠지만 굳이 말로 표현할 필요는 없다.

아들 부부는 순간 겸연쩍게 서로 얼굴을 마주 보았지만,
정체 모를 여고생의 단정적인 지적이 기분 좋을 리 없는 것만
은 명백했다. 아스카는 여전히 생글생글 웃으며 말했다.

"나는 말이죠, 장인이 하는 일에 관심이 있어요. 경험과 감
각, 그리고 남이 흉내 내지 못할 기술로 이사부로 할아버지는
대박 멋진 걸 만들었잖아요. 아저씨는 옷에는 전혀 관심이 없
나 봐요?"

아스카는 아들이 입은, 어둑어둑한 색이 조합된 스웨터를
빤히 쳐다보았다. 그 아들은 대답이 궁한지 안경을 연신 밀어
올리며 허둥거렸다.

"결혼 전에는 엄마가 옷장에서 꺼내준 옷을 아무 생각 없
이 입었겠죠? 지금은 부인이 가게에서 사 온 옷을 그대로 입
을 테고요. 자기가 입는 옷에 의문을 품지도 않고 생각한 적도
없겠지요? 그러니 고집 센 할아버지가 미친 사람처럼 보이는
것도 당연해요. 지금까지 인생에서 없었던 걸 갑자기 이해하
라고 하면 가혹하죠. 뭐, 이거는 어쩔 도리가 없어요. 삶의 장
르 자체가 다르니까. 저는요, 아저씨 처지가 지금 얼마나 어려

운지 충분히 이해해요."

네가 뭔데 이렇게 시건방져? 나는 아스카의 입을 다물게 하려면 일단 나갔다가 다시 오는 편이 낫다고 판단했다. 죄송하다고 무례를 사과하며 그녀의 팔을 붙잡았는데, 가게 문이 열리고 불쾌한 듯한 표정을 지은 이사부로가 불쑥 들어왔다. 직접 지었을 베이지색 스탠드칼라 코트를 입고 트위드 사냥모자를 썼다. 완벽한 영국 신사의 분위기였고, 평소 자주 입는 스타일이라 그런지 그림처럼 잘 어울렸다.

이사부로는 김이 서린 안경을 벗어 손수건으로 닦아 다시 쓰고 가게를 둘러보았다.

"뭐냐, 너희. 싸움이라면 밖에서 해."

"아무도 싸움 같은 건 안 해요. 재들이 아버지를 기다렸어요."

아들이 아주 녹초가 된 모습으로 말하고, 도망치듯 안으로 들어가는 아내를 핏줄 선 눈으로 바라보았다. 마음의 피로를 공연히 늘려준 것 같아 진심으로 죄송했다. 자리를 뜨면서 그가 내게 의미심장한 시선을 보낸 것은 착각이 아니겠지? 어쩌면 이사부로를 감시하라는 의미보다는 최대한 마음을 써달라는 것인지도 모른다.

이사부로는 사냥 모자와 코트를 벗어 작업대에 놓고 사신처럼 새까맣게 차려입은 아스카를 안경 너머로 바라보았다.

머리부터 발끝까지 천천히 살펴보더니 하얀 수염을 손가락으로 만졌다.

"비행기 조종사가 되고 싶다면 여긴 네가 올 곳이 아니다."

"비행기 조종사도 되고 싶지만 내가 하고 싶은 일은 그것 말고도 많아요. 할아버지, 나도 코르셋 혁명군에 끼워주세요."

그렇게 선언한 아스카는 까만 우비를 벗고 이사부로에게 발레리나처럼 인사했다. 프릴 달린 하얀 블라우스 위에 가죽으로 만든 짧은 코르셋을 입고 가느다란 체크무늬 미니스커트를 속치마인 파니에로 부풀렸다. 렌치나 망치 같은 공구가 든 케이스를 허리에 늘어뜨렸고, 까만 엔지니어 부츠에는 톱니바퀴와 장식 버클이 달려 있었다. 뭐랄까, 참 복잡하고 어려운 세계관이다.

이사부로는 마음에 찰 때까지 아스카를 살핀 뒤에야 비로소 입을 열었다.

"그건?"

"스팀펑크라는 장르예요. 나는 에이비에이터 겸 워치메이커여서 기술자로 일해야 해요. 그냥 예쁘고 귀여운 인형이 되긴 싫어."

"스팀펑크? 에이비에이터? 워치메이커?"

노인이 아스카의 말을 되풀이했다. 음, 황당스럽겠지. 아스카는 가슴에 건 브론즈 회중시계를 붙잡고 위로 솟구친 커다란 눈을 반짝반짝 빛냈다.

"스팀펑크를 한마디로 설명하기는 어려워요. 지금은 다양한 요소가 뒤섞이고 분류되었거든요. 사람에 따라 해석도 많이 다르기도 하고요. 그래도 바탕은 19세기부터 20세기 초에 걸친 시대예요. 이 한 세기에는 다양한 분야의 기술과 문화가 빼곡하게 채워졌으니까요."

"산업혁명 때인가? 그러고 보니 그 시대는 복식도 눈이 뒤집힐 정도로 달라졌지. 슈미즈 드레스, 코르셋, 크리놀린, 버슬, 블루머. 뭐, 결국은 정치와 사상에 끌려다녔지만, 활기가 넘쳐서 어느 시대보다도 재미있었을지도 모르지."

"그럼요! 역시 이사부로 할아버지는 평범한 노인하고는 다르다니까! 내 세계에 들어와주셨어요! 그것도 잡담을 나누듯이 아주 휙!"

투박한 엔지니어 부츠를 신은 발을 한 걸음 옮기고, 아스카가 흥분해서 얼굴을 붉혔다.

"하늘에는 열과 가스로 띄운 탈것이 날아다니고, 지상에는 증기기관차가 달렸어요. 프로펠러와 엔진을 쌓아 만든 하늘을 나는 기계는 대단한 발명이었죠. 앙리 지파르가 증기기관 비행선을 날렸고, 다음으로는 가스통 형제*가 비행선에 축전지

• 프랑스의 가스통 티상디에르와 알베르 티상디에르 형제

를 실었어요! 풍선은 수소로 팽창시켰고요! 나는 에이비에이터니까 조종사예요! 클로커도 겸해서 시계 수리랑 정비도 하고요!"

아스카는 손짓에 발짓까지 더하며 열심히 설명했다. 마치 그 시대를 직접 살아본 것처럼 말하는데, 뭐가 뭔지 모르게 뒤죽박죽이었다. 그렇게까지 열광하는 매력을 나는 전혀 모르겠지만, 빅토리아 시대 전후에는 다양한 잡동사니가 모인 벼룩시장처럼 기대감이 가득했다는 것만은 알고 있다. 자본주의의 시작. 아스카는 패션이라는 카테고리뿐만 아니라 그 시대에 감돌던 공기 자체에 매료된 것 같았다.

아스카는 작은 톱니바퀴가 여럿 달린 땋은 머리를 젖히며 안달이 나서 말했다.

"스팀펑크는 증기기관이나 톱니바퀴, 징, 놋쇠나 철 기계가 도시를 지배하는 브론즈 색채의 세계였어요. 나는 원리주의자여서 에너지원으로는 증기기관만 인정하고요."

"인정하고 말고는 네 자유다만 코르셋 혁명과는 전혀 관계가 없구나."

"관계 있어요."

아스카가 곧바로 대답했다.

"왜 코르셋을 만드는가. 만들어서 어떻게 하고 싶은가. 코르셋을 입은 사람은 어떻게 보이는가. 어떻게 보이기를 바라는가. 마을 모습은? 그 마을에서 유행하는 것은? 정치는? 경제는? 산업은? 이사부로 할아버지의 코르셋을 보고, 아주 예쁘고 완벽하지만 그 뒤로 마을 풍경이 전혀 보이지 않는다고 생각했어요."

역시 이 애는 남의 기분을 아무렇지 않게 짓밟는 소리를 조심성 없이 해댄다. 하지만……. 나는 이사부로의 눈치를 살피면서도 아스카의 말이 자꾸만 신경 쓰였다.

할아버지와 나는 코르 발레네라는 한 점만 봤다. 거기에서 벗어난 생각이라고 해봤자 어떤 연령대를 대상으로 얼마에 팔지 따위가 고작이었다. 그러나 아스카의 주장은 그것을 둘러싼 이야기가 반드시 필요하다는 소리였다. 반드시 현실적이지 않아도 좋고, 오히려 사람들을 매료할 정도로 과감한 각색도 필요하다. 단순히 가게에서 물건을 파는 데 그치지 않고 세계관 자체를 세트로 제공하자는 소리인가?

이사부로는 건방지기 짝이 없는 꼬마에게서 시선을 떼지 않고 이젠 익숙해진 무뚝뚝한 표정도 풀지 않았다. 언제 끓는 점에 도달할지 몰라 조마조마했는데, 한편으로 노인이 어떻게 나올지 몹시 흥미로웠다. 아스카는 우리에게는 없는 새로운 관점을 지녔다.

이사부로는 하얀 셔츠의 제일 위 단추를 풀고 진녹색 카디건 소매를 걷어 올렸다. 그리고 아스카에게 턱짓을 해 보였다.

"지금 입은 그 옷과 코르셋은 네가 직접 만들었나?"

"설마요. 도전해보긴 했는데 전혀 안 되더라고요. 그래도 옷이나 소품을 사면 꼭 고쳐서 써요. 단추를 새로 달거나 레이스를 달거나 할머니한테 받은 양파로 물들이거나. 이 코르셋에 달린 구멍도 제가 하나하나 브론즈색으로 칠했어요. 압정도 제가 꽂았고."

아스카는 몸에 걸친 것을 가리키며 설명하더니 양쪽 손목에 찬 무거운 시계를 들어 보였다. 마치 철 덩어리 같았다.

"이 손목시계는 아빠가 쓰던 낡은 시계를 분해해서 다시 만든 거예요. 하치만에 있는 야마모토 판금 할아버지한테 가서 알루미늄이랑 동을 잘라달라고 했죠. 야마모토 할아버지도 신의 손을 지닌 장인이니까요. 그리고 아크릴 수지를 굳혀 색을 칠했어요. 이렇게 하는 데 몇 개월쯤 걸렸어요."

나는 아스카가 팔에 찬 시계나 온몸에 단 자잘한 장식품을 살펴보았다. 수레바퀴나 너트 같은 기계 부품 외에 아르누보 분위기가 나는 금속 풍뎅이도 붙어 있었다. 그런데 잘 살펴보니 금속을 비슷하게 모방한 수지로 만든 것 같았다. 측면에 커버가 달린 고글은 녹처럼 보이도록 열화 가공을 했고, 비스듬하게 멘 가방 바닥을 뒤덮은 고목도 아마 다른 소재를 비슷한 느낌이 나게 칠한 것이리라. 정성 들여 만들어 교묘하게 세공한 그것들은 나와 나이가 같은 여고생 솜씨로는 보이지 않았다. 완성도가 놀라울 만큼 높았다.

아스카는 둘 앞에서 천천히 돌아 보이고 이사부로와 정면으로 눈을 마주쳤다.

"나, 여기서 뭔가 하고 싶어요. 혁명군에 들어가게 해주세요."

"안 된다."

단칼에 거절당할 줄 몰랐는지 아스카는 놀라서 입을 멍하니 벌렸다. 나도 당황해서 노인을 바라보았다.

"뭔가 착각하는 모양이다만, 여기는 학교에 적응하지 못한 애들을 맡아주는 탁아소가 아니야."

"그런 건 알고 있어요! 그리고 아주 잘 적응했거든요! 학교에 친구도 있는데!"

"그럼 그 애들을 모아서 너만의 세계를 만들면 되겠구나."

이사부로는 당황해서 무슨 말을 해야 할지 허둥거리는 아스카에게서 시선을 떼지 않았다.

"네가 하는 건 패션이 아니라 가장이야. 실용성을 완전히 무시했고, 네 세계에서 나올 마음도 없어. 장사와 제조는 그렇게 쉬운 게 아니다. 네가 하는 건 단순히 마니악한 취미야. 그 영역에서 나오지 못했어."

"하, 하지만 그래도, 그래도……. 이사부로 할아버지도 코르셋을 만들었잖아요? 비싼 속옷이니까 완전히 취미의 세계 아니에요?"

"그 점을 고민해서 상품으로 이끌어가는 것이 내가 하는 일이다. 네가 좋다고 생각하는 건 내 감각과는 너무 동떨어졌구나."

아스카는 완전히 할 말을 잃었다. 이사부로의 말도 일리는 있지만, 필요 이상으로 가혹한 것 같았다. 노인에게 완전히 거절당한 아스카는 충격을 감추지 못한 채 까만 우비를 집어 들고 천천히 입었다.

"알았어요. 오늘은 돌아가서 생각해볼게요. 방해해서 죄송합니다."

아스카는 녹색 문을 열고 안개비가 내리는 어두운 골목으로 나갔다. 나는 어찌할 바를 모르고 그 자리에서 발을 동동 구르다가 코트를 들고 안쪽 작업실로 들어가는 이사부로를 얼른 멈춰 세웠다.

"저기, 이사부로 씨. 말이 너무 심한 거 아니에요? 여자애한테 너무 관용이 없고……."

"관용을 보여줄 이유가 없으니까."

노인이 문 앞에 서서 돌아보았다.

"너는 저 동급생을 이해하겠더냐?"

"솔직히 스팀펑크라는 세계관에는 그다지 공감하지 못해요. 무엇보다 비약이 너무 심하고 복잡하니까요. 하지만 쟤가

하는 말의 의미는 알겠어요. 코르 발레네에는 이야기가 필요하다는 거요. 쇼윈도에 장식한 코르셋을 보기만 해도 풍경이나 냄새나 온도 같은 것이 떠오르면 설득력이 생긴다는 소리잖아요. 한마디로 이미지 전략이죠."

"나는 상품을 두고 그런 생각을 해본 적이 없어. 모호한 이미지 따위가 아니라 사는 사람을 설득할 만한 고품질에 정확한 것을 만들어야지. 그게 사는 사람에 대한 예의야."

이사부로는 손에 든 스탠드칼라 코트와 모자를 마룻귀틀에 놓았다.

"저 애를 내쫓은 이유는 저 애의 세계가 완결됐기 때문이야. 아마 여기 있으면 기대가 큰 만큼 현실과의 차이에 실망할 게 뻔하다. 저 애는 꿈속에 머물고 싶을 뿐이야. 장사꾼이 아니라 예술가에 가까워."

맞는 말이다. 하지만 아스카의 입에서 툭툭 나온 말들은 어떤 속박에도 얽매이지 않아 힌트가 가득한 것처럼 느껴졌다. 이사부로는 코르 발레네라는 뜬금없는 것을 만들었지만 근성은 여전히 근면 성실한 장인이다. 아스카의 비상식과 노인의 장인 기질을 결합해 화학반응을 일으킨 이사부로 양복점은 어떤 모습일까? 상상하기 어려웠지만 두려울수록 오히려 눈으로 확인하고 싶었다.

이사부로는 마룻귀틀에 앉아 깔끔하게 닦은 갈색 가죽 구두의 끈을 풀었다.

"오늘은 사진관 할멈만 오면 끝이다. 시침질 마지막 단계
니까."

노인이 고개를 들고 앉은 채 무릎 위로 깍지를 꼈다.

"굳이 네가 볼 필요는 없다. 그보다 내가 가게를 맡기겠다
고 하지 않았더냐? 아직 아무것도 달라진 게 없다만."

"그게 아직 구상하는 중이어서……."

나는 변명하듯 말끝을 흐렸다.

"너와 나는 사고방식이 달라. 하긴 당연한 소리지만. 너는
여기에 고개를 내미는 이상 네가 필요하다고 생각한 것을 진
지하게 음미하고 추구할 의무가 있어. 주변에 휩쓸리지 말고
지금 해야 할 일을 직접 찾아라. 물론 최종 결정권은 나한테
있지만."

이사부로는 벽을 붙잡고 몸을 지탱하며 일어났다. 정말 얄
미울 정도로 내 속을 훤히 꿰뚫어 보는 노인이다. 지금 마음에
걸리는 것은 아스카의 머릿속에 펼쳐진 소우주다. 아스카의
이야기를 조금 더 듣고 싶었다.

나는 돌아보지 않고 작업실로 들어간 이사부로에게 인사
한 뒤, 으슬으슬 추운 가게 앞에서 투명한 비닐우산을 힘차게
펼쳤다.

제 3 장

자포니즘과
평행 세계

1

인적 드문 상점가를 빠르게 훑어보자 새까만 유령 같은 덩어리가 저 앞을 걷고 있었다. 우비를 푹 뒤집어쓴 아스카가 골목을 돌아 모습을 훌쩍 감췄다. 지금 들어간 뒷골목은 단지와 완전히 반대쪽으로 가는 길인데. 오늘은 마나베 여사가 나타날 확률이 낮다고 아스카 본인이 말한 날인데, 만약을 위해서 조심하는 건가?

나는 우산을 흔들며 안개비 속을 달려 셔터를 내린 처마 낮은 상점을 지나갔다. 물웅덩이를 요란하게 걷어차며 아스카가 꺾어 들어간 골목으로 서둘러 들어섰다. 그러나 아스카는 저 앞 골목으로 들어가려는 중이었다.

그곳은 옛날부터 미로처럼 골목이 꼬불꼬불 얽힌 '논베이 골목길'로, 나는 잘 다니지 않는 곳이다. 예전에 막다른 골목에서 커다란 멧돼지를 우리에 넣고 키웠는데, 며칠 지나고 벗어진 가죽만 걸려 있는 것을 발견했기 때문이다. 애완용이 아니라 가게에 내놓을 식자재였다. 지금도 내가 몰래 준 과자를 좋다고 먹던 멧돼지를 떠올리면 마음이 착잡하다.

"미키!"

나는 달리면서 외쳤다. 쫓아가지 않아도 단지로 먼저 가서 기다리면 되고, 술집 거리지만 그다지 위험한 지역도 아니다. 그래도 왠지 이대로 혼자 보내면 안 될 것 같았다.

뛰느라 더워서 두꺼운 파카 소매를 거칠게 걷어 올렸다. 내 목소리가 들리지 않는지 아스카는 그대로 인기척 없는 골목으로 꺾었다. 숨을 헐떡이며 다시 한번 이름을 부르자, 잠시 후 시커먼 아스카가 고개를 쏙 내밀었다.

아스카는 나를 보고 눈이 동그래져서 반사적으로 주위를 둘러보았다. 나는 얼른 다가가 헉헉 숨을 몰아쉬었다.

"뭐야, 왜 따라오고 그래?"

아스카는 어리둥절한 표정을 짓고 까만 우비의 후드를 벗었다. 비행모와 고글을 쓰지 않아서 긴 속눈썹이 안개비로 촉촉하게 젖어 있었다. 나는 몸을 굽혀 차오른 숨을 고르고, 관자놀이에 흐르는 땀을 파카 어깻죽지에 꾹 눌렀다.

"저, 저기. 얘기를 조금 하고 싶어서."

"무슨 얘기?"

"아까 얘기 그다음."

그러자 아스카는 다시 후드를 뒤집어쓰고 주근깨 가득한 얼굴로 부끄럽다는 듯 웃었다.

"아하하, 입대 시험에 완벽하게 떨어졌어. 프레젠테이션에 실수가 좀 있었나 봐. 내 생각에는 꽤 괜찮은 것 같았는데, 현실은 역시 마음대로 되지 않네."

"틀리지 않았다고 생각해, 개인적으로는."

"아아, 됐어, 됐어."

아스카가 얼굴 앞에서 손을 휙휙 저었다.

"뭐야. 설마 나를 위로하겠다고 뛰어왔어?"

"그것도 있고."

내 입에서 스스로 놀랄 정도로 솔직한 답이 나왔다. 아스카는 내 얼굴을 차근차근 뜯어보더니 조금 엿보였던 경계심을 풀었다.

"쓰다, 다정하네. 그때도 그랬어. 반 전체가 난리였는데 나한테 한 번도 화를 내지 않았지."

그건 다정한 게 아니라 단순히 자기방어다. 이런 소리를 했다가는 나중에 불리해지겠지, 이렇게 해두면 무던하게 상황이 흘러가겠지. 나는 행동하기 전에 얍삽하게 계산을 하는 인간이다. 그러나 지금은 걱정이 앞섰다. 자기 혼자 열심히 쌓아 올린 정신세계를 남에게 털어놓는 것은 도박이나 마찬가지다. 받아들여지지 않으면 저 바닥까지 내동댕이쳐진다.

아스카는 까만 우비에 매달린 빗방울을 털고, 포장하지 않아 질퍽거리는 골목을 바라보았다. 모든 가게 뒷문에는 병맥주 케이스가 쌓였고, 지저분한 쓰레기통, 거미줄이 쳐진 분재 따위가 지저분하게 널브러져 있었다. 안개비 내리는 어두운 오후와 어우러져 기분을 점점 더 가라앉게 하는 광경이었다. 나는 오도카니 선 아스카를 살피며 적당한 때를 골라 입을 열었다.

"여기는 왜 온 거야?"

지금 던질 질문으로는 가장 적절하겠지. 아스카는 내 쪽을 돌아보았다.

"오늘처럼 조건을 다 갖춘 날이 별로 없으니까. 일 년에 사흘 있을까 말까야."

"무슨 말인지 모르겠는데."

아스카는 "이쪽으로 와봐"라고 중얼거리더니 길도 골목도 아닌 건물 사이로 들어갔다. 아니, 그곳은 그냥 틈새였다. 목조 주택과 함석 벽에 낀 공간은 쓰레기가 가득했고, 커다란 시궁쥐 같은 것이 꿈틀거려서 소름이 끼쳤다. 당연히 들어가기 싫었지만, 여기까지 왔으니 쫓아가는 수밖에 없다.

나는 각오를 다지고 비닐우산을 접어 한 사람이 간신히 지나갈 정도로 좁은 틈으로 몸을 쑤셔 넣었다.

"벽에 철사가 튀어나왔으니까 조심해. 전기 배선도 다 노출됐어."

앞에서 아스카가 중얼거리는 소리가 들렸다. 나는 녹슨 함석과 이끼 낀 벽에 몸을 쓸리며 영문도 모른 채 아스카를 쫓아갔다. 그리고 숨 막히게 좁은 틈을 빠져나온 순간, 더 믿을 수 없는 광경이 눈앞에 펼쳐져 숨을 들이마셨다.

그곳은 낡고 낮은 빌딩에 둘러싸여 위압감이 느껴지는 곳이었다. 사방 4미터 정도 공간이 갑자기 빠끔 열렸다. 주위를 둘러싼 4, 5층짜리 건물에는 에어컨 실외기가 당장이라도 떨어질 것처럼 대충 달려 있었고, 녹이 슨 송풍관이나 철골이 뱀처럼 얽혀서 틈이 하나도 없을 정도였다. 구멍 뚫린 함석이 압정으로 패치워크되었고, 이젠 쓰이지 않을 붉게 퇴색한 나선 계단이 중앙에서 자신의 존재를 주장했다. 마치 다른 세계에 빠져든 것 같아 살짝 현기증을 느꼈다.

"여기 뭐야……."

이것 말고는 적당한 감상평이 없었다. 아스카가 가리킨 방향을 보자 새까만 연통에서 연기가 모락모락 피어오르고 있었다. 연통에는 '거북탕'이라는 상호가 흐릿하게 적혀 있었다.

"여기는 빌딩이나 술집이 마구 들어서는 바람에 쓸모없는 공간이 뻥 뚫려서 남은 곳이야. 아마 이 마을 사람들도 모를걸?"

"그야, 사방이 다 건물로 막혀 있으니까 알 턱이 없지. 여기까지 오는 길도 없고."

"응. 오래전부터 기적적으로 살아남았어. 이 근처의 낡은 빌딩을 부수면 끝날 곳이야. 너, 여기 서봐."

나는 아스카가 손짓하는 대로 그녀 옆에 서서 같은 방향을 바라보았다. 금이 잔뜩 간 네모난 콘크리트 빌딩과 송풍관, 함석, 나선계단. 거기에서 수많은 실외기가 프로펠러를 빙글빙글 돌리고 있었다. 아주 더럽고 난잡한데도 이상하게 통제된 것처럼 보였다. 갈색으로 물든 빌딩 너머에는 낡은 연통이 있고, 그 너머에는 뾰족한 탑 꼭대기가 보였다. 저것은 유게쓰산에 있는 시계탑이다. 여기에서 보이는 풍경은 현대도 아니고 심지어 일본도 아닌 다른 무언가였다.

"하늘을 봐."

옆에 선 아스카 말대로 하늘을 우러렀다. 안개비가 찰박찰박 뺨을 때렸다. 빌딩 위에 서 있는 피뢰침과 둥그런 급수 탱크 사이로 붉게도, 자줏빛으로도 보이는 탁한 구름이 낮게 깔려 있었다.

"태양 빛이 구름에 반사돼서 하늘이 환상적인 색을 띠어. 날씨와 시간이 완벽하게 맞아떨어질 때만 볼 수 있지. 새빨간 저녁노을도 좋지만 이것도 좋지 않니? 목욕탕 연통, 시계탑, 녹슨 금속이 어우러져. 이곳은 스팀펑크야."

이런 상황을 디스토피아라고 말하는지도 모르겠다. 이런

것을 아름답다고 느낄 만큼 오타쿠는 아니지만 기억에 새겨
질 풍경이었다.

"나는 저 시계탑에서 아르바이트를 해."

아스카가 아른아른 보이는 첨탑 건물을 가리켰다.

"아르바이트? 저기 아마 문화재로 지정됐지? 굉장히 오래
된 것 같은데."

"메이지 36년, 그러니까 1903년에 유명한 미국 시계 회사
인 하워드에서 세웠어. 나야초에 있는 마미야 시계방의 부자
父子가 수리를 하고 태엽을 감아. 그보다 전에는 마미야의 스
승이 대대손손 해왔고."

"그런 곳이면 고등학생이 아르바이트를 할 곳이 아닌 것
같은데. 무슨 일을 해?"

아스카는 저 먼 곳의 시계탑을 보며 생긋 웃었다.

"초등학생 때 동네 어린이회에서 유게쓰산 시계탑에 견학
하러 갔잖아. 평소에는 개방하지 않는데, 그때는 탑에 들어갈
수 있었어. 좁은 계단을 올라갔지."

그런 데는 별로 흥미가 없어 기억이 어렴풋했다. 아스카가
계속 말했다.

"그때 거대한 톱니바퀴랑 와이어랑 종을 봤는데, 그야말로
감탄해서 말도 안 나오더라. 고작 시간을 알려주는 기계일 뿐
이지만, 내부는 정말 복잡하고 전기도 사용하지 않으니까 대

단하지."

"그랬나? 그럼 저 시계탑은 수동이야?"

"응. 동력은 추야. 추가 아래로 떨어지는 힘으로 톱니바퀴를 움직여. 저 시계탑은 5층 건물인데, 4층부터 2층 사이에 추를 달아놨어. 거대한 진자인 거지. 저렇게 낡은 시계인데 하루에 겨우 1, 2초 늦을 뿐이니까 대단하지 않니?"

아스카는 나를 바라보며 환하게 웃었다. 그러나 그 미소는 금방 사라졌다.

"그런데 지난번 지진 때문에 멈췄어. 당연하지. 나도 그렇게 무서운 경험은 태어나서 처음이었으니까. 사람이 많이 죽고, 동네도 엉망진창이 되고, 후쿠시마라는 말을 꺼내기만 하면 다들 얼굴빛이 변하잖아. 인터넷에서 누군지도 모르는 놈들은 지진 벼락부자라는 소리를 하더라."

"벼락부자가 되기나 했으면 좋았겠다."

"내 말이. 벼락부자는커녕 아빠가 일하는 회사는 망했는데."

아스카가 쓸쓸하게 웃으며 가느다랗게 숨을 내쉬었다.

"다들 이제는 지진 참사 같은 건 기억도 못해. 이미 끝난 일이니까 다시 문제 삼는 것도 귀찮은 거야. 위로나 격려에도 지쳐서, 속으로는 계속 피해자인 척하지 말라고 짜증을 내. 우리는 완전히 애물단지야."

"지진 참사는 죽을 때까지 끝나지 않아. 내 안에서는."

"응. 그래도 하나하나에 상처받고 화가 나는 것도 처음에만 그렇지. 이제 익숙해졌어. 하지만 우리가 익숙해지는 게 제일 큰 문제야. 아무리 말해도 소용없다고 애초에 머릿속에서 기대를 하지 않게 되는 거야. 그러면 편하니까. 나는 그렇게 생각하기 싫어. 나는 그 무엇도 포기하기 싫거든."

아스카의 감각을 따라가지 못하는 면도 있지만 분명 허세가 아닌 강인함이 있었다. 그리고 나처럼 흔들리거나 하지 않는다. 같은 고등학생인데, 게다가 괴상한 공상에 사로잡힌 특이한 인간인데, 그 누구보다도 현실을 똑바로 바라보는 품격까지 갖췄다. 아까부터 가슴이 술렁거리는 것은 내게 없는 것을 잔뜩 가진 아스카를 질투하기 때문일 것이다. 한심하다.

아스카는 우울한 기분을 바꾸고 싶은지 천천히 눈을 깜박였다.

"지진이 나고 조금 지나서 시계탑에 가봤어. 할아버지 한 분이 혼자 수리를 하고 있더라. 공구를 잔뜩 들고 묵묵히 일하고 있었어. 이 세상은 경제 활성화니 유대니 하며 도호쿠를 이끌어가겠다고 필사적인데, 할아버지는 그런 건 안중에도 없었어. 자기가 할 일을 할 뿐이었어. 그게 마을을 일으키는 법이라고 믿고."

"아, 조금 알 것 같아. 솔직히 활성화 운운하는 난리법석을 쫓아가지 못하겠거든. 나랑은 상관없는 일 같고."

"그렇지? 그 시계 장인은 지금 일흔세 살이고 고목처럼 말 랐어. 그리고 완벽한 대머리지. 그 할아버지가 마미야 시계방 할아버지야."

아스카가 내 손에서 비닐우산을 가져가 펴서는 다시 내밀 었다. 묘한 색을 띠던 하늘은 다시 지저분한 회색으로 바뀌었 고, 빗방울이 굵어졌다.

"그 시계는 나흘에 한 번 와이어를 감아줘야 해. 커다란 톱 니바퀴를 움직이려고 50킬로그램짜리 추를 달아놨으니까 보 통 중노동이 아니지."

"50킬로그램이나 돼?"

"응. 그 일을 계속해온 사람이 있으니까 시계가 움직여. 쉰 여섯 번 감는 데 한 시간 반쯤 걸려. 유게쓰산의 돌계단을 정 상까지 올라가서 시계탑 사다리로 4층 높이만큼 올라가. 그리 고 무거운 철 손잡이를 쥐고 추를 감지. 노인한테는 너무 벅찬 일인데, 마미야 할아버지한테는 제자도 없고 후계자도 없어."

"혹시 시계추 감는 일을 네가 하는 거야?"

아스카가 고개를 세차게 끄덕이자 우비에 달라붙은 빗방 울이 주변에 튕겼다.

"내게 스팀펑크의 입구를 열어준 건 메이지 시대에 세운 저 시계탑이야. 많은 상상을 하게 해줬어. 이렇게 옷을 입고 곰팡내가 나는 목조탑에서 추를 감고 있으면 전혀 다른 인생을 사는 내가 돼. 평행 세계인 거지."

SF 같은 기분은 대충이지만 짐작이 갔다. 지금 이런 곳에서 있을 뿐인데도 퇴폐적인 다른 차원에 남겨진 듯 묘한 기분이 들었다. 나는 우산을 때리는 빗방울 소리를 들으며 생각했다. 이사부로가 만드는 코르 발레네에는 어떤 풍경을 수놓을까. 여든을 넘은 노인이 여성용 속옷을 진지하게 만드는 모습에 어울리는 무대는……

나는 머릿속에 똬리를 튼 상식이나 고정관념 따위를 최대한 배제했다.

"일본에서 서양식 복식은 메이지 시대 남성에게서 비롯되었어. 저 시계탑을 세운 시대랑 같아."

"갑자기 무슨 소리야?"

아스카는 뜬금없는 내 말에 고개를 갸웃거리면서도 자세를 바로 하고 귀를 기울였다.

"정부는 서구화 정책을 중시해서 군복이나 관복을 서양식으로 바꿨어. 여성 양장은 그로부터 10년 정도 늦었고. 서구화를 서두르던 로쿠메이칸 시대*부터인데, 당시 유럽에서 크게 유행한 버슬 스타일이 귀부인들 사이에 유행했어. 허리 뒤를

• 메이지 시대 중기로, 1883년에서 1890년까지의 기간

부풀리는 패션이지."

"문명개화네."

"응, 맞아. 코르셋이나 페티코트도 수입되어서 화려한 로쿠메이칸 스타일은 동경의 대상이 됐어."

까만 우비 우드를 써서 유난히 하얗게 느껴지는 아스카의 얼굴을 보며 나는 침을 꿀꺽 삼켰다. 현실적이지 않은 공상이나 망상을 입에 담으려면 큰 용기가 필요하다. 나는 축축한 공기를 다시 한번 삼켰다.

"만약, 만약에 말인데. 만약 메이지 시대의 문화가 지금까지 이어졌다면 일본은 어떻게 됐을까……."

아스카가 놀라서 나와 눈을 마주쳤다. 나는 헛기침을 하며 과감하게 말을 이었다.

"산업혁명부터 세계대전까지의 풍속이 기본이고, 증기기관 같은 테크놀로지만 이상하게 발달했는데, 일렉트로닉스도 디지털도 없는 세계. 컴퓨터를 대신할 다른 무언가가 발명됐다면 현대와는 달랐을 거야. 아마 옷차림도 달라질 거고."

"쓰다!"

갑자기 비명처럼 외치며 아스카가 코앞까지 다가오는 바람에 나는 비틀거렸다.

"더! 더 말해봐! 더 자세하게! 예를 들어 그 세계의 주민은 어떤 옷을 입고 돌아다닐까?"

"글쎄다……."

나는 기가 죽으면서도 열심히 상상을 부풀렸다.

"로쿠메이칸 스타일이라는 것도 상류계급에만 한정된 얘기고, 당시 서민들은 여전히 소박한 기모노를 입었어. 만약 그 시대에 일본이 쇄국 상태로 돌아갔다면 외국 문화를 차단한 만큼 기모노가 형태를 바꿔 진화했을지도 몰라. 전통 의상에 서양 의상의 버슬을 합치고 거기에 코르셋을 입더라도 이상할 게 없지."

"응, 그래서? 할아버지는 그 평행 세계에서 뭘 할까?"

"이사부로 씨는 그 시대를 살아가는 뛰어난 재봉사 겸 코르세티에이며 혁명 운동가라는 이면의 얼굴도 있겠지. 혁명 동지는 각 업종의 장인들."

"멋지다! 너 최고야! 역시 코르셋은 속옷이 아니었어! 그런 문명이었다면 속옷에서 진화해서 온전한 옷으로 취급됐을 거야! 게다가 이사부로 할아버지가 만드는 옷에는 그런 분위기가 있는걸! 존재감이 강해!"

"가만있어봐……."

나는 머릿속에 순간적으로 떠오른 상상이 사라지지 않도록 얼른 입을 열었다.

"만약 기모노 옷감이나 오비로 만든 코르 발레네가 있다면 재미있겠다. 새로운 자포니즘 발상처럼. 휴 에버렛의 다세계 해석이야!"

"그게 뭐야?"

고개를 갸우뚱하는 아스카에게 양자역학으로 평행 세계를 주장한 인물이라고 알려주었다. 그러자 아스카는 눈을 반짝반짝 빛내며 나를 정면에서 바라보고 팔뚝을 와락 움켜쥐었다.

"쓰다, 라인 아이디 교환하자!"

지저분한 빌딩에 둘러싸인 폐쇄된 공간에서 제법 세차게 내리기 시작한 비를 맞으며, 나와 아스카는 마주 보고 서서 서둘러 라인 아이디를 교환했다.

2

"그래, 쓰다는 지난번 진로 조사에 취직이라고 썼지."

담임이 졸린 듯한 표정으로 몇 주 전에 제출한 프린트를 보며 말했다. 나이가 서른 정도 되는 화학 선생님으로, 이 학교에서는 제일 어리다. 선이 가늘고 단정한 얼굴을 무기로 여자들의 관심을 한 몸에 받고 있다.

아무도 없는 석양 비치는 교실에서 나는 담임과 마주 앉았다. 올해 들어 두 번째인 개인 면담의 목적은 진로 방향을 명확하게 하는 것인가 보다. 운동장에서 야구부의 호령 소리와 금속 배트로 공을 치는 소리가 쉴 새 없이 들렸다. 따끈따끈한 햇볕을 받으며 멍하니 있는데, 담임이 까만 파일을 넘기던 고개를 들었다.

"진학할 생각은? 성적도 나쁘지 않고 지금부터 열심히 하면 제법 좋은 학교도 노릴 수 있겠는데."

"아마 진학은 하지 않을 거예요."

"벌써 정했어? 이유는?"

"……집에 여유가 없어서랄까요."

담임은 한쪽 눈썹을 올리고 파일로 철한 서류로 시선을 떨궜다.

"너는 어머니랑 둘이 살았지. 어머니가 진로에 대해서 뭐라고 하시던?"

"알아서 정하라고 하셨어요."

"그래. 장학금에 대해서는 당연히 알고 있겠지? 가정 형편 때문에 진학을 포기하는 거라면 방법은 얼마든지 있어."

"아, 그런 거랑은 조금 달라요. 지금은 장학금을 받으면서까지 공부하고 싶은 게 없어서요."

여유가 있다면 일단 아무 대학에나 들어가겠지만, 우리 집 사정은 절박하다. 반 친구들이 종종 말하는 '하고 싶은 일이 없으니까 진학한다'느니 '학력이 낮으면 불리하니까 진학한다'느니 하는 말은 마치 다른 세상 이야기 같다. 나한테는 너무 비현실적이다.

담임은 구불거리는 머리를 넘기며 속을 들여다보듯이 내 얼굴을 살피고는 파일을 탁 덮었다.

"그래, 일본의 대학 진학률이나 고졸에 대한 대우가 어떤 지는 인터넷에서 쉽게 찾아볼 수 있으니까. 그걸 다 알고서 한 말이라고 이해하마. 애초에 교사 말고는 해본 적 없는 내가 진 로 지도를 할 수 있을 리 없지. 도호쿠에서 나간 적도 없고 세 상이 어떻게 돌아가는지 전혀 몰라."

"아니, 선생님. 왜 갑자기 포기하신 것처럼……."

"너한테는 매뉴얼에 적힌 내용을 그대로 읊어봤자 소용없 을 것 같아서. 나는 사람에 따라 말과 태도를 바꾸거든."

"어, 그거 문제없나요?"

"없어. 당연하지, 인간은 평등하지 않으니까."

담임은 표정 하나 바꾸지 않고 잘라 말했다.

"이대로 시골에서 일하겠다면 공무원이나 건설 회사나 전 력 회사 중 선택하겠구나. 내가 보기에 쓰다는 안정과 안심을 가장 중요하게 여기니까. 아무튼 어디까지나 내 의견인데 말 이다. 아직 시간이 있으니까 무슨 일이든 미리 결론을 내려놓 고 생각하지 않는 게 좋다."

담임이 이런 사람이었나……. 술에 물 탄 듯 물에 술 탄 듯 느긋한 성격인 줄 알았는데, 그건 대중을 대하는 가면이었나 보다. 어쨌든 유익하지도 무익하지도 않은 말을 당당하게 늘어놓는 것보다는 낫다.

어리둥절한 상태에서 면담을 마치고 다음 순서인 반 친구를 부른 뒤, 나는 학교 건물을 나섰다.

어느새 10월도 끝나 학생이라는 신분의 마지막이 다가오는 소리가 들렸다. 이제 시험에서 그럭저럭 좋은 점수를 받으면 그만인 지금까지와는 달라진다. 갑자기 사회에 내던져져서 완전히 다른 평가 기준에 따라 살아야 한다. 불안하기 그지없다. 다들 진로가 대충은 정해졌는데, 나는 매일같이 이사부로 양복점에 가서 대체 뭘 하는 걸까.

고개를 푹 숙인 채 통학로를 터벅터벅 걸으며 한숨을 길게 내쉬었다. 개인 면담 때문에 꿈에서 끌려 나와 우울한 잿빛 현실에 내동댕이쳐진 기분이었다. 오늘은 이사부로 양복점에 가는 건 그만둘까. 가게 기획이고 뭐고, 내게는 그런 능력도 소질도 없거니와 감당하기 어려운 책임을 지는 것도 두렵다.

요즘 들어 가장 부정적인 감정을 온몸에 두르고, 주택이 나란히 늘어선 뒷길을 걸어갔다. 강렬한 석양이 눈을 향해 정면으로 비쳤고, 길을 걷는 고등학생들의 그림자가 길게 늘어졌다. 주변에서 호랑가시나무 냄새가 풍겼지만, 전혀 마음이 동하지 않았다.

그때 오래된 센베이 가게 앞에 서 있던 사람이 갑자기 뒤를 돌았다. 전에 무연고 묘지에 나타났던 자그마한 노파가 아니던가! 괴이한 힘이 어른거리는 눈빛을 피하려고 나는 얼른 고개를 숙였다. 너무 무섭다고…… 오늘도 빨간 스카프에 얼굴을 파묻고 봉제 인형을 소중하게 안고 있었다. 섬뜩한 할머니는 조심스럽게 앞을 지나는 나를 계속 바라보며 그날처럼 혼자 중얼중얼거렸다.

"아니, 아직이야. 아직. 아직 조금 남았어. 으응? 그러니? 아, 그건 어렵겠구나……"

하교하는 고등학생들이 잔뜩 있는데 왜 나만 보는 건데?

나는 등줄기에 시선을 느끼며 종종걸음으로 골목을 꺾어 가와라마치 상점가로 나왔다. 힐끔힐끔 뒤를 돌아보며 할머니가 쫓아오지 않는 것을 확인하고 이사부로 양복점으로 갔다. 오늘은 얼굴만 내밀고 곧바로 돌아가야지. 미래에 대한 불안에 꺼림칙한 할머니까지 더해져 이사부로와 만날 기분이 나지 않았다.

문손잡이를 잡았는데 옆에서 허스키한 목소리가 들렸다.

"얘야, 아쿠마리야."

라피스라줄리를 안은 오사와 사진관 할머니였다. 이유는 모르겠지만, 할머니는 매일 내가 오기를 기다리며 하교 시간이 되면 가게 앞에서 진을 치는 것 같다. 나는 그쪽으로 달려가 적대감을 드러내는 개를 조심하며 늘 하던 것처럼 과자를 받았다.

"죄송해요. 늘 고맙습니다."

"고맙기는. 오늘은 조금 늦었구나. 안 오는 줄 알았다."

그렇게 말하는 할머니는 드물게도 기모노를 입고 있었다. 아니, 아니다. 나도 모르게 몸을 굽혀 할머니가 입은 옷을 차근차근 살펴보았다. 기모노가 아니라 진한 보라색에 국화 무늬가 새겨진 짧은 겉옷인 솜 한텐이었다. 그리고 그 위에서 몸을 조이고 있는 것은 코르 발레네가 아닌가!

"오사와 할머니, 그거! 지금 허리에 차신 거!"

할머니는 주름진 얼굴을 내려 자기 배를 쳐다보았다.

"아, 이거 말이니? 오늘 아침에 이사부로 씨가 가져다줘서 바로 입어봤단다. 정말 예쁘지? 이 천이 얼마나 부드러운지 모른다. 이런 건 본 적이 없어."

"아니, 코르셋이 아니라 입는 법이!"

갑자기 목소리를 높이느라 요란하게 헛기침을 하자 놀란 개가 이빨을 드러내고 으르렁거렸다. 할머니가 내 등을 쓸어주며 이끌어 사진관으로 따라 들어갔다. 오래된 적외선 히터가 벌겋게 빛나서 어둡고 좁은 실내가 후덥지근할 정도였다. 벽에 붙은 포스터나 판촉물은 전부 빛이 바래 이사부로 양복점처럼 완전히 시대에서 뒤처졌다.

할머니가 시끄러운 포메라니안을 안쪽 살림집으로 들여보

내고 뒤뚱뒤뚱 바쁘게 걸어 돌아왔다. 자주색 한텐 위에 가슴부터 허리까지 복숭아색 코르 발레네를 입고 있다. 게다가 그 위에 체크무늬의 가느다란 오비지메*까지 둘러 옆구리쪽에 포장용 끈처럼 색이 화려한 매듭을 지었다.

나는 침을 꿀꺽 삼켰다. 안개비가 내리는 공터에서 떠올린 공상과 같았다. 만약 메이지 시대부터 세계대전 전까지의 문화가 요즘도 주류를 이룬다면 복장은 어떻게 진화했을까…….한텐에 코르셋이라는 말도 안 되는 조합이지만 꼴불견이라기보다 오히려 상승작용을 해 묘한 매력을 자아냈다.

"할머니, 그 옷은 어떻게 하다가 그렇게 입게 됐어요?"

열을 올리며 묻자, 할머니는 눈꼬리에 주름을 더욱 자글자글 잡으며 즐겁게 웃었다.

"이 코르셋이 속옷으로 입기에는 아무리 봐도 아까워서 말이다. 정말 예쁜 복숭아색이고 국화 꽃잎처럼 섬세한 자수까지 놓은 데다 솔기에는 자잘한 레이스가 달렸잖니. 고상하고 훌륭해서 누가 봐도 최상품인 걸 알아볼 거야."

할머니는 아마도 비단인 듯한 코르셋을 사랑스럽게 쓸었다. 혼자 입고 벗을 수 있게 스프링 혹을 썼나 보다. 프런트바스트 스타일이다.

• 오비 위에 흘러내리지 않도록 두르는 띠

"이 한텐은 내가 어릴 때부터 즐겨 입던 하오리*야. 좀이 슬어서 솜을 넣어 고쳤어. 왠지 이 위에 코르셋을 해도 어울릴 것 같더구나. 젊은 처자처럼 장식 오비지메로 묶어도 봤고. 역시 좀 꼴불견인가?"

"그, 그렇지 않아요. 독창적이에요. 사진 찍어도 될까요?"

나는 스마트폰을 꺼내 여러 각도에서 할머니 모습을 찍었다. 할머니는 조금 부끄러운 듯 파마한 백발을 손으로 빗어 정리했다. 사진을 바로 아스카에게 보내자, 아스카가 실시간으로 답을 보냈다. 느낌표와 물음표와 하트 마크가 어마어마하게 찍힌 것을 보니 내 가슴도 점점 빨리 뛰었다.

할머니는 오비지메의 매듭을 고치며 말했다.

"기모노란 말이다. 전혀 다른 무늬와 무늬, 색과 색을 제각각 써서 하나로 융합하는 거야. 하오리, 기모노, 속곳, 오비, 한텐, 오비지메, 오비아게**……. 생각해보면 정말 어려운 작업을 무의식으로 해낸 거야. 어쩌면 옛날 사람들 머리가 더 유연했을지도 몰라. 뭐, 기모노가 아주 고가니까 여러 벌 살 수 없어서 입는 법을 고민한 거겠지만."

"그렇군요."

---

* 기모노 위에 입는 짧은 겉옷
** 오비가 흘러내리지 않도록 매듭에 대 앞으로 돌려 묶는 끈

나는 맞장구를 쳤다.

다이쇼 시대 낭만파 시기의 그림을 떠올려보면, 색을 다양하게 쓰는데도 눈이 어지럽지 않다. 무늬 위에 전혀 다른 무늬를 겹치니까 얼핏 엉망진창에 이상하게 느껴지기도 하는데, 분명 그 아슬아슬한 경계에 빼어난 아름다움이 숨어 있다. 이 스타일이야말로 일본의 독특한 복식 문화이리라.

그리고 아마도 오랜 세월 신사복을 만들어온 이사부로에게 여성용 속옷을 만드는 것은 어울리지 않는다. 몸에 새겨진 견고한 기술이 부드러운 분위기를 지워버리니까. 레이스나 자수로 아무리 장식하더라도 어딘가 강렬한 분위기를 풍기는 것도 그래서다. 아스카가 단숨에 꿰뚫어 본 것도 바로 그 부분이다. 이사부로가 만든 코르 발레네는 속옷이 아니라 정통파 신사복과 맥을 같이하는 여성복이었다. 왠지 앞날이 그려졌다. 내 심장이 조금 전부터 바쁘게 뛰었다.

나는 다시 할머니를 보다가 무언가를 깨닫고 온몸을 살폈다. 기분 탓인지 지금까지보다 발을 단단하게 디딘 것 같고 왠지 상태가 좋아 보였다.

"허리 상태는 어때요? 아직 아프세요?"

"아, 그거 말인데."

할머니가 갑자기 손뼉을 짝 쳤다.

"의사한테서 산 코르셋보다 이게 훨씬 더 편해. 등이 자연스럽게 펴진 상태로 안정되니까 몸 어디에도 부담이 느껴지지 않아. 이렇게 가볍고 부드러운데 몸에 아주 잘 맞는다니까. 마치 몸 중심에 심지를 넣은 듯한 기분이구나."

그 말은 피부에 딱 달라붙게 입지 않아도 코르셋 본래의 역할을 해낸다는 의미다. 아름다움과 기능을 겸비했다는 소리다. 그렇다면 이거, 대단한 거 아닌가?

나는 키가 조금 커진 듯한 노파의 눈을 들여다보았다.

"저기, 할머니. 지금 저랑 이사부로 양복점에 가주실 수 있어요?"

"그야 괜찮은데, 왜 그러니? 나랑 같이 가서 이사부로 씨한테 사과할 거라도 있니? 무슨 사고라도 쳤어?"

"아니요, 사과할 건 없어요. 할머니가 이렇게 입으신 모습을 보여드리고 싶어서요. 집에만 계시면 아깝잖아요."

"무, 무슨 소리를 하는 게야!"

할머니는 갑자기 비명을 지르고 백발을 흐트러뜨리며 고개를 붕붕 저었다. 이대로는 부끄럽다느니, 한텐을 벗거나 최소한 오비지메만큼은 벗고 싶다며 마치 고백하러 가는 여자애처럼 말했다. 나는 수단과 방법을 가리지 않고 할머니를 달래 간신히 원래 모습 그대로 모시고 가는 데 성공했다.

이사부로 양복점의 문을 열자, 가게에 주황색 저녁놀이 비쳐 발재봉틀이 반짝이고 있었다. 윈도 블라인드를 내려 코르 발레네 두 벌이 학생들 눈에 보이지 않도록 철저히 가려두었다. 말을 걸려고 했을 때, 그보다 먼저 위압감 넘치는 이사부로의 목소리가 들렸다.

"아쿠아냐? 꽤 늦었구나. 알아서 들어오너라."

작업실 쪽에서 재봉틀 모터 소리가 들렸다. 나는 얼른 대답했다.

"이사부로 씨, 저기, 가게로 잠깐 와주실 수 있으세요? 좀 보셨으면 하는 게 있어서요."

재봉틀 소리가 뚝 끊기더니, 잠시 후 이사부로가 포렴을 헤치고 나타났다. 오사와 할머니는 내 등 뒤에 숨어서 내 팔을 꽉 붙잡고 있었다. 남색 카디건을 입은 이사부로는 샌들을 신고 가게로 나왔다.

"할멈은 거기서 뭐 하는 거야?"

내 뒤에 숨은 할머니는 여전히 내 팔을 붙들고 몸을 절반만 내밀었다.

"아이고, 이사부로 씨가 만들어준 코르셋을 입어봤는데……."

이사부로는 내 옆에 선 자그마한 노파를 빤히 쳐다보고는 마디진 손가락으로 금테 안경을 밀어 올렸다. 할머니는 허둥거리며 진한 주름이 새겨진 얼굴을 살짝 붉혔다.

"그, 그게. 코르셋이 너무 예뻐서 안에 입기 아까워서 말이야. 색이나 무늬가 마침 이 한텐이랑 잘 어울릴 것 같아서. 옷장에서 꺼내서 입어봤어."

"저어…… 어때요?"

"어떻다니, 판단을 남한테 미루지 마. 네가 데려왔잖아."

갑자기 이사부로에게 호통을 들으니 항상 자신감이 없는 내가 한심해졌다. 복식 양식에 대해 자기주장을 내세울 만한 지식이나 감각은 없어도 무엇이 아름다운지는 안다고 자신하지 않았다. 실패나 수치를 두려워한다면 내가 코르셋 혁명에 참여할 의미가 없는데.

나는 여전히 유약하기만 한 나를 질책했다.

"할머니 옷맵시가 정말 멋져요. 기모노와 코르 발레네를 합쳐서 본 적 없는 분위기를 냈어요. 그렇다고 너무 튀지도 않고요. 이사부로 씨가 말한 가장도 아니에요."

이사부로는 뚱하게 입을 다물고 오사와 할머니를 노골적으로 뚫어져라 바라보았다. 나도 할머니도 조마조마하게 답을 기다리는데, 이사부로가 숨을 내쉬고 그제야 입을 열었다.

"꼭 오뚝이 난로 같군."

"무, 무슨! 이사부로 씨!"

나는 당황해서 버럭 외치고는 반사적으로 할머니의 안색을 살폈다. 조금 전까지만 해도 회춘한 것처럼 생생하던 오사와 할머니가 순식간에 자그마하게 쪼그라든 것 같았다. 이 세상에는 말조심을 해야 한다는 상식이 있다. 나는 이사부로에게 비난 어린 시선을 보냈지만, 이사부로 노인은 무뚝뚝하게 할머니 앞에 섰다. 그러고는 코르셋과 몸 사이에 손가락을 넣고 몸을 굽혀 무언가 확인했다.

"이걸 주면서 말했지. 코르셋은 메리야스 속옷 위에 입는 거라고. 나는 그 정도 여유만 계산했으니까 이렇게 옷 위에 입으면 몸을 너무 조여."

"그, 그렇지만 속옷으로만 입기는 아까워서."

주눅 든 오사와 할머니가 말끝을 흐렸다. 이사부로는 몇 번이나 팔을 들게 하더니 갑자기 오비지메를 풀고 코르셋을 벗겼다.

"여유분을 조정해주지. 그리고 코르셋을 이렇게 오비처럼 쓰려면 솜옷은 입지 마. 전체적인 실루엣이 둥글어져서 섬세함이 떨어지거든. 나는 예전부터 내려오는 균형 잡힌 사이즈를 제일 중요하게 여기니까."

"이사부로 씨! 그러니까 그 말씀은 코르 발레네가 기모노와 잘 어울린다는 소리죠? 상의로 입어도 괜찮다는 뜻이죠?"

내가 확인하려고 묻자, 이사부로가 입술을 싱긋 올리며 웃었다.

"전에도 말했을 텐데. 내 손에서 벗어나 밖으로 나간 상품은 몸에 걸치는 사람 때문에 모습이 점점 변한다고. 이쪽이 의도하든 말든 알아서 발전하는 법이야."

이사부로는 드물게도 흥분을 내비치며 다급하게 말을 이었다.

"오사와 씨는 코르 발레네를 발 빠르게 발전시켰어. 기모노와 코르셋이라는 반대 지점에 있는 것을 합쳐서 새로운 세계를 만들어낸 거야. 나 참, 나는 생각도 못했는데. 이러니까 복식은 재미있어."

할머니는 한동안 입을 벌리고 있더니 갑자기 감정이 벅차오르는지 손수건을 눈가에 댔다. 나는 할머니의 등을 쓸어드리며 흥분을 못 이기고 이사부로에게 잘라 말했다.

"지금 정했어요. 아니요, 제가 멋대로 정했어요. 이 가게의 테마를 '에버렛 자포니즘'으로 하겠어요."

"에버렛? 그건 또 뭐냐."

"양자역학으로 다세계 해석을 한 사람이에요. 이 세상이 다양한 순간마다 나누어져 수많은 시공간이 존재한다는 이론이에요. 즉 일본에는 개국한 직후에 다시 쇄국으로 돌아간 평행 세계가 있어요."

"무슨 소린지 모르겠군."

"단순하게 겉으로 드러나는 화양절충˙이 아니라 그 이면

_____

• 일본 스타일과 서양 스타일의 조화

의 이야기를 완벽하게 만들어내겠다는 소리예요. 기모노와 코르셋을 조합한 필연성이나, 그걸 입은 사람들의 생활상 같은 거요. 이사부로 양복점에서 일본의 평행 세계를 만들 거예요."

이사부로는 팔짱을 끼고 생각에 잠긴 듯 잠깐 사이를 두고, 할머니가 입은 국화 무늬 한텐을 바라보았다.

"전통 의상은 평면 재단의 직선 문화야. 양복은 입체 재단의 곡선 문화고. 그걸 합치면 당연히 본 적 없는 세계가 창조되겠지. 하지만 역사도 성립도 전혀 달라서 억지스럽지 않은 융합은 말처럼 간단하지 않아. 몹시 어려울 테고 사람을 고를 거다."

"그야 그렇죠. 그러니까 이사부로 씨. 혁명군에 미키 아스카를 넣어주세요."

나는 약간 조심스러워하면서도, 거절은 거절하겠다는 태도로 여유를 주지 않고 계속 밀어붙였다.

"미키는 도움이 될 거예요. 아니, 자포니즘 이야기를 만들려면 미키가 없어서는 안 돼요. 저랑 이사부로 씨는 어쨌든 상식적인 선에서 사고 회로가 돌아가잖아요. 그런데 미키는 같은 차원에 존재하지 않고 공상이나 망상이 특기거든요."

이사부로는 한동안 아무 말도 하지 않더니 갑자기 안경을 벗고 웃었다. 마치 내가 이 말을 꺼낼 것이라는 사실을 예전부터 알고 있었던 것처럼.

"너는 이미 혁명에 없어서는 안 될 인재야. 그렇게 그 여자애가 필요하다고 주장하면 반대할 이유는 없지."

역시 나는 이곳에서 보내는 시간을 세상 그 무엇보다도 원한다. 조금 전까지 안고 있던 부정적인 감정은 여전히 남아 있지만, 지금은 이 갈망을 최우선으로 생각할 것이다.

3

연재만화 다음 화 테마는 음악가와 가난한 마을 처녀의 정사인 모양이다. 이번에는 웬일인지 여성 시점이 아니라 동그란 안경을 쓴 슈베르트의 독백 스타일이었다. 나는 부엌에 선 채 연필로 대충 그린 콘티를 한 장 넘겼다.

학교 음악실에 걸린 슈베르트의 초상화는 분명 지식인 같고 차분한 분위기였다. 그러나 엄마 만화에서는 연약하고 촌스러운 캐릭터로 바뀌었다. 미남이라는 철칙은 지켰지만 특권계급 특유의 우아함을 없앴다.

학교에서 돌아오자마자 만화 콘티를 내민 엄마는 아까부터 내 옆에서 왔다 갔다 하느라 바쁘다. 불현듯 아이디어가 떠오르면 담당 편집자보다 먼저 내 의견을 듣고 싶어 한다. 고등학생 아들에게 자신이 그린 에로 만화 감상을 요구하는 엄마가 또 있을까. 모자의 커뮤니케이션 수단으로 에로를 선택할 수 있다는 것 자체가 기상천외하다.

나는 흘겨 쓴 자그마한 글자를 고생고생해서 읽고 스무 장쯤 되는 종이를 정리해 엄마에게 돌려주었다.

"어때? 재밌니? 특히 어떤 부분이 좋았어?"

머리를 하나로 묶은 엄마는 귀찮을 정도로 얼굴을 가까이 들이밀었다. 만성적인 수면 부족으로 새빨개진 눈이 창백한 얼굴에서 소름 끼칠 정도로 반짝반짝 튀었다. 좋은 감상만 바라는 것은 매번 있는 일이지만 설령 혹평을 듣더라도 긍정적으로 바꿔 받아들일 강인한 마음의 소유자다. 그런 장점이 왜 아들에게는 이어지지 않았는지 수수께끼다.

나는 교복 재킷의 단추를 풀며 테이블에 내려놓은 가방을 들었다.

"점점 과격해지는 것 같은데."

내 말을 듣자마자 엄마가 눈을 동그랗게 뜨고 호들갑을 떨며 놀랐다.

"정말? 어디가? 이번에는 변태 플레이는 안 넣었는데? 많이 자제해서 어디까지나 정상적인데?"

"아니, 그쪽 얘기가 아니라."

가방을 들고 내 방으로 가자 엄마가 바짝 붙어 따라왔다.

"이번에는 에로도 있고 순애보도 있고 갈등과 이별도 있

으니까 최고 중의 최고야. 이거라면 〈별책 마거릿〉 같은 잡지
에도 연재할 수 있을걸?"

"그럴 리 있겠어?"

나는 돌아보지 않고 대꾸했다.

"내 말은 지난번 루소보다 슈베르트가 훨씬 더 위험할 것
같다는 뜻이야. 클래식 팬이 화가 나서 인터넷에 올리면 어쩌
려고. 이미지랑 예술성을 깎아내렸다면서."

"그야 악플이 막 달리면 매출이 좋아지니까 기쁘지."

엄마는 정말이지 순진무구한 대답을 한 뒤에 주장을 이어
갔다.

"때 타지 않은 미청년의 비극적인 사랑 애기니까 가슴이
막 뭉클해지잖아. 창작이니까 고귀하신 클래식 마니아가 화를
낼 요소는 없어."

"너무 많거든요."

나는 방에 들어가자마자 파이프 침대에 가방을 집어 던졌
다. 그리고 교복 재킷과 셔츠를 벗고 쥐색 트레이닝복 상의를
입었다. 이어서 바지 벨트에 손을 대고 아까부터 계속 재잘대
는 엄마를 돌아보았다.

"엄마. 옷 갈아입을 거니까 저리 좀 가."

"왜? 신경 쓰지 말고 편하게 갈아입어. 그까짓 바지를 벗
으면서 뭘 어물거려."

나는 한숨을 쉬고 엄마 코앞에서 미닫이문을 쾅 닫았다. 순간 잔뜩 약이 오른 엄마의 외침이 들렸다. 나는 교복 바지를 벗으며 미닫이를 사이에 두고 말했다.

"이번 콘티 말인데, 슈베르트가 연주회에 가는 도중에 '날 붙이를 든 여자' 집단한테 둘러싸이는 장면, 무슨 의미인지 모르겠어. 이해가 안 돼."

"아, 그건 장사꾼 집단이야. 원고에는 주석을 달 건데, 요즘 말로 하면 길거리 캐치세일즈. 날붙이를 만들어 파는 마을에 사는 여자애니까."

엄마가 닫힌 미닫이 너머로 목소리를 높였다.

"프랑스 중부지방에서는 날붙이 산업이 성행해서 19세기 말까지 마을 처녀들을 써서 길거리 영업을 했어. 파리에서 리옹으로 가는 대로가 특히 돈벌이가 좋았대. 마차나 차가 오면 여자들이 날붙이를 들고 일제히 몰려가서 마차 계단을 타고 올라가. 즉, 여자애들의 무게로 마차를 억지로 멈추는 거지."

"엉망진창이네……."

나는 벗은 교복을 옷걸이에 걸며 중얼거렸다. 하지만 그런 서민들의 역사에 흥미가 없진 않다.

"여행자는 앞치마를 입은 처녀들이 사방팔방에서 몰려드는 걸 보고 겁에 질리지. 용도별로 나눈 앞치마 주머니에 면도 칼이나 접이식 나이프나 가위나 테이블 나이프 같은 무기가 잔뜩 들어 있었으니 그럴 만도 해."

"강제로 마차를 세우고 팔아치우다니 캐치세일즈가 아니라 악질이잖아. 그게 어떻게 잘도 통했네. 보통 여행자가 화를 낼 텐데. 아니지, 그 시대라면 묻지도 따지지도 않고 목을 베도 불평 못하나?"

"그게 어떤 의미에서 기브 앤드 테이크였어. 19세기에 여행자를 대상으로 펴낸 안내 책자를 보면 남자는 처녀들의 유혹을 절대 이기지 못한다더라. 색기를 풍기면서 유혹했나 봐. 그래서 음흉한 속내를 드러내고 날붙이를 사는데, 돈을 낸 순간 곧바로 냉혹하게 차이지. 여행자가 머무는 여인숙에도 날붙이를 파는 여자가 들락거렸다니까 뭐, 여자를 무기로 장사하는 육식계 집단이었지."

그런 콧김 센 날붙이 여자들에 적응하지 못하는 얌전한 처녀를 보고 고독한 음악가가 사랑에 빠진다는 줄거리는 듣고 보니 정석이긴 하다. 그러나 만화 장르가 에로인데, 실존 인물을 등장시키면 위험 부담이 크지 않을까? 이 소리는 매번 하는 것 같다.

나는 침대에서 가방을 들어 교과서를 꺼낸 후 책상에 툭 내려놓았다.

"슈베르트의 '마왕'은 중학교에서도 배우니까 아주 유명한 곡이야. 만화에서는 그 유명한 곡을 작곡한 계기가 날붙이

팔이 여자라고 단언하잖아. 그거 아무리 생각해도 위험하다니까?"

"그런가? 그나저나 문부과학성 공무원은 어떤 기준으로 매년 곡을 선택하는 걸까. 웃기지 않니?"

다른 쪽으로 이야기를 끌어가려는 엄마를 얼른 막고 담담히 말을 이었다.

"색기를 무기로 덤비는 날붙이팔이 여자와 '마왕'을 연결하는 그림까지 있고, 슈베르트의 걸작을 너무 저열하게 다뤘어. 학자나 음악협회 같은 곳에서 항의할지도 몰라."

"얘가, 네가 무슨 무서운 검열자니!"

닫힌 미닫이 너머에서 엄마가 반발하며 빠르게 주장을 폈다.

"슈베르트는 십대에 '마왕'을 작곡했어. 괴테의 시에 그런 따분한 곡을 붙인 것도 다 과거에 질질 끌려다녔기 때문이야. 서른한 살이라는 젊은 나이에 병사하면서 슈베르트는 여행을 떠났다가 만난 가련한 소녀를 떠올려. 나는 마왕이 날붙이팔이 여자의 상징이기도 하지만 사실은 슈베르트의 마음에 깃든 비뚤어진 욕망을 표현했다고 본단 말이야."

"무슨 평론가 같은 소리를 하고 있어. 그건 엄마가 멋대로 한 해석이잖아. 그보다 슈베르트의 인생에 날붙이팔이 여자가 진짜 등장해?"

"그야 본인밖에 모르지. 그래도 슈베르트는 프랑스에 간 적은 없으니까 만날 일은 없었을 것 같지만."

그래, 내가 가장 이해 안 되는 것이 이거다. 만화 내용뿐만 아니라 엄마는 일상생활이나 인생 자체를 스스로 나서서 복잡한 쪽으로 끌고 간다. 게다가 대화 논점이 일정하지 않으니 말하다 보면 늘 혼란스럽다. 말하자면 이사부로와 엄마와 아스카에게는 비슷한 점이 있고, 그것이 내 열등감이나 질투심을 따끔따끔 자극한다. 별로 부러워할 이유도 없는데 내가 별다른 특기 없는 평범한 인간이라는 사실을 괴롭도록 뚜렷이 확인하게 하는 쓸쓸한 존재이기도 하다.

나는 있는 힘껏 커튼을 치고 형광등에서 길게 늘어진 끈을 두 번 연속해 잡아당겼다. 한참 뒤 쓸쓸한 전등 빛이 소박한 세 평짜리 방을 비췄다. 엄마는 여전히 미닫이문 밖에 있나 보다.

"한 번은 물어보고 싶었는데."

"응."

엄마가 하품하며 대답했다.

"왜 맨날 실존 인물을 만화에 등장시켜? 이번에도 굳이 슈베르트일 필요는 없잖아."

발에서 냉기가 스멀스멀 타고 올라와 두꺼운 양말을 신고 트레이너 위에 파카를 걸쳤다. 이 낡은 단지는 겨울이면 너무 춥고 여름이면 너무 덥다. 게다가 아무리 한파가 찾아오더라도 12월까지 난방 기구를 쓰지 않는 것이 우리 집 철칙이다.

엄마는 차가운 복도에서 파닥파닥 다리를 움직이며 대답했다.

"등장인물의 이름이 익숙하면 친근하게 느껴지니까. 내 만화는 연재지만 한 화에 끝나는 형식이라서 독자를 순식간에 이야기 속으로 끌어들여야 하거든. 그리고 아무도 이 이야기가 진짜라고 생각하지 않아. 아니, 바라지도 않아."

"그야 당연하지. 하지만 좀 다른 접근법도 있지 않겠어?"

나는 의자에 앉아 등받이에 기댔다.

"역사에 등장하지 않는 서민의 삶이나, 장인들의 일처럼 당시 생활상을 좋아하는 독자도 많을 거야. 엄마의 세계관이 그렇게 독특하니까 이색적인 포르노 만화가로서 일할 수 있는 거잖아."

"그렇게 특별할 거 없다니까. 무대를 옛날 유럽으로 한 건 독자가 쉽게 받아들일 만한 안정적인 설정이기 때문이야. 화려한 로코코가 특히. 뭐, 내 작품은 에로라는 자극이 가장 중요하지만."

"꼭 그렇지만은 않을걸. 엄마가 그리는 만화는 모두 아는 유명한 유럽이 아니니까 독자가 끌리는 거야. 단역도 존재감이 생생하니까."

아스카도 그 부분이 매력적이라고 강조했다. 그 말을 듣고 나서 나도 새삼스럽지만 그렇게 생각하기 시작했다. 지금까지는 그저 에로라는 카테고리로만 엄마의 일을 봤는데, 만화는 어떤 지점에서든 활기가 넘친다.

나는 예전 만화에 등장한 직업을 떠올리며 이야기했다.

"음, 몹으로 등장한 인물이 사본寫本 장식사, 생선 운반인, 파발꾼, 역마차 운행자, 양말 뜨개 장인, 가로등 점등사, 양초 심지 절단사, 얼룩 빼기 전문가, 발치사, 고문 집행인, 점 찍어주는 사람, 머리 묶어주는 사람, 대여 목욕탕, 닭 치는 여자, 다림질하는 여자, 가면 장인, 의복 상인, 코르세티에. 이것 말고도 자기 일을 열심히 하는 서민이 잔뜩 나오잖아……. 이걸 주제로 다른 만화를 그릴 수 있어. 일의 내용도 캐릭터도 아주 자세하니까."

그때 미닫이문이 벌컥 열리는 바람에 깜짝 놀라 의자에서 미끄러질 뻔했다.

"아쿠아."

"어, 어?"

엄마가 성큼성큼 방으로 들어와 내 바로 앞에 우뚝 섰다.

"뭐야, 들어오지 마. 그리고 표정이 너무 무서운데……."

"너, 제법 잘 안다는 듯 말하네."

엄마가 턱을 치켜들어 나를 내려다보더니 내 머리에 천천히 손을 올렸다. 눈이 진지한 것이 유난히 살기등등해서 나는 얼른 꼬리를 내렸다.

"알았어, 알았다고. 그냥 문외한의 의견이니까 흘려들어. 어린애가 엄마 하는 일에 참견해서 죄송합니다."

"그게 아니야."

엄마는 내 머리를 한 손으로 덥석 움켜쥐는가 싶더니 갑자기 쓱쓱 쓰다듬고는, 벌겋게 달아오른 얼굴로 환하게 미소를 지었다.

"아쿠아, 엄마가 모르는 사이에 많이 성장했구나."

"어?"

"지금까지 아쿠아하고는 다른 것 같아. 예리함의 수준이 달라. 저 앞까지 내다보는 지적이야. 뭐야, 대체 너 무슨 일이 있었니?"

FBI 로고가 새겨진 저지 옷을 입은 엄마는 허리에 손을 대고 소리 높여 웃었다.

"어린애는 이렇게 어른이 되는구나. 아아, 지금 그 순간을 확인했어. 아쿠아랑 대화하길 잘했다. 엄마는 기뻐! 기쁜데 좀 쓸쓸해!"

"됐으니까 그만 나가."

이제 귀찮아져서 자리에서 일어났다. 그리고 엄마를 다그쳐 방에서 내쫓고 빛바랜 미닫이를 틈 하나 없이 꼭 닫았다. 그대로 파이프 침대에 누워 얼룩진 천장을 바라보았다.

"성장이라……."

나는 물결 같은 얼룩을 응시하며 중얼거렸다. 비굴함이나 허공에 발이 붕 뜬 기분은 예나 지금이나 변함없이 가슴속에 달라붙었다. 그래도 사고방식이 바뀌어간다는 것은 깨닫고 있다. 나만의 의견을 갖고 그것을 입 밖에 내도 아무 문제도 생기지 않는다고 이사부로가 여러 번 가르쳐준 덕분이다. 남이 하는 말을 진지하게 받아들이면 큰 영향을 받는 동시에 줄 수 있나 보다. 처음 해보는 경험이었다.

"성장."

나는 다시금 중얼거리고 누워서 실실 웃었다.

그때 어딘가에서 착신 음이 희미하게 울렸다. 나는 몸을 돌려 침대에서 일어나 옷걸이에 걸어둔 재킷 주머니에서 스마트폰을 꺼냈다. 한 손으로 잠금 해제하고 메시지를 띄웠다.

내일 학교가 끝나면 오사와 사진관에서 집합. 자세한 사항은 거기에서.

아스카가 보낸 메시지였다. 이사부로 양복점이 아니라 오사와 사진관? 나는 고개를 갸웃거리며 물음표를 찍어 보냈다. 그러자 아스카에게서 '좋은 게 있거든'이라는 답변이 왔다. 도통 속내를 모르겠지만, 그보다도 기대감이 순식간에 부풀어

올랐다. 또 내 상식을 뒤집을 만한 일이 벌어질 것 같은 예감이 들었다.

나는 들떠서 숙제를 후다닥 해치우고 이어서 하얀 노트를 펼치고 팔짱을 꼈다. 이사부로 양복점의 인테리어를 맡긴 했으나 여전히 막연한 이미지만 있지 구체적인 구상은 하나도 없다. 솔직히 말해 구상은커녕 어디서부터 손대야 좋을지 전혀 모르겠다.

책상과 붙은 책장에서 사진집을 몇 권 꺼내 팔랑팔랑 페이지를 넘겼다. 얼마 전까지는 영국의 리즈성 같은 중후한 이미지를 떠올렸는데, 최근 일로 생각이 바뀌었다. 특히 아스카와 대화하면서 떠올린 에버렛 자포니즘이라는 단어는 내 세계를 한 단계 넓혀주는 역할을 했다. 어떻게든 이사부로의 기대에 부응하고 싶다. 깜짝 놀라게 해주고 싶었다.

연필꽂이에서 자를 두 개 뽑아 아무것도 적히지 않은 노트에 놓았다. 만화 배경과 마찬가지로 원근법을 잡는 것부터 시작했다. 이사부로 양복점은 다섯 평이 조금 안 된다. 그곳을 일상과 구분된 다른 세계로 만들겠다.

나는 가게를 떠올리며 깊이를 측정하고 앞에서부터 방사선으로 안내선을 그었다. 폭은 좁지만 깊이는 있는 구조다. 그러나 가게 배치도를 그렸을 뿐인데 금방 연필이 멈추고 말았다. 에버렛 자포니즘의 이미지를 떠올리려고 집중했지만, 기모노나 교토나 벚꽃, 사무라이 같은 진부해서 웃긴 그림만 떠올랐다.

"외국인이 생각하는 일본이냐고⋯⋯."

나는 얼굴을 비볐다. 스마트폰으로 그럴싸한 단어를 검색해보았지만, 거의 다 지금 떠올린 것과 비슷했다. 일본과 서양을 조합한 건물 인테리어를 찾아보니 돈을 물처럼 쏟아부은 문화재급 저택만 나왔다. 어쩌면 공간 하나를 돈 들이지 않고 완성하는 것은 무척 어려운 일이 아닐까? 아무리 좁은 공간이라도 잔재주로 대충 얼버무릴 수는 없겠지? 뒤늦게 든 생각인데, 따져볼 것도 없이 당연한 소리다. 간단히 할 수 없는 일이니까 공간 디자이너나 코디네이터 같은 직업이 있는 거다.

"빛의 속도로 막혀버렸네."

나는 연필을 놓고 의자 등받이에 기댔다. 경험과 지식과 재능이 부족하다. 설령 돈을 들이더라도 지금 내가 할 수 있는 것이라곤 외국인을 대상으로 한 선물 가게나 일본풍 술집 따위가 고작일 것이다. 감각이 너무 떨어져서 글러 먹었다. 그러나 약한 소리는 이제 안 할 것이다.

"아쿠아, 밥 먹어!"

늘 그렇듯 느긋한 목소리가 들렸다. 냄새로 보아 오늘도 카레⋯⋯. 이걸로 사흘 연속이다. 나는 있는 힘껏 기지개를 켜고 일어나 기세등등하게 미닫이를 열었다.

4

석양이 비쳐 들어오는 오사와 사진관 손님방에서 등을 둥글게 만 할머니 셋이 모여 수다를 떨고 있었다. 한 명은 머리를 화려한 보라색으로 물들였고, 한 명은 긴 백발을 우아하게 땋았다. 그리고 마지막 한 명은 꽃무늬 스카프를 머리에 두른 오사와 사진관 할머니다. 이사부로 양복점에 처음 코르 발레네가 장식되던 날 아침, 가장 먼저 가게 앞에 모인 상점가 주민들이다.

"안녕하세요."

조심스럽게 미닫이 사이로 말을 걸자, 노인들이 일제히 뒤를 돌아보았다. 뭐랄까, 무시무시한 기운이 넘쳤다. 게다가 작고 하얀 개가 할머니 그늘에서 튀어나오더니 높고 시끄러운 소리로 짖어댔다.

"아이고, 아쿠마리구나. 어서 오렴. 애야, 거기 서 있지 말고 들어와. 오늘은 바람이 세서 밖이 추웠지?"

오사와 사진관의 할머니는 라피스라줄리를 잽싸게 붙들고 생글생글 웃으며 손짓했다. 나는 꾸벅 고개를 숙이며 세 평쯤 되는 손님방으로 들어갔다.

가게와 이어진 살림집은 천장이 낮은 전형적인 일본식 가옥으로, 그렇지 않아도 좁은데 커다란 오동나무 장롱이 점령하기까지 했다. 장롱 말고도 오래된 차 상자와 택배 상자가 여러 개 쌓여 있어 아무리 봐도 손님용 공간이나 생활공간이 아니라 창고 같았다. 이렇게 움막처럼 좁은 방에서 이 노인들은 뭘 하고 있었을까? 노인들이 둘러싼 가운데에 과자와 절임 따위가 놓여 있어 이미 오랜 시간이 지났음을 알 수 있었다. 게다가 방과 후에 집합하라고 연락한 아스카는 아직 오지 않았다.

노인들의 시선과 포메라니안의 집요한 위협을 받으며 나는 미닫이문을 닫고 구석에 정좌했다.

"뭐 하는 거니, 이쪽으로 가까이 오렴. 난로 켰으니까."

할머니의 말에 따라 가운데로 슬금슬금 다가가자, 머리를 보라색으로 염색한 할머니가 다다미에 손을 짚고 몸을 내밀었다.

"얘가 소문의 그 아쿠마리구나?"

이중 턱을 당기고 렌즈가 연보라색인 메뚜기 눈 같은 안경을 벗었다. 온몸을 보라색 계통으로 통일했고, 마디가 불거진 두꺼운 손가락에서는 자수정으로 보이는 반지가 반짝였다.

"저어, 쓰다입니다. 잘 부탁드립니다."

나는 권하는 방석을 받아 깔고 앉으며 다시 고개를 숙였다. 그러자 이번에는 백발을 깔끔하게 묶은 할머니가 주름진 작은 얼굴을 가까이 들이밀었다. 이렇게 말하면 좀 그렇지만, 다른 두 사람과는 분위기도 태도도 달랐다. 호리호리하고 미모의 흔적이 남았으며 몸에 걸친 것도 소박하지만 고급스러웠다. 노파라는 단어보다는 노부인에 어울리는 분위기였다.

왠지 모르게 고상한 부인이 생글생글 웃으며 물었다.

"부모님이 외국인이니?"

"아니요, 일본인이요."

"그래? 아쿠마리라니 이름이 독특해서 외국인 사이에서 태어난 애인 줄 알았는데, 얼굴을 보니 확실히 일본인이구나. 아버지는 뭐 하시니?"

"저희는 모자가정이어서 아빠가 안 계세요."

나는 머리를 긁으며 씁쓸하게 웃었다. 요즘은 이름이나 부모 이야기가 나와도 방어적인 태도를 보이지 않는다. 노인들이 아무렇지 않게 순순히 이해해주는 덕분이다. 이사부로도 그렇고, 이름을 듣고 놀리는 사람은 한 명도 없었다.

오사와 할머니가 헛기침을 하고는 소개하겠다면서 보라색 노파를 가리켰다.

"이 할멈은 네 집 건너 맞은편에 있는 미용실 스즈코의 사장님. 이쪽은 양복점 옆집 가토 접골원의 안주인이고. 우리는 속을 다 털어놓는 친구 사이란다. 세상을 떠난 이사부로 씨 댁의 사토코 씨도 우리 친구였어."

"어휴, 사토코 씨가 제일 먼저 갈 줄 누가 알았나. 요즘도 자주 생각나. 밝고 좋은 사람이었는데."

미용실 스즈코 할머니는 푸슬푸슬한 보라색 머리카락을 만지며 눈을 가늘게 떴다. 오사와 사진관 할머니가 내게 절임을 먹으라고 권하며 진지하게 물었다.

"너, 상공회와 이사부로 씨 사이에 일어난 분쟁에 대해 알고 있니?"

"아, 네. 그 자리에 있었어요."

할머니는 고개를 끄덕이고는 한 호흡쯤 사이를 두고서 낮고 탁한 목소리로 설명했다.

"잘 들으렴. 우리는 이사부로 씨 편이니까 네가 걱정할 건 하나도 없어. 무슨 일이 있으면 언제든 상담하려무나. 요즘 젊은 사람이 도제살이라니 웬만한 사람은 못할 일이지."

"아, 저는 도제가 아닌데요……."

"으응? 하지만 너, 옆집에서 양재 수업을 받잖니?"

"수업과는 좀 달라요. 저는 이사부로 씨의 파트너거든요."

분위기를 타서 가볍게 말했지만, 절대 과장은 아니다. 나는 이사부로의 잡무를 담당하거나 가방을 들어주는 조수가 아니라 대등하게 의견을 나누는, 세대가 다른 동료다.

노인들은 어리둥절해서 서로 얼굴을 마주 보았지만, 오사와 할머니는 깊이 파고들지 않고 고개를 끄덕였다.

"잘은 모르겠지만 이사부로 씨가 모르는 아이를 집에 들이는 건 웬만해선 없는 일이니까. 그래서 제자로 들어온 줄 알

왔지."

"그러니까. 사토코 씨도 작업실에 거의 들어가지 못했다고 들었어. 청소하러 들어갔다가 혼났다는 소리를 자주 했거든."

"아아, 그 방은 재봉사의 영혼이 담긴 곳이니까. 우리 영감 탱이 암실처럼 이사부로 씨한테도 거긴 성역이야. 그러니까 아쿠마리한테는 뭔가 특별한 것이 있다는 소리지. 아마 후계 자처럼 생각하고 있을 거다."

심각한 오해였다. 그 작업실에 아무도 들어가지 못하는 이유는 개조한 재봉틀이나 다리미가 흉기로 변할 수 있는 위험 지대이기 때문이다. 그래도 나는 왠지 모를 자부심을 느꼈다.

오사와 할머니는 꽃무늬 전기 포트의 물을 주전자에 따라 초밥집 잔에 차를 타서 내주었다.

"그나저나 그 집 바깥양반은 옛날부터 말수가 적고 애교 도 없다니까. 겉모습이랑 아주 똑같아. 호감을 사거나 윗사람 비위를 맞추거나 권력을 쥐려거나 하는 마음이 전혀 없어."

"그렇다고 이기적이고 고집쟁이 영감탱이인가 하면 또 그 렇지도 않고. 자기 의견을 확실히 말하지만 강요하지 않고 남 의 말을 무시하지도 않아. 그래도 이 마을에 해가 되는 인간한 테는 정말 매섭지. 상공회의 소마 씨를 몰아붙인 사건 덕분에 후련해하는 사람들도 많을 거야."

보라색 할머니가 절임을 먹으며 말하자, 가토 접골원 부인이 후후 웃었다.

"상점가에는 이사부로 씨를 남몰래 지지하는 사람도 꽤 있단다. 가까이하기는 어렵지만 중심이 꽉 잡혀서 안정감이 느껴지니까. 그 코르셋도 모두가 문제 삼는 건 아니야. 부인회 중에는 다음엔 뭐가 나올지 기대하는 사람도 있어."

"와아."

나는 감탄했다. 상점가를 완전히 적으로 돌렸다고 생각했는데, 지지하는 사람이 있다니 놀라웠다. 설령 반쯤 장난이더라도 든든했다.

나는 차가 찰랑찰랑 담긴 잔을 조심스럽게 들어 뜨거운 차로 입을 축였다. 그러기를 기다렸다는 듯이 할머니들이 먹을 것을 눈앞에 쭉 늘어놓았다. 절임을 하나 먹으면 또 먹으라고 권했다. 사양하지 말고 먹으라고 재촉하니까 계속해서 먹어버리는 무한 루프에 빠지고 말았다.

할머니들은 나이 어린 사람들은 늘 배고프다고 생각한다. 아마 본인들이 예전에 했던 경험 때문일 것이다. 나는 할머니들이 속상하지 않도록 그릇에 담긴 절임만큼은 어떻게든 비웠다. 그러나 젓가락을 내려놓을 틈도 없이 절임을 듬뿍 들이부어서 절망했다.

"저, 저기!"

나는 끝이 보이지 않는 노동에서 벗어나려고 고개를 번쩍 들었다.

"어제 미키가 스마트폰으로 메시지를 보냈어요. 수업 끝나면 여기로 모이라고요. 무슨 일이죠?"

"아, 아스카라면 어젯밤에 찾아왔어. 가게 셔터를 내리는데 할머니의 코디를 보여달라면서. 처음 만났는데 꼭 예전부터 알고 지낸 것처럼 굴더구나."

오사와 할머니가 어제 일을 떠올리며 금니를 드러내고 웃었다. 내가 아스카에게 코르셋 사진을 보낸 뒤인가…….

"아쿠마리의 여자 친구지?"

"네? 무, 무슨 말씀이세요! 아니에요! 절대로 아니에요!"

적극적으로 정색하고 부정한 순간, 할머니 무릎에서 자던 포메라니안이 귀를 움찔 움직였다. 동시에 복도를 타박타박 뛰는 발소리가 들리고, 개가 으르렁거리는 소리와 동시에 미닫이문이 힘차게 열렸다.

"와아, 늦어서 죄송합니다아."

긴 머리를 포니테일로 묶은 아스카가 숨을 헐떡이며 타탄 체크 목도리를 풀었다.

"막 오려는데 친구한테 붙잡히는 바람에 빠져나오지를 못해서."

그렇게 말하고는 이어서 고개를 꾸벅 숙였다.

"미키 아스카라고 합니다. 앞으로 잘 부탁드립니다."

"오늘은 아주 활기가 넘치네."

가토 부인은 아스카가 내 옆에 앉을 때까지 차분히 시선을 주었다.

"나도 어릴 때는 미니스커트를 입었지. 네가 입은 교복보다 훨씬 더 짧았어. 무릎 위 15센티미터 이상이나 짧게."

갑자기 오사와 할머니가 눈을 빛냈다.

"나도 입었어! 하얀 터틀넥이랑 같이. 그때 대유행했거든. 개나 소나 미니스커트를 입었다니까. 당신도 입었지?"

"당연하지. 어깨를 다 드러낸 소매 없는 원피스도 입었어. 달리아 무늬가 커다랗게 새겨진 거. 도시적 이미지라고 맞선이 얼마나 많이 들어왔는데."

걸걸한 편인 보라색 할머니의 목소리가 한층 높아졌다. 가토 부인이라면 몰라도 나머지 둘의 소녀 시절은 상상하기 어려웠다. 유행하는 옷을 차려입던 과거가 있으면서 왜 할머니가 되면 다 똑같은 색과 무늬, 디자인으로 하나가 되는지 이상하다. 그래도 유행이나 옷 이야기가 나오면 흥분하는 것은 인상 깊었다.

그때 옛날이야기로 즐거워하던 오사와 할머니가 장롱을 붙잡고 일어나 심기 불편한 개를 데리고 방을 나갔다. 아스카는 할머니들이 권하는 대로 절임을 열심히 먹고 과자 접시에 담긴 라쿠간에도 손을 뻗었다. 처음 만났을 두 노인과도 마치 이웃사촌처럼 즐겁게 이야기를 나눴다.

그건 그렇고 아스카는 대체 무슨 일로 나에게 여기 오라고 했을까? 할머니와의 교류도 재미있지만 빨리 이사부로에게 가고 싶었다. 물러갈 타이밍을 호시탐탐 노리는데, 미닫이를 열고 오사와 할머니가 나타났다.

"아쿠마리랑 아스카야. 할미의 특제 카레를 가져왔단다."

"네? 카레?"

오사와 할머니는 쟁반을 다다미에 놓고 우리 둘 앞에 말도 안 될 정도로 가득 담은 카레를 내려놓았다. 반사적으로 옆을 보자 아스카는 환하게 웃으며 고개를 끄덕이고 있었다.

"어제 여기 왔을 때, 저녁으로 카레를 먹는다며 초대하셨거든. 그게 얼마나 맛있었는지 몰라. 이렇게 깊은 맛은 쉽게 못 낸다니까."

"아니, 가만. 그럼 나를 여기로 부른 이유는?"

"너한테도 할머니의 카레를 먹이고 싶었어. 배고프지?"

곱빼기 카레를 앞에 둔 내 얼굴은 굳어버렸다. 생판 모르는 집에 약속도 없이 저녁에 찾아와서는 밥을 배부르게 얻어 먹고 돌아가는 아스카의 무신경한 성격을 이해하지 못하겠다. 그보다 나는 사흘 내리 집에서 카레만 먹었단 말이다. 게다가 오늘도 돌아가면 카레가 기다릴 듯한 예감이다.

침을 꿀꺽 삼키고 셔츠 제일 위 단추를 푼 나는 각오하고 김이 나는 카레를 입에 넣었다. 이미 담아서 내왔는데, 필요 없다고 할 순 없다. 할머니와의 교제에서는 만사 제쳐놓고 먹는 것이 기본이다. 땀을 뻘뻘 흘리며 카레를 쓸어 넣는 나를 지켜보던 오사와 할머니가 감격에 겨워 말했다.

"젊은 사람이 있기만 해도 집 안이 환해지는 것 같아. 활기가 돌아. 게다가 동료라서 더 좋고."

"무슨 소리야. 손주보다도 나이가 한참 어린데. 동료는 좀 이상하지. 우리는 이 애들의 보호자야."

미용실 스즈코 할머니가 손사래를 치자, 엄청난 식욕을 뽐내던 아스카가 말했다.

"위아래, 보호자 같은 건 여기에 없어요. 코르셋 혁명군, 이사부로 원수 아래에서 모두 같은 계급이죠. 할머니들도 입대 희망자죠? 처음에는 거북할 수 있지만 금방 익숙해질 거예요. 그건 제가 이 얼굴을 걸고 보증해요."

"그러니까 네가 뭐가 잘나서."

나는 전혀 줄어들지 않는 카레와 격투를 벌이며 불쑥 중얼거렸다. 그러자 가토 부인이 호탕하게 웃음을 터뜨리더니 바닥을 구를 듯 웃기 시작했다.

"너희 꼭 만담가 같구나! 끼어드는 게 아주 절묘해! 게다가 뭐니, 이사부로 원수라니!"

부인이 손뼉을 치며 웃었다.

"내가 이래 보여도 웃음에 얼마나 엄격한데! 만담가 제자로 들어가려고 생각한 적도 있다고! 시골이나 노인회 특유의 농담은 따분한 걸 넘어서서 증오까지 싹트게 하잖아. 그런 헛소리를 들려주고 싶어 안달이 난 노인들은 당장 몸져눕기나 했으면 좋겠어. 넘어져서 뼈라도 부러져서 우리 병원에 오면 좋겠다니까?"

대체 이건 또 무슨 일이지……. 가토 부인은 보라색 스즈코 할머니의 팔을 때리고 다다미를 치면서 폭소를 터뜨리더니 배를 부여잡고 드러누웠다. 조금 전까지 청초하던 기품은 온데간데없이 갑자기 공격성 만점 할머니로 변했다.

"아이고, 이런. 본성을 드러내고 말았네."

그러면서 눈물을 닦는 부인을 나는 멍하니 바라보았다. 오사와 할머니는 기가 찬다는 듯 고개를 저었다.

"어휴, 저렇게 새침을 떠는 것도 능력이야. 세상 제일가는 냉소주의자에 입버릇도 안 좋아서 가시까지 박혔다니까. 아마 이 마을 최고일 거야. 그런데 외모만은 우아하고 아름다운 부인이라니, 나 원 참."

"어쩔 수 없지. 보잘것없는 마을 의사의 아내니까 그렇게 행동해야 여기서 살 수 있어. 당신들 앞에서나 본성을 드러내지."

부인은 부들부들해 보이는 백발을 손가락으로 정리하며

키득키득 웃었다. 그러다 갑자기 진지한 표정으로 되돌아와 우리 둘에게 독기 서린 우아한 미소를 보냈다.

"아쿠마리와 아스카. 이 얘기를 어디 가서 했다가는 너희를 황천길 동무로 삼아주마."

우리는 얼굴을 마주 보고 동시에 고개를 끄덕였다. 겉보기와 달리 절대 만만치 않은 노부인이다. 그러나 싫은 타입은 아니다.

그 후 나는 간신히 카레를 다 해치우고 당연하게 더 주려고 준비하는 할머니에게 사양이 아니라 정말로 못 먹는다고 얘기했다. 여기 더 머물렀다가는 더 이상 못 버티겠다. 아스카에게 눈짓하고 일어나려고 했을 때, 오사와 할머니가 상자 위에서 종이봉투를 여러 개 가지고 왔다.

"애야, 잠깐 기다리렴. 어제 아스카가 말했던 거다. 낡은 차 상자를 뒤져서 찾았어."

할머니는 벽에 쌓아놓은 차 상자를 돌아보았다. 종이봉투에서 색색의 천이 나오자 아스카가 곧바로 비명을 질렀다.

"기모노 옷감이네요."

"하지만 자잘한 조각뿐이야. 또 오래됐으니까 벌레 먹은 것도 섞였고. 이 봉투는 가토 씨가 가지고 와준 거야."

그러면서 다른 봉투를 내밀었다.

"내 것도 다 조각뿐인데 꽤 큰 것도 있을 거야. 이걸로 코르셋을 만들다니, 정말 재미있는 아이디어인데? 오사와 씨가 한텐 위에 입은 사진을 보여줬는데, 이상하지 않고 오히려 멋있더라고. 감탄했어."

"남은 건 입는 문젠데."

보라색 머리카락을 손으로 빗으며 스즈코 할머니가 다 안다는 표정을 지었다.

"나는 벌써 50년 이상이나 미용실에서 기모노를 입혀주고 있어. 수백 명한테 기모노를 입혀줬을걸? 오사와 씨처럼 입은 건 처음 봤는데, 좀 더 맵시 좋게 입힐 수 있을 거야. 머리도 예쁘게 묶고. 기대돼서 가슴이 막 뛴다니까?"

"나도 자꾸 근질근질해. 긴 하오리 아래 롱스커트를 맞춰 입어도 좋을 것 같아. 위가 새까만 도메소데*여도 멋있겠지!"

아스카가 괴상한 비명을 질렀고, 오사와 할머니도 팔짱을 끼고 고개를 끄덕였다.

"나는 예전 서생처럼 하오리 아래에 목이 올라온 블라우스를 입으면 멋있을 것 같아. 여성스럽지 않게."

"아, 그것도 좋겠다! 프릴이 달려도 잘 어울릴 거야!"

나는 여자들이 흥분해서 의견을 나누는 모습을 압도된 듯한 느낌으로 지켜보았다. 이사부로의 코르 발레네를 중심으로

• 축하할 일이 있을 때 주로 입는 기혼 여성의 예복으로, 소매 폭이 좁음

변화의 소용돌이가 일기 시작했다. 혹시 이 마을 사람들은 내 생각만큼 보수적이지 않을지도 모르겠다. 아마 시청이나 반상 회 등에서 하는 이벤트 따위는 자기들 일이나 인생 경험과 공 통점이 없어도 너무 없어서 비집고 들어갈 틈이 없겠지. 의견 을 나누고 말고 할 것도 없다. 그러나 지금은 다르다.

나는 세대를 뛰어넘은 여자들 무리에 끼어들어 순서대로 네 명의 얼굴을 바라보았다.

"제안할 게 있는데요…… 이사부로 씨의 코르셋을 입고 전신 코디를 하시면 어때요?"

"그러고 싶구나."

다들 입을 모아 대답했다.

"그야 부끄럽긴 하지만. 나잇값도 못하고, 주름이 이렇게 쭈글쭈글하고 허리도 굽어서 추하잖아. 그래도 우리는 벌써 팔순이야. 세상 누구보다도 하고 싶은 일을 할 권리가 있어. 그렇지?"

오사와 할머니가 동의를 구하자 스즈코 할머니가 콧김을 뿜으며 흥분했다.

"그렇고말고. 지금 꽃을 한 번 더 피운다고 뭐 잘못인가? 저승사자가 올 때까지 매일 얌전히 기다리는 건 질색이야. 오 사와 씨 사진을 보고 나도 정말 입고 싶었어."

아스카가 환성을 지르며 머리 위로 손뼉을 쳤다. 나는 온

몸에 닭살이 돋았다. 느리지만 확실하게 파문이 번지고 있다. 부드럽게 웃으며 동료를 보던 가토 부인이 나를 보며 말했다.

"나는 부인회나 절 모임에 가서 오래된 기모노나 오비가 있는지 물어볼게. 아마 많이 모일 거야. 가게에 장식할 낡은 기모노도 준비할 수 있겠지, 우리 집에도 있으니까. 그리고 솔직히 말해서 나도 그 코르셋을 입어보고 싶어."

"아, 고맙습니다. 그러기로 정했으면 치수부터 재야죠. 지금 이사부로 양복점에 가서 코르셋을 주문할까요?"

나는 의기양양하게 말하다가 퍼뜩 놀라 덧붙였다.

"저기, 오사와 씨처럼 모니터가 아니어서 두 분은 사셔야 해요. 게다가 가격이 좀 나가는 물건이라…… 죄송합니다."

"왜 그런 소리를 해. 우리도 평생 장사꾼으로 살았는데. 그렇게 품이 많이 들어간 우아한 코르셋은 그에 합당한 돈을 받아야지. 이사부로 씨가 제일 잘 알 거야."

보라색 머리를 쓸어 넘기며 스즈코 할머니가 일어나자 오사와 할머니와 가토 부인도 천천히 일어났다.

5

밖에 아름다운 저녁노을이 져서 하늘에 흐릿하게 뜬 비늘 구름을 붉게 물들였다. 얼굴에 스치는 세찬 북풍이 차가웠지만, 들뜬 기분을 억누르기에 딱 좋았다. 코르 발레네를 두 벌이나 팔아서 기분이 들떴다. 놀리려는 의도도 아니고, 친분을 유지하기 위해서도 아니라 이사부로가 만든 작품을 순수하게 입어보고 싶다고 말했다. 게다가 나와 아스카가 떠올린 세계관에 공감까지 해주어서 기뻐 어쩔 줄 몰랐다.

다섯 명이 나란히 줄지어 옆 가게로 갔다. 내려진 블라인드 틈으로 안을 보자 여느 때와 달리 가게 안에 몇 명인가 사람들이 있었다. 설마 여기에서도 주문을 하는 중인가? 놋쇠 손잡이를 잡고 서둘러 문을 열자, 가게 안 사람들이 동시에 뒤를 돌아보았다.

한 명은 씨름꾼처럼 살이 찌고 머리가 벗겨진 새빨간 얼굴에 땀을 뻘뻘 흘리고 있었다. 나는 무심코 숨을 들이마셨다. 상공회의 소마 노인이었다. 정면에서 보니 대단히 힘이 넘쳤다. 살점 두둑한 얼굴 가운데에 큼지막한 코가 떡 자리 잡았다. 같이 온 무리도 상공회 사람인지 이사부로를 둘러싸고 위협하듯 서 있었다.

"뭐 하는 게야?"

내 뒤에서 오사와 할머니가 고개를 내밀어 상공회 면면을 보고 살짝 미간을 찌푸렸다.

"아, 뭐야. 소마 씨네. 다 같이 고생이 많으우."

"할 얘기가 좀 있어서. 그쪽 관련한 선생을 모시고 왔지."

"그쪽 관련한 선생?"

할머니들이 내 뒤에서 줄줄이 앞으로 나왔을 때, 익숙한 목소리가 들려 깜짝 놀랐다.

"쓰다 군 아니니? 여기서 뭐 하는 거야? 어라? 미키 양도 있네."

왜 마나베 여사가 여기에 있지……. 화장기 없이 푹 팬 얼굴은 빼빼 말라서 마치 나무로 만든 민속 공예품 같았다. 아스카는 지금껏 본 적 없는 겁먹은 얼굴로 내 뒤에 바싹 달라붙었다. 마나베 여사는 평소처럼 한참이나 말없이 우리를 빤히 쳐다보면서 엄청난 스트레스를 주었다.

"수업이 끝나면 다른 곳에 들르지 않기로 했잖아. 저번에 선생님이랑 약속했지?"

"아, 어, 그렇긴 한데……."

적당한 변명이 하나도 떠오르지 않았다. 지금은 선수를 쳐서 사과해야겠다 싶었는데, 오사와 할머니 옆에 있던 가토 부인이 나섰다.

"마나베 선생님 아닌가? 상점가에 오다니 드문 일이네요. 공부 모임 때문에 왔나요?"

백발을 우아하게 묶은 가토 부인은 악의라곤 없는 미소를 지으며 고개를 갸웃거렸다. 키가 크고 마른 몸에 피부까지 새하얘서 이 근방에서는 흔히 볼 수 없는 화려한 분위기를 풍겼다. 마나베 여사는 백발이 드문드문 섞인 단발머리를 귀 뒤로 넘기며 무표정을 거두지 않고 최소한의 예의를 보인다는 태도로 인사했다.

"아아, 부인회장님도 계시네요."

무뚝뚝하게 말하고 다시 내게 시선을 주었다.

"저는 이 애들 보호자나 마찬가지라서요. 중요한 약속을 몇 가지 나눴어요."

"그랬군요. 오늘은 이 두 아이한테 일을 좀 도와달라고 부탁했어요. 오사와 씨 댁에서 무거운 걸 좀 들어야 해서 지나가는 고등학생을 불렀지. 큰 도움이 됐어."

가토 부인은 아무렇지 않게 거짓말을 하고 뒤를 돌아 우리에게 눈짓을 보냈다. 부인회장인 줄은 몰랐는데, 이해가 가고도 남는 분위기였다. 마나베 여사는 우리에게서 한시도 시선을 떼지 않고, 마음에 차지 않는지 턱을 꾹 당겼다.

"애들이 도움이 됐다면 참 다행이네요. 그런데 쓰다 군. 아카쓰키 고등학교는 이성 교제도 금지야. 미키 양이랑 사귀는 거니?"

"아닌데요."

이것만큼은 확실하게 부정했다. 그러자 짧은 보라색 머리를 쓸어 넘기며 스즈코 할머니가 후후 웃었다.

"이성 교제 금지라니, 백만 년은 시대에 뒤처졌네. 연애는 젊은이의 특권이야."

"학생의 본분은 공부예요. 그리고 이건 여성을 지키기 위한 교칙이고요. 무슨 일이 생기면 여성이 피해를 보니까요. 인터넷에서는 성범죄자가 만반의 준비를 하고 기다리고 있잖아요. 당연히 학생 때 제대로 된 윤리와 정조 관념을 교육해야지요."

마나베 여자는 건조한 투로 말하고 아스카에게 치마 길이가 짧다고 못박은 후 입을 꾹 다물었다. 어쨌든 오늘은 일단 집에 갔다가 다시 와야겠다. 시간을 너무 많이 낭비하는 거지만 마나베 여사의 눈에 띄었으니 어쩔 수 없다.

다섯 평쯤 되는 가게에 열 명이 모였으니 괴상한 열기가 넘실댔다. 움츠러든 아스카를 배려해 물러가려고 할 때, 이사부로가 내 눈을 빤히 쳐다보는 것을 깨달았다. 여기 있어라. 분명 그렇게 말하고 있었다. 대체 뭘 위해서…… 또 성가신 일이 생겼나 보다.

나는 어깨 너머로 뒤를 돌아보고 아스카만이라도 돌려보내려고 했는데, 아스카는 잔뜩 긴장한 표정을 지으면서도 손을 뒤로 돌려 문을 닫았다. 그와 동시에 오사와 할머니가 무거운 공기를 밀어낼 기세로 밝게 말했다.

"그건 그렇고 이사부로 씨, 이 할멈들도 코르셋을 주문하고 싶대. 내가 입은 것을 보고 마음에 들었다고."

"대체 몇십 년 만에 옷을 주문하는 건지 모르겠네. 이렇게 기분 좋을 줄이야. 내가 다 놀랐어. 남보라색에 무늬는 나비로 할 거야. 이미 정했어."

스즈코 할머니가 말을 잇자, 가토 부인도 쇼윈도에 장식된 무염색 코르 발레네를 황홀하게 바라보았다.

"실물은 처음 보는데, 역시 아름다워. 보면 볼수록 빨려들겠어. 나는 이걸 전부 무채색으로 맞추고 싶어. 지금까지 입어본 적 없는 코디에도 도전하고 싶고. 체면이나 지위나 나이 같은 건 다 잊어버리고 새로운 내가 되고 싶어."

"그렇다는군."

이사부로가 하얀 수염을 쓰다듬으며 상공회원을 하나하나 바라보았다.

"손님이 왔으니 이만 가주겠나. 몇 번이나 말하지만, 상공회가 할 일은 사업자와 상점을 돕는 거야. 마을 활성화니 상점가 모델 지구 따위를 담당하는 건 관공서 몫이고."

"무슨 소리야. 우리 마을을 우리 손으로 안 일구면 어쩌려고. 관공서가 나서더라도 주민들이 다 같이 뭉쳐서 단결하지 않으면 시작할 수 없어. 이건 지진 재건이기도 하다고."

"지진 재건을 멋대로 아무 데나 가져다 붙이지 마."

이사부로는 한층 차갑게 말하고 나서 금테 안경 너머로 뚱뚱한 노인을 노려보았다.

"하나 묻겠는데, 자네들이 하는 일의 최종 목적은 뭔가?"

"그야 생각하고 자시고 할 것도 없지. 상점가와 지역 활성화 말고 뭐가 있나."

순간 이사부로가 싱긋 웃었다. 또 이 얼굴⋯⋯. 퇴각로 없는 외통 장기를 시작할 생각이다. 나는 침을 꿀꺽 삼켰다.

"과연, 상점가와 지역 경제 활성화라. 일본, 아니 전 세계의 시골 마을은 모두 입을 모아 그 소리만 하는군. 회의에 올리는 의제 중 가장 무의미해."

"뭣이?"

"자네들도 이미 알고 있겠지. 보조금을 받을 명목으로 그저 허풍이나 떨 뿐이야. 전망도 없거니와 그 이전에 두 가지 문제를 한꺼번에 해결할 수 있는 건 정신 나간 부자나 신 정도야."

소마 노인의 얼굴이 순식간에 새까매졌다. 오사와 할머니는 불안해서 안절부절못했는데, 가토 부인은 여전히 부드럽게 웃고 있었다. 상공회의 세 사람은 부글부글 끓어오르는 표정으로 이사부로를 노려봤고, 곧 살점 두둑한 소마 노인이 비꼬는 미소를 지었다.

"아하하, 자네는 참 속도 편하군. 모두가 지혜를 짜내 공을 들이는데 딴죽이나 걸 뿐이야. 마을을 무시하고 자기 하고 싶은 일이나 하면서."

"자네들이 찾아오니까 내 의견을 말했을 뿐이야. 나는 부회와는 관계가 없어. 그 지혜를 짜내서 색칠 공부든 뭐든 마음대로 하시지."

이사부로는 이야기가 끝났다는 듯 목에 건 줄자를 벗었다. 등에 열기를 느끼고 뒤를 돌아보니, 창백해진 아스카의 얼굴이 보였다. 상태가 많이 안 좋은지 평소 같은 뻔뻔한 모습은 온데간데없었다. 돌아가는 게 낫겠다고 낮게 속삭였지만, 아스카는 살짝 고개를 젓고 입술을 악물었다.

그건 그렇고 상공회가 코르 발레네를 여전히 적대시하는 것은 단순히 이사부로가 마음에 들지 않아서인 듯하다. 오사와 할머니가 걱정한 대로 음습한 복수다. 무엇보다 이번 일과 관계가 없는 마나베 여사의 존재가 불길하기 짝이 없었다.

눈을 치뜨고 상황을 살피는데, 마나베 여사가 입에 주먹을 대고 길게 헛기침을 했다.

"소마 씨와 스즈무라 씨, 두 분 말씀은 잘 들었습니다. 저는 상공회나 상점가의 사정은 잘 몰라요. 하지만 저 속옷이 마을과 어울리지 않는다는 상공회장님의 의견에 찬성합니다. 여성 경시 말고는 표현할 말이 없네요."

마나베 여사는 창가에 장식된 코르 발레네를 보고 한숨을 푹 내쉬었다. 움푹 들어간 작은 눈을 반짝반짝 빛내며 주도권을 쥔 기쁨을 곱씹는 것 같았다.

"잘 들으세요. 저런 과한 보정 속옷은 남성 중심 사회의 여성 억압을 상징합니다. 남성은 경제력을 포함한 '남자다움'을 과시하려고 아내나 애인을 꾸며 간판으로 삼았어요. 그러기 위해 여성에게 남성이 원하는 몸매를 억지로 강요하고 자립을 막았죠. 중국의 전족도 그렇고 전부 여성의 인권을 짓밟는 악습이에요."

마나베 여사는 수업이라도 하듯 몸짓을 곁들여 말하며 철사 같은 머리카락을 귀에 걸쳤다. 오호라, 자기 영역으로 이사부로를 끌어들여 퇴로를 막을 속셈인가 보다. 이건 상공회 소마 노인의 계책일까, 아니면 마나베 여사가 원래 이사부로 양복점에 눈독을 들였을까. 어쨌든 사태가 더욱 복잡해질 것이라는 사실은 쉽게 상상할 수 있었다.

마나베 여사는 몇 번이나 헛기침을 하며 신이 나서 단독 강의를 이어갔다.

"이사부로 양복점은 신사복 전문점이었는데, 왜 갑자기 여성용 특수 속옷을 만들었죠? 왜 요즘 시대에 저런 것을 파나요? 왜 모두의 정당한 의견을 무시하고 이 지역의 품위에 먹칠하는 짓을 하나요? 같은 마을에 사는 사람으로서, 교육자로서, 여성으로서 성 상품화에 단호하게 항의하겠습니다."

이사부로는 별다른 대꾸 없이 마나베 여사를 빤히 바라보다가 이제야 존재를 깨달았다는 듯 고개를 갸우뚱했다.

"당신은 누구지? 언제 어디서 솟구친 거야."

나와 아스카는 동시에 웃음을 터뜨렸다가 곧바로 고개를 숙여 아닌 척했다. 마나베 여사는 발끈해서 좀 더 거친 목소리를 냈다.

"쭉 여기 있었고, 제일 처음에 인사도 했습니다만."

"아아, 그랬나."

"그럼 제 이력을 다시 말하지요. 이번에는 기억하세요. 한때 시로야마 초등학교에서 교감을 맡았고, 현재는 부인회 활동과 여성을 위한 공부 모임, 교육위원회 외부평가위원 및 시에서 운영하는 여성추진협의회의 멤버이기도 합니다. 시의 광고지나 신문에도 종종 기고하고요."

자신을 모르는 게 이상하다는 듯한 말투인데, 지금까지 여성을 무언가로부터 지킨 적이 있긴 할까. 자기 마음에 들지 않는 사람을 공격하는 것 말고는 못 봤다. 마나베 여사는 동의를 구하듯 가토 부인을 바라봤지만, 품위 넘치는 노인은 입가에 미소를 머금고 미동도 하지 않았다.

"아무튼 반생을 교육과 여성 문제에 바친 사람으로서 솔직한 의견을 밝혔습니다. 이 부분을 이해해주셨으면 해요."

"그렇군, 잘 알았어."

이사부로는 웬일로 순순히 받아들이는가 싶더니, 지루한

듯 보라색 머리를 넘기는 스즈코 할머니에게 턱짓했다.

"거기 미용실 할멈. 지금 치수를 잴까? 곧 저녁 먹을 시간이니까 밤이라도 괜찮아."

"그러게. 좀 바쁜 것 같으니 내일 올까."

스즈코 할머니가 귀찮다는 듯 상공회 사람들을 쳐다보자, 뚱뚱한 소마 노인이 관자놀이에 맺힌 땀을 닦으며 짜증스럽게 목소리를 높였다.

"아니, 이보게. 잠깐 좀 있어보게. 자네, 스즈무라 씨."

"뭐야? 얘기는 다 끝났잖아."

"마나베 선생이 일부러 와주셨으니 조금은 진지하게 말씀을 들어야지."

"의견은 들었고, 그에 대해 반박하지 않겠어. 그런 역사가 있었던 것은 사실이고, 불쾌하게 생각하는 사람한테 그러지 말라고 할 순 없으니까. 하지만 지금 코르셋을 원하는 손님이 있어. 그러니 나는 상품을 제공해야지. 정당한 장사야."

"과연 이게 정당한 장사일까요?"

마나베 여사가 이사부로의 말꼬리를 잡고 새롭게 문제를 제기했다.

"팔리면 뭐든 해도 좋다는 생각이 차별을 조장합니다."

"이번엔 또 무슨 얘긴가?"

나일론 점퍼 소매를 거칠게 걷어 올린 마나베 여사는 이사부로를 마주 보고 크게 숨을 들이마셨다.

"만화, 애니메이션, 소설, 광고, 텔레비전, 영화, 전국 각지에 넘쳐나는 음란한 여성 캐릭터. 이 세상은 성을 상품화하는데 혈안이 됐어요! 여성이 아무리 굴욕을 느껴도, 보기 싫어도 사방에 가득해서 손쓸 수가 없다고요! 스즈무라 씨가 만든 저속옷도 그래요! 이런 괴상한 상황을 만든 게 누군가요!"

마나베 여사는 히스테릭하게 가게 안을 쭉 둘러보았다.

"그래요, 남자예요! 성 소비자는 남자, 성범죄자는 늘 남자라고요! 행정까지 마비되어서 성 착취가 공공연하게 이루어지고 있어요! 이 미쳐버린 일본에 필요한 것은 철저한 규제와 배제! 그것 말고 여성을 지킬 방법은 없단 말입니다!"

가게 안에 마나베 여사의 쇠붙이 같은 목소리가 울려 창문이 가늘게 떨렸다. 뭐랄까, 박력이 대단했다. 슈퍼나 다른 가게에 가서 툭하면 항의한다고 들었는데, 이런 태도로 위협하면 물러설 수밖에 없겠다. 저항했다가는 말이 몇 배나 더 길어져 수습하지 못할 게 뻔했다. 그러나 이사부로는 아무렇지 않게 마나베 여사의 분노에 연료를 들이부었다.

"생각이 얄팍하군."

마나베 여사가 놀라 비틀거렸고, 나 역시 비틀거렸다.

"댁이 댁의 의견을 말하는 것도 자유가 있기 때문이야. 자유에는 이유가 없고, 제한되어서는 안 돼. 마음에 들지 않는 표현을 쥐 잡듯 규제한다면 그건 민주주의가 아니지. 전시 중으로 돌아갈 셈인가?"

"당신은 이 세상을 남자 관점으로만 보고 있어요! 그러니까 여성이 상처받는 현실을 깨닫지 못하는 거야!"

"정말로 부적절한 것은 내버려둬도 알아서 도태해 무대에서 사라지는 법이야. 내가 만든 상품이 그런 부류라면 언젠가 사라질 운명이겠지. 무엇보다 규제나 배제를 쉽게 꺼내 드는 것은 애당초 논의할 마음이 없기 때문이잖아? 감정만 앞세우지 말게."

마나베 여사가 이런 표정을 짓는 것은 처음 보았다. 분해서 얼굴이 새빨개졌고, 꽉 악문 입술은 금방이라도 터질 것 같았다. 나는 위가 아팠다.

이사부로는 마나베 여사가 얼마나 무서운지 모른다. 이 사람을 화나게 했다가 도망치듯 단지에서 떠난 사람을 몇 명이나 안다. 매일같이 마나베 여사가 찾아오는 바람에 우울증에 걸려 살금살금 숨죽이고 사는 사람도 많다. 우리 집도 비슷한 처지다. 상공회의 소마 노인도 멀끔한 얼굴로 사람을 죽음으로 몰아가는 성격이라고 하니, 두 사람이 한 팀을 이루면 얼마나 무자비하고 잔혹해질까. 갖은 수법을 써서 주위를 둘러싸고 고립시켜 죽을 때까지 이사부로에게서 사는 보람을 빼앗으면서 즐거워할 것이다.

나는 주먹을 꽉 움켜쥐고, 있지도 않은 각오를 모두 끌어
모았다.

"저, 저기, 죄송한데요."

내게도 의견이 있다. 의견을 말할 수 있다. 코르 발레네나
그와 관련된 지식은 여기 있는 그 누구보다도 풍부하다. 지금
이 앞으로 나설 순간이라는 생각이 들었다. 사람들이 동시에
돌아보니 시선의 화살이 온몸을 꿰뚫었다. 나는 떨림을 멈추
려고 아랫배에 힘을 주고 마나베 여사의 눈을 들여다보았다.

"코, 코르 발레네, 아니, 코르셋이 지배계급의 권위를 드러
내는 것은 틀림없는 사실이에요. 당시 의상을 만드는 법 자체
가 몸에 부담을 주어 움직이지 않아도 되는 신분을 어필하는
것이었으니까요."

"뜬금없이 무슨 소리니? 아무것도 모르는 어린애가 어른
들이 말씀하시는데 끼어드는 거 아니야. 너희는 얼른 돌아가.
이미 교칙을 어겼잖아."

마나베 여사는 칼처럼 잘라냈다. 이럴 줄 알았지만, 역시
엄청난 위압감에 쪼그라들 것 같았다. 그때 계속 입을 다물고
있던 가토 부인이 상냥하게 나를 돌아보았다.

"나는 아쿠마리의 이야기를 듣고 싶어요. 아쿠마리 나름의
지론이 있는 것 같으니까."

"부인회장님. 지금은 어른들이 상식 있는 토론을 하는 중

이잖아요. 어린애가 나설 자리가 아니에요. 그리고 저런 속옷은 어린애에게 해로워요. 보게 해선 절대로 안 된다고요."

"그렇게 천박한 것은 아니에요."

나는 앞으로 나서며 말했다.

"예쁜 것을 예쁘다고 생각할 뿐이죠. 코르셋은 분명 남존 여비 사상에서 탄생했지만, 시간이 지나면서 의식이 달라졌어요. 여성이 자신의 매력을 강조하는 자기 연출 수단이 된 거죠. 마나베 선생님이 말씀하시는 억압이 아니라 마음의 해방이라고 생각해요."

"바보 같은 소리를 하는구나. 긴 역사 속에서 여성은 늘 괴로워하며 투쟁했어. 여성해방운동가인 블루머는 여자의 행동을 속박하는 옷을 비판해 세상을 바꿨어. 오늘날이 있는 건 수많은 압력에도 굴하지 않은 훌륭한 인물 덕분이야."

"아멜리아 블루머는 비판했다기보다 자유를 제안했다고 봐요. 실제로 여성이 다리를 내놓는 옷을 디자인했고, 남성이나 사회에서 자립해 자유롭게 살아가는 세상을 목표로 했죠. 누군가의 강요가 없다면 여성이 다리를 내놓는 것도 코르셋을 입는 것도 본인의 의사예요."

스스로 놀랄 정도로 말이 술술 나왔다. 이것은 엄마가 만화에서 표현하는 주제인 동시에 어시스턴트를 하며 자연스럽게 깨우친 내 나름의 진리이기도 하다. 코르셋의 시작점이 여성 멸시라 하더라도 그것을 끌어들여 현재를 공격하는 것은 잘못이다. 남성에 대한 부정과 증오가 너무 앞섰다. 마나베 여사는 내 얼굴을 구멍이 뚫릴 정도로 쳐다봤지만, 지금 벌어진 일을 이해하지 못하는 것이 확실했다. 정신을 차리고 보니 아스카가 내 교복 재킷을 꽉 움켜쥐고 있었다.

순간 가게 안이 조용해지자 거친 북풍 소리가 들렸다. 가토 부인은 주름진 자그마한 얼굴에 손을 대고 바쁘게 여러 번 고개를 끄덕였다.

"아쿠마리의 지론은 생각해볼 여지가 있네. 고등학생, 그것도 남학생의 의견 같지 않아. 공부 모임에 손님으로 초청하고 싶을 정도야."

"부인회장님, 무슨 소리를 하는 거예요!"

마나베 여사가 물어뜯듯 외쳤다.

"세상의 구조나 현실을 전혀 모르니까 책임 따위는 지지 않고 말할 수 있는 거예요. 그게 미숙한 애라는 증거죠. 애초에 부인회장님 본인이 코르셋을 주문하다니, 이 무슨 말도 안 되는 상황인가요? 여성의 자립을 돕는 일을 하는 사람이 그러면 본보기가 될 수 없잖아요."

"그럴까요?"

가토 부인은 그 말만 하고 또다시 의미 모를 미소를 지었다. 모두가 이어질 말을 기다렸지만, 부인은 더는 이야기할 마음이 없는 듯했다. 마나베 여사가 안달이 나서 몸을 움찔거리고 다시 나를 보았다.

"아무튼 쓰다 군, 발언하고 싶다면 제대로 공부한 후에 해야 한다. 이런 문제는 민감하니까 들은풍월로 하는 무책임한 발언이나 남자의 감상 따위는 필요 없어. 여성의 래셔널 드레스●가 제안된 후 한 세기 이상 지났어. 코르셋처럼 몸을 구속하는 도구는 여성의 손으로 완전히 추방되었다고."

"아니요, 코르셋이 쇠퇴한 건 단순히 유행에 뒤처졌기 때문이에요. 그리고 래셔널 드레스는 정말 촌스러웠으니까 당시 사람들이 질겁했고요."

"이미지만으로 대충 아무 말이나 하는 거 아니다."

"아무 말이나 하는 게 아니라 역사적인 사실이에요. 왕실이나 정치가가 도장을 찍어준 옷이라니, 이것만으로도 벌써 틀려먹었잖아요. 패션은 자유로워야 한다는 것이 그때부터 지금까지 변하지 않는 인식이라고 생각해요."

이사부로는 고개를 숙인 채 의미심장하게 웃었고, 상공회 사람들은 서로 얼굴을 마주 보았다. 왠지 후련한 기분이 들었다. 나는 지금까지 속옷이나 복식 문화에 흥미를 느끼는 것을 부끄럽게 여겼는데, 말해놓고 보니 이것은 역사다. 정치나 경

● 영국에서 여성이 자전거를 타기 위해 만든 바지

제나 인권이나 직업이나 풍속 등 모든 것과 밀접하게 연결됐다. 게다가 내 표현을 써서 내 의견을 펼침으로써 새롭게 보이는 것도 있었다. 어떻게든 피하려고 한 마나베 여사인데, 아주 조금은 공통적인 화젯거리가 생겼다.

묘한 친밀감을 느끼며 마나베 여사를 바라보았지만, 나를 향한 눈빛은 너무나 냉랭하고 혐오감으로 가득 차 있었다.

"그 부모에 그 자식이라더니."

마나베 여사가 무표정한 얼굴로 내뱉었다. 순간 무슨 소리인지 이해하지 못했다. 그러나 곧 내 기분은 최악으로 급강하해 후련함이나 미미한 자신감이 산산조각 나서 날아갔다.

아, 그랬지. 나는 멍청하게 들떴구나. 엄마는 에로 만화가이고 아빠는 극좌파 운동가인 데다 집은 가난하고 내 이름은 개랑 동급이거나 혹은 그 이하……. 머릿속이 새하얗게 물드는 순간, 뒤에서 꾹꾹 억누른 목소리가 들려 정신이 퍼뜩 들었다.

"훌륭한 부모라서 훌륭한 자식이 태어난 거야. 그렇지? 나는 이 뜻 말고는 인정 안 해."

뒤를 돌아보니 아스카가 턱을 바싹 당기고 지금껏 본 적 없는 매서운 눈빛을 하고 있었다. 단지에 사는 불량배를 뛰어넘는 고약한 표정이었다. 어깨로 헉헉 숨을 몰아쉬는 것이, 되돌릴 수 없는 욕설을 마나베 여사에게 퍼부을 기세였다. 내가

반사적으로 아스카의 팔을 붙잡은 것과 동시에 가게 안에 짝,
하고 손뼉 치는 소리가 들렸다.

"오늘은 이걸로 끝이야. 하나같이 영업 방해나 하고 말이
야. 나한테 불만이 있는 사람은 항의든 뭐든 좋으니 가게에 화
염병이라도 던져. 그리고 코르셋을 주문하실 거기 두 할멈. 미
안하지만 내일 다시 와주겠나? 좋아, 끝이야. 모두 나가."

이사부로는 손을 저으며 그렇게 말하더니 샌들을 벗고 냉
큼 작업실로 들어갔다.

역시 저녁에도 카레가 나왔다.

나는 풀이 죽어 접시에 담긴 질척한 갈색 액체를 한참이나
바라보았다. 우리 집에서는 예전부터 카레가 등장하는 횟수가
유난히 많다. 저렴하고 간단하고 한가득 만들어둘 수 있다는
삼박자를 갖춰서 엄마의 몇 안 되는 요리 레퍼토리를 완전히
지배했다.

"설마 내일도 카레야?"

마음을 비우고 카레를 먹으며 묻자 맞은편에 있던 엄마가
고개를 들었다.

"카레가 좋으면 카레로 하고."

"안 좋으니까 하는 말이잖아."

나는 한 입 먹을 때마다 물을 마셔 억지로 카레를 위장에

밀어 넣었다. 오사와 씨 댁에서 먹은 카레도 전혀 소화되지 않았다. 엄마는 접시 옆에 메모장을 놓고 뭔가 떠오를 때마다 펜을 움직였다. 또 일이 막히기 시작했는지 말수가 극단적으로 줄었다.

"저기."

나는 맥락 없이 말을 꺼냈다.

"마나베 여사는 쭉 독신이야?"

"아마 그럴걸."

"왜 남자를 그렇게 눈엣가시로 여길까?"

"글쎄다. 요즘처럼 여자들 삶이 비교적 나아진 시대에 태어나지 않았으니까 고생을 많이 했겠지. 남성 중심적인 사회에서 여자가 경력을 쌓는 건 어려운 일이고, 누구에게도 기대지 않고 위험한 길을 걸어왔을 테니까."

그렇군, 마나베 여사에게는 마나베 여사 나름의 진리가 있다는 소린가. 타인에게 너무 혹독한 성격에는 진절머리가 나지만, 이런 이야기를 들으면 무턱대고 싫어해도 괜찮을지 고민하게 된다.

나는 간신히 카레를 다 먹고 식기를 개수대에 가져다놓은 후 내 방으로 돌아왔다. 그러고는 이사부로 양복점의 인테리어 아이디어를 정리한 노트를 꺼내 오사와 사진관에서 할머니들이 말한 내용을 정리했다. 키워드는 기모노 옷감, 거기에 코르 발레네와 양장을 합한 스타일이 아름답다는 의견이 일치했다. 메이지 시대의 복식 문화가 독자적인 변화를 거쳐 현대에 뿌리를 내렸다면……, 이라는 내 상상과도 가깝다. 이미지만 강조해서 아무도 입지 못할 옷이 아니라, 입어보고 싶어서 주문할 만큼 매력도 있다. 무엇보다 할머니들에게 과거를 회상하게 하는 데 그치지 않고 현재를 바꾸고 싶다는 행동력까지 선사했다는 점을 놓치면 안 된다. 게다가 요통 완화 효과도 기대할 수 있다. 코르 발레네에 대한 구상은 거의 확실해졌다. 남은 것은 상품을 돋보이게 할 가게 꾸미기다.

만화 참고서로 쓰는 저택 사진집을 펼쳐놓고, 이사부로 양복점의 이미지를 상상했다. 만화와 마찬가지로 인물보다 배경이 튀면 안 된다. 자제하면서도 강렬한 인상을 줄 공간이 필요하다. 나는 노트에 그렸다 지우며 스케치를 몇 개 완성했다.

한창 구상에 몰두하다가 문득 아스카가 떠올라 연필을 멈췄다. 가게에서 아스카가 보여준 두려움은 예사로운 것이 아니었고, 돌아오는 동안에도 아스카는 말수가 유난히 적었다. 성가시게 굴고 생떼를 부리는 모습만 보았기에 줄곧 마음에 걸렸다.

심호흡을 하고 다시 노트로 시선을 주었지만, 아스카의 얼굴이 자꾸만 떠올랐다. 연필을 놓고 스마트폰의 메시지 화면을 열었다.

'아까는 왜 그랬어?'라고 썼다가 잠시 생각한 후 문자를 지우고 걱정된다는 뜻의 이모티콘을 불러냈다. 아니야. 이건 너무 가볍고, 갑자기 보내면 무슨 뜻인지 몰라 불쾌할 뿐이다. 이후로도 몇 번 썼다 지우며 고개를 갸웃거린 끝에 결국 '괜찮아?'라는 한마디만 보냈다.

다시 노트로 시선을 돌렸는데, 또 다른 걱정이 머릿속을 파고들었다. 섣부른 참견을 한 것은 아닐까? 갑자기 내면을 파고들었다고 소름 끼쳐 한다면……

머리를 끌어안고 고민하는데, 메시지 착신 음이 울려 심장이 펄떡 뛰었다. 얼른 본문을 봤다. 괜찮다는 뜻의 고릴라 이모티콘이 하나 있을 뿐이었다. 왜 고릴라? 아니, 혹시 친한 척 굴어서 기분 나쁘니까 메시지를 보내지 말라는 비유인가? 나름대로 최대한 저항한 건가?

점점 더 골머리를 썩이느라 침대에 누워서도 한참이나 바동거리며 괴로워했다.

제 4 장

환상 시계탑

1

토요일인 다음 날은 기분 좋게 화창한 날씨였다. 어린애들이 신나게 노는 목소리와 볕에 말린 이불을 두드리는 소리가 단지 안에 메아리쳤다. 나는 방 창문을 활짝 열고 맑은 공기를 가슴 한가득 들이마셨다.

평온함을 그림으로 그린 듯한 휴일이다. 유난히 기분이 상쾌한 것은 잠에서 깼더니 아스카에게서 메시지가 와 있었기 때문이다. 향후 구상과 디자인에 대해 이야기를 나누고 싶다고 했다. 마나베 여사가 눈을 더욱더 시퍼렇게 뜰 테니, 아스카는 앞으로 코르셋 혁명군에서 발을 뺄지도 모른다고 생각했다. 그 정도로 충격을 받은 것처럼 보였고, 공포까지 느끼는 듯했으니까. 억지로 붙잡지 않을 생각이었는데, 아스카의 메시지로 마음이 푹 놓였다.

잘 맞물리지 않는 창을 덜컹덜컹 흔들며 닫고, 나는 코르셋과 관련된 노트와 문헌 등을 가방에 넣었다. 방을 나와 꽉 닫힌 엄마의 작업실 앞에서 말을 걸었다.

"나 좀 나갔다 올게."

말하자마자 햇볕에 그을려 갈색으로 변한 미닫이문이 우당탕 열렸다. 엄마는 머리를 하나로 묶고 보풀이 잔뜩 일어난 머리띠로 앞머리를 고정하고 있었다. 다른 때보다 눈 밑 다크 서클이 뚜렷했고, 기분이 무척 안 좋아 보였다.

"설마 밤새웠어?"

내 질문에 엄마는 아주 천천히 고개를 끄덕였다. 출판사에서 원고에 대한 답변을 하지 않아 아들에게 어시스턴트를 부탁하고 싶어도 그러지 못하는 상황일 것이다. 엄마는 원망 가득한 눈으로 나를 바라보았다.

"학생은 좋겠다. 화창한 가을날 토요일에 마음껏 놀다니."

"엄마도 학생 때는 그랬을 거면서."

"사과해."

"내가 왜?"

말꼬투리를 잡는 엄마를 무시하고 좁은 마룻귀틀에 앉았다. 운동화를 신는 동안에도 엄마는 내 바로 뒤에 서서 음침한 기운을 내뿜었다. 불평과 우는소리를 퍼부을 상대가 없어지면 자기 자신과 정면으로 마주해야 한다. 엄마는 그런 적나라한 압박에 약하고 외로움을 탄다. 감성은 만화가에 적합한데 성격은 적합하다고 하긴 어렵다.

나는 퉁퉁 부은 엄마를 돌아보았다.

"저녁 못할 것 같으면 뭐 사 올게."

"크로켓을 해동할 거니까 됐어. 감자 샐러드도 있고."

이번에는 감자가 한동안 유행하려나 보다. 할머니가 보내
주신 감자가 시들긴 했어도 아직 많이 남았다.

나는 엄마의 음울한 시선을 떨치며 밖으로 나왔다. 어제와
비교도 안 되게 따뜻했고, 귤색으로 물든 느티나무가 푸른 하
늘과 잘 어울렸다. 복도에서 고개를 쑥 내밀어 공원을 살폈는
데, 어린애들이 자기가 먼저라며 다투는 놀이 기구 옆에 마나
베 여사가 서 있었다. 늘 같이 다니는 두 사람과 대화를 나누
는 중인데, 이사부로와 우리가 화제에 올랐을 확률이 높다.

최대한 허리를 낮춰 콘크리트가 드러난 복도를 지나 계단
을 내려가 뒷문으로 C동을 나왔다. 날이 화창한 오후여서 베
란다란 베란다에 모두 이불이 널려 있었다. 한가로운 광경이
지만 사람들 눈이 많다는 것을 잊으면 안 된다. 이 단지만 그
런 것이 아니라 사람 출입을 살피는 주민은 어디에나 있다.

나는 오래된 박스처럼 생긴 건물을 따라 걷다가 인도를 비
스듬하게 꺾어 무심한 척 맞은편 B동으로 후다닥 뛰어들었다.
살금살금 숨어서 다닐 이유가 없는 건 안다. 그러나 근거 없는
소문의 중심에 놓이는 것은 피하고 싶다. 앞으로 몇 년이나 무

슨 일만 있다 하면 되새김질해서 씹어댈 테니까.

주머니에서 스마트폰을 꺼내 아스카의 집 주소를 확인했다. 203호. 폭이 좁은 계단을 올라가며 곧 도착한다고 메시지를 보내자 금방 '문 열려 있으니까 알아서 들어와'라는 답이 왔다. 나는 2층 복도로 들어가 좌우를 재빨리 살피고 203호로 미끄러져 들어갔다.

어두운 집 안은 고요했고, 방향제와 담배가 뒤섞인 냄새에 찌들었다. 우리 집과 배치도는 판박이인데 인테리어가 달라 넓어 보였다.

"안녕하세요. 실례합니다."

조심스럽게 말하자 안쪽 미닫이가 열리고 아스카가 고개를 내밀었다. 긴 머리카락을 대충 묶고 데님 미니스커트에 파카를 입고 있었다. 교복과도, 스팀펑크와도 분위기가 달라 왠지 부끄러워서 눈이 흔들렸다.

"생각보다 빨리 왔네. 마나베 여사는 지금 공원에 있지? 거기 서서 벌써 한 시간 가까이 수다를 떨고 있더라."

"아마 슬슬 패밀리 레스토랑으로 갈 거야. 그보다 가족은? 우선 인사부터 드려야지."

실내를 둘러보는데, 아스카가 무뚝뚝하게 대답했다.

"없어."

"응?"

"아빠는 토요일에도 일해. 엄마는 원래 없고."

나는 잠깐 입을 다물었다가 잦은 기침을 했다.

"그럼 좀 위험한데."

"왜?"

"왜라니, 상황이 아무래도……. 아버지도 절대로 안 된다고 하실 테고, 부모님이 안 계신 걸 알았으면 나도 집으로 오지 않았어. 장소를 바꾸자."

아스카는 파카 주머니에 양손을 찔러 넣고 내 얼굴을 빤히 쳐다보았다.

"늘 생각하는데, 너는 이상한 부분에서 예의 바르고 늙은이 같아. 예를 들어 여자의 특수 속옷은 괜찮지만, 여자 집에 가는 건 안 되고."

"그거랑 이건 다른 문제지."

"됐으니까 헛소리는 그만하고 얼른 들어와. 이런 단지는 옛날부터 비행 청소년이나 애들이 모이는 둥지가 될 숙명이니까."

단지들이 꼭 그런 건 아니지만 이곳은 유별나게 그런 면이 있다.

아스카가 재촉하는 바람에 어쩔 수 없이 꾸물꾸물 운동화를 벗고 안으로 들어갔다. 우리 집처럼 부엌과 한 세트인 식탁에 슬쩍 손을 얹었다. 이 어색함을 어떻게든 해결해줬으면 좋겠다. 나는 이성의 집에 주저하지 않고 들어가는 남자는 평생 되지 못할 것이다.

아스카네 집은 물건이 별로 없고 정리 정돈이 잘되어 깔끔한 느낌이 들었다. 어머니가 안 계신다고 했는데, 가정환경이 나와 비슷한가 보다. 뭐, 휴가 단지 사람들은 전체적으로 가정환경이 복잡하긴 하다.

아스카는 주전자를 불에 올리고 커다란 머그잔을 두 개 준비했다. 그런 다음 커피를 숟가락으로 퍼서 컵에 담고 병뚜껑을 꼭 닫아 찬장에 잘 정리했다. 그 사소한 행동만으로도 아스카가 가사를 도맡아 한다는 것을 짐작할 수 있었다. 군더더기 없는 움직임이 어른스러워 보여서 나는 이상하게 초조해졌다.

"아빠가 골초라서 방이랑 옷에 담배 냄새가 배서 짜증 나. 몸에도 안 좋으니까 끊으라고 잔소리하는데도 그래."

아스카는 재잘대며 센베이를 봉지에서 꺼내 쟁반에 담아 식탁으로 가져왔다. 나는 그 모습을 바라보면서 일단 무난한 말을 꺼냈다.

"이렇게 신경 써주지 않아도 되는데."

"별로 신경 안 쓰니까 안심해. 그보다 계속 서 있지 말고 앉지그래?"

나는 시키는 대로 가방을 바닥에 내려놓고 의자에 앉았다. 아스카가 일상생활을 하는 모습을 보니 기분이 참 이상했다.

당연하지만 가족이나 삶의 흔적이 묻어서 학교나 밖에서는 절대 알아차리지 못할 부분이 보였기 때문이다. 조금 가까워진 것 같으면서도 반대로 멀어진 것 같아 거리감을 가늠할 수 없었다.

주전자의 불을 끈 아스카는 커피에 뜨거운 물을 부어 내 앞에 놓았다.

"우리 아빠는 대형 트럭 운전사야. 장거리 운전을 해서 일하러 나가면 사흘은 집에 안 와."

"아, 힘든 일 하신다."

"응. 지진으로 회사가 망해서 이직했어. 생활 리듬도 엉망이라 걱정이 이만저만이 아니야."

"우리 엄마도 다른 의미로 생활이 엉망이야."

아스카는 작은 상자에 담긴 설탕과 우유를 내려놓고 내 앞에 앉았다. 왠지 나만 민감하게 신경 쓰는 것 같아 부끄러웠다. 나는 뜨거운 커피를 홀짝이며 화제를 찾느라 허둥댔다.

"저어, 어제는 곤란했지. 설마 이사부로 양복점에서 마나베 여사를 만날 줄은 몰랐어."

"응."

아스카는 대꾸만 할 뿐 이야기를 이어갈 마음이 없는 듯했다. 어제 아스카의 모습에서 파악한 것은 마나베 여사를 미행하고 초인종을 누르는 장난까지 치면서 마주치면 지나치게 주눅 든다는 것이다.

다시 쓸쓸한 커피를 마시며 나도 같이 입을 다물었다. 얼른 본론으로 들어가야지. 어설프게 수다를 떨려고 하니까 능력치가 부족해 타격을 받는다. 가방에서 노트를 꺼내려고 했는데, 한참이나 말이 없던 아스카가 불쑥 말했다.

"난 말이야, 어른들이 그렇게 싸우거나 큰 소리를 내는 게 싫어."

동작을 멈추고 이어질 말을 기다리자, 아스카가 짧게 한숨을 쉬고 말했다.

"열 살 때 아빠랑 엄마가 이혼했어. 내가 더 어릴 때부터 싸움만 했는데, 마지막 일 년은 거의 매일같이 말다툼을 벌였어. 큰 소리를 지르고, 얼굴을 마주했다 하면 서로 잘못한 점만 늘어놓고."

아스카는 활짝 열어놓은 세 평짜리 방에 시선을 주고 다시 한숨을 쉬었다.

"심한 욕설이나 호통이나 증오 어린 표정 같은 게 너무 무서워서 힘들어. 심장이 막 펄떡펄떡 뛰고 몸도 잘 안 움직여져."

"혹시 초등학교 때 자주 쉰 건 그것 때문이야?"

"응, 할머니 집에 종종 가 있기도 했고. 어쨌든 어른이 무서웠어."

아스카는 억지로 짜내듯 말했다. 사람들은 모두 남에게 말하지 못할 괴로운 경험을 하나 보다. 우리 집은 호통이나 욕설은 없었지만 조용하고 담담하게, 미처 깨닫지 못하는 사이에 마지막을 맞았다. 내가 극복하지 못하는 열등감을 코르 발레네로 해소하는 것처럼 아스카는 스팀펑크라는 공상의 세계에 머물며 줄곧 자신을 확인해왔겠지. 아이들은 늘 부모 때문에 괴롭다.

나는 고개를 푹 숙인 아스카를 바라보았다.

"이사부로 씨와 만나면 앞으로도 계속 곤란한 일이 생길 거야. 이제 절대 타협하지 않겠다고 결심하신 것 같아."

"그야 당연하지. 80년 이상이나 살았는데 자기 인생을 자기 마음대로 하지 못하면 이상하잖아."

"그건 그렇지만 마나베 여사가 나섰으니까 이대로 끝나지 않을 거야. 아마 한바탕 소동이 또 벌어지겠지. 미키, 그런 일이 생겼을 때 괜찮겠어?"

아스카는 자신 없어 보였지만 있는 힘껏 이죽거리는 듯한 미소를 지었다.

"나도 이제 기합을 넣지 않으면 너무 한심하잖아. 말싸움이 무섭다고 꽁무니를 빼면 앞으로 이 세상을 어떻게 살겠어?"

"그야 그렇지만."

"그리고 혼자가 아니니까 버틸 수 있어. 지금은 나를 이해해주는 쓰다가 있으니까."

아스카가 서슴없이 말했다. 나는 얼굴이 붉어지지 않길 바라며 반사적으로 배에 힘을 주고, 그녀의 말을 좋은 쪽으로 해석하지 않으려고 노력했다. 코르셋이라는 공통 화제를 나눌 동급생이 나뿐이라는 의미다. 그래, 이거다.

나는 얼른 가방에서 노트를 꺼내 펼쳐서 아스카 쪽으로 밀었다.

"이사부로 씨 가게의 인테리어를 생각해봤어."

아스카는 노트를 끌어당기더니 깜짝 놀라며 눈을 동그랗게 떴다.

"잠깐만. 이거 누가 그렸어?"

"난데."

"나라니, 이건 건축을 공부한 프로의 작품인데? 거짓말하는 거지?"

"거짓말 아니야. 원근법이 맞으니까 그럴싸해 보이는 거지, 이 정도는 누구나 그릴 수 있어. 소실점을 두 개로 잡아서 이점 투시도로 만들면 안내선을 따라가기만 해도 깊이가 느껴지는 건물을 그릴 수 있어."

아스카는 몸을 기울이고 노트와 내 얼굴을 번갈아 보았다.

"어느 나라 말을 하는 거야? 하나도 못 알아듣겠다."

"그러니까 엄마의 만화를 돕다가 이렇게 그릴 수 있게 되었다는 소리야."

나는 밝히기 싫은 사실을 밝혔다.

"요즘은 만화 배경을 거의 내가 그려. 성이나 귀족의 방과 비교하면 좁은 가게를 그리는 것쯤은 쉽지."

감탄해마지않는 아스카에게 나는 인테리어 콘셉트를 설명했다.

"일단 작업실에 있는 재봉틀은 전부 가게로 옮길 거야. 양복점이라면 가게에서 일한다는 이미지가 있고, 이사부로 씨의 재봉틀은 평범하지 않으니까 시선을 끌 거야."

나는 주머니에서 스마트폰을 꺼내 이사부로의 작업실 사진을 불러왔다. 아스카는 사진을 보자마자 벌떡 일어났다.

"이게 뭐야? 오래된 쇳덩어리잖아."

"작업실에 있는 기계는 전부 악마의 개조를 했어. 리미터를 떼서 제한이 없으니까 흉기나 마찬가지야. 위험해서 이사부로 씨 말고는 가까이 갈 수 없어."

"얘기를 듣기만 해도 오싹오싹하다. 역시 이사부로 원수야. 이 낡은 재봉틀, 석탄으로 움직이는 거대한 증기 터빈식 기계 같아. 게다가 이 커다란 모터! 우아, 대단해."

아스카는 흥분해서 빨개진 얼굴로 눈꼬리가 솟구친 눈동자를 반짝반짝 빛냈다. 그러고는 스마트폰 사진을 확대해 구석구석 차분히 살펴보았다.

"재봉틀만 대단한 게 아니네. 모두 수선해서 진짜 멋있어. 가위도 대나무 자도 다리미도 보디도 평범한 재봉 도구인데, 그 이상의 역할을 하는 것 같아. 그래, 위험한 냄새가 나. 일하는 도구를 무기로 바꾼 것 같아."

"실제로 위험한 사람이니까."

나는 맞장구를 치며 노트의 도안을 가리켰다.

"가게 안쪽을 이사부로 씨의 작업 공간으로 만들어서 재봉틀과 다리미, 재단대를 설치하는 거야. 그리고 들어가면 바로 나오는 여기, 이곳을 코르 발레네를 전시하고 손님을 맞는 공간으로 만들고 싶어. 테이블이랑 의자를 둬서 살롱 같은 분위기를 낼 생각이야. 우리가 생각하는 에버렛 자포니즘은 폐쇄된 억압 사회에서 비롯된 거니까, 마을 내 사교의 장인 동시에 혁명으로 연결되는 계몽사상이 남몰래 퍼지는 장소이기도 해. 어디까지나 이미지지만."

"점점 더 소름이 돋는다. 세계관이 완벽한데? 물자가 부족하고 가난한 쇄국 국가의 한 마을에서 장인들이 잡동사니를 활용해 자신들의 도구를 커스터마이즈해. 동시에 체제를 전복할 계획을 차곡차곡 진행하는 거야. 쓰다, 너 최고다. 진짜 좋아."

"그래?"

칭찬받으니 간질거려서 몸을 꼬았다. 아스카가 곧바로 덧붙였다.

"그런데 일본풍을 더한 자포니즘을 표현할 때 칸막이나 맹장지 따위를 끌어오진 마. 전통 찻집 같으니까."

"칭찬할 땐 해도 지적할 때는 확실히 하는구나……. 뭐, 나도 그렇게 생각해."

"이건 놀이가 아니니까. 학교 문화제 때 대충대충 하다가 이상한 결과물을 낸 경험에서 하는 말이야. 어중간하게 했다가는 결국 후회해. 이사부로 원수의 코르셋에 어울릴 만한 최고의 공간을 만들고 싶지?"

바로 그 점을 계속 고민하는 중이다. 일본풍 분위기를 내는 것은 간단해 보이면서도 실제로는 난도가 높아 벽에 부딪혔다. 누가 봐도 뻔한 화양절충이 아니라 그리움과 차분함이 녹아든 한편, 위험한 일상을 벗어난 감각도 함께하는 환상을 원했다. 그렇다고 오페라 무대 같은 거창함은 필요 없다. 말로 표현하기에는 간단한데, 그 정도로 치밀한 분위기를 연출하지 못하면 코르 발레네만 붕 떠버린다.

나는 노트를 손가락으로 더듬었다.

"이사부로 양복점 두 벽면에는 붙박이 선반이 있으니까 거기에 기모노 조각이나 수입 옷감을 쌓아서 보여주면 좋겠어. 오래된 단추는 병에 넣어서 올려두기만 해도 그림이 되니까. 색색의 실패나 대충 감은 리본이나 바늘꽂이도 놓으면 복작복작하지만 분위기가 있으니까 연배 있는 분이라도 부담 없이 좋아할 거야."

"그러게, 꼭 숨겨진 문 같아서 좋다. 빨간 실패를 당기면 진열장이 열려서 지하조직 본부로 통한다거나. 그런데 네 그림을 보면 앞쪽 손님용 공간에는 귀족적인 분위기가 더 잘 어울리지 않을까? 살롱 이미지니까."

"그게 문제야. 잡화점처럼 어수선하게 하긴 싫어. 하지만 빈티지를 너무 과하게 더하면 도시의 미용실이나 카페처럼 보일 것 같아. 세련되고 개성적으로 느껴지지만 결국 다 똑같아서 기억에 남지 않아."

나와 아스카는 동시에 팔짱을 꼈다. 시골 고등학생이 제법 열심히 했다고 노력상을 받는 수준으로 만족하기 싫다. 홈센터에서 사 온 것으로 꾸미면 어떨지 생각했는데, 검토해보니 역시 그런 것으로는 안 된다. 진짜가 풍기는 품성과 중후함이 필요했다. 그러나 타협 없이 갖추기에는 예산이 없다. 구상은 있지만 그 너머에는 현실적인 금전 문제가 있다.

"내 취미라면 마음대로 할 수 있는데, 이건 장사니까 어려워. 상점가를 걷는 사람이 가게에 흥미를 느끼지 않으면 안 되니까."

"그렇지. 너무 기발하고 화려하면 오히려 무서워서 못 들어와. 일본을 느끼게 하면서 이사부로 씨와 잘 어울리는 것이 또 뭐가 있지?"

"일본이라……."

아스카는 진지하게 노트를 보며 한참 생각하다가 입을 열었다.

"산반초 외곽에 오래된 창홋가게가 있어. 장사는 안 하는데, 거기 주인인 할아버지가 칩거 중이야. 작업장에 오래된 격자문이나 교창*이 산처럼 쌓여서 먼지를 뒤집어쓴 걸 봤어. 할머니 집 손님방에서 흔히 볼 법한 것들. 장인의 무덤 같아서 안타까웠어."

창호? 그 말을 들은 순간, 내 머릿속에 눈부신 빛이 번쩍였다. 얼른 노트를 끌어당겨 가방에서 자와 연필을 꺼내 도안에 선을 그려 넣었다.

"가게 천장에 교창을 몇 개 달기만 해도 직선이 시야에 들어오니까 시선이 정리돼. 시선 유도야. 억지로 칸막이를 치거나 손을 쓰지 않아도 가게에 자연스러운 동선이 생길 거야. 게다가 코르 발레네를 파는 양복점에 오래된 교창이 있으면 진짜 멋있지!"

내가 갑자기 흥분하자 아스카가 놀라 고개를 갸웃거렸다.

---

* 창문 위 또는 벽 위쪽 사이를 가로지르는 상인방과 천장 사이에 다는 채광창

"빌리자! 창고에 잠든 낡은 도구를 빌려서 가게를 평행 세계로 바꾸자. 이 마을에는 오래되고 쇠락한 가게가 많잖아. 시대에 뒤처져서 이익도 내지 못하고 후계자도 없이 죽어버린 가게가 많아."

"아아."

아스카가 손뼉을 짝 쳤다.

"그래, 장사야 망했지만 실력이 뛰어난 노인이 많지. 창홋 가게도 그렇고, 하치만의 야마모토 판금도 그래. 다들 실력이 진짜 좋은데 할아버지 대에서 끝나는 가게들이야."

우리는 시선을 마주치고 고개를 끄덕였다.

"오사와 할머니나 가토 부인한테도 물어보면 좋겠다. 그런 가게를 더 많이 알고 계실 테니까."

"좋아. 그럼 도안과 구상을 이사부로 원수한테 보여주자. 가게 대개조야!"

아스카는 그렇게 말하고 일어나 안쪽 방으로 바지런히 뛰어가더니 스케치북을 안고 돌아왔다.

"나, 디자인을 그림으로 그려봤어. 코르셋 본체 디자인과 코디도. 이거 어떻게 생각해?"

아스카가 내 앞에서 스케치북을 펼쳤다. 색연필로 연하게 색칠한 그림인데, 코르 발레네를 입은 여성일까? 나는 가만히 앉아 그림을 이해하려고 노력했다. 하오리와 맞춰 입은 코디

같은데, 이미지를 전혀 이해하지 못하겠다. 나는 초조하게 페이지를 넘겼다. 이건 어깨에 끈이 달렸네? 주머니가 있어? 프런트바스트? 고개를 들자 아스카가 기대감에 잔뜩 부푼 얼굴로 내 감상평을 기다리고 있었다. 무슨 말을 해야 할까…….

그림이 절망적일 만큼 서툴러서 추상화를 보는 기분이었다.

"어어."

나는 헛기침을 했다.

"이미지 사진을 첨부하는 게 알기 쉽지 않을까?"

"그런 사진이 어디 있는데. 그리고 조심스럽게 말할 필요 없어. 그림 못 그리는 건 내가 제일 잘 아니까. 그림은 진짜 어릴 때부터 발전이 없더라."

"스스로 알고 있다니 정말 다행이야."

진심으로 마음이 놓였다. 아스카는 스케치북을 팔랑팔랑 넘겼다.

"네가 다시 그려주면 좋겠다. 넌 그림 잘 그리니까 디자인 그림도 보고 싶어."

"아, 나 인물은 못 그려. 배경은 그림이라기보다 제도랑 느낌이 비슷하니까 계산해서 그리는 거고."

하지만 이걸 이사부로에게 보여줘도 이해하지 못할 것이다. 어떻게 할지 고민하며 집을 무심히 둘러보다가 단순한 질문을 했다.

"좀 뜬금없는 얘긴데, 집은 전혀 스팀펑크가 아니네? 톱니바퀴나 철 같은 게 잔뜩 있을 줄 알았어."

아스카는 그 말을 듣자마자 일어서서 내 손목을 살며시 잡았다. 그러고는 집 안쪽으로 데리고 가더니 내 방과 같은 위치에 있는 미닫이를 열었다. 그곳을 본 나는 입을 쩍 벌렸다.

연지색, 갈색과 앤티크 코발트가 뒤섞인 완벽한 빅토리아 시대가 펼쳐졌다. 나는 이끄는 대로 방에 들어갔다. 벽에는 식물이 연속해서 그려진 다마스크 스타일 벽지를 붙였고, 벽 한 면에 색색의 나비 표본함이 걸려 있었다. 고풍스러운 조각이 새겨진 책장에는 외국 서적이 잔뜩 꽂혀 있었고, 책상 주변에는 동물 골격 표본이 놓여 있었다. 이 방이 원래는 세 평짜리 검소한 일본식 방이었다고 생각할 사람은 없을 것이다. 시영단지의 미닫이문 너머는 완전히 다른 차원이었다. 방을 둘러보던 나는 어지러워졌다.

"대단하다. 희귀한 나비 표본 같은 건 어디서 이만큼이나 모았어? 오래된 것도 있는데 돈이 많이 들었겠다."

"도서관 도감을 컬러 복사했어."

"말도 안 돼. 진짜처럼 보이는데?"

나는 장식된 표본함에 다가갔다.

"복사한 걸 잘라서 질감을 내려고 색을 미묘하게 해주는 우레탄 니스를 뿌렸지. 그리고 입체적으로 보이려고 접어서 표본처럼 바늘을 꽂았어. 오래되어 보이는 건 라벨 때문이야. 인스턴트커피로 물들여서 열화했거든."

"오오. 이 뼈는? 이것도 가짜야?"

아무리 봐도 진짜 같다. 아스카는 중후한 책상에 놓인 동물 다리 같은 골격 표본을 들어 보였다.

"이건 슈퍼에서 팔던 돼지 다리야. 몇 시간 삶아서 살을 벗기고 매니큐어 세정제에 담가 지방을 제거했어. 그리고 흩어진 뼈를 과산화수소수에 네 시간쯤 담가두면 색감이 딱 적당해져. 탈색 시간을 안 지키면 퍼석퍼석 부서지지만."

아스카는 전문가처럼 능숙하게 설명했다.

"야마모토 판금의 할아버지한테 가는 드릴로 뼈에 구멍을 뚫어달라고 했어. 그걸 철사로 연결해서 조립했고. 다리에만 뼈가 서른 개 이상 있지. 고고학자가 된 기분이었어."

"이야, 허투루 하는 게 없구나. 그런데 이것도 스팀펑크야? 수레바퀴나 철도 없고 그냥 수집가 같은데."

"맞아, 이 방은 분더캄머wunderkammer야. 다시 말해서 진귀한 물품을 모은 컬렉션 룸이지. 빅토리아 시대에 왕후, 귀족이나 호상 같은 부자 사이에서 기묘한 것을 모아 손님에게 선보이는 것이 유행했어. 그게 오늘날 박물관의 시초야. 대영박물관도 원래는 한스 슬론 경의 개인 컬렉션이었어."

단순히 진귀한 것을 모으는 것이 아니라 당시에도 독자적

인 세계를 구축해 서로 지식욕을 자극했다는 소리구나. 스팀
펑크라는 장르는 겉만 번지르르하지 않고 다방면에 뿌리를
내리고 있었다. 그것을 속속들이 이해하는 아스카는 보통이
아니다.

나는 완전히 빠져들었다. 지금 당장 행동하고 싶었다. 나
는 아스카를 바라보았다.

"지금 우리 집에 가자."

"왜?"

곧바로 질문이 돌아왔다.

"미키가 그린 디자인 그림, 엄마한테 다시 그려달라고 부
탁해보려고."

"말도 안 돼! 쓰다 선생님한테? 그분은 프로 만화가야. 무
슨 소리야!"

아스카가 발을 쿵쿵 울리며 목소리를 높였다.

"선생님 소리를 들을 만한 만화가는 아니지만. 어쨌든 원
고에 쫓겨 살기가 가득하니까 쫓겨날 것을 각오하고 부탁해
보자."

시차를 두고 10분 후에 오라는 말을 남기고 나는 집으로
돌아갔다.

현관문을 여는 것과 동시에 정면에 보이는 미닫이문이 힘
차게 열렸다. 눈빛이 완전히 나간 엄마는 조금 전과 달리 불길

한 미소를 짓고 있었다. 앞머리를 올린 머리띠에 연필을 끼워 넣었다. 익숙한 광경이지만 늘 안 좋은 예감을 자극한다.

"어서 와, 일찍 왔네? 들어봐. 편집부에 팩스로 보낸 콘티, 아쿠아가 나간 직후에 오케이받았어. 아아, 정말 다행이야. 곧바로 펜 터치에 들어갔지. 어디까지나 참고 삼아서 묻는데 지금 한가하니?"

"안 한가해. 나도 할 일이 이것저것 있다고. 이번 달은 아직 날짜도 남았으니까 어시스턴트는 필요 없잖아."

"그게 말이야. 일이 한꺼번에 들어오는 바람에 옴짝달싹 못해서 곤란해. 만화로 된 카바레 광고라든가."

"그러니까 왜 일이라면 죄다 받는 건데. 물리적으로 무리라고 생각하면 거절하라고."

"네 말이 맞는데, 이번만 이렇게 부탁할게. 엄마 일생일대의 부탁이야!"

엄마에게 일생일대의 부탁이란 그냥 수식어일 뿐이다. 이 사부로 양복점 도안을 얼른 완성하고 설치하기 위해 준비할 것이 많다. 여기서 계속 밀리면 코르 발레네의 진정한 매력을 발휘하지 못한다.

손과 저지 옷에 하얀 수정액을 묻힌 엄마는 아들을 어떻게든 설득하려고 말을 늘어놓았다. 그때 갑자기 현관문이 열리고 아스카가 들어왔다.

"누, 누구야?"

엄마가 놀라 눈을 휘둥그렇게 뜨고는 경계하며 뒤로 물러났다.

"실례합니다. 쓰다 선생님, 오랜만이에요. 저번에는 피가 되고 살이 되는 조언을 해주셔서 감사했습니다."

"어, 조언?"

어미를 높이며 엄마는 아스카를 빤히 살펴보았다.

"아아, 그래. B동에 사는 마나베 여사 도전자구나. 펑크 차림이 아니어서 못 알아봤어. 무슨 일이니? 혹시 들켰어?"

아스카는 신발을 벗고 올라와 엄마 눈앞에서 고개를 푹 숙였다.

"오늘은 바쁘신데 실례합니다. 많이 부족하지만 부디 잘 부탁드립니다."

"응? 이번엔 또 뭐야? 신부 소개야?"

"무슨 헛소리야."

나는 아스카의 스케치북을 빼앗아 책상 위에 펼쳐놓았다.

"원고 때문에 바쁜데 정말 미안해. 이 그림을 다시 그려줬으면 좋겠어. 연필로 그려도 되니까 지금 당장 해줄 수 있을까?"

엄마는 의아한 표정으로 우리를 보다가 스케치북으로 시선을 떨어뜨렸다. 사람 모습이라는 것을 간신히 알아볼 수준인 평면 그림을 한동안 바라보더니 머리띠에서 연필을 천천히 빼 여백에 인물을 그렸다. 아스카가 그린 그림을 보고 어떻게 그런 해석을 하는지 모르겠지만, 엄마는 고민하지 않고 연필을 움직였다.

역시 프로다. 나는 흥분해서 얼굴이 새빨개진 아스카와 시선을 주고받았다. 의도한 포인트를 정확하게 잡아내고, 세세한 실루엣까지 연결해서 다시 그리는 모습은 압권이었다. 그림이 점점 생생해지더니 곧 생명이 움텄다.

"이게 뭐니? 학교 숙제야? 그럼 직접 해야지."

엄마는 순식간에 한 장을 다 그리고는 시선을 들어 고개를 갸웃거렸다. 이사부로 양복점에서 코르 발레네를 판다는 사실은 엄마도 알지만, 그 기획에 아들이 발을 푹 담근 것까지는 모른다. 나는 지금 내게 벌어진 일을 설명하기로 했다. 양복점 노인이 코르셋 가게를 내려고 하는 것, 에버렛 자포니즘이라는 평행 세계에 대해, 기획과 디자인을 짜내는 중이며 마지막으로 이사부로가 우리를 신뢰하는 것까지.

엄마는 끼어들지 않고 귀를 기울이며 아스카의 스케치북을 팔랑팔랑 넘겼다. 디자인 그림을 쭉 확인하더니 좀처럼 보여주지 않는 부드러운 미소를 지었다.

"십대 시절에는 어느 날 갑자기 황당하고 재미있는 일이 생긴다니까. 나도 그랬어. 일상이 뒤집힐 정도로 강렬해서 매일 거기에 중심을 두고 살았지. 그리고 그런 반짝임이 계속 이어질 줄 알았어."

아주 잠깐 엄마의 표정이 흐려졌다. 하지만 곧 뻔뻔한 미소를 지었다.

"좋아, 보호자니까 청춘의 한 페이지에 협력해줘야지. 그리고 거기, 애."

엄마가 아스카를 바라보았다.

"손재주는 있니?"

"네. 그림은 완전히 젬병이지만 재주는 있다고 자신해요."

"좋아. 그럼 지금부터 미키 아스카를 어시스턴트로 임명할게."

"아니, 잠깐만."

나는 두 사람의 대화에 끼어들었다.

"무슨 말도 안 되는 소리야. 내 동급생한테 왜 어시스턴트를 시켜. 만화 내용을 좀 생각하라고. 내가 부끄럽잖아."

그러자 옆에서 아스카가 말했다.

"부끄러울 것 하나도 없어. 나는 예전부터 쓰다 선생님의 팬이었으니까, 이런 영광은 또 없어. 그리고 기브 앤드 테이크는 상식이잖아. 당연한 요구야."

"말도 잘하고."

엄마가 즐겁게 고개를 끄덕였다.

"이 스케치북 속 그림은 내가 전부 책임지고 맡겠어. 최고급으로 완성하겠다고 약속해. 그 대신 원고료는 젊은 몸으로 지급하도록."

이게 무슨 보호자로서 협력이야. 나는 양손으로 얼굴을 비볐다. 아스카는 완전히 의욕이 넘쳐서 업무 내용부터 확인하려고 했다. 당장 원고를 가지러 가려는 엄마를 내가 막았다.

"나도 조건이 있어. 미키는 지우개질이랑 먹칠, 그리고 톤만 붙이는 거야. 원고는 내가 살펴봐서 괜찮은 것만 줄 거고. 그리고 미키가 어시스턴트 일을 하는 건 이번 딱 한 번만이야. 반론은 듣지 않겠어."

"오케이, 알았어. 둘 다 고마워. 정말 기쁘다."

엄마가 생긋 웃으며 나와 아스카의 머리를 쓰다듬었다.

2

이사부로 씨는 아까부터 내가 그린 가게 레이아웃 도안을 살펴보고 있었다. 금테 안경을 이마로 올리고, 미간에 깊은 주름을 잡고 꼼짝도 하지 않았다. 작업실 재봉틀에 전등을 켜놓았고, 꿰매던 옷감을 노루발에 끼워두었다. 나는 이사부로 옆에 서서 심판을 기다리며 긴장해서 몸을 굳히고 있었다.

어제는 만화 어시스턴트 작업에 몰두했고, 저녁을 먹고 아스카를 돌려보낸 후에도 정신없이 배경을 그렸다. 그리고 늦은 밤까지 가게 도안을 옮겨 그렸는데, 엄마는 수십 장이나 되는 디자인 그림을 완성하느라 아침까지 일한 모양이다. 색까지 칠한 혼신의 역작으로, 이때만큼은 프로의 저력에 솔직히 감탄했다. 나는 완성된 스케치북을 먼저 아스카에게 건네고 그 길로 이사부로 양복점에 왔다.

"학생이 그린 것 같지 않구나."

이사부로 씨의 쉰 목소리에 나는 침을 꿀꺽 삼켰다.

"어중간한 감각으로 그린 게 아니야. 그림에서 숫자가 느껴져. 치밀하고 꼼꼼해. 너, 숫자에 강하지?"

"이공계를 좋아해요. 답이 딱 떨어지니까."

"과연. 이 역할을 하겠다고 나선 이유가 있었군."

"그럼 이대로 진행해도 될까요?"

"그건 아직 몰라."

이사부로 씨는 단칼에 대답하고 노트를 재단대에 올려놓은 다음 하얀 수염을 만졌다.

"나는 원래 공간을 만들거나 상상하는 회로가 없어. 모호한 이미지는 잘 모르니까 착실한 방법만 떠올렸지. 손님을 끌어들이려면 화려한 깃발과 네온 간판, 그리고 오색 인쇄 광고지와 애드벌룬."

"애, 애드벌룬이 착실한 방법인가요……."

"바바초에 있는 마쓰이 간판집에서도 추천했어. 어렵지 않게 시선을 모을 수 있으니까 불경기인 요즘 시대에 딱 맞는다고. 광고지를 신문에 넣는 비용도 들지 않고."

나는 어색하게 웃을 뿐이었다. 생각이 수십 년 전에 완전히 머물러 있는 수준인데, 이 마을에서는 실제로 종종 보이니까 문제다. 이사부로 씨는 리뉴얼에 맞춰 가게를 형광등으로 최대한 밝히고 외벽에는 심벌 컬러인 녹색을 칠하려고 했다. 간판도 주문하겠다고 했는데, 설마 술집 같은 네온 간판을 생각했을 줄이야. 큰일 날 뻔했다. 그랬다가는 코르 발레네가 돋보이기는커녕 현란한 네온과 뒤섞여 외설물로 보일 가능성까지 있다.

지금이 고비다. 나는 모든 것을 쏟아부어 이사부로 씨의 고정관념을 깨부수겠다고 다짐했다.

"가게 콘셉트는 에버렛 자포니즘이지만, 손님이 들어오기 편한 분위기를 내는 게 중요해요. 너무 요란하게 홍보하지 않고 앞을 지나가다가 흥미를 느끼게 하는 거죠. 안에 들어와 잠깐 구경하고 싶은 마음에 들게요."

"누구든 흥미쯤은 갖겠지. 네가 그린 이 그림 같은 진기한 가게라면 더 그래. 어디를 가든 이런 건 없으니까."

"네, 그게 이사부로 양복점의 개성이에요. 진기하지만 아름답고 완전한 오리지널이요. 코르 발레네가 그 대명사고요."

내가 딱 잘라 말하자 이사부로 씨가 안경 너머로 내 눈을 들여다보았다.

"쇼윈도에 내놓을 코디는 이미지가 강렬한 것으로 하려고요. 그걸 자주 바꾸면 '오늘은 뭘 장식했을까?' 하고 사람들이 발걸음을 옮기게 할 계기가 될 거예요. 사고 말고는 다른 문제이고 이쪽 세계로 끌어들이는 거죠."

"거기에는 나도 동의한다. 그런데 왜 가게에 소파를 두려고 하지? 일반적인 가게라면 옷걸이나 선반에 상품을 쭉 늘어놓잖아. 틈이 없을 만큼."

이사부로 씨는 내가 그린 도안을 지적했다.

"와서 대화를 나눌 수 있다는 점을 어필하고 싶어요. 즉, 누구든 거절하지 않을 테니 오래 머물러도 된다는 메시지죠. 상품은 연출을 겸해서 전부 보디에 입힐 생각이에요. 이사부로 씨 댁 창고에 오래되어 수선한 보디가 여러 개 있었죠. 그거 진짜 멋있어요."

"멋있다고? 네 미적 감각은 대체 어떻게 된 거냐."

이사부로 씨가 말도 안 된다는 듯 괴이한 표정을 지었지만, 나는 인테리어에 이용할 가구나 소품을 마을을 돌며 구하겠다는 뜻을 전했다. 이사부로 씨는 다시 도안을 응시한 채 팔짱을 끼고 한참이나 생각에 잠겼다. 코르 발레네에 대해서는 그와 내 의견이 거의 일치하지만 인테리어는 정반대인 듯했다. 그래도 그의 마음을 이해하지 못하는 것은 아니다. 이왕 개장한다면 낡은 것은 모조리 버리고 밝게 만들고 싶다고 생각하는 것이 당연하다. 웨더링weathering, 이른바 일부러 더럽힌다는 것을 이사부로 씨의 미의식으로는 이해하지 못한다.

나는 이어질 노인의 말을 기다렸다. 만약 거절하더라도 어떻게든 설득할 방법을 생각했다. 타협해서 절충안을 찾기도 싫었다. 지금은 절대로 뜻을 꺾을 수 없다.

우리는 한동안 말없이 기 싸움을 했는데, 갑자기 이사부로 씨가 노트를 덮고 내게 돌려주었다.

"마음대로 해라."

"아니, 자포자기하시면 곤란한데요……."

"자포자기가 아니야. 네 제안에는 이해하지 못하는 면도 많지만, 그래도 믿고 맡기겠다는 거야. 코르 발레네에 관련해서는 처음부터 네 의견이 옳다고 생각했고. 그러니까 이것 역시 잘못되지 않았겠지."

이사부로 씨는 금테 안경을 벗은 다음 까만 카디건 소매를 걷었다.

"그리고 혁명을 일으키려는 순간에 새로운 감각을 부정하는 것도 이상해. 사람을 믿긴 어렵다만 신기하게도 너는 믿을 수 있구나."

온몸에 소름이 쫙 돋았다. 누구도 나에게 이런 말을 해준 적이 없다.

"그리고 말이다. 너는 네 능력을 너무 과소평가해. 내가 보기에는 재능으로 똘똘 뭉쳤어. 그걸 알아차리지 못하고 네가 너 자신을 망치는 짓만은 하지 마라. 앞으로도 계속."

"아, 네!"

나는 목소리를 뒤집으며 대답했다. 조금만 더 들었다가는 울 것 같았다. 감정의 파도에 휩쓸리지 않으려고 의욕에 맡겨 도화선에 불을 댕겼다.

"이사부로 씨, 중요한 질문이 있어요."

"뭐냐."

"신사복 전문가인 이사부로 씨가 왜 코르 발레네를 만들기로 하셨나요?"

노인은 움찔하며 동작을 멈췄지만, 다시 안경을 걸치고 아무렇지 않은 척했다. 처음 만나서부터 지금까지 이 본질적인 질문은 대답을 듣지 못했다. 참견하지 않길 바라는 것은 알지만, 이사부로 씨의 동기를 알고 싶었다. 단순한 흥미가 아니라 이사부로 양복점의 본성을 공유하고 싶었다.

이사부로 씨는 꿰매던 옷감을 가만히 바라보다가 한숨을 내쉬고 천천히 일어났다. 그러고는 따라오라고 눈짓을 보냈다. 이사부로 씨는 작업실을 나와 어둑어둑한 복도를 지나서 부엌 맞은편 미닫이문을 열었다. 순간 향냄새가 확 풍겼다. 그곳은 세 평짜리 다다미방으로, 위패를 모신 곳이었다. 삭막한 벽에 문이 열린 불단이 있었고, 큼지막한 흰 국화가 놓여 있었다. 격자 창문을 넘어 해가 들어와 다다미에 격자무늬 그림자가 드리웠다.

이사부로 씨는 불단 앞에 책상다리를 하고 앉아서 나를 보았다.

"서 있지 말고 앉아라."

나는 미끄러지듯 안으로 들어가 노인 옆에 무릎을 꿇고 앉았다. 긴 계명이 새겨진 위패 옆에는 얼굴이 동그란 할머니가 환하게 웃고 있었다. 이분이 이사부로 씨의 부인……. 나는 홀린 듯 사진을 바라보았다. 백발을 파마해서 짧게 정돈했고 분위기가 아주 사랑스러웠다. 이 동네 사람 모두가 이분의 명랑함을 그리워하듯 사진 너머로도 구김살 없는 태도가 느껴졌다. 늘 무뚝뚝한 이사부로 씨 옆에서 웃었을 모습을 상상하자 가슴이 꽉 조여들었다.

"아내는 예전부터 사교적이고 주변에 적을 만들지 않는 사람이었어."

이사부로 씨는 아내 사진을 보며 입을 열었다.

"사람 사귀기 싫어하는 나 대신 밖으로 나가 여기저기 얼굴을 비쳤지. 여기에서 장사를 한 것도 사토코 덕분이야. 나

혼자서는 무리였어."

이사부로 씨는 사진을 바라보며 담담하게 말했다.

"눈이 오는 추운 날에 사토코가 마을 모임을 마치고 돌아오다가 넘어져서 다쳤어. 허리뼈 압박골절과 왼쪽 손목 골절, 그리고 넓적다리뼈 골절이었지."

"크게 다치셨네요."

"응. 곧바로 수술해서 한동안 누워 지냈지만, 다행히 목숨에는 지장이 없었어. 사진관 할멈처럼 재활만 하면 원래대로 돌아올 수 있었어."

이사부로 씨는 시든 국화의 하얀 꽃잎을 모아 구석의 작은 쓰레기통에 버렸다.

"병원에서 퇴원한 후 지인들이 문지방이 닳도록 문병을 왔어. 문병이 목적이 아니라 구경하러 온 인간도 많았지. 얼마나 약해졌는지, 인상이 달라졌는지, 앞날이 얼마나 남았는지, 치매가 시작됐는지. 하하, 다 노인들이니 자기한테도 닥칠 일이라고 생각했을 테니까 좋은 조사 대상이었지."

"조사 대상이라니."

"결국 그런 눈으로 보게 돼. 사토코는 골다공증도 있어서 회복이 늦었고, 게다가 넓적다리뼈를 다치면 걷기도 힘들어. 나는 완치해서 걸을 때까지 기다리는 건 시간 낭비라고 생각했어. 사람과 만나는 걸 제일 좋아하고 남을 돕는 것이 보람인

사람이라면 밖에 나가야 하잖아?"

이사부로 씨는 대답하지 못할 질문을 던지고 짧게 한숨을 쉬었다.

"나는 전동 시니어 카를 빌려서 나가고 싶으면 얼마든지 나가라고 했지. 그런데 아들놈이 반대하더구나. 위험하다며 난리를 쳤지만, 본심은 꼴불견이니까 싫다는 거였지."

"꼴불견이요?"

"응. 양복점 할멈이 저런 꼴이 되었다, 같은 심술궂은 시선을 받을 테고, 그렇게까지 해서 사방에 고개를 내밀어도 의미가 없거니와 우스꽝스럽다고 했어. 그 소리를 들은 후부터 사토코는 밖에 나가고 싶다는 소리는 입도 벙긋하지 않았고, 사람과도 만나지 않았어."

어떤 표정을 지어야 할지 모르겠다. 이사부로의 마음을 아플 정도로 이해했고, 아들 다이치의 심정도 이해가 갔다. 아들은 어머니를 꼴불견이라고 생각한 것이 아니라 세상의 악의나 조롱에서 지키려고 한 것 아닐까? 차분하게 재활해 완치하는 것을 가장 중요하게 생각하지 않았을까? 아마 이사부로도 이런 것쯤은 잘 알 것이다. 그런데도 여전히 마음 둘 곳을 찾지 못한 것이 아닐까.

"사토코는 점점 약해졌고, 결국 감기가 폐렴으로 발전했어. 그로부터 2주가 지나 죽었지."

이사부로는 그렇게 말하더니 벌떡 일어나 방 모퉁이에 있는 등나무 서랍을 열었다. 거기에서 꺼내 보여준 것은 하얀 의료용 코르셋이었다. 직선적이고 무기질적인 코르셋에 연분홍색 실로 벚꽃 자수가 놓여 있었다. 나는 놀라서 이사부로를 보았다.

"허리를 고정하라고 의사가 준 코르셋이야. 아내는 자수나 코바늘 같은 섬세한 바느질을 좋아했지. 하지만 손목이 부러져서 그것조차 못하게 됐어."

그렇게 설명하며 이사부로는 다시 내 옆에 책상다리를 하고 앉았다. 들고 온 의료용 코르셋 여러 벌을 다다미에 놓았다. 나는 널빤지 같은 그물 코르셋을 조심스럽게 들어 하나씩 살폈다. 동백, 민들레, 도라지, 나비, 가련한 여러 모티브가 둔탁한 코르셋에 빛을 비쳤다. 농담으로라도 솜씨가 좋다고 할 순 없다. 그러나 이사부로가 옷감이라고 부를 수도 없는 딱딱한 바탕에 한 땀 한 땀 실을 꿰는 모습이 선명하게 떠올라 내 마음이 크게 일렁였다.

"이거 이사부로 씨가 수놓으신 거죠?"

옆을 보니 노인이 아아, 하고 고개를 끄덕였다.

"의료용은 뭐든 운치가 하나도 없어. 의료와 합리성만 추구하니까 당연하겠지만. 하지만 이렇게 체온이 느껴지지 않는 건 자기도 모르는 사이에 살아갈 에너지를 빼앗아. 아내를 보면서 그렇게 생각했어. 몸에 걸친 것이 더 우울하게 만들었다고."

이사부로는 의료용 코르셋을 한 장 들고는 자조적으로 웃었다.

"정말 형편없군. 나는 자수를 한 번도 해본 적이 없으니까 어린애 공작 수준이야. 그래도 이런 거라도, 어설프게 흉내 내 자수를 놓은 코르셋이라도 사토코에게 주니 기뻐하며 웃더군. 얼른 입고 싶다면서."

노인은 아내의 사진을 바라보며 괴롭게 눈을 찌푸렸다. 이 것이 코르 발레네의 원점……. 내가 지금까지 품었던 이사부로의 인상이 하나둘 바뀌었다. 이 세상과 폐쇄적인 마을에 짜증이 나서 억누르지 못할 반발심을 여성 속옷으로 표현한 것일까, 내심 이렇게 생각했다. 코르셋은 보수적인 세상을 뒤집기에 적합한 아이템이고, 실제로 이사부로도 그렇게 굴었다. 그러나 고집으로 무장한 것은 내면을 숨기기 위해서다. 아내에 대한 사랑을 상품에 담아 전하고 있다.

이사부로는 솜털 같은 백발을 쓸며 헛기침을 하고 다시 말을 이었다.

"가장 처음에 가게에 내건 코르 발레네는 사토코가 다치기 전에 자수를 놓은 옷감을 써서 만들었어. 니들 레이스도."

"무염색 은방울꽃이요?"

"그래. 너는 그걸 곧바로 알아차렸지. 내가 자수를 놓은 장미 코르셋을 보고 본체와 질이 차이 나는 서민의 수예 같다고 말했어."

"저어, 그건 부조화를 노려서 참신하다는 의미였는데……."

이사부로는 손을 내저어 내 변명을 막았다.

"그 말을 듣고 눈이 번쩍 뜨였어. 수십 년 만에 진지해졌다고 해도 과장이 아니야. 처음에는 의료용에서 비롯된 코르셋을 생각했는데, 너를 보다 보니 복식이라는 관점에서 봐도 재미있겠다는 생각이 들었지. 그리고 지금은 가게 부활을 꿈꾸고 있어. 아내를 애도하려고 시작했는데, 이제는 내 야망이 됐어. 그런 거란다. 알겠지?"

"네? 아아, 네."

이사부로는 불단의 종을 크게 한 번 울리고 일어나 방을 나갔다. 나는 허둥지둥 향을 피우고 영정에 합장하고서 노인을 쫓아갔다. 내 욕심을 말하자면, 이사부로가 염치없고 괄괄하고 교활한 면모만 보여주기를 바랐다. 내 앞에 서서 강인하게 끌어주기를 바랐다. 그러나 그것은 안정만 추구하려는 내 망상이었다. 이사부로 역시 자신의 연약함이나 상실감과 싸우고 있다.

작업실로 돌아온 이사부로는 재봉틀 앞에 앉았다. 평소 같은 까다로운 면모를 되찾아 완벽하게 부활했다.

"아스카는 왜 안 오지? 최고의 디자인을 완성했다면서 흥분한 것 같던데."

"나중에 올 거예요. 일이 좀 있는 것 같아요."

오늘은 유게쓰산 공원에 있는 시계탑의 추를 감으러 갔을 것이다.

이사부로는 비단 태피터 같은 옷감을 들고 끝을 맞춰 재봉틀 페달을 밟았다. 순간 폭음이 공기를 전율시키며 얇은 옷감이 순식간에 노루발 아래로 빨려 들어갔다.

"가게에 쓸 교창이나 의자나 책상을 구할 가능성은 있고?"

흉기로 변한 재봉틀을 완벽하게 지배하며 이사부로가 평소와 똑같은 목소리로 물었다. 나는 재봉틀로 한 걸음 다가가 모터 소리에 눌리지 않도록 소리를 높였다.

"대부분 지금부터 찾아야 해요. 열심히 돌아다녀볼게요."

"나는 딱히 돈을 아낄 생각은 없어. 홍보 비용을 두고 구두쇠처럼 굴지도 않을 거고. 낡은 것을 모으지 말고 새로 사도 된다. 다카야마 홈센터에도 꽤 세련된 것이 있어."

그건 합판을 조립한 가구다. 우리 집에 있는 가구가 거의 다 그런 종류다. 역시 코르셋 외에 이사부로에게 주도권을 주었다가는 돌이키지 못할 것이다. 나는 가방을 어깨에 메고 외쳤다.

"일단 찾아보고요. 못 찾으면 다시 상담드릴게요."

그 말을 남기고 방에서 나와 운동화에 발을 찔러 넣었다. 그때 카키색 모자를 깊숙이 눌러쓴 아스카가 주변을 살피며 가게로 스르륵 미끄러져 들어왔다. 나는 오사와 사진관에 다녀오겠다고 전하고 한두 마디 나눈 뒤, 파카 후드를 뒤집어쓰고 교대하듯 밖으로 나갔다.

3

오사와 사진관 문을 열자 난로로 후끈 달아오른 공기가 흘러나왔다. 그와 뒤섞여 특유의 시큼한 냄새가 코를 찔렀다. 사진 현상액 냄새일까? 어려서 집 근처에 있던 사진관에서도 이런 냄새가 났다.

안녕하세요, 인사를 하며 안으로 들어갔는데, 필름이 든 진열장 옆에 누군가가 웅크리고 있었다. 초등학교 책상처럼 자그마한 받침대를 몸으로 덮듯 앉아서 뭔가 글을 쓰는 것 같았다.

"어서 오시게. 잠깐 기다려주시오."

백발을 네모지게 박박 깎은 노인은 여전히 웅크린 채였다. 알루미늄 탁상 전등의 불이 환하게 들어와 손만 밝게 두드러

졌다. 멀리서 들여다보니 문진으로 고정한 흑백사진에 가느다
란 붓으로 무언가 적느라 바빠 보였다. 그리고 마침내 고개를
든 노인을 보고 나는 움찔했다.

오른쪽 눈에 녹이 슨 단안 루페를 끼고 목에도 크기가 다
른 확대경을 몇 개나 걸고 있었다. 손목에는 네모난 유리판 같
은 것을 끈으로 동여맸고, 거기에 먹 같은 까만 연료가 칠해져
있었다.

"네가 소문의 주인공 안사림이라는 애구나? 매일같이 얘
기를 듣는다. 집사람이라면 위층 스튜디오에 있으니 안쪽 계
단으로 올라가라."

이제 본래 이름은 온데간데없었다. 노인은 오른쪽 눈에서
루페를 벗고 흰 장갑도 벗고는 마사지라도 하듯 눈 주변을 꾹
누르고 흔들었다. 이 사람이 할머니 남편이구나. 가까이에서
보는 것은 처음이다. 이사부로와 비슷한 연배일 텐데 온화해
보이는 외모여서 분위기는 완전히 정반대였다. 내가 책상을
힐끔거리는 것을 알고 오사와 할아버지가 한층 사람 좋아 보
이는 미소를 지었다.

"너, 사진에 흥미가 있니?"

"아, 네."

반사적으로 빈말을 하고 말았다. 그러자 할아버지가 표정
을 갑자기 확 바꾸더니 손목에 단 유리판을 뗐다.

"그렇다면 이야기가 빠르겠구나. 이 가게를 사주지 않겠니?"

"네?"

"이 자리에 오사와 사진관을 내고 54년간 악착같이 가게를 지켰어. 시치고산*이나 성년식 때는 가게 앞에 길게 줄이 생겼지. 번호표도 나눠주고 아침부터 밤까지 촬영했어. 결혼식이나 동창회에는 출장도 갔고. 현상하고 재단해서 대지에 붙이고 포장하고 복사하느라 잘 시간도 없이 바빴지."

할아버지는 고개를 끄덕이며 말하고 다시 사람 좋게 생글거리는 표정으로 돌아왔다.

"암실이 세 개나 있고 촬영 스튜디오도 있고 네거티브 현상기에 차광 보틀, 이젤까지, 일에 필요한 도구는 전부 있단다. 내일부터라도 가게를 열 수 있게 스피드 사진용 카메라도 같이 주마. 어떠니?"

"아니, 그렇게 얘기하셔도……. 저는 고등학생인데요."

"꿈을 이루는 데 학생이나 어른이 무슨 상관이냐. 이거다 싶은 걸 발견했을 때 하는 거야."

"그 말씀은 맞지만, 지금은 사진가가 될 꿈은 없어요. 죄송

---

* 남자아이가 세 살, 다섯 살, 여자아이가 세 살, 일곱 살이 되는 해에 성장을 축하하기 위해 신사나 절을 참배하는 행사로, 11월 15일 전후에 행함

합니다."

"그러냐……. 그렇다면 가게와 기재 말고 또 뭘 주면 되겠니?"

겉으로 보기와 달리 남의 말을 무시하는 사람인가 보다. 나는 이야기가 되풀이되지 않게 선수를 쳐서 물었다.

"저기, 이건 무슨 작업이에요?"

나는 자그마한 책상에 펼쳐진 오래된 도구들을 바라보았다. 세피아색으로 바랜 사진은 시골 마을의 신부 행렬 사진 같았다. 쓰노가쿠시*를 쓴 신부가 노파의 손을 잡고 논두렁길을 걷는 장면이었다.

오사와 할아버지는 내 얼굴을 한참이나 들여다보다가 다시 오른쪽 눈에 루페를 끼고 가느다란 대나무 붓끝을 혀로 핥았다.

"부탁을 받아서 사진을 수정하는 중이야. 오래된 사진을 복사해서 인쇄지의 접힌 자국이나 상처, 그리고 곰팡이 흔적을 지우는 거지. 이건 전쟁 전 사진이라 색이 빠져서 흐릿하잖니. 윤곽을 따라 상을 도드라지게 하는 중이야. 자연스럽게."

"우아."

나는 감탄하며 할아버지의 손놀림을 바라보았다. 아주 가

---

* 일본 전통 결혼식에서 신부가 쓰는 새하얀 비단 천

는 붓으로 초가지붕의 억새를 한 줄기 한 줄기 덧그리고 음영에 주의하며 검은색을 입혔다. 정신이 아득해질 정도로 섬세한 작업이어서 아무리 붓을 움직여도 진전이 없는 듯 보였다.

"이건 오징어 먹물을 원료로 한 안료란다."

노인은 유리판에 붓을 놀려 흑색 안료를 묻혔다.

"옛날 사진은 다 이 오징어 먹물 잉크를 쓰니까 세월이 지나면 색이 빠져서 암갈색으로 변한다. 그래서 그냥 두면 상이 사라져."

"그럼 지금 수정하시는 이 사진도 언젠가는 사라지나요?"

"수정 흔적은 사라지지. 70~80년이 지나면 다시 수정해야 한다."

데이터화하면 모든 문제가 해결될 텐데 나이가 나이니 그런 지식은 모를 것이다. 그렇게 생각했을 때, 갑자기 할아버지가 고개를 들고 웃었다. 나는 반사적으로 뒤로 물러났다. 전등빛을 받아 금니가 번쩍이고 한쪽 눈에 녹슨 루페를 끼운 모습은 매드 엔지니어처럼 박력 넘쳤다. 말라서 뼈가 툭 불거진 노인은 루페를 벗고 다시 나를 보았다.

"너, 지금 사진을 데이터화하면 간단하다고 생각했지? 늙은이라 그런 건 전혀 모른다고 짐작했고."

정곡을 찔린 나는 당황했다.

"그래. 고해상도 스캐닝으로 디지털 화상화해서 조정 레이어로 자잘한 상처를 찾아 없애면 된다. 그리고 색조를 보정하지. 16비트 모드로 변환해서 히스토그램으로 픽셀 분포를 확인해. 어느 색상의 색감이 강한지 알아보는 거야. 곱하기와 선형 번 모드를 사용하면 선의 강약도 손쉽게 정할 수 있어."

나는 놀랐다.

"어, 어어, 지식이 대단하신데요?"

"지식은 무슨, 그냥 포토샵이잖아. 컴퓨터에 다 있어."

"컴퓨터에 있으면 왜 그걸로 수정하지 않으세요? 손으로 수정하는 것보다 몇 배는 빠를 텐데?"

"하하하. 역시 젊구나."

노인은 재미있다는 듯 웃었다.

"왜 시간이 걸리는 수작업으로 고생 고생하며 수정하느냐고. 그야 돈이 되는 장사니까 그렇지."

"아, 그렇구나. 아무도 흉내 내지 못하는 특수 기술이니까 가치가 있군요."

"아니야."

오사와 할아버지는 단칼에 부정하고 탁상 스탠드를 껐다.

"노인네들은 머리가 굳은 것을 넘어 완전히 정지된 상태라 새로운 기술을 절대 받아들이지 못하는 습성이 있거든. 어리석은 놈들."

"아아, 아무리 그래도 말씀이 지나치신데요."

"지나치기는. 디지털이나 컴퓨터 따위보다 품과 시간을 들인 수작업이 뛰어나다고 믿는다고. 흥, 바닥도 대걸레로 닦으면 될 것을 손걸레질을 해야 덕망이 높다느니 하잖아?"

이해가 아주 잘 가는 비유였다.

"그것들은 정신론이라면 사족을 못 써서 고생이 눈에 보일수록 돈을 많이 내. 그러니까 나는 노인네들의 기대에 부응할 생각이야. 완벽한 수요와 공급이지. 그래도 데이터는 제대로 CD로 구워서 준다. 받는 쪽은 새 쫓는 도구로나 쓰지만."

노인이 부드럽게 웃었으나 나는 어떤 표정을 지어야 할지 판단이 안 섰다. 역시 이 할아버지는 사진 수정 기술에 자긍심을 느끼는 장인이 아니라 매드 엔지니어 쪽에 속한다. 17년 동안 이사부로를 비롯해 이런 인물과 전혀 교류하지 않고 살아온 것이 믿기지 않는다. 이 마을은 알면 알수록 지루함과는 거리가 멀었다.

"데이터화하셨으면 가게에서 디지털 프린트도 하시면 좋을 텐데……."

"그런 건 필요 없어. 요즘은 편의점에서도 저렴하고 간단하게 인쇄할 수 있으니까. 아들도 대를 잇지 않겠다고 하니 이 사진관은 나로 끝이야. 영역을 넓히는 것은 의미가 없지."

"하지만 할아버지는 컴퓨터 기술을 익히셨잖아요? 시대를 쫓아가시려고 그러신 거 아니에요?"

"에이, 아니다. 그저 기계를 좋아해서 그래. 현상기나 확대기도 직접 수리해. 저승사자가 찾아오기 전에 컴퓨터를 만나서 정말 다행이지. 매일 지루한 줄 모르겠어."

이 노인은 에버렛 자포니즘 세계에서 분명 혁명군 컴퓨터 엔지니어일 것이다. 호감 가는 외모지만 의외로 가장 피도 눈물도 없는 타입일지 모른다. 나는 비쩍 마른 할아버지를 멋대로 등장인물에 추가했다.

나는 할아버지가 말한 대로 가게 안쪽의 경사 급한 계단을 올라갔다. 이사부로의 집과 마찬가지로 깊이가 있는 구조였다. 오사와 할머니는 올라가면 바로 나오는 막다른 문을 활짝 열고 등을 굽힌 채 청소기를 돌리고 있었다.

"안녕하세요."

인사를 하며 방으로 들어가자, 손수건을 머리에 뒤집어쓴 할머니가 뒤를 돌아보았다.

"아아, 아쿠마리야. 오늘은 왔구나? 그 무서운 선생님이 심술을 부리진 않았고?"

마나베 여사가 아직도 교사인 줄 아나 보다. 할머니는 시끄러운 청소기 스위치를 끄고 머리에 쓴 손수건을 벗었다. 나는 처음 들어와본 촬영 스튜디오를 흥미진진하게 둘러보았다. 그렇게 넓진 않은데 벽에는 베이지색 스크린이 걸려 있고, 거대한 우산을 펼친 것 같은 반사판이 기둥에 고정되어 있었다.

천을 드리운 상자는 오래된 섬광 장치일까? 도구가 전부 갖춰져 있지만, 이 공간에는 피가 통하지 않았다. 카메라의 삼각대가 한 장소에 고정된 모습이 마치 소토바가 즐비하게 늘어선 무덤 같았다. 벌써 몇 년이나 이곳에서 사진을 찍지 않았을 것이다.

앞치마 차림인 할머니는 열어둔 창문을 닫으며 나를 돌아보았다.

"바깥양반이 이상한 소리 안 하던?"

"가게를 사달라고 하셨어요."

할머니는 얼굴을 찡그리고 성대하게 한숨을 내쉬었다.

"어휴, 아무한테나 그런 소리를 해대고. 지겨워 죽겠어."

"그래도 진심은 아니신 것 같던데요."

"처음 보는 사람한테는 꼭 그런 소리를 꺼낸다니까. 실없이 헛소리나 하고, 대체 무슨 생각을 하는지 모르겠어. 치매라도 왔나."

"아니요, 그건 절대 아니에요."

할머니는 "아이고" 하고 한숨을 쉬며 안쪽의 작은 나무문을 열었다. 거긴 창고일까? 힐끔 들여다봤더니, 새빨갛게 물든 방이 보여서 놀랐다.

그곳은 붉은 안전광을 켜둔 암실이었다. 한 평 반이 안 되는 좁은 방에 물건이 넘칠 듯 가득 채워져 있었다. 그러나 그곳에 있는 것이 잡동사니가 아님을 안 순간, 내 심박 수가 급격히 상승했다.

"할머니! 이거 뭐예요!"

새빨간 빛 속에서 할머니가 느릿느릿 뒤를 돌아 흥분한 나를 의아하게 올려다보았다.

"뭐라니, 촬영할 때 쓰는 소도구란다."

"소도구? 이게요? 리즈성에 있을 법한 가구잖아요! 진짜 멋있어요!"

나는 의자와 소파, 작은 사이드 테이블과 플로어 램프를 가리키며 비명을 질렀다. 얇은 의자가 아무렇게나 쌓여 있었지만, 다행히 흠집은 없었다.

"이거 밖으로 꺼내도 될까요?"

"괜찮긴 하다만 아쿠마리야, 이건 대형 쓰레기로 조만간 내놓을 것들이야. 옛날 것들이고 촌스러워서 쓸 데도 없어."

"대, 대형 쓰레기라고요? 말도 안 돼요! 옛날 것이라니요, 에버렛 자포니즘과 완벽히 일치하는 물건인데요!"

나는 떡갈나무로 보이는 무거운 의자를 암실 밖으로 끌어내고, 천으로 감싼 앤티크 체어와 곡선이 특징인 2인용 소파를 차례차례 옮겼다. 자연광 속에서 봐도 여전히 아름다웠다. 정교한 조각을 새긴 고양이 발은 투명한 적갈색으로 반짝이기까지 했다. 나는 가슴이 뛰다 못해 현기증을 느낄 정도였다.

"연한 모스그린 벨벳을 씌우다니 조금 특이하네요. 이런 의자는 사진집에서 보면 거의 다 팥색이던데."

"아, 이것도 원래는 팥색이었어. 심하게 헤져서 바깥양반이 가구점에 가지고 가서 일부러 고쳐 온 거야. 새로 사는 편이 몇 배는 쌌을 거다."

"그래도 수리해서까지 쓸 정도로 좋은 거잖아요? 이 벌룬 모양 의자도 멋있어요."

"뭐가 멋있는지 도통 모르겠네."

나는 카펫이 깔린 바닥에 무릎을 대고 활처럼 완만하게 휜 의자의 앞다리를 만졌다. 따뜻한 느낌으로 보아 호두나무일까? 다리에서 등받이까지 완벽하게 계산된 곡선으로 이루어졌다. 분명 가구 장인이 만든 것이다. 영국 성에서 흔히 보는 고전적인 디자인이었다. 할머니는 바쁘게 의자를 살펴보는 나를 이상한 듯 바라보았지만, 곧 눈을 가늘게 뜨고 웃었다.

"아쿠마리는 참 다양한 데 흥미가 있구나. 한텐 위에 입은 코르셋을 예쁘다고 하고, 오래된 의자를 대단하다고 하고."

할머니는 조금 전까지만 해도 트집을 잡던 가구를 다정한 눈빛으로 바라보았다.

"이 의자나 램프는 아주 옛날에, 사진관을 막 열었을 때 바깥양반이 훌쩍 나가서 사 온 거야. 아마 도쿄나 요코하마의 중고 가구점에서 사 왔겠지만, 하여간에 고집이 센 사람이라니까. 남들과 똑같은 건 싫다면서 일부러 낡은 걸 골라 왔어."

"할아버지는 피사체를 가장 중요하게 생각해서 소도구를 고르셨을 거예요. 이건 서양 앤티크지만 기모노에 맞추면 아주 현대적인 느낌으로 사진이 찍히거든요. 양장에도 기모노에도, 또 어떤 무늬나 연령이나 성별에도 관계없이 쓸 수 있어요. 이렇게 존재감이 있는 가구인데 주장이 강하지 않으니까 대단하죠. 프로 포토그래퍼의 시선으로 엄선하신 거예요."

만화 배경을 그릴 때 내가 가장 고려하는 점과 같다. 인물보다 튀지 않지만 작품에는 영향을 주어야 한다. 그 절묘한 균형 감각이 여기 있었다.

나는 할머니를 돌아보고 이사부로 양복점 개장 계획을 설명했다. 오사와 할아버지가 하나둘 모은 촬영용 가구는 아스카가 말한 교창과도 아주 좋은 궁합을 이룰 것이다. 꼭 빌리고 싶다고 부탁하자 할머니는 흔쾌히 승낙했다. 아까부터 자꾸만 소름이 돋는다. 갑자기 최고의 것과 만난 흥분 때문이기도 하지만, 머릿속에서 얼토당토않은 계획이 급격히 팽창했다. 나는 파카 소매를 팔꿈치까지 걷어 올렸다.

"부탁드리고 싶은 게 하나 더 있어요."

오사와 할머니는 암실에서 꺼낸 가구들을 요란하게 털었다. 그러고는 다시 창문을 활짝 열고 먼지를 내보낸 뒤, 주름진 얼굴을 내게 돌렸다.

"이번에는 무슨 부탁이니?"

"모델을 해주시면 안 될까요?"

할머니가 놀라서 진분홍색 먼지떨이를 든 채 굳었다. 나는 조금 몸을 숙여 자그마한 할머니와 눈높이를 맞췄다.

"코르셋으로 전체 코디한 사진을 할아버지께 찍어달라고 부탁드릴 생각이에요. 오사와 사진관 쇼윈도는 이사부로 양복점과 달리 건물 전면에 있어서 눈에 잘 띄어요. 지금은 커튼을 쳐놨지만, 거기에 사진을 쭉 진열하면 멋질 거예요."

"무슨 말도 안 되는 소리야."

할머니가 얼굴 앞에서 손을 팔랑팔랑 내저었다.

"사진관은 주인의 가족사진을 가게에 내걸지 않아. 게다가 이런 할망구가 분장한 사진을 액자에 끼우다니, 말도 안 되지."

"그렇지 않다니까요. 미용실 스즈코 할머니랑 가토 부인한테도 모델이 되어주십사 부탁드리려고 해요. 미키 아스카도 함께 넣어서 다양한 연령대의 다양한 코디를 선보이면 재미있지 않을까요?"

나는 진지하게 설득했다.

"할머니, 지난번에 누구보다도 하고 싶은 일을 할 권리가 있다고 말씀하셨잖아요. 꽃을 한 번 더 피우고 싶다고 하셨어요. 할머니가 코르 발레네를 얼마나 아름답다고 생각하는지 잘 알아요. 제 일생일대의 부탁이에요."

엄마의 전매특허 대사를 하며 나는 땅에 닿도록 고개를 숙였다. 이웃과 특정 분위기를 공유할 수 있다면 에버렛 자포니즘의 전파력이 훨씬 강해진다. 어떤 설명보다 설득력이 있다. 그리고 어쩌면 개별적인 장사로 이어질지도 모른다.

살그머니 고개를 들자, 오사와 할머니가 팔짱을 끼고 입술을 꾹 깨물고 있었다. 본 적 없는 험악한 표정이어서 나는 흥분이 과해 실수했다는 생각에 허둥거렸다.

"아, 죄송해요. 너무 제멋대로 말해서……."

"아니야, 네 말은 아주 당연해. 좋아, 하자꾸나."

할머니가 허리에 손을 대고 고개를 힘차게 끄덕였다.

"스즈코 씨한테 옷 입기와 머리, 그리고 화장까지 부탁해야겠어. 이왕 하는 김에 파마도 할까? 가토 씨와 스즈코 씨의 코르셋이 완성되면 다 같이 여기서 사진을 찍어야겠다. 바깥양반이 저래 보여도 솜씨가 제법이야."

좋아, 나는 주먹을 꽉 움켜쥐었다. 그러고는 얼른 스케줄을 세워 할머니에게 말하고 이사부로 양복점으로 돌아갔다.

4

양복점에서는 이사부로와 아스카가 스케치북을 앞에 놓고

의견을 나누며 다투고 있었다. 포스트잇이 몇 개나 붙었고 작은 글자가 잔뜩 적혀 있었다. 둘 다 주장을 굽히지 않는 태도였는데, 왠지 즐거워 보였다. 아스카의 손짓에 나는 작업대로 다가갔다.

"이사부로 원수가 너희 엄마를 만나고 싶대."

나는 대답보다 먼저 신음을 뱉었다.

"왜……."

"이렇게 멋진 디자인 그림을 그려주셨는데, 왜는 무슨 왜야. 나 이거 보고 기절하는 줄 알았어. 프로가 그린 거잖아? 쓰다 선생님의 작품이잖아?"

이렇게 기뻐해주니까 좋긴 한데, 그것과 엄마를 여기에 데리고 오는 것은 다른 문제다. 대답이 궁해 입을 다물고 있자, 이사부로가 나를 힐끔 보았다.

"네 어머니는 양재를 할 줄 아시냐?"

"아니요, 바느질은 서툴러요. 엄마도 싫어한다고 했고."

"그런데 재봉을 이해하고 그린 그림이구나. 옷 구조를 모르는 사람이 그리면 대부분 보기에는 예쁘지만 봉제하지 못하는 옷이 된다. 그런데 이 그림은 전부 무리가 없어. 만드는 입장에서 이치가 맞는 그림이야."

"아, 그건 복식 관련 도감을 참고하면서 만화를 그리니까 그럴 거예요. 의상에 특히 중점을 둬서요."

이사부로는 감탄하며 스케치북을 다시 바라보았다.

"그건 좋은데 아스카의 디자인은 이해하기 어려운 점도 많아. 내가 유행에 민감하지 않은 건 인정한다만, 이렇게까지 과감해도 될까?"

그러자 아스카가 몸을 내밀고 펼쳐진 페이지를 가리켰다.

"유행이 아니라 이건 베리에이션이에요. 똑같은 형태에 옷 감이 다른 상품만 있으면 왠지 재미없고 시시하잖아요. 슈퍼에 진열된 통조림 같아서. 코디를 보여주는 것도 중요하지만, 단품의 힘도 필요하다고 생각해요. 이사부로 양복점을 표현하는 상징적인 아이템이요."

"흐음, 상징이라."

"네. 원수는 신사복 전문가니까 그 혈통을 물려받은 코르셋이 있으면 좋겠어요. 옷감은 진회색 핀스트라이프로, 테일러드 칼라에 플랩 포켓을 단 거요. 단정한 신사복 재킷이 코르셋으로 탈바꿈하다니, 엄청 기대되지 않아요?"

아스카가 눈을 빛내며 설명했다.

"기모노 옷감을 안감으로 쓰는 것도 멋있겠죠."

"그건 신사복에서 흔히 쓰는 방법이야. 차분한 양복 안감에 색을 넣거나, 일본이라면 하오리 속에 대담한 색깔의 천을 덧댄다거나. 세계적으로도 남성의 복식은 안 보이는 곳에 공을 들였지."

아스카는 고개를 끄덕이며 생각에 잠겨 엄마가 그린 그림을 응시했다.

"아이디어가 한 가지 더 있어요. 기모노와 잘 어울리는 것을 이사부로 양복점에서 제안하긴 하되 각자 산 후에는 자유롭게 입으면 좋겠어요. 캐주얼하게도 포멀하게도, 또 속옷으로 입어도 좋죠. 코르셋은 생각보다 만능이네요."

이 말에는 이사부로도 무뚝뚝하게 동의했다.

아마 나와 이사부로뿐이었다면 이 정도로 서슴없는 대화는 나누지 못했을 것이다. 아스카의 의견은 늘 생뚱맞지만 언제나 전체를 꿰뚫는다.

나는 아스카의 흥분에 기대 입을 열었다.

"일부를 대여하면 어떨까요?"

"대여?"

이사부로와 아스카가 동시에 되물었다.

"촬영에 쓰는 거예요. 이사부로 양복점이 제안한 코디를 그대로 입고 옆집 오사와 사진관에서 촬영하는 거죠. 지금 떠올린 건데, 실제로 입어보면서 또 다른 각도에서 에버렛 자포니즘을 체험할 수 있지 않을까요?"

나는 조금 전에 오사와 사진관에서 협력을 받기로 한 사실을 두 사람에게 전했다. 아스카는 대찬성이었지만 이사부로는 그다지 마음이 내키지 않는다고 대답했다. 아무래도 이웃을 끌어들이는 것이 꺼려지는 듯했다. 노인은 떨떠름한 표정으로 말했다.

"엮이는 사람이 늘어날수록 문제나 알력이 생기는 법이야."

"여럿이 참여하지 않으면 혁명이 아니에요."

내가 반박하자 이사부로는 얼른 대답하지 못하고 입을 다물었다.

"오사와 할머니는 옷 입기와 화장, 파마를 스즈코 할머니한테 부탁해서 사진을 찍겠다고 하셨어요. 억지로 협력해달라고 조른 것이 아니라 모두 즐거워하세요. 이사부로 씨가 만든 코르 발레네에 각자 마음을 담으신 거죠."

"맞아. 이웃사촌의 의리만으로 이런 건 못하지. 순수하게 마음에 들었기 때문이야. 자신의 가능성도 시험해보고 싶을 테고. 노인이든 고등학생이든 그런 마음은 다 똑같아. 물론 원수도 그렇죠?"

아스카가 평소처럼 시건방진 말을 하자, 이사부로는 안경을 벗고 양손으로 얼굴을 비볐다.

"처음 계획에서 너무 멀어졌어. 터무니없는 발상이어서 이걸 어떻게 수습해야 할지 모르겠다. 나는 계속 수동적으로 장사를 했는데, 너희는 정반대로구나. 하지만 뭐, 이대로 밀고 나가는 것도 나쁘지 않겠지."

이사부로는 다시 안경을 쓰고 의미심장하게 웃었다.

"나도 사진관에 말해두마. 할멈들 사진을 홍보 비용에 포함시켜야 하니까. 옆집 할아범은 돈에 까칠하고 뼛속까지 장사꾼이야. 독특한 사람이지."

그 점에서는 이사부로도 뒤지지 않는다. 그때 아스카가 왼손에 찬 철 조각 같은 시계를 보더니 후다닥 까만 모즈 코트를 입었다.

"죄송한데요, 꼭 해야 하는 일이 있어요. 원수, 디자인 그림은 일단 미뤄주세요. 두 시간 후에 돌아올게요."

아스카는 카키색 모자를 눌러쓰고 턱 아래까지 지퍼를 올렸다. 나도 파카 앞섶을 정리하며 이사부로에게 말했다.

"저도 잠깐 나갔다 올게요. 가게 인테리어를 정하고 싶어서요."

그러자 이사부로가 작은 서랍을 열어 봉투를 꺼내 내게 주었다.

"여기 십만 엔을 주마. 필요한 것이 있으면 여기서 써. 일일이 허락받을 필요 없으니 네가 알아서 진행해라. 부족하면 또 말하고."

"알겠습니다. 그래도 한동안 살 건 없을 거예요."

"접대하는 데 써도 된다."

"아니, 누굴 접대하는데요……."

나는 일단 봉투를 받아 가방에 넣었다. 주변을 신경 쓰며 밖으로 나왔지만, 늘 그렇듯이 일요일 같지 않게 길거리에 사람이 없었다. 나는 나중에 나온 아스카를 돌아보았다.

"다시 오사와 사진관으로 가려고. 할머니들한테 마을 정보를 들으러."

"응. 나는 시계탑에 갈 거야."

"시계탑? 갔다 온 거 아니었어?"

아스카는 고개를 움츠리고 작은 얼굴을 도리도리 옆으로 흔들었다.

"유게쓰산에 가던 도중에 마나베 여사 일당하고 마주쳤어. 맨날 단지에서 같이 다니는 조깅 아줌마."

"아, 마나베 여사의 정보원 같은 사람."

"맞아, 맞아. 그 아줌마까지 모두 세 사람이 뭉쳐서 달려와서는 아르바이트하러 가냐고 집요하게 묻는 거야. 그래서 조심하려고 상점가로 도망쳐 왔어. 시계는 추가 아래로 떨어질 때까지 아직 시간이 남았으니까."

"그럼 나도 시계탑에 같이 갈게. 망볼 사람이 필요할 거 아냐."

그러자 아스카가 나를 빤히 쳐다보았다. 지난번 사건으로 아스카가 마나베 여사를 유난히 두려워한다는 것을 알았다. 마나베 여사를 좋아하는 사람은 없겠지만, 아스카는 완전히 주눅이 들어 생각이 정지될 정도로 두려워했다. 아마 그 동료에게도 그렇지 않을까. 무슨 일이 생기면 변명도 하지 못하고 궁지에 몰릴 가능성이 있다.

아스카는 하나로 묶은 쭉 뻗은 머리를 뒤로 넘겼다.

"그럼 사양하지 않고 보디가드를 부탁할게. 여기서부터 유게쓰산까지 뒷골목을 지나서 갈 거니까 뒤처지지 마."

아스카는 모자를 다시 쓰고 마치 병사처럼 용감한 표정으로 달려갔다.

유게쓰산 공원에 도착한 나는 산 정상에 서 있는 시계탑을 올려다보았다. 거친 북풍이 낡은 목조탑을 매정하게 후려쳤다. 높이는 10미터 이상일까. 길고 가는 각뿔대 탑 사면에 문자판이 있고, 거뭇거뭇 그을음이 낀 미늘판 벽 건물이었다. 바로 옆 오두막과 하나로 이어졌나 보다. 시계탑을 세운 연대나 경위를 자세하게 설명한 간판이 있지만, 흥미를 보이는 사람은 분명 없을 것이다.

땀을 흘린 몸이 급격히 식어 파카 앞섶을 여몄다. 그리고 출입구 사슬을 넘는 아스카에게 말을 걸었다.

"내가 여기서 지키고 있을 테니까 미키는 일하고 와."

"응, 그래도 이제 괜찮아. 너는 가도 돼. 일부러 같이 와줘서 고마워. 보디가드가 있어서 든든했어."

"어? 아, 뭐. 응."

나는 웅얼웅얼 말을 더듬었다. 아스카의 솔직한 말을 들으면 늘 부끄러움이 앞서 제대로 대꾸하지 못하겠다. 아스카는 나를 보고 고개를 갸우뚱했다.

"아니면 안에 같이 들어갈래? 여기 오랜만에 오지?"

"그러면 둘이 같이 나오다가 누군가와 딱 마주칠 가능성도 있잖아."

"여기까지 왔으니까 이제 괜찮아. 이때까지 이런 곳에 오는 사람은 기껏해야 초등학생뿐이었거든. 중심가만 클리어하면 승리야."

나는 피식 웃었다. 이런 일을 일주일에 한 번씩 하다니 대단한 사람이다.

아스카는 낡은 열쇠를 시계탑 문에 밀어 넣고 "요령이 있어"라고 말하며 천천히 오른쪽으로 돌렸다. 묵직한 소리를 내며 봉인이 풀리고, 나무문이 삐걱삐걱 열렸다. 안은 빨려 들어갈 것처럼 어두웠다. 아스카의 뒤를 따라 건물로 들어가자, 그녀가 곧바로 문을 잠그고 손으로 더듬어 불을 켰다.

은은한 주황색 백열전구가 시계탑 내부를 희미하게 밝혔다. 목재와 곰팡이와 기계 기름 냄새가 공기 속에 가득했고, 규칙적으로 시각을 알리는 톱니바퀴 소리가 크게 울렸다.

나는 비좁은 공간을 둘러보았다. 이곳은 창고로 쓰는지 공구와 로프, 시멘트 봉지 따위가 굴러다녔다. 아스카는 벽에 걸린 바인더를 들고 일자와 시간을 써넣은 뒤 짐을 내려놓았다.

"그럼 시작할까?"

아스카는 그렇게 말하고 카키색 모자를 벗어 하나로 묶은 머리카락을 재빨리 정리했다. 모자챙을 뒤로 돌려 머리카락을 전부 쓸어 넣어 다시 썼다.

"쓰다, 그 파카 벗을래? 후드가 어딘가에 걸리면 위험하니까. 운동화 끈도 안으로 넣어. 톱니바퀴에 휩쓸렸다가는 끝장이야."

"잠깐만. 그렇게 위험해?"

"위험은 사람이 만드는 거야. 뭐든지 다 그래. 그래도 채플린 영화처럼 톱니바퀴 안으로 들어가는 건 아니니까 안심해."

아스카는 모즈 코트를 벗고 가방에서 꺼낸 손전등을 켜서 머리에 달았다. 프릴 달린 블라우스 위에 트위드 조끼를 입고 아래는 같은 재질의 반바지에 새까만 무릎 양말. 신발은 늘 신고 다니는 투박한 엔지니어 부츠다. 마을에서는 튀는 이 차림도 이곳에서는 전혀 어색하지 않았다.

아스카는 먼지를 뒤집어쓴 책상 서랍을 열어 안에서 장갑을 꺼내 내게 주었다.

"자, 가자."

나는 가방을 내려놓고 파카를 벗어 던진 뒤 아스카의 뒤를 따라갔다. 경사가 급한 나무 계단은 발을 올릴 때마다 삐걱거리고 발판이 쑥 빠질 것처럼 불안했다. 몸을 웅크리고 다 올라가자 막다른 곳에 비좁은 계단참이 있었다. 아스카는 부엌문처럼 작은 미닫이문을 열었다.

"여기서부터는 사다리야. 4층 높이를 올라가."

아스카가 머리에 단 작은 손전등만이 진행 방향을 똑바로 비췄다. 불쑥 튀어나온 와이어나 로프가 몇 개쯤 걸려 있는데, 그 너머는 전혀 보이지 않았다. 나는 조심스럽게 아래를 보았다. 그러나 칠흑 같은 어둠이 펼쳐질 뿐이어서 높이를 전혀 가늠할 수 없었다. 신기하게도 무섭지는 않았다.

"대단한 곳이다."

나는 나무 사다리를 타고 오르며 말했다.

"현대 같지 않은 정도가 아니라 이 세상이 아닌 것 같아."

"그렇지? 완전히 다른 세계야."

아스카의 목소리가 위에서 내려왔다. 불어오는 바람이 목조탑을 느릿느릿 흔들었고, 그때마다 삐걱삐걱 둔탁한 소리가 났다. 아스카는 사다리 중간에 나타난 문을 열고 어두운 공간으로 들어갔다. 그리고 대들보에 걸려 있는 쇠사슬을 당겨 불을 켰다.

여기가 시계탑의 중심부인가? 나도 작은 방으로 들어가 한 평 반도 안 될 듯한 공간에 섰다. 한가운데에 중후한 금속

덩어리가 있었고, 기계를 받치는 완곡한 다리 위에 크고 작은 무수한 톱니바퀴가 복잡하게 얽혀 있었다. 와이어를 감는 핸들이 있었고, 네모나게 잘린 바닥 아래에는 거대한 톱니바퀴 너머로 진자 같은 금속이 흔들리고 있었다.

"생각보다 작네. 더 거대한 톱니바퀴가 움직이는 줄 알았는데."

"문자판 뒤는 보통 이래. 여기가 시계 중심이고 동력을 구석구석까지 보내는 곳이야. 작은 심장이 온몸에 피를 보내는 것처럼."

아스카는 나무 손잡이가 달린 철 핸들을 잡고, 빗살에 달린 잠금장치를 해제한 다음 체중을 싣고 돌리기 시작했다. 삐걱삐걱 금속이 마찰하는 소리가 들리고, 강인한 와이어가 조금씩 감겼다. 아스카는 양손으로 핸들을 붙잡고 마치 배를 젓는 것처럼 천천히 몸을 움직였다.

"추는 뭐야?"

나는 진자 구멍을 들여다보며 물었다.

"아부쿠마강의 돌 50킬로그램을 채운 상자. 이건 시곗바늘 전용이고 종은 따로 있어."

"이 시계탑에 종이 있던가? 종소리를 들은 적이 없는데."

"일할 사람이 없어서 종은 못 울려. 종 전용 추는 150킬로그램이나 되는데, 그것도 감아야 하거든. 마미야 시계방 할아버지는 사실 자원봉사 하는 거나 마찬가지인데, 관공서에서 죄다 떠맡겼어. 전문 지식이 없으면 못하는 일이 많으니까. 기름칠이나 톱니바퀴 먼지 털기 같은 거."

아스카는 숨을 헐떡이며 말했다. 나도 시계탑에 전혀 흥미가 없었던 탓에 뒤에서 이렇게 고생하는 줄은 전혀 몰랐다. 마을 사람 대부분이 나와 같겠지.

"교대할게. 이걸 한 시간 이상이나 계속하는 거지?"

"응."

아스카는 핸들에서 손을 떼고 옆으로 비켰다. 나는 손잡이를 잡고 힘을 주었다. 도르래로 무게를 가볍게 했다곤 해도 반복 동작이 제법 힘들었다. 나흘에 한 번 시곗줄을 감는다고 했는데, 상상 이상의 중노동이었다. 벌써 팔뚝 근육이 짜릿짜릿했다.

"이걸 혼자 잘도 했다. 너무 외롭고 중노동인데."

"그래? 스팀펑크 세계에서는 당연한데."

"아니, 상상 속에서는 그럴지 몰라도 갑자기 정신이 들지 않아? 대체 내가 여기서 뭐 하나 싶고."

"그런 적 없어. 나는 마을의 시간을 관장하는 워치메이커니까."

제대로 된 대답은 아니지만 어쨌든 힘들지 않나 보다. 나는 관자놀이에 흐르는 땀을 어깻죽지에 눌러 닦고 레버를 돌리며 말했다.

"졸업 후 진로는 정했어? 현실 쪽 진로."

"투쟁."

아스카는 한 단어로 대답하더니 기둥 고리에 걸린 지저분한 수건을 들어 톱니바퀴에 흐르는 호박색 기름을 닦았다.

"제네바에 1800년대에 세운 시계 학교가 있어. 가공, 수복, 제조까지 전부 배울 수 있는 본고장의 시계 기사 양성소야. 거기 가고 싶어."

"유학 간다는 거네?"

나는 무심코 아스카를 보았다.

"희망 사항이지만. 그런데 지난번 진로 지도 때 선생님이 현실적이지 않댔어. 프랑스어를 못하면 수업도 못 따라가는데, 언어가 해결되더라도 돈이 많이 들거든. 5년제 학비가 천만 엔이야. 거기에 비행기표랑 생활비를 더해야 하고, 또 수리에 쓰는 공구나 기계가 비싸. 중고라도 천만 엔 이상이야."

"금액이 장난 아니다."

나는 핸들을 돌리며 눈을 동그랗게 떴다.

"그쯤 되면 장학금으로 해결할 수도 없어. 결국 돈이 없으면 꿈도 이루지 못해. 아침부터 밤까지 일하는 아빠한테는 미안한데, 부자라면 길이 더 많이 열리는 게 사실이야. 내 생각이 잘못됐나? 담임은 나보고 꼭 그런 것만은 아니라더라."

"잘못된 건 아니야. 일하면서도 노력하면 꿈을 이룰 수 있겠지만 한계라는 게 있으니까. 낡고 좁은 단지에 살면서 시의 보조금을 받고 제일 싼 스마트폰 요금제로 근근하게 사는 신세면 역시 현실적이 될 수밖에 없지."

"그렇지? 낙천적인 생각을 하긴 힘들어. 어떻게든 되리라는 생각이 안 드는걸."

아스카는 알전구를 바라보며 크게 한숨을 내쉬었다.

"아아, 우린 고등학생인데 왜 이렇게 찌든 걸까."

내가 웃자 아스카도 따라서 웃었다. 그래도 꿈을 버리고 비굴해지지 않는 것이 아스카의 강점이다.

"슬슬 교대하자."

아스카가 블라우스 소매를 걷고 줄 감기 핸들을 잡았다.

"아직 괜찮아. 힘 조절하는 요령을 배운 것 같아."

"무리하지 마."

"무리 아니야. 이런 일은 싫어하지 않으니까."

"혹시 너, 몸 바쳐서 여자를 지켜야 한다고 생각하는 사람이야?"

"뭐?"

옆을 보는데, 아스카가 줄 감기 핸들의 끝을 붙잡고 쭉 당겼다. 그러자 수십 센티미터의 가느다란 레버가 신축봉처럼 튀어나왔다.

"옛날 사람들도 혼자서 지루하게 감기는 싫었나 봐. 둘이 같이 당길 수 있도록 이렇게 개조한 사람이 있었어."

아스카가 싱긋 웃으며 내 옆에 섰다.

"둘이서 같이 하자. 그러면 더 빨라."

아스카의 체온이 오른팔로 물씬물씬 전해져서 지금까지 얌전했던 심장이 요동치기 시작했다. 최대한 기계 쪽으로 몸을 뺐지만. 아스카와의 거리는 여전히 똑같았다. 나는 무슨 말이든 해야 한다고 혼자 허둥대며 머릿속에 떠오른 말을 늘어놓았다.

"해, 핸들을 개조했다는 건 옛날 시계 장인은 스승이랑 제자가 이렇게 했다는 뜻이네."

"그럴 리 없잖아."

아스카가 웃었다.

"이런 중노동은 당연히 아랫사람이 할 일이지."

"그런가……."

"그래도 나, 이렇게 개조한 걸 발견하고 생각했어."

아스카가 팔을 움직이며 말했다.

"아마 제자 중 한 명이 여기 연인을 데려왔을 거야. 몰래 데이트하려고. 어쩌면 신분이 달라 허락받지 못하는 사랑이었을지도 모르지. 여자가 감는 걸 돕고 싶다고 하니까 수습 시계 기사가 몰래 핸들을 개조했어. 둘이서 같이 돌리려고."

내 심장도 조금은 진정되어서 머릿속에서 그 광경을 흑백으로 재생했다. 내가 있는 이 자리에 누군가가 서서 핸들을 붙잡고 나처럼 시계의 와이어를 감는다. 북풍이 탑을 울리는 소리를 들으며 두서없는 대화를 나눴을까. 나흘에 한 번, 딱 한 시간 남짓의 밀월이다.

"그런 생각을 하니까 기분이 묘하다. 과거와 시간이 교차하는 것 같아."

"그렇지? 옛날 모습 그대로인 시계탑이니까 신비로운 힘을 발휘한다 해도 이상하지 않지. 정해진 시간에 시공간의 구멍이 열려 평행 세계로 갈 수 있는 것처럼."

아스카가 즐겁게 웃었다.

"나, 17년간 살아오면서 지금이 가장 충실해. 음험한 이 마을도 단지도 학교도 부모도 다 싫었는데, 지금은 공상으로 도망치지 않아도 되니까."

그리고 잠깐 입을 다물더니 갑자기 고개를 저었다.

"아니다. 지금은 현실이 공상의 세계를 훌쩍 뛰어넘어."

아스카는 환하게 웃으며 힘차게 내 쪽으로 돌아 맑고 깨끗한 눈으로 바라보았다. 그리고 "고마워"라고 말했다.

지금 확실히 알았다. 내가 그녀를 좋아한다는 것을. 아스카는 빙 돌아가지 않고 언제나 일직선으로, 마음까지 전해지는 말을 던진다. 단조로운 일상을 보내느라 허덕이던 나에게 또 한 가지 소중한 것이 생겼다.

5

하굣길에 하야토는 카레빵을 먹느라 바빴다. 오늘은 한겨울처럼 춥다는데, 재킷을 벗고 셔츠 소매를 걷어 올리고 이마와 목덜미에서는 땀까지 흘리고 있었다. 학교 건강검진에서 비만 예방 책자를 받았을 텐데, 매일 하는 군것질을 끊을 생각이 없나 보다.

하야토는 스포츠 음료를 마시고 다시 카레빵을 먹으며 말했다.

"그나저나 양복점 재생 계획이라니. 조금은 화제가 될지 몰라도 결국 실패해서 사라질 거야."

"갑자기 불길한 소리 하지 마."

나는 곧바로 친구를 나무랐다.

"어이, 이건 외부자의 귀중한 의견이라고. 하는 너희야 흥분했으니까 모르겠지만, 옆에서 보기에는 허술한 점이 있다니까."

"허술한 점? 예를 들어서 어떤?"

반쯤 싸움을 걸듯 묻자, 하야토는 카레빵과 페트병을 양손에 들고 피식 웃었다.

"이 시대에 가장 필요한 게 뭐라고 생각해?"

"그야 돈이지. 돈만 있으면 고민의 90퍼센트는 해결되니까."

사이를 두지 않고 바로 대답하자 친구는 기가 막힌다는 듯이 고개를 저었다.

"너 말이다, 꿈이 없는 것도 좀 정도껏 해라. 할아버지랑 여자 속옷을 만드는 주제에 왜 그것만 현실적인데."

하야토는 카레빵을 입에 욱여넣고 우물거리며 말했다. 나도 꿈이 없는 것은 알지만, 지금까지 돈 때문에 고생을 많이 했으니까 그 점에 대해서는 유난히 냉정해질 수밖에 없다.

"잘 들어."

하야토가 혈색 좋은 큼지막한 얼굴로 나를 쳐다보았다.

"이 시대에 가장 중요한 건 정보야. 정보를 제패하는 자가 모든 것을 제패해."

"뭐야, 그 소리야? 너도 끼고 싶으면 처음부터 그렇게 말해."

나는 차가운 북풍에 몸을 웅크리며 씁쓸하게 웃었다. 하야토가 정보라는 말을 꺼내는 것은 반드시 자기 특기 분야를 자랑할 때다. 즉, 컴퓨터와 전자 기기다.

하야토는 다시 페트병을 입으로 가져갔다.

"양복점 공식 사이트와 블로그, 트위터와 인스타그램을 개설하는 거야. 물론 동영상 서비스도. 이렇게 됐으니까 시골 양복점을 전 세계에 알리자고."

"그건 나도 생각했는데, 아직 그럴 단계가 아니라니까. 상품도 안 갖춰졌고 가게 인테리어도 하는 도중이라 창고 같아."

"어쨌든 그때가 오면 나한테 말해. 얼마 전에 맥을 새로 장만했거든."

"진짜? 컴퓨터 또 샀어?"

"하드웨어를 최신으로 유지하는 게 이 업계에서는 상식이야. 맥프로, 8코어 D700 그래픽 프로세서. 코드 네임은 브래드 팔콘. 나는 앞으로 미국 국방성을 해킹해서 고용되는 게 꿈이야. 사이버 범죄자로서 탁월한 두뇌와 능력을 정부에 팔 거라고."

"좀 제대로 된 꿈을 가져라. 그나저나 코드 네임 웃기다."

나는 냉정하게 말했다. 하야토의 집은 조경 회사를 운영하는 땅 부자로, 이 마을에서도 손꼽히는 자산가다. 별채에 우리 집보다 넓은 방을 만들어 몇 대나 되는 컴퓨터 기기에 둘러싸인 채 아무 불편 없이 살고 있다. 사는 세계가 전혀 다른데, 하야토는 그런 현실에 무관심하다.

나는 차가운 강풍에 더 이상 버티지 못하고 교복 재킷을 꽉 여몄다.

"어쨌든 SNS 관련해서는 나중에 상담할게. 그나저나 하야토를 오사와 사진관 할아버지랑 만나게 해주고 싶다. 여든을 넘긴 컴퓨터 마니아야."

"여든을 넘긴…… 할아버지와 친구라니 대단하다."

확실히 몇 개월 전만 해도 생각지도 못했다. 이 동네 사람들은 탐색하거나 좋아하는 악당이라고 믿고 경계하는 동시에 멸시했다. 그러나 내 피해망상일지도 모른다고 생각한 후로는 주변에 벽을 세우려는 노력이 우습게 여겨졌다. 설령 누군가에게 상처받더라도 충격에서 벗어날 수 있다.

하야토의 인터넷 무용담을 들으며 통학로를 왼쪽으로 꺾었다. 저녁 무렵의 상점가에는 장을 보는 사람이 평소보다 많았다. 이사부로 양복점 앞에는 파란색 경트럭이 세워져 있었다. 차체에 '야마모토 판금공업'이라고 적혀 있었다.

달려가서 가게를 들여다보니 새파란 작업복을 입은 체구 좋은 청년 몇 명이 움직이고 있었다. 출입구에 선 이사부로가 나를 보고 앞으로 쓱 나왔다.

"지금 집에 가는 거냐?"

"네. 옷을 갈아입고 바로 올게요. 이거 뭐 하시는 거예요?"

이사부로는 가게를 턱으로 가리켰다.

"재봉틀을 전부 작업실에서 가게로 옮기는 중이야. 네 계

확대로."

"그렇구나. 출입구가 좁아서 쉽지 않을 듯하네요. 그리고 개조품이라서 너무 무겁고."

"아, 원래 내 재봉틀은 야마모토 판금에서 개조한 거니까 마지막까지 관리해달라고 해야지. 본체만 100킬로그램이 넘어서 모터를 떼내 옮기는 중이야. 야마모토의 젊은것들이 오늘 안에 해주기로 했어."

오오, 나는 흥분해서 대답했다. 계획이 차근차근 진행되고 있다. 그때 몸이 탄탄한 엔지니어들 너머로 미니스커트를 입은 아스카가 예고도 없이 고개를 내밀었다. 나는 순간 얼어붙어서 시선을 피했다. 아스카를 좋아한다는 사실을 깨달은 이후로 자꾸만 가슴이 간질간질하니 묘한 느낌이 이어진다.

"아스카는 여기에 갈아입을 옷을 가져다놨다. 일일이 집에 갔다 오면 시간 낭비라면서. 요령 하나는 대단한 녀석이야."

나는 건성으로 고개를 끄덕였다. 이사부로에게 들키기 싫었다. 노인은 나를 차근차근 살피더니 무뚝뚝하게 말했다.

"어쨌든 오늘은 전에 말한 미나미 할멈 댁에 가다오. 전화해뒀으니까 가면 알 거야."

"아, 자수 말이죠. 알겠습니다. 옷 갈아입고 바로 올게요."

얼른 가게를 떠나 스마트폰을 보며 기다리던 하야토와 함께 다시 걸음을 옮겼다. 가슴의 근질거림이 영 진정되지 않아

나는 흥분해서 친구에게 물었다.

"저기, 너 말이야. 키, 키스해본 적 있어?"

"있어. 유치원 때."

"아니, 그런 게 아니라."

하야토는 스마트폰을 주머니에 넣고 천연 곱슬머리를 거칠게 쓸어 넘겼다.

"여자 친구도 안 생기는데 키스를 해봤을 리 없잖아. 대체 그런 기회가 어디에 굴러다니는데?"

"그렇지? 아, 미안해……."

"사과하지 마. 이게 바로 혹독한 사회, 외모 지상주의 사회야. 우리 반의 마쓰카와 같은 새끼가 여자를 독점한다고. 축구부에 키도 크고 잘생겨서 인기 최고라 여러 여자랑 한다더라."

"하, 하, 한다고?"

내 목소리가 쓸데없이 뒤집혔다. 엄마 만화로 기상천외한 성행위 묘사를 잔뜩 보면서도 현실의 그것은 당연히 무게감이 달랐다. 지금까지는 전혀 흥미가 없었는데, 사랑이란 무시무시한 에너지를 지녔나 보다.

나는 하야토의 비현실적인 음담패설을 흘려들으며 집으로 돌아와 옷을 갈아입고 뛰어서 이사부로 양복점으로 돌아왔다. 여전히 재봉틀을 옮기는 중이었다. 덩치 큰 남자들이 한 손에 공구를 들고 떼낸 낡은 모터의 상태를 확인하고 있었다. 이사부로는 나를 보고 종이봉투를 집어 들더니 손으로 쓴 단순한 지도와 함께 내밀었다.

"사카시타초의 다리 바로 앞이다. 세탁소 옆으로 들어간 막다른 골목의 단층집. 찾아갈 수 있겠느냐?"

"네, 아마 괜찮을 거예요. 이걸 전해드리면 되나요?"

"그래. 한참 옛날 일이지만 우리 집사람이 자수나 레이스 뜨기를 배우던 할멈이야. 전화를 걸었더니 '슬슬 올 줄 알았어'라고 뜬금없는 소리를 하더구나. 독특한 할멈이지만 실력 하나는 훌륭해."

나는 고개를 끄덕이며 종이봉투를 받았다. 솔직히 이사부로가 자수를 외주로 주겠다고 결정해서 안심했다. 그쪽 프로에게 맡겨야 효율적이고 코르 발레네의 품질도 올라간다.

다녀오겠다고 하고 얼른 발걸음을 돌리는데, 이사부로가 나를 멈춰 세웠다.

"기다려라. 아스카도 같이 데리고 가서 끝나면 곧장 집으로 돌아가라."

내 시선이 저절로 허공을 더듬었다.

"어, 우연히 마나베 여사를 만나기라도 하면 귀찮은데……. 얼마 전에도 남녀 교제는 금지라고 못을 박았잖아요."

"그런 것쯤 아무 관계도 아니라고 당당하게 말하면 될 것 아니냐. 쩔쩔매지 말고."

이사부로가 엄격한 표정으로 양손을 허리에 댔다. 아스카와 둘이 움직이는 것은 기쁘지만 한편으로 굉장히 껄끄럽기도 했다. 내 마음도 모르고 이사부로는 큰 소리로 아스카를 불렀다. 작업실에서 나온 아스카와 함께 곧 해가 저물 상점가를 걸었다.

"사카시타초래."

나는 의미 없이 말했다. 아스카는 까만 모즈 코트에 미니 스커트를 입었고, 늘 신는 엔지니어 부츠를 신었다. 땋았다가 푼 긴 머리가 부드럽게 물결치며 석양을 받아 붉게 물들었다. 아스카가 이렇게 매력적이었나? 나는 그녀를 자꾸만 훔쳐보았다. 지금까지와 완전히 다르게 보였다.

잔뜩 의식하며 걸음을 옮기는데, 아스카가 갑자기 말했다.

"아, 잠깐만. 역시 큰길을 당당하게 걷는 건 좀 위험해"라며 옆 골목을 가리켰다. "뒷골목으로 가자. 마나베 여사도 그렇지만 아는 사람한테 들키면 학교에 소문이 날 거야. 우리 둘 다 교복을 안 입었으니까."

소문이 나면 곤란하다는 소린가……. 나는 고민하며 얼른 옆길로 꺾어 아스카가 좋아하는 구불구불한 뒷골목을 걸었다.

"너, 왠지 평소답지 않네. 몸이 안 좋으면 얼른 집에 가서 자. 자수 할머니한테는 내가 갈 테니까."

"아니야, 괜찮아."

"진짜? 코르셋 혁명이 대단원을 앞두고 있으니까 지금 쓰러지면 곤란해. 이사부로 원수는 너한테 많이 의지하니까. 나도 네가 없으면 안 되고."

아스카는 별 뜻 없이 한 말이지만, 나에게는 자신감을 주었다. 달콤한 마음도 어우러져서 지금이라면 부정적인 나 자신을 거뜬히 극복할 수 있을 것만 같았다. 나는 만족스러운 기분으로 버석버석 마른 담쟁이가 드리운 오래된 터널을 지났다. 다리 옆 세탁소에서 오른쪽으로 꺾어 좁은 사설 도로의 막다른 곳까지 갔는데, 걸음이 자연스럽게 멈췄다.

"여긴 뭐지?"

아스카가 의심쩍게 물으며 한 걸음 다가갔다. 낡은 단층 일본 가옥에는 격자로 짜인 대나무 울타리가 둘러쳐졌다. 거기에 글씨가 적힌 색종이가 투명한 비닐에 싸여 잔뜩 매달려 있었다. 북풍에 휘날려 빙글빙글 돌았다. 아스카는 생물처럼 움직이는 색종이를 붙잡아 붓으로 적힌 글자를 읽었다.

"'죽은 자의 말을 전합니다. 결혼, 궁합, 재앙 진단, 전생, 미래 예측, 인연, 수호령.' 아, 뭐야. 그냥 점집이네."

"그냥 점집이라니, 반응이 왜 이렇게 가벼워?"

나는 이사부로에게 받은 지도를 펼쳐 얼른 주소를 확인했다. 종이에 적힌 곳 이름이 '미나미 하나'였는데, 무수한 색종이에 적힌 이름과 완벽하게 일치했다. 내 얼굴이 점점 더 굳어 갔다.

"아니, 너무 이상한데. 여긴 자수 교실이어야 하는데. 그것도 이사부로 씨가 인정하는 실력자인데, 분위기가 정반대잖아."

"뭐, 요즘 세상에 개인 경영은 어디나 다 힘드니까. 여기도 점집과 자수 교실을 겸업해서 간신히 꾸리는 거겠지."

"그 두 가지 일을 겸업한다고?"

이곳은 개성의 영역을 넘었다. 나는 꿀꺽 침을 삼키고, 작은 대나무 울타리 문을 열고 안으로 들어갔다.

"어쨌든 이걸 전달하고 얼른 돌아가자. 주면 안다고 했으니까."

좁은 정원에는 잎이 새빨갛게 물든 단풍나무가 가지를 펼쳤고, 이끼가 낀 시렁에는 작은 분재가 놓여 있었다. 안쪽에서 가정 원예를 하는지 수확을 기다리는 싱싱한 소송채가 이랑에서 줄지어 흔들리고 있었다. 깨진 징검돌을 밟으며 현관으로 갔는데, 초인종이 보이지 않았다.

나는 격자문에 손을 대고 살짝 열었다. 안에서 향냄내가 물씬 풍겨 나왔다.

"실례합니다. 안녕하세요."

안에 대고 소리를 지르자, 바로 앞 미닫이문이 열리고 빨간 스카프에 폭 파묻힌 작은 얼굴이 불쑥 나타났다. 동시에 나는 비명을 지를 뻔했다. 번쩍 뜬 눈이 이상하게 컸고, 흰자에 둘러싸인 검은자의 윤곽이 뚜렷했다. 무연고 묘지와 마을에서 몇 번 본 수상한 노파 아닌가! 이 할머니가 자수 전문가라고? 거짓말! 나는 혼란스러웠다. 옷차림은 물론이고 말과 행동까지 전부 제정신이 아니잖아.

이사부로가 보내서 왔다고 말하려고 했는데, 점집 할머니는 내 얼굴을 이상할 정도로 뚫어져라 바라보더니 방 안으로 쏙 들어가버렸다.

"들어오너라."

현관 옆에 있는 방에서 목소리가 들렸다. 짐만 두고 냉큼 돌아가려고 했는데, 얌전히 보내줄 마음이 없나 보다. 왠지 흥미진진한 듯 보이는 아스카와 함께 신발을 벗고 미닫이를 열어 안으로 들어가려고 했다. 그러나 다음 순간, 내디딘 발이 굳어 꼼짝하지 못했다.

방이 인형에 점령당했다. 내 뒤에서 고개를 내민 아스카가 "아!" 하고 소리를 질렀다. 방석 위에 오도카니 앉은 할머니 주변에는 크고 작은 수많은 인형이 놓여 있었다. 늘 소중하게 안고 다니는 서양식 인형이었다. 갓난아기가 쓸 법한 프릴 달린 모자를 썼고, 전부 새빨간 옷을 입고 있었다. 할머니도 빨간 꽃무늬 옷을 입고 똑같은 천을 목에 두르고 있는데, 설마 인형을 가족으로 여기는 것일까? 매일같이 말을 걸고 밥을 먹이며…….

방 안에 꺼림칙한 공기가 무겁게 감돌았다. 하지만 이사부로가 인정한 장인이다. 잔뜩 긴장해서 방으로 들어갔는데, 노파가 갑자기 입을 열었다.

"너희, 여러모로 들러붙었구나."

여러모로 들러붙다니 뭐가? 나와 아스카는 동시에 뒤를 돌아보았다. 주름투성이 할머니는 문 앞에 꿇어앉은 우리 둘을 더욱 빤히 쳐다보았다. 푹 팬 눈을 휘둥그레 뜨고는 한 번도 깜박이지 않았다.

"아아, 그래. 응? 아, 그렇구나. 음, 그럴 수도 있겠어. 그것도 그렇구나."

할머니는 고개를 끄덕이며 보이지 않는 누군가와 대화를 했는데, 여전히 우리에게서 한순간도 시선을 떼지 않았다. 매우 위험한 곳에 발을 들이고 말았다. 자꾸만 몸이 덜덜 떨렸다. 이런 컬트적인 건 절대 믿지 않는데, 머리 한구석에 묘하게 남아 어느 순간 갑자기 떠올라서 싫어한다. 매서운 시선이 견디기 힘들어졌을 때, 아스카가 할머니와 누군가의 대화에 끼어들었다.

"할머니, 저는 전생에 뭐였어요?"

눈을 반짝반짝 빛내며 몸까지 쑥 내밀었다. 나는 팔꿈치로 아스카를 찌르며 그러지 말라고 경고했지만, 아스카는 신경 쓰지 않고 노파에게 다가갔다.

"빅토리아 시대 영국에서 태어났어요?"

"빅토리아? 그게 뭐이여, 전국시대인가?"

할머니가 허공에 대고 두어 마디를 중얼거리고 아스카를 바라보았다.

"어린애한테는 안 가르쳐줘. 네 머리로 생각해라."

"할머니처럼 특수한 능력이 없는데, 생각한다고 어떻게 알겠어요?"

"그렇다면 생각을 안 하면 그만이지. 이 머리통에 있는 말을 알려줄지 말지는 내가 정하니까. 너한테는 안 가르쳐줄 테다."

점집 할머니는 이가 여러 개 빠진 입을 벌리고 기분 나쁘게 웃었다. 이런 할머니가 자수 교실을 열더라도 배우러 오는 사람이 있긴 할까? 설마 이사부로의 세상 떠난 부인이 이런 컬트적인 것에 빠졌었나?

할머니가 다시 교신을 시작하기 전에 나는 이사부로에게 받은 종이봉투를 얼른 내밀었다.

"이거, 전해드리라고 하셨어요."

할머니는 안구가 튀어나올 듯한 눈으로 나를 성에 찰 때까지 쳐다보고, 다다미 위에 놓은 봉투를 끌어당겼다. 그리고 안에서 보자기 꾸러미를 꺼내 느릿느릿 풀었다. 그 안에는 이사부로가 제일 처음 만든 무염색 코르 발레네가 들어 있었다. 어수선하고 어두운 방에서도 여전히 아름답게 빛나 보였다. 할머니는 나뭇가지 같은 손끝으로 코르셋을 만지며, 세밀한 은방울꽃 자수 위를 여러 번 더듬었다.

"아, 이건 분명 사토코가 수놓은 것이구먼. 영혼의 조각이 남아 있어. 드디어 그 양반이 움직였어. 슬슬 때가 왔다고 생각했지."

할머니는 눈을 감고 그리운 듯 코르 발레네를 만지작거리더니 번쩍 눈을 뜨고 보자기를 다시 쌌다.

"고생 많았다. 확실히 받았어."

할머니는 뒤에 있던 찻장을 끌어당겨 열고서 나와 아스카에게 네모난 과자를 주었다. 심부름 샀인 모양인데, 유통기한이 사흘 전까지였다. 이제 용건은 끝났다는 듯 할머니는 우리에게 시선을 떼고 리모컨으로 텔레비전을 켰다.

나와 아스카는 얼굴을 마주 보았다. 이 이상한 할머니가 정말로 자수 전문가일까? 다 옛날 일이고, 지금은 저쪽 세계의 주민이 아닐까? 아스카는 얼른 돌아가려고 했지만, 나는 과감하게 할머니에게 말을 걸었다. 이제 자수와 관계가 없다면 소중한 코르 발레네를 두고 갈 순 없다.

"저, 죄송한데요. 할머니는 자수 선생님이세요? 이사부로 씨 부인을 가르치셨다고 들었는데, 지금도 교실을 운영하시는지 알고 싶어요."

할머니는 텔레비전에 열중해 만비키 G맨* 특집을 보며 신이 났다. 역시 이런 할머니가 이사부로의 생각을 이해할 것 같지 않다. 어쩌면 좋을까 싶어 아스카를 봤는데, 점집 할머니가 몸을 비틀어 인형 그림자에 있는 서랍을 열더니 안에서 꺼낸 것을 우리 쪽으로 밀어주었다. 단순한 낡은 천과 자투리 다발인 줄 알았는데, 자세히 보니 섬세한 자수가 놓여 있었다.

나와 아스카는 등을 말고 정성껏 수놓은 작품을 하나씩 살펴보았다. 오비나 기모노에 어울리는 일본 자수부터 두툼한 리본을 옷감에 꿰매 꽃을 형상화한 입체적인 리본 자수, 십자수, 프랑스 자수, 거기에 처음 보는 독특한 자수까지 있었다. 점집 할머니와 이 섬세한 자수가 좀처럼 연결되지 않아 나는 약간 혼란스러웠다.

할머니가 여전히 텔레비전에 시선을 주며 말했다.

"교실은 이제 안 하지만 배우고 싶다는 사람은 있어. 기모노에 장식 문양을 넣고 싶다거나 갓난아기 배내옷의 등판이나 오래된 옷에 수를 넣어 새로 만들고 싶다는 사람이."

• 슈퍼 등에서 물건을 훔치는 행위를 '만비키'라고 하는데, 이런 좀도둑을 잡는 사람을 '만비키 G맨'이라고 함

"할머니, 경력이 어떻게 되세요?"

이 질문을 꼭 해야 했다. 이사부로보다도 훨씬 나이가 많아 보이고, 무엇보다 좋은 의미에서 자수에 일관성이 없다. 모두 몹시 자유분방해서 한 사람이 놓은 것 같지 않았다.

노파는 잿빛 머리카락을 목에 두른 빨간 스카프 속에 집어넣으며 시끄러운 텔레비전의 음량을 줄였다.

"일본 자수는 교토, 가가, 에도가 대표적인데, 위에서 보호하는 건 교토와 가가뿐이야. 도호쿠에도 고긴 자수라는 게 있는데, 제대로 계승되지 않았으니 머지않아 사라질 테지."

할머니는 천 조각 중 하나를 펼쳐 우리 쪽으로 밀었다. 그것은 바늘땀이 안 보이는 누비 같았다. 촘촘한 홈질이 복잡한 기하학무늬를 만들어 자수라기보다 수학적인 제도 같았다. 이것이 고긴 자수인가 보다.

"가난한 농가에서 마 옷에 수를 놓으면서 시작됐어. 예전에는 무명이 고급품이라 사질 못하니까 결이 성근 마에 촘촘하게 수를 놓아서 바람이 덜 통하도록 했지."

할머니는 찻잔을 들어 백탕을 홀짝였다.

"젊어서는 기술 계승이니 뭐니 열심히 했지만, 바보 같은 규제가 많아서 싫증이 났어. 전통 공예사 시험이니 면접이니 연수니, 인간성까지 너덜너덜해지지 않으면 보호되지 않는다니, 그건 기만이야. 이 동네만 봐도 술 취한 늙은이지만 일류

장인인 사람이 얼마나 많아. 그래서 필요한 사람에게 필요한 만큼만 가르치고 있어. 아마 내 역량이 여기까지겠지. 조상님도 그렇게 말씀하시니."

이사부로와 어울리면서 알게 되었다. 계승이 잘된 문화는 기획이 성공한 것에 불과하다는 사실을. 만약 그것 이상으로 대단한 기술이나 문화가 있더라도 인간의 눈높이와 맞지 않으면 간단히 무시된다.

할머니는 작은 인형 하나를 품에 안고 혀 짧은 소리로 말을 이었다.

"나는 여러 나라의 자수를 놓으면서 바늘 너머로 다양한 나라를 알았어. 중국, 베트남, 유럽, 미국, 아프리카, 러시아. 일본은커녕 후쿠시마에서 나간 적도 없지만, 늘 전 세계를 여행하지. 도호쿠의 고긴 자수와 프랑스의 리본 자수. 이 두 가지를 합하면 어떻게 될까."

"그거야말로 혁명 시작이네요!"

얌전히 있던 아스카가 갑자기 목소리를 높였다.

"리본 자수라면 유럽 귀족의 상징이고 고긴 자수는 도호쿠 빈농의 상징이잖아요? 그게 하이브리드라는 거야. 러브 앤드 피스! 그렇지, 쓰다!"

"러브 앤드 피스?"

공격적인 이사부로와는 가장 먼 단어 아닐까. 하지만 점집 할머니의 제안은 지금 이사부로 양복점과 잘 맞았다. 자수를 통한 일본과 서양, 계층의 융합이다. 그런 생각에 잠겨 있는데, 노파가 또 흉흉하고 불길한 눈빛으로 나를 보았다.

"나는 꽤 오래전부터 알고 있었단다. 너희가 여길 오리라는 걸."

할머니는 축 처진 입가를 올리며 히죽 웃었다. 몇 번을 봐도 소름 끼치는 웃음이다.

제 5 장

레지스탕스의 행방

1

가토 접골원에서 굉장한 수확이 있었다.

오래된 목조건물 진료소는 어릴 때부터 변하지 않는 정취를 풍겨서 좋아했다. 담쟁이가 얽힌 미늘판 벽 구조로, 모던한 아치형 현관 입구는 잡지 촬영에 여러 번 활용되기도 했다. 그런데 별안간 전기를 전부 LED로 바꾸고 다람쥐 캐릭터를 창에 붙이더니 밝고 개방적인 병원으로 경영 방향을 틀었다. 가토 클리닉이라고 이름을 바꾼 것도 대를 이은 아들의 뜻이었다. 분위기는 엉망이 됐지만, 덕분에 버리려던 유백색 전구 갓을 여러 개 받았다.

조금씩 가게가 정돈된 그림을 떠올리며 나는 청소를 마치고 떠들썩한 교실에서 히죽댔다. 전구 색을 어떻게 할지 생각하는데, 옆에서 하야토가 내 팔을 쳤다.

"오늘 우리 집에 놀러 오지 않을래?"

하야토가 가방에 교과서를 쑤셔 넣으며 말했다. 얼마 전에 샀다는 컴퓨터를 보여주고 싶어서 근질근질한가 보다. 요즘은 방과 후에도 휴일에도 이사부로 양복점에만 다녔으니 하고 싶은 얘기도 많았다. 나는 하야토에게 고개를 끄덕여 보였다.

"갈게. 네 방도 많이 진화했을 테니까."

"좋아, 그래야지. 고등학생이 매일 늙은이하고만 놀면 너도 모르는 사이에 젊음을 빼앗겨서 수명이 줄어들 거야."

"그러니까 노는 게 아니라니까. 넌 노인을 진짜 싫어하는구나."

"이쪽이 백 퍼센트 맞춰주지 않으면 대화가 이루어지지 않는 인종이잖아. 귀찮아."

말이 좀 심하다. 나는 주머니에서 스마트폰을 꺼내 오늘은 친구 집에 간다고 아스카에게 메시지를 보냈다. 곧바로 알겠다는 이모티콘이 왔다. 돌아갈 채비를 하고 일어났는데, 이름이 불려서 뒤를 돌아보았다.

"쓰다, 잠깐 와라."

교실 뒷문에 서서 담임이 손짓하고 있었다. 뭐지? 하고 달려갔더니, 담임이 무표정하게 말했다.

"좀 물어보고 싶은 게 있다."

"네, 뭔데요?"

"일단 장소를 옮기자. 시간이 걸릴 테니까 가와치와 같이 가기로 한 거면 안 된다고 하고 와라."

도대체 무슨 일이지? 나는 어리둥절해서 하야토에게 나중에 연락하겠다고 말하고 담임 뒤를 따라갔다. 복도에 내리쬐는 석양을 손으로 가리고, 나는 머리를 고속으로 회전시켰다. 담임이 물어보고 싶다는 것이 지난번에 결론이 나지 않은 진로 관련 일일까? 그럴 가능성이 높지만, 교칙 위반 쪽일지도 모른다.

지금까지 최대한 눈에 띄지 않게 살아와서 이런 상황에 대한 내성이 없다. 키가 훌쩍 큰 담임은 아무것도 묻지 말라는 듯 말없이 계단을 내려갔다. 나는 여러 사태에 대비해 변명을 준비하고 묵묵히 뒤를 따라갔다.

1층까지 내려오자 담임이 갑자기 멈추더니 쥐색 문을 노크했다. 회의실? 나는 문 옆 문패를 보고 점점 더 불안해졌다. 한 번도 들어가본 적 없고, 애초에 학생과는 거의 인연이 없는 곳이다. 담임이 문을 연 순간, 내 발은 그 자리에 우뚝 뿌리를 내렸다.

비좁은 회의실에 새까만 양복을 입은 어른 여섯 명이 답답하게 앉아 있었다. 파이프 의자에 앉아서 일제히 문 쪽을 돌아보았다. 나는 살짝 공황 상태에 빠졌다. 교감과 학년주임은 알겠는데, 나머지 네 명은 본 적 없는 얼굴이다. 모두 표정이 험악해서 좋은 소식이 아닌 것만은 알 수 있었다.

"쓰다, 들어가라."

담임이 재촉해서 나는 억지로 발을 앞으로 움직였다. 여섯 명과 마주 보는 식으로 의자에 앉았고, 담임이 내 옆에 앉았다.

"쓰다 군. 갑자기 불러서 놀랐을 텐데, 여기 계신 분들의 이야기를 들었으면 한다."

안색이 나쁘고 머리가 벗어진 교감이 예의상 미소를 지었다. 그리고 바쁘게 서류를 넘기면서 헛기침을 연이어 여러 번 했다.

"결론부터 말하마. 너는 오늘부터 임시 보호를 받게 됐어."

"네? 임시 보호요?"

나는 의미를 몰라 반문했다. 교감이 또 헛기침을 했다.

"아, 여기 계신 분들은 아동 상담소에서 오셨단다."

남녀 셋이 "안녕" 하고 인사했다.

"쓰다 군이 보호자에게 학대받는다는 증거가 있어서 지금부터 조사를 해야 합니다."

"잠깐만요. 그런 적 없는데요!"

내가 반사적으로 목소리를 높이자, 옆에서 담임이 "진정해라" 하고 감정 없이 낮게 말했다. 학대라니? 머릿속이 엉망진창 혼란스러워서 생각이 제대로 돌아가지 않았다. 전혀 예상하지 못한 사태였다. 그래도 나는 최대한 제정신을 유지하며, 이번에는 당당하게 그들을 바라보고 말했다.

"학대받은 적 없어요. 지금까지 한 번도 엄마한테 맞은 적이 없는데요. 뭔가 잘못된 거예요."

순간 회의실에서 소리가 사라졌다. 그러나 교감과 우락부락한 학년주임이 뭐라고 수군거리더니 아동 상담소 직원이라는 세 사람에게 눈짓을 보냈다. 그러자 중년 여성이 책상 위에서 손깍지를 끼고 빈틈없는 미소를 지으며 입을 열었다.

"나는 구라하시라고 한단다. 진정하고 얘기를 좀 들어보렴. 쓰다 아쿠아마린 군은 열일곱 살이니까 많은 것을 알 나이지? 학대가 있었을지도 모른다는 통보를 받으면 우리는 조사할 의무가 있어. 이건 법률로 정해졌단다."

까만 재킷을 입은 여성은 파일을 펼친 다음 다시 웃어 보였다.

"오전에 쓰다 군의 집을 방문했는데 어머님은 통보 내용을 대부분 인정하셨어."

"그건 잘못된 거예요! 학대한 적이 없는데 그렇다고 할 리 없다고요!"

"쓰다 군, 차분하게 내 얘기를 들어주렴. 학대에는 다양한 종류와 정의가 있어. 그걸 설명할게."

구라하시라고 이름을 밝힌 여성이 말을 자르더니 이번에는 오싹할 정도로 무표정하게 설명을 이어갔다.

"하나는 신체적 학대. 이건 쓰다 군이 말한 것처럼 폭력 행위야. 두 번째는 방임. 보호자가 육아를 회피하는 상태를 말해. 세 번째가 심리적 학대. 이건 말로 하는 위협 등 아동에게 현저하게 상처를 주는 언동이란다. 그리고 마지막이 성적 학대."

내 몸이 움찔 튀었다. 이 사람들이 무슨 말을 하고 싶은지 대충 알겠다. 나는 떨림을 어떻게든 진정시키려고 온몸에 잔뜩 힘을 주었다.

"어, 엄마의 직업이 포르노 만화가면 성적 학대가 되나요?"

"그렇진 않아."

여성 직원이 바로 대답하더니 고개를 기울이고 내 얼굴을 빤히 들여다보았다. 아주 노골적인 시선이었다. 이 도발에 굴복해 전부 인정할 것만 같아 나는 절대로 시선을 피하지 않았다. 엄마는 왜 학대를 인정했지? 무슨 소리를 듣더라도 자기 직업이니까 정정당당하게 받아치면 되잖아. 아니면 이건 저 사람들의 덫인가? 엄마가 인정했다고 거짓말을 해서 나한테 어떤 말을 끌어내려는 속셈인가?

정신을 차리고 보니 땀이 삘삘 흘러서 등이 차가웠다. 떨림은 전혀 멈추지 않았고, 무릎 위에서 주먹을 꽉 움켜쥐는 바람에 손톱이 살을 파고들었다. 구라하시라는 직원은 여전히 감정 없는 눈으로 나를 바라보며, 크게 숨을 들이마시고 다시 입을 열었다.

"쓰다 군은 가와라마치에 있는 신사복 양복점에 다닌다더구나. '이사부로 양복점'에."

내 심장이 또 크게 요동쳤다.

"그 가게에서 통학로에 여성용 속옷을 내걸었다는 항의가 시청에 여러 건 들어왔어. 쓰다 군이 그 가게에서 뭘 하는지 알려줄 수 있을까?"

"가게 인테리어 교체를 돕거나……."

"그렇구나, 인테리어 교체라고?" 하고 직원들이 일제히 메모를 했다.

"어떻게 하다가 가게를 돕게 됐는지 알려줄 수 있니?"

그날 홀딱 반할 정도로 아름다운 코르 발레네를 봤으니까. 이사부로가 몸과 마음을 다 바친 황당무계한 계획을 알았으니까. 마을 노인들의 재미있는 이면을 또 보고 싶으니까. 아스카와 공상의 세계를 공유하고 싶으니까. 내 안에 계속 잠들어 있던 가능성의 조각을 본 듯한 기분이었으니까.

이유가 차례차례 생각났지만 적당한 말로 옮길 수 없었다. 내게는 그 무엇보다도 소중해서 함부로 밖에 꺼내놓을 것이 아니다.

직원은 약간 긴 머리카락을 귀에 걸고, 시간이 다 됐다는 듯 척척 이야기를 풀어나갔다.

"심리적, 성적으로 뒤틀린 환경에 놓이면 자신의 감각도

왜곡된단다. 하지만 본인은 그걸 알지 못하지. 주변에서 알아차리고 도와주지 않으면 왜곡된 감각으로 계속 살게 돼"라고 자기주장을 늘어놓은 뒤, 직원은 가장 끝에 앉은 여성에게 갑자기 말을 걸었다.

"선생님, 그렇죠?"

나는 책상 끝을 바라보았다. 거기 앉은 사람은 셋 중 가장 젊은 여성으로, 목에 단 이름표에 '스쿨 카운슬러'라는 글자가 인쇄되어 있었다. 선이 가는 카운슬러는 움츠리며 고개를 짧게 끄덕였다.

"그런 경우도 있다고 생각합니다……."

신뢰가 가지 않는 음색이다. 구라하시라는 직원이 다시 나와 눈을 마주쳤다.

"쓰다 군에게도 반론은 있을 거야. 그래서 가정에서 어떻게 지내는지 듣고 싶어. 만약 서로 오해하는 부분이 있다면 수정할 수도 있을 거야."

"일방적인 오해예요."

나는 단호하게 말했다. 실수로 뭔가 말했다가는 그것이 증거가 되어 나와 엄마의 목을 조일 것이다. 관계없는 잡담이라도 말꼬투리에서 뭘 잡아낼지 모른다. 반론이야 얼마든 있지만, 상대의 수법에 넘어가면 안 된다고 다시 한번 다짐했다.

직원이 잠깐 사이를 두고, 내게 시선을 떼지 않고 물었다.

"여기에서는 얘기하기 싫으니?"

이 질문에도 나는 긍정도 부정도 하지 않았다. 그러자 직원들이 마주 보더니 두어 마디를 나누고, 파일에서 사진을 빼내 앞으로 내밀었다. 그때 구석에 앉은 스쿨 카운슬러가 갑자기 엉거주춤 일어났다.

"저, 죄송한데요. 그걸 쓰다 군에게 보여줘야 하나요? 지금은 필요 없을 텐데요?"

"어쩔 수 없다고 판단했습니다. 쓰다 군은 고등학생이지 유아는 아니니까 이해해주지 않으면 보호할 수 없어요. 적어도 저는 그렇게 하고 싶지 않아요."

"하지만……."

담임보다 젊어 보이는 스쿨 카운슬러는 고운 이마에 땀방울을 매단 채 쭈뼛거렸다. 대체 이번엔 뭔데? 옆에 앉은 담임을 봤지만, 무뚝뚝하게 팔짱을 끼고 있을 뿐 끼어들 생각은 없나 보다. 아동 상담소 직원은 교감과 학년주임의 동의를 구하듯 시선을 보냈고, 다시 B4 사이즈 종이를 내 앞으로 밀었다.

그것을 보자마자 내 몸에서 순식간에 힘이 빠져나갔다. 아, 이거구나…….

내 앞에 내민 종이는 엄마의 만화를 복사한 것이었다. 그러나 단순한 복사가 아니다. 실수한 원고나 플롯이 조각조각 찢겨 있었다. 밖에서 보면 알아보지 못하도록 원고를 잘게 찢어 쓰레기로 내놓았다. 그것을 퍼즐처럼 맞추고 복원해서 테이프로 붙여놓은 것이었다.

성행위 묘사가 있는 거대한 컷 배경에 '아쿠아, 여기에 침대랑 장식 서랍을 넣어줘. 서랍장, 아주 화려하게'라는 엄마의 지시가 있었다. 그제야 이해됐다. 이 마지막 패를 내밀고 미성년 아들에게 에로 만화 어시스턴트를 시키는 것은 성적 학대라고 주장하면 엄마는 반박할 여지가 없다. 확실히 일반적인 가치관에서는 벗어난 모자 관계이긴 하니까.

나는 무자비하게 들이밀어진 복사본을 한참이나 바라보았다. 아동 상담소에 통보한 것은 마나베 여사겠지. 이사부로 일로 체면을 구겼으니 얌전히 물러나리라 생각하진 않았다. 하지만 이렇게 매정한 짓을 저지르는 사람일 줄이야. 행정 기관을 끌어들여 재기하지 못하도록 몰아가다니, 아동 학대를 걱정한 행동이 아니라 복수 말고 대체 뭐겠는가. 분노보다도 먼저 슬픔이 몰려왔다. 나는 아무 말 없이 복사된 종이를 직원에게 다시 밀었다.

"쓰다 군은 어머님 일을 도왔지. 언제부터 했니?"

고등학교에 입학한 후부터지만, 대답하지 않았다.

"양복점 일을 돕는 것도 어머님 일과 관계가 있니?"

없지는 않다. 엄마의 영향으로 코르 발레네와 당시 문화를 알고 흥미를 느꼈으니까.

구라하시라는 직원은 내 대답을 기다리지 않고 계속 질문을 퍼부었다.

"쓰다 군은 엄마 일을 돕는 게 고통스러웠니?"

귀찮기는 했지만 고통스럽진 않았다. 생각해보면 나는 엄마 만화 읽는 것을 즐거워했던 것 같다. 어시스턴트를 하지 않은 달에도 잡지가 나오면 반드시 작품을 살펴보았다. 이거 역시 이상한가? 나는 구해줘야 할 대상인가?

"부모님이 이혼해서 아버님과는 따로 산다고 들었는데, 연락은 나누고 있니? 문자나 라인을 통한 연락이라도."

6년 전 모습을 감춘 이후로 아빠의 흔적 따위는 느껴본 적 없다. 엄마는 어떨지 모르지만 나와는 일절 접촉이 없었다.

아동 상담소 직원은 서류를 보며 질문했지만, 나는 절대 대답하지 않았다. 그보다 지금 가장 궁지에 몰렸을 엄마를 보호하려면 어떻게 해야 할까? 이런 상황인데도 나는 연재 마감과 맡은 일의 진행 상태가 마음에 걸렸다. 엄마 같은 영세 만화가는 마감을 어기면 다음이 없다. 고생하며 조금씩 쌓아 올린 것이 지금 무너지면 너무 불쌍하다. 자기가 선택한 길이지만, 엄마는 이미 많은 것을 잃었다.

계속 중얼거리는 직원의 말을 한 귀로 흘려들으며 책상을 보고 생각에 잠겼다. 내가 무슨 말을 한다고 해결이 될까? 엄마의 주장과 다르면 안 좋은 쪽으로 작용할 것이다. 어떻게 해야 최단 루트로 벗어날 수 있을까. 머릿속에 떠오른 반론을 닥치는 대로 되뇌며 퇴고를 거듭했다. 그러나 상대는 법과 규칙에 따라 움직이는 권력 집단이다. 감정에 호소해도 의미가 없으니 결정이 번복되지 않으리라는 결론에 도달해 비참해졌다.

"엄마랑 말할 수 있어요?"

나는 고개를 들고 당돌하게 물었다. 구라하시라는 직원은 곱슬머리를 귀 뒤로 넘기고 나를 살피며 고개를 저었다.

"규정상 그럴 수 없단다."

"집에 잠깐 들르는 건요?"

"그것도 안 돼. 쓰다 군은 어머님과 같이 있을수록 위험도가 올라가니까 이대로 돌려보낼 수 없어. 집에 아직 원인이 남아 있으니까. 하지만 아무 걱정 안 해도 된단다."

"아이의 의견은 무시하나요?"

직원은 내 눈을 마주 본 채 입을 다물었다.

이런 소리를 해도 의미가 없다는 것은 안다. 긴급 상황이라는 생각은 전혀 들지 않지만, 매뉴얼에 따르면 보호해야 하는 사안이겠지. 그러나 이렇게 해서 뭘 지키는지 모르겠다. 엄마와 말도 나누지 못하고 잠깐 얼굴 보는 것도 허락하지 않고, 프라이버시를 자기들 멋대로 짓밟은 후 상황이 개선되었다고 판단하면 집에 획 던져주는 걸까? 설마 양부모에게 입양시킨다거나 하는 건 아니겠지? 미성년자는 놀라우리만치 무력하다는 사실을 실감했다.

　나는 거의 아무 말도 하지 않은 채 보호시설로 가게 되었다. 한 시간쯤 전까지만 해도 밝고 선명하게 보였던 세계가 갑자기 완전히 깜깜해졌다.

2

　보호시설에 오고 엿새가 지났다. 마음과 몸 모두 위험에 노출된 아동을 보호하는 시설일 텐데, 마치 범죄자를 가둬놓는 감방 같았다. 스마트폰은 물론이고 교복과 노트, 교과서에 이르기까지 개인 물건을 모조리 몰수당했고, 텔레비전을 보거나 화장실에 갈 때도 일일이 허락을 받아야 했다. 시설 내 창문은 전부 5센티미터 정도만 열렸고, 도망칠 것을 우려하는지 신발도 신을 수 없게 했다. 물론 출입구는 잠겨 있고, 시설에 사는 다른 아이들과 진지한 대화를 나누는 것은 금지다. 당연히 학교에도 갈 수 없는 합법적인 감금이다.

　나는 방 침대에 누워 하얀 패널이 박힌 천장을 오랫동안 바라보았다. 이것이 조례에 기초한 '보호'인가 보다. 대체 어쩌다가 이런 상황에 맞닥뜨렸는지 불가사의할 따름이다. 학대를 받아 상처받은 자들의 자유를 철저하게 방해하고 행동을 관찰하고 기록하는 것이 이곳의 일상이다. 마음대로 공부할 수도 없는데, 직원에게 물어보니 트러블을 피하기 위해서란다. 나는 분쟁을 끔찍하게 싫어하는 성격인데, 여기 온 후로는 스트레스가 쌓여서 늘 살기가 넘친다.

"아름다운 나의 인생……."

양손을 들고 연극 대사처럼 읊조렸다. 경직된 미소가 흘러나왔다. 드디어 머리까지 어떻게 됐나 보다. 외부와 접촉이 차단되자 자극이 없기 때문인지 머리에 안개가 끼어 회전 속도가 현저히 느려졌다. 의사나 카운슬러, 담당 직원과의 면담은 자주 했지만 깊이 파고드는 질문에는 항상 얼렁뚱땅 대답하고 있다. 지금 정신 상태로 뭔가 말했다가 간단히 유도신문에 걸려들 것이다. 보호 기간은 2주 정도라고 들었는데, 시설의 조정에 따라 얼마든지 연장될 수 있다.

나는 느릿느릿 일어나 침대 가장자리에 앉았다. 아무 연락도 없이 이사부로 양복점에 발길을 딱 끊은 나를 이사부로는 어떻게 생각할까? 학교도 가지 않고 전화도 메시지도 연결되지 않으니 아스카도 하야토도 무슨 일인지 모를 것이다. 내가 여기에 있다는 것을 아는 사람은 엄마와 학교 관계자뿐이라고 들었다. 하지만 의외로 마나베 여사가 동네방네 떠벌리고 다닐지도 모른다. 그래야 나와 엄마를 좀 더 효율적으로 공격할 수 있을 테니까.

"이사부로 씨한테도 폐를 끼친 거 아닐까……."

나는 조용히 중얼거렸다. 인생을 건 이사부로의 도전이 엉망진창으로 무너지지 않았을까. 게다가 나는 앞으로 이사부로의 혁명에 참전하지 못할 것이다. 시설에서 나간 후에도 정기 면담을 할 테고, 성적 학대 피해자가 여성 속옷과 접촉하는 것은 이치에 맞지 않으니까.

나는 자꾸만 욱신거리는 심장 부근에 손을 댔다. 심장에 큰 구멍이 뚫린 듯한 기분이었다. 소중한 것을 갑자기 잃으면 쓸쓸함이나 슬픔보다도 밀려드는 상실감 때문에 괴롭다는 것을 처음 알았다. 아빠가 사라졌을 때 엄마도 이런 기분이었을까? 자기가 감당하지 못할 정도로 많은 일을 떠안은 것도 마음의 구멍을 메우기 위해서일지도 모른다.

머리를 좌우로 세차게 흔들고, 나는 양손으로 얼굴을 덮었다. 울고 싶은데 눈물이 나오지 않는다. 그때 방문을 노크하는 소리가 들려 고개를 들었다.

"쓰다 군, 잠깐 괜찮을까?"

잠시 후 크림색 문이 열렸다. 구라하시라는 직원이 웃는 표정으로 들어왔다. 남색 바지 정장을 입고 약간 흐트러진 머리를 여기저기 핀으로 고정했다. 보호를 하겠다며 학교에 온 그녀가 내 담당이었다. 나 말고도 수십 명이나 되는 아이를 맡았다는데, 이 일도 쉽지 않겠다고 멍하니 생각했다.

구라하시는 기대놓은 파이프 의자를 가져와 내 앞에 앉아 얼굴을 들여다보았다.

"상태는 어떠니?"

"그럭저럭요."

"그거 다행이네"라며 파란색 파일을 펼쳐서 들여다보았다.

"쓰다 아쿠아마린 군의 임시 보호 해제가 결정됐어."

"헤에."

나는 건성으로 대답했다.

"예정은 2주였는데 왜 단축됐어요?"

"너랑 어머님 쌍방과 면담을 해서 임시 보호의 목적을 달성했다고 판단했으니까."

"임시 보호의 목적?"

"생활환경 개선을 기대할 수 있게 됐거든. 어머님이 앞으로 너한테 일을 맡기지 않겠다고 약속하셨어. 그리고 어머님은 한동안 친정으로 가고 너는 할머님과 생활하게 될 거야. 할머님이 쓰다 군의 집으로 와주신대."

그게 출소 조건인가. 그나저나 그 거만한 할아버지가 계신 집에서 엄마가 지금까지처럼 만화를 그릴 순 없을 것이다. 가문의 수치라고 오랜 세월 경멸당했고, 실명으로 에로 만화가가 되었으며, 이번에는 학대 사건의 당사자가 되었다. 안정을 취할 곳도, 이해해주는 사람도 없는 곳에서 평소처럼 독창성

넘치는 작품을 그릴 수 없겠지.

"내일 오전에 어머님이 마중 오실 테니까 그때까지 필요한 서류를 준비해둘게. 그럼 제2 면담실에서 기다려줄래?"

나는 알겠다고 대답하고, 이후 서류나 기타 절차를 마치고 돌아왔다. 여기에서 나가는 것이 기쁘지만 한편으로 앞날에 대한 불안감이 점점 부풀었다. 이제 모든 것이 예전으로 돌아가지 못할 것이다.

고민하느라 잠 한숨 자지 못한 밤이 지나고, 얼어붙을 듯 추운 아침이 왔다. 아침 식사를 마치고 교복으로 갈아입는데, 엄마의 사무 처리가 끝났다고 담당 직원이 알려주었다. 관계자에게 인사를 하고 밖으로 나가자 새하얀 가든 시클라멘을 심은 화단 옆에 엄마가 어쩔 줄 모르고 서 있었다. 화장기 없는 얼굴은 평소보다 혈색이 안 좋았고, 헝클어진 머리가 어깨로 흘러내렸다. 나일론 점퍼를 입었는데, 추운지 몸을 잔뜩 웅크리고 있었다. 나는 엄마에게 성큼성큼 다가갔다.

"아쿠아……."

엄마는 내 이름만 간신히 부르고 무슨 말을 할지 고민하는 것 같았다. 일주일 만에 몸이 잔뜩 상했다. 차가운 북풍이 세차게 불어 머리카락을 엉망으로 헝클어뜨리는데도 꼼짝하지 않았다. 엄마가 다짐한 듯 입을 열었으나 내가 먼저 말했다.

"사과하지 마."

나는 버스 정류장에 가서 시간을 확인했다. 엄마는 지쳤는지 터덜터덜 뒤를 따라왔다. 아주 혹독하게 심문당했나 보다. 이렇게 풀죽은 모습은 처음 본다. 너무 안쓰러워서 시선을 피했는데, 엄마가 잔뜩 쉰 목소리로 말했다.

"사과하지 말라지만 내가 사과 말고 무슨 말을 하겠니? 아쿠아는 아무 잘못도 없으니까."

"하지 말라니까. 지금은 누구 책임인지 따위는 아무래도 좋아. 시설은 지루했지만 나왔으니까 불만은 없어. 그보다 이번 달 일은 잘했어?"

나는 화제를 바꿨다. 우리 모자의 관계가 잘못되었다고 공식적으로 지적받은 처지지만, 엄마와의 관계 덕분에 지금까지 도움을 받은 점도 많았다. 이상한 것은 인정하지만, 이 관계를 부정하는 것까지 받아들일 이유는 없다.

엄마는 얇은 점퍼 소매를 잡아당겨 손을 쏙 집어넣고, 추워서 새빨개진 코끝을 소매에 문질렀다.

"만화 말인데, 한동안 좀 쉬는 편이 낫겠어."

"지금 장난해?"

나는 곧바로 받아치며 엄마를 보았다.

"연재를 쉴 처지가 아니잖아?"

"그렇지. 하지만 그 집에서는 못 그릴 거야. 나는 아쿠아가 옆에 있어줬으니까 어떻게든 해왔어. 그걸 이번에 확실히 깨달

있어. 지금은 머릿속이 완전히 정지되어서 아무 생각도 안 나."

"그래도 어떻게든 짜내는 게 프로 만화가야. 누가 옆에 있지 않으면 못 그린다니, 헛소리도 좀 생각을 하고 해."

대답할 말이 없는 엄마를 나는 더욱 몰아쳤다.

"얼마나 고생해서 지금 하는 일을 받았는지, 얼마나 즐겁게 만화를 그렸는지, 그게 얼마나 소중한지. 생각하지 않아도 다 알잖아? 그걸 간단히 버리려고 하다니, 미친 거 아니야? 엄마는 친정에서 한 달을 지내든 일 년을 지내든 그쯤은 여유롭게 견뎌낼 만큼 뻔뻔하잖아."

만화를 버린 엄마는 상상할 수 없다. 기세등등하지 않은 엄마는 생각하고 싶지도 않다. 절대로 이렇게 끝낼 순 없다.

황량한 북풍을 맞으며 한참이나 엄마를 노려보았다. 엄마가 이렇게 작았나 하는 생각이 든 순간, 내 키가 큰 것을 뒤늦게 깨달았다. 엄마는 아주 잠깐 울 것 같은 표정을 지었지만, 꾹 참아내고 내 머리를 나일론 소매로 쓰다듬었다.

"여러모로 고마워."

"고맙다는 소리 들을 일은 안 했는데."

"그래도 고마워. 언젠가 꼭 아쿠아를 주인공으로 한 만화를 그릴 테니까 기다려줘."

"그것만은 제발 하지 마."

그제야 평소의 엄마처럼 웃어줬을 때, 구불구불한 언덕길을 올라오는 버스가 보였다.

다음 날, 일주일 만에 등교했다. 하야토에게는 심한 감기에 걸렸다고 둘러댈 생각이었는데, 점심시간에 그냥 다 털어놓았다. 이 최악의 경험을 나 혼자서만 소화하기에는 한계가 있었다. 친구는 말도 안 된다고 화를 내며 공무원에게 잔뜩 욕을 퍼붓더니, 무슨 생각인지는 모르겠지만 체육 선생인 고토에 대한 악담까지 해댔다. 역시 하야토가 평소와 똑같아서 안심했다. 아스카에게는 나중에 자세히 얘기하겠다고 메시지를 보냈다.

답답한 기분을 얼른 떨쳐내고 싶은데, 영 회복하지 못한 채 수업이 끝났다. 이사부로에게 앞으로 일을 어떻게 설명하면 좋을까? 나는 교과서를 가방에 넣으며 고민했다. 아마 코르셋 혁명에서 손을 뗀다고 해도 그는 막지 않을 것이다. 이유도 묻지 않겠지.

이사부로 양복점을 떠올리기만 해도 가슴에 따끔한 통증이 느껴졌다. 그 공간을 떠나기 싫다. 그러나 담당 복지사가 계속 생활 개선 상황을 관찰할 테니 내가 있으면 이사부로에게 폐가 된다. 어제 친정으로 돌아간 엄마도 마음에 걸려 미치겠다. 나는 지금까지와는 수준이 다른 괴로움에 허덕였다.

오늘 몇 번째인지 모를 한숨을 쉬는데, 나직한 목소리가 들려 뒤를 돌아보았다.

"쓰다, 잠깐 와주겠니."

하얀 가운을 입은 담임이 교실 뒷문에 서서 나를 바라보고 있었다. 최악의 기시감을 느껴 몸이 굳었다. 나는 하야토에게 먼저 집에 가라고 하고 일주일 전처럼 담임 뒤를 따라갔다. 오늘 목적지는 회의실이 아닌 모양이다. 키가 큰 담임은 가운 주머니에 손을 찔러 넣고 구름다리를 건너며 어깨 너머로 나를 바라보았다.

"너, 상황이 참 성가시게 됐다고 생각하지?"

오늘도 냉랭한 담임은 요즘 스타일로 대충 정리한 머리를 쓸어 넘겼다. 그야 이보다 끔찍할 수 없이 성가시다고 생각한다. 어떻게 대답하면 좋을지 망설이는데, 담임이 다시 나를 돌아보았다.

"착각하지 마. 제일 성가시게 된 건 네 담임인 나니까."

갑자기 뭐야……. 담임은 다시 앞을 보고, 아무 일도 없었다는 듯 여학생에게 애교를 흩뿌렸다. 개인적인 불평을 할 생각으로 날 불렀나? 물론 자기가 맡은 반 학생이 아동 상담소에 보호되는 일은 별로 없을 것이다. 담임이니 성가신 면담이나 보고서 작성이 기다릴 것은 짐작되고도 남는다. 그나저나 이 사람은 왜 나한테는 자기 본성을 대놓고 드러내지? 원한 살 짓을 저지른 기억은 없는데.

운동장에서 야구부와 축구부가 경쟁하듯 소리를 내질렀다. 새파란 하늘은 빨려들 것처럼 높은데, 지금 내게는 아무 감흥도 없다. 오히려 한동안 숨죽였던 비굴함이 고개를 들기 시작했다. 별다른 고민 따위 없는 듯 보이는 학생들이 부럽다.

서쪽 건물 구석의 화학 실험실 문을 열고 담임은 말없이 안으로 들어갔다. 허둥지둥 뒤를 따라 들어가자 담임이 문을 닫으라고 하고 수도가 달린 실험용 책상에 기댔다. 식초 같은 약품 냄새가 배었다.

"어쨌든. 일주일 만에 석방되었으니 행운이구나."

"석방이라니……."

나는 담임 근처에 멈춰 섰다.

"곧 기말시험도 있는데 시기가 좀 안 좋았어. 어쨌든 너는 일주일간 병결이야. 출석 일수는 뭐 어떻게든 되겠지."

"일주일간 병결이라고요? 임시 보호인데 결석 취급인가요?"

담임은 고개를 끄덕이며 실험실 창문을 살짝 열었다. 크림색 커튼이 파도치듯 나부꼈다.

"아동을 지키기 위한 기관인데, 이런 것에는 완전히 무관심한 일방적인 행정이지. 보호 때문에 출석 일수가 부족해지거나 시험을 치르지 못하는 경우도 흔해. 보호가 길어지면 수업도 따라가지 못하고. 시설에서는 공부도 못했지?"

담임은 여자들에게 인기 있는 잘생긴 얼굴로 부드럽게 웃었다.

"나는 이번 일 때문에 아주 많이 화가 났다. 도대체가, 쓰레기로 버리려고 내놓은 만화 잔해를 끄집어내서 조각을 맞춰 통보하다니, 이상하잖아. 법에 걸리고도 남을 행동이야. 하지만 학대 증거니까 괜찮다고 여겨졌지."

나도 그렇게 생각한다. 담임은 팔짱을 끼고 말을 이었다.

"예전부터 생각했는데, 너는 너무 많은 걸 참기만 해. 울고 싶으면 울어도 된다. 도움을 받아야 할 학생이 가장 상처받는 것으로 끝나다니, 이상하잖아. 울어. 그리고 화를 내. 너는 감정을 발산해야 해."

나는 놀라 담임을 보았다. 이런 말을 하려고 나를 불렀나? 평소라면 웃어넘겼을 싸구려 위로지만, 지금은 그런 쪽으로 면역력이 떨어졌다. 갑자기 많은 것들이 북받쳐 정말로 울음이 터질 것 같았다. 나는 오래전부터 울 수 있는 곳이 있으면 울고 싶었는지도 모르겠다. 코끝이 찡해져서 입술을 악무는데, 담임이 쌀쌀맞게 말했다.

"정말로 울면 나는 너를 버릴 거다."

"저기요! 아까부터 왜 이러세요? 놀리려고 부르셨어요?"

나는 발끈해서 키 큰 남자에게 이를 드러냈다. 담임은 태연하게 나를 바라보며 긴 앞머리를 쓸어 넘겼다.

"아동 상담소도 어디까지나 일일 뿐이야. 아동을 구하는 일 이전에 직업이니까. 그리고 이런 부조리가 세상살이지. 기억해둬라."

그렇게 말한 담임은 교탁 뒤로 돌아가 쭈그리고 앉아 무언가를 꺼냈다. 이어서 내 앞에 내민 것을 보고 나는 신음을 흘렸다. 그것은 《생테티엔 기숙학교의 처벌》. 엄마의 만화 단행본이었다.

담임은 내 앞에서 만화책을 펄럭펄럭 넘겨 한참 보더니 책상 위에 놓았다.

"이 근처 서점에 없어서 인터넷으로 주문했어. 쓰다가 이 만화의 배경을 그리는 거지? 정말 대단하구나. 내용은 둘째 치더라도."

담임의 의도를 전혀 모르겠다.

"사람은 보통 모친의 성적인 부분은 보려고 하지 않아. 아들이라면 모친을 신성시하는 면이 있으니 더 그렇지. 하지만 너는 어머님이 그린 에로 만화를 거절하지 않고 받아들였어. 그 점이 상식과 어긋나기 때문에 성적 학대의 일그러진 산물이라고 해석되는 거야."

"무슨 말씀이 하고 싶으신데요?"

나는 담임을 노려보며 물었다.

"네 어머님이 하시는 일은 이거야."

담임은 단행본을 들었다.

"이걸 원하는 사람이 있으니까 일로 성립돼. 어엿한 일이니 당연히 수치스러울 것도 없고, 세상 소문에 신경 쓸 필요도 없지. 너는 어머님의 프로 의식을 인정했으니까 일을 도왔어. 그림을 보면 그쯤은 알 수 있다. 그러니까 성적인 요소가 있다고 곧바로 학대라고 인정한 아동 상담소는 융통성 없는 매뉴얼 집단이야. 보호 대상자는 열일곱 살이나 먹은 남자애니까 긴급성이 있다곤 절대 보이지 않았는데도. 뭐, 교사도 결국 매뉴얼 집단이지만 내 개인적인 의견은 이렇다."

만화를 교탁에 놓고, 담임은 다시 팔짱을 꼈다. 대화를 거의 나눠본 적이 없는데, 담임이 내 속마음을 전부 맞혀서 놀랐다. 왠지 기분 나빠서 남자의 잘생긴 얼굴을 빤히 바라보았다.

"그래서 너는 어머님 때문에 이상 성격으로 자랐니?"

"아니요."

"그럼 다음 질문은 이거다. '왜 남고생이 여성용 특수 속옷에 흥미를 보이는가?'"

"그야 남자라면 누구든 흥미가 있겠죠."

그러자 담임이 만족스럽게 웃었다.

"그거야. 학대와 그걸 등호로 연결하는 건 성급한 결론이야. 마을의 망한 양복점을 고등학생이 돕는 것 자체는 문제 삼을 이유가 없어. 그렇지만 쓰다의 경우는 문제가 되지. 너는 어떤 목적이 있어서 그 할아버지를 돕는 거니?"

고개를 끄덕이자 담임은 다시 교탁 뒤에서 종이 뭉치를 꺼냈다.

"그렇다면 특별히 내가 지혜를 나눠주마."

나는 담임이 건네는 서류를 받았다. 화학, 생물, 수학에 미술, 작문까지 다양한 연구 과제가 정리된 것이었다.

"국가, 지방자치단체, 대학, 민간 기업, 재단. 다양한 기관이 주체가 되어 고등학생의 자유 연구를 연중 모집하고 있어. 네가 반드시 하고 싶은 일이 있다면 학교를 이용해 연구로 승화하면 된다. 내가 허가 도장을 찍으면 아무도 불평하지 못해. 공립 고등학교 학습지도 범위 내니까."

서류를 든 내 손이 떨렸다. 이 상황에서도 당당하게 이사부로의 혁명에 참여할 수 있다고? 나는 천천히 고개를 들었다. 담임은 여전히 패기라곤 하나도 없는 표정으로 책상에 아무렇게나 앉아 있었다.

"선생님은 왜 저한테 이렇게까지 해주세요? 졸업할 때까지 얌전히 있어야 골치 아픈 일도 안 생길 텐데."

"이런 빌어먹을 시골에 갇혀 있으면 자극에 굶주리게 돼. 학생을 이용한 스트레스 발산이야."

어디까지 본심인지 모르겠지만, 나는 일주일 만에 웃을 수 있었다.

"네가 다른 학생들보다 훨씬 어른스럽다고 생각하니까 말해주는 거야. 전에 말했던 대로 나는 사람을 보고 태도를 바꾸니까."

"좋은 의미로 이해할게요."

"아, 그리고 네가 보호소에 있는 동안 3반 여자애가 매일같이 찾아왔어. 사투리 억양이 아주 심한 애가. 쓰다가 어디 있는지 가르쳐달라고 달라붙어서 떼어내느라 고생했다."

"……그렇군요."

나는 헛기침을 했다. 스마트폰을 몰수당한 동안, 아스카에게서 전화와 라인, 메시지가 수십 건이나 온 것이 떠올랐다.

"이성 교제로 교칙을 위반하려거든 안 들키게 해라. 내가 귀찮아지니까. 그리고 성적은 절대 떨어지면 안 된다."

담임은 할 말은 다 했다는 듯이 창문을 탁 닫았다. 나는 고개를 숙이고 발걸음을 돌려 교실을 나왔다. 마음에 들러붙은 응어리가 거의 다 사라졌다.

3

나는 달음박질해서 집으로 돌아가 서둘러 옷을 갈아입고

다시 밖으로 나왔다. 엄마가 아니라 할머니가 계셔서 순간 놀랐지만, 뭐든 긍정적으로 생각하기로 했다. 지금 상태는 오래 이어지지 않을 테고, 생각보다 나를 도와주는 사람이 많다.

석양이 비춰주는 뒷골목을 달려 가와라마치 상점가를 지나 이사부로 양복점의 문을 열었다. 가게를 가득 채운 재봉틀 기름 냄새가 그리웠다. 벽면 선반을 정리하던 아스카가 뒤를 돌아 나를 보더니 눈을 휘둥그렇게 떴다. 그리고 작업대에 부딪히며 출입구까지 곧장 달려오더니 내가 입은 파카의 가슴팍을 천천히 붙잡고서 확 비틀었다.

"쓰다."

"자, 잠깐. 왜 화를 내는 거야?"

나는 기가 죽어 뒤로 물러났다. 머리를 포니테일로 묶은 아스카는 얼굴을 시뻘겋게 붉히고 바로 코앞에서 나를 노려보았다.

"갑자기 네가 안 보이니까 악당한테 유괴라도 당한 줄 알았다고. 집에 가도 아무도 없고 전화도 안 받고, 1반 담임은 전속력으로 도망치고, 아무도 네가 어디 있는지 모른다고 하니까, 혹시 내가 만들어낸 가공의 인물일지도 모른다고 생각했어."

"왜 얘기가 그쪽으로 가?"

"진짜 열받았다고! 이게 국가권력이야? 쓰다 가족을 어느 날 갑자기 일본에서 없애버리다니! 미친 나라야!"

"진정 좀 해. 없애지 않았어."

아스카에게는 아직 자세히 말하지 않았지만, 학대 혐의로 보호되었다는 내 메시지를 읽고 피가 거꾸로 솟구쳤나 보다. 아스카는 여전히 기세등등해서 화를 내며 내게 질문을 퍼부었다. 얼굴이 너무 가까워서 허둥거리는데, 익숙한 저음이 들렸다.

"아스카, 왜 이리 소란스럽니."

까만 스웨터를 소매까지 걷어붙인 이사부로가 작업실에서 불쑥 나타났다. 가느다란 금테 안경을 밀어 올리고 무뚝뚝하게 슬리퍼에 발을 넣었다.

"이사부로 씨!"

내 가슴에서 손을 떼지 않는 아스카를 끌며 이사부로에게 다가갔다. 노인은 평소와 똑같은 태도로 나를 안경 너머로 바라보았다.

"이사부로 씨, 폐를 끼쳐서 죄송합니다."

진지하게 고개를 숙이자, 이사부로는 흥 코웃음을 쳤다.

"폐를 끼친 놈이라면 몇 명이나 쳐들어와서 질문 공세를 퍼붓고 간 것들이지. 하지만 네가 나한테 폐를 끼친 기억은 없구나."

"하지만⋯⋯."

"하지만이고 뭐고. 툭하면 사과하는 버릇은 그만 좀 고쳐
라."

이사부로는 예리한 시선으로 나를 노려본 뒤, 재봉틀 앞에
앉아 갑자기 페달을 밟았다. 분해해서 작업실에서 옮겼는데도
속도와 소리로 보아 여전히 흉포한 듯했다. 맹렬한 기세로 옷
감이 노루발로 빨려 들어갔지만, 노인은 표정 하나 움찔하지
않았다. 이 모습을 다시 볼 수 있어서 정말 다행이다. 가슴이
차츰 뜨거워졌다.

나는 이사부로 옆으로 가 모터 소리에 눌리지 않으려고 소
리를 높였다.

"이사부로 씨, 여기 일을 연구 발표 과제로 삼아도 될까
요?"

"뭐라고? 연구?"

"네. 이사부로 양복점의 리뉴얼 과정을 정리해서 발표하고
싶어요. '고등학생이 산업 심리학적으로 본 양복점의 상품 개
발과 창조성'…… 같은 식으로요. 산업심리학은 백 년 전부터
있던 연구 이론이에요. 이렇게 정리하면 재미있을 것 같아요."

"그게 무슨 의미가 있지?"

이사부로에게 당연한 질문을 받은 나는 전부 털어놓기로
했다.

"저는 지금 아동 상담소에서 학대 피해 아동으로 인정되

었어요. 그래서 앞으로 생활환경을 전부 바꿔야 하는데, 그러면 이사부로 씨를 찾아오는 것도 금지예요. 하지만 연구 대상이라면 여기에 다닐 정당한 이유가 생기죠. 코르셋 혁명에서 절대 빠지고 싶지 않아요. 아니, 빠지는 건 상상조차 할 수 없어요."

연구는 노인에게 귀찮기 짝이 없을 것이다. 그래도 마지막까지 발버둥을 쳐서라도 이곳에 있고 싶었다. 일방적인 이기심이다.

나는 일주일간 일어난 사건을 순서대로 이사부로와 아스카에게 설명했다. 엄마가 하는 일도, 내가 돕고 있다는 사실도, 그것이 원인이 되어 성적 학대라고 인정된 것도, 엄마와 한동안 떨어져서 살아야 한다는 것까지도.

이사부로는 재봉틀 페달에서 발을 떼고 귀를 기울였고, 아스카는 다시 분노해서 떨리는 입술을 꽉 물었다. 내 이야기가 끝나자 노인은 팔짱을 끼고 내 눈을 들여다보았다.

"공무원의 판단은 타당해."

아스카가 그 말을 재빨리 물고 늘어졌다.

"원수! 타당할 리가 없죠! 어느 날 갑자기 너는 오늘부터 집에도 못 가고 부모와도 만나지 못하고 학교에도 가지 못하며 친구와도 연락할 수 없다……라는 선고를 받은 거라고요! 생뚱맞은 기지에 감금되어서 24시간 내내 감시당했다고요!"

"그건 어린아이니까 어쩔 수 없어. 인간적으로 미숙하니까. 어른에게는 책임이 있다. 일정한 기준을 갖춰 미숙한 대상을 보호하는 것이 당연해. 공무원의 방식에 거친 면이 물론 있긴 했지만, 그게 일이니까. 그놈들은 자선 활동가가 아니야."

아스카는 이해할 수 없다고 불평했지만, 나는 이 사태를 순순히 받아들였다. 이 세상에는 다양한 척도가 있고, 그것을 축으로 삼아 담담하게 움직인다. 이사부로의 말은 쌀쌀맞았지만 오히려 평소와 마찬가지로 냉정한 시각을 유지해서 안심했다.

이사부로는 이어서 말했다.

"그리고 이 가게를 산업심리학이니 하는 하찮은 사상에 집어넣는 건 그만둬라."

이쪽은 완전히 부정하시는구나……. 기분이 급격히 다운됐지만, 어떻게든 이곳에 머무를 길을 필사적으로 찾아보았다.

"너, 연구하는 의미를 잘 고민해라. 기존 이론을 똑같이 하는 것에 무슨 의미가 있지? 연구자라면 전혀 새로운 표준을 만드는 일쯤은 해야지."

"연구자가 아니라 고등학생인데요……."

듣고 보니 이사부로나 코르 발레네의 독창성은 무언가에 적용하는 순간 사라질지도 모른다. 열심히 생각했지만 영감이 떠오르지 않아서 고민은 나중으로 미루기로 하고 고개를 들었다.

"너무 어렵네요. 그래도 이사부로 양복점을 연구 발표하는 건 허락해주실 수 있나요?"

"마음대로 해라. 그런데 아동 상담소 놈들을 속이기 위해서라면 연구 같은 거창한 것이 아니라 관찰 일기 정도로도 충분할 텐데?"

"그건 안 돼요."

나는 의욕적으로 말했다.

"코르 발레네는 이사부로 씨 기술의 결정체이고, 우리가 하는 건 영혼의 혁명이니까요. 어중간하게 하면 절대로 안 돼요. 그리고 연구 자체에도 흥미가 생겼어요. 코르셋과 연관된 사람의 감정 변화나, 창조된 세계가 알아서 진화하고 퍼져나가는 모습에도요. 어쨌든 검증해보고 싶어요."

"무슨 소린지 잘 모르겠군."

"뭐, 나는 대충 알겠어. 쓰다가 하려는 건요, 약해진 지금의 자신을 북돋는 회상 작업이에요. 그리고 어른 사회에 대한 반항."

아스카가 다 안다는 듯 고개를 끄덕였다. 늘 그렇듯이 자기 멋대로 단정 지었지만, 그런 면도 분명 있다. 나는 어떻게든 현재에 굴복하고 싶지 않았다.

마음을 복잡하게 하던 거친 파도가 진정되자마자 지금까

지 살펴볼 여유가 없었던 가게가 눈에 들어왔다. 아스카가 벽의 금속 스위치를 손가락으로 눌러 올리자, 곧 가게 안이 밝은 빛에 둘러싸였다. 나는 이끌리듯 천장을 올려다보았다. 몇 개나 달린 유백색 전구 갓은 가토 부인에게 받아 온 진료소 것이다. 영화에서 본 가스등처럼 아주 평온하고 차분한 빛이 내리쬐었다.

"저 앞의 이시즈카 전파사를 불러서 배선을 전부 새로 바꾸었다."

이사부로가 둥근 의자에서 일어나 천장 구석을 가리켰다.

"콘센트를 늘리고 전압도 높였어. 그리고 네 그림대로 대들보를 따라 교창도 여러 개 달았지. 산반초의 창홋가게에서 흔쾌히 건네주더구나. 대만에서 수입한 저렴한 양산품이 아니라 주인장이 직접 노송나무에 조각한 예술품이야."

나는 설명을 들으면서도 천장에서 시선을 떼지 못했다. 조명과 교창 몇 개를 더하기만 해도 이렇게 깊이가 생기다니. 형식에 얽매이지 않은 교창은 대담하게도 나무에 구멍을 뚫어 바람에 흘러가는 구름을 보여주는 구도여서 생생함이 넘쳤다. 세월이 흘러 거뭇거뭇해진 목재는 가게 분위기와 어색함 없이 어울렸다.

"벌레 먹은 교창이나 의사가 버린 전구 갓 같은 걸 모으면 가게가 단순히 잡동사니 창고가 될 것 같아서 걱정했어. 그런데 나쁘지 않군."

나는 제대로 말을 할 수 없었다. 백열등 불빛이 벽과 바닥에 교창의 섬세한 그림자를 드리웠다. 그것이 오사와 사진관에서 빌린 낡은 소파나 작은 테이블을 돋보이게 해주었다. 재봉틀 몇 대와 다리미, 그리고 작업대가 있는 한쪽은 기계적이고 단단한 분위기지만, 오히려 공간에 수수께끼 같은 분위기를 더해주었다. 벽면 선반에는 색색의 실패와 옷감이 무질서하게 놓여 있었다.

"최고야……."

온몸에 소름이 쫙 돋았다. 아스카와 둘이서 생각한 것이 현실이 되어 눈앞에 있다. 눈시울이 뜨거워졌는데, 아스카가 멍하니 선 내 팔을 잡아당겼다.

"쓰다, 감동은 이쪽을 본 다음에 해."

그러면서 창가에 있는 얇은 흰색 천을 힘차게 잡아당겼다. 나는 눈을 여러 번 깜박이며 멍하니 입을 벌렸다.

창가에는 오래되어 덕지덕지 기운 보디가 다섯 개나 놓여 있었다. 나는 홀린 듯이 다가갔다. 보디에 입힌 코르 발레네는 전부 처음 보는 것들이었다.

"이, 이 옷감은 가토 부인이 모아주신 거야?"

"응. 이건 기모노 조각을 쓴 짧은 코르셋. 이미지대로야."

나는 하얀 백합 무늬가 새겨진 까만 코르셋을 조심스럽게 만졌다. 기모노의 무늬를 죽이지 않는 절묘한 위치에서 잘랐다. 촘촘한 다다미 자수가 한 송이 백합을 피워 올렸다. 그리고 그 너머에 있는 것을 보고, 나는 아스카를 몇 번이나 돌아보았다.

"이거, 이거, 리본!"

"역시 그게 딱 보이지? 말도 안 되게 귀엽지 않니? 나도 진짜 깜짝 놀랐어. 리본 자수와 고긴 자수의 융합이라니까. 이거 내놓으면 주문이 빗발칠 거야."

"미나미 하나 씨가 하고 싶다고 하셨던 거네!"

"맞아, 맞아. 정말이지, 점집 할머니도 사람이 아니야. 월요일에 벌써 완성작을 가지고 오시더라?"

대단하다는 말 외에 무슨 말이 더 필요할까. 수많은 종류의 리본을 조합해 작은 엉겅퀴 형태를 만들어 생화인가 싶을 정도로 코르 발레네를 수놓았다. 전면에 이 정도로 리본 자수를 넣었는데도 지나치게 귀엽지 않은 것은 그때 할머니가 말한 고긴 자수의 효과 덕이다. 일본 고유의 솔방울 연속무늬가 맑은 파란색 실로 치밀하게 수놓여 있었다. 그야말로 정반대인 두 기법이 융합해 신비로운 자포니즘을 창출했다.

정신을 차리자 이사부로가 내 뒤에 서 있었다.

"거기 있는 건 전부 그 할멈이 수를 놓았어. 손이 워낙 빨라서 내 재봉이 따라잡지 못할 정도야. 밑그림도 없이 감각만으로 곧장 수를 놓는다더군. 그런데도 어긋남이 없어. 믿을 수 없는 실력이야."

"역시 점집을 하시니까 영혼을 몸에 불러들이나 보다."

"무슨 소리야."

혼자 고개를 끄덕이는 아스카에게 핀잔을 주면서도, 색채에 구도에 분위기까지 너무 절묘해서 그 어수선한 방에 있던 할머니가 만든 것이라는 사실이 믿어지지 않았다. 이사부로가 내는 치밀한 멋도 유감없이 발휘되어 한숨이 나올 정도로 아름다운 완성작이었다.

"대단해서 말이 안 나와요……. 그런데 이사부로 씨. 뼈대인 고래수염이요, 안 모자라요? 제때 들어올 수 있을지 걱정되는데."

"그거라면 이제 괜찮다. 독일제 뼈대를 주문했으니까."

이사부로는 발걸음을 돌려 서랍을 열어 코일처럼 감긴 것을 꺼냈다.

"스프링 본이라는 거야. 재질은 스틸과 스테인리스고, 녹이 슬지 않도록 가공되어 있어. 이건 고래수염에 맞먹는다. 부드럽고 가벼운데 단단해서 심이 되어줘."

"독일제를 어디에서 찾으셨어요?"

"점집 할멈 덕에. 독일 자수 실을 샀는데 카탈로그에 실려 있었나 봐. 그 할멈은 이런 부속품을 잘 알거든. 전 세계에 안

테나를 펼치고 독특한 건 인터넷으로 해외직구도 해."

"네? 설마 그 할머니가 컴퓨터로요?"

나는 놀라서 고개를 들었다. 어두컴컴한 방에서 인형들을 데리고 앉아 있던 모습에서는 전혀 상상되지 않는다. 그러자 이사부로가 바깥을 턱짓으로 가리켰다.

"옆집 할아범을 중간에 둔 해외직구야. 나는 전혀 몰랐는데, 점집 할멈은 옆집에 자주 다니나 보더구나. 사진관은 세계와 연결되는 영혼의 길이라나."

매드 엔지니어 오사와 사진관이라면 확실히 세계와 연결된다. 할머니가 이 근처에 나타났던 이유를 이제야 알았다.

나는 갑자기 의욕이 샘솟았다. 이제 드디어 프로모션이다 싶어 팔짱을 끼는데, 아스카가 맞장구를 쳤다.

"그거 말인데. 코르셋을 완벽하게 갖추고 디스플레이가 완성될 때까지 자꾸 보여주지 않는 게 좋겠어. 이번 주말에 나랑 할머니들이 촬영을 할 거니까 완성품을 한꺼번에 선보이면 어떨까?"

"그렇군. 그러면 오사와 사진관 쇼윈도에도 사진을 붙이고 미용실 스즈코의 옷 입히기와 머리 손질까지 소개하자. 다 한꺼번에."

"어이, 너희. 홍보할 거면 신장 개점 애드벌룬도 잊지 마라."

이사부로는 어떻게든 애드벌룬을 이용하고 싶은가 보다.

어쨌든 이제 남은 것은 인터넷 관련이다. 나는 노인을 돌아보았다.

"이사부로 씨, 제 친구를 한 명 끼워도 될까요? 컴퓨터를 잘해서 인터넷과 관련된 일은 자기한테 맡겨달래요."

"누군데?"

"가와치 하야토라고 해요."

"가와치? 아아, 가와치 조원의 증손주군."

"아세요?"

이사부로는 금테 안경을 손가락으로 올리며 고개를 끄덕였다.

"거기 할아범은 우리 단골이었어. 코트에 정장에 셔츠까지, 몸에 걸치는 것이라면 전부 우리 집에서 맞췄지. 오래전에 세상을 떠났지만."

"아아, 그런데 그 단골손님의 증손주를 이사부로 씨가 때린 적이 있는 것 같은데……."

"그건 또 무슨 소리냐."

노인은 곧바로 되물었다. 아마도 이사부로의 먹잇감이 된 아이들이 한둘이 아닐 것이다. 가게 근처에서 날뛰는 아이들이라면 하나도 남김없이 쫓아냈겠지.

이후 우리는 치밀하게 계획을 세우고 학교 겨울방학이 시작되는 첫날인 크리스마스에 가게를 열기로 했다.

저녁 6시를 넘긴 시각, 나와 아스카는 숨을 죽이고 걸었다. 이사부로 양복점에서 돌아오는 길에 평소보다 멀리 돌아 휴가 단지로 향했는데도 도중에 조깅 집단 서너 명과 마주쳤기 때문이다. 맨 앞에 마나베 여사와 행동을 함께하는 단지 주민 아줌마가 있었다. 쓰레기에서 만화를 끄집어낸 사람 중 한 명일 것이다. 동료를 모아 잘게 자른 원고를 복원하는 모습을 상상하기만 해도 토할 것 같았다. 마을의 샛길을 모두 파악한 아스카가 재빨리 곁길로 빠져 술집이 이어진 초라한 골목을 지났다.

　　"이제 슬슬 마나베 여사를 어떻게든 해야 해. 저 조깅 감시 대원들도 그렇고."

　　자극적인 가게의 네온이 반짝일 때마다 목도리를 한 아스카의 얼굴이 밝은색으로 물들었다.

　　"어디를 가든 감시하는 눈이 번뜩이니까 진정이 안 돼. 게다가 또 밀고할 거리를 찾으려고 할지도 모르고."

　　"우리가 생각한 평행 세계 그 자체다. 마을에 깔린 사상경찰과 그 지지자가 반란군의 꼬리를 잡으려 드네."

　　후후 웃자 아스카가 노려보았다.

　　"웃을 일이 아니야. 이번에 마나베 여사가 한 짓은 권력을 이용한 억압이라고. 자기한테 굽히지 않는 인간을 힘으로 깔아뭉개려고 했잖아. 절대 용서 못해."

"그건 그래."

"쓰다가 이사부로 양복점에 다니는 걸 들키면 또 무슨 짓을 할지도 몰라. 가만히 내버려둘 리 없어."

"응."

나는 고개를 끄덕였다. 학교 연구 과제라는 명목으로 나는 도망치더라도 이번에는 이사부로를 타깃으로 삼을 가능성이 있다. 그러면 공무원으로 일하는 아들까지 끌어들이게 되고, 민폐라는 단어로 정리하지 못할 사태로 발전할지도 모른다. 내가 코르셋 혁명에서 손을 떼는 것이 전부 원만하게 수습하는 길이지만, 왜 그렇게까지 순종해야 하는데? 이해할 만한 요소라곤 찾을 수 없다.

짜증이 나서 한숨을 쉬는데, 아스카가 목도리를 입에서 떼고 말했다.

"네가 없는 동안 가토 할머니한테 이런저런 얘기를 들었어. 마나베 여사는 동사무소나 시의회 위원이나 교육위원회나 부인회 같은 곳의 윗사람하고 연줄이 있대. 자원봉사도 해서 표창도 받았다더라."

"권력에는 아낌없이 봉사한다는 소리네."

"응. 그래도 시골 특유의 남존여비 사상을 없애기 위해 꾸준히 활동하는 것만은 분명하대. 이혼하지 않으려는 농가에 가서 설득하고, 여자에게 불리한 노동조건을 바꾸기도 해서 그런 쪽으로는 의지할 만한 사람인가 봐. 하는 짓은 더럽고 악당 그 자체지만, 일정한 지지자가 있으니까 강하게 나오나 봐."

아마 정의감이 보통 사람의 몇 배는 될 것이다. 그러나 자기가 정한 정의의 기준에서 벗어나는 사람은 무슨 수를 써서라도 무시해도 된다고 생각한다. 대놓고 자기를 지지하는 인간은 지키는 동시에 장기 말로 쓴다. 부당함과 정당성을 동시에 지닌 것이 마나베 여사였다. 나는 또 한숨을 쉬었다.

"이제 마나베 여사하고는 얽히고 싶지 않아. 떠올리기만 해도 거부반응이 일어나고, 솔직히 말해 어디론가 도망쳐서 숨어 살 수 있다면 그러고 싶어."

아스카가 옆에서 나를 물끄러미 바라보며 입을 열었다. 그러나 굳이 말하지 않고 한참이나 쳐다보기만 하다가 사무라이처럼 긴 포니테일 머리를 뒤로 넘겼다.

"그게 가장 현명한 방법이긴 해. 그래도 좀 화가 나. 사회에 나가면 다들 그렇게 되나? 강한 자에게 굽실거리고 버티면서 자기 자신을 죽이고 이름만 멀쩡한 평화를 필사적으로 지키잖아. 어른이 되는 것과 이 사회가 대체 뭔지 모르겠어."

"그런 데 의문 자체를 품지 않는 것 아닐까? 상식과 정의의 축이 바뀌는 거야. 그래도 변하지 않으면 이상하니까. 우리도 초등학생 때랑 지금은 다르지."

"쓰다, 꼭 도통한 사람 같다."

아스카가 상황에 어울리지 않게 웃어서 나도 덩달아 웃었다. 우리는 보조를 맞춰 천천히 걸어 일부러 멀리 돌아 단지로 돌아갔다.

4

"아쿠마리, 화장이 좀 진하지 않니?"

오사와 할머니는 아까부터 2층 스튜디오에 있는 거울 앞을 떠나지 못했다. 백발에 두둥실 컬을 넣고, 꽃 장식이 달린 작고 납작한 밀짚모자를 비스듬하게 썼다. 팬케이크라고 불리는 모자로 할머니가 젊었을 때 유행했다고 한다.

"아이섀도는 20년 만에 바른 건데. 이상하지 않니?"

"이상하기는요, 정말 예뻐요. 그리고 이렇게 맞추니까 최고예요."

기가 죽은 할머니를 응원하려고 나는 온 힘을 다해 칭찬했다. 그러나 절대 아첨이 아니었다. 늘 두껍게 껴입고 살림에 찌든 할머니와는 전혀 다른 사람이었다.

미용실 스즈코에서 머리를 세팅하고 옷까지 입고 온 할머니는 과거 어느 시대에도 해당하지 않는 새로운 세계관을 만들어냈다. 진한 적자색 기모노에 긴 산호색 하오리를 걸치고, 그 위에 이사부로가 만든 복숭아색 코르셋을 조였다. 전신을 분홍색 그러데이션으로 치장하고, 발에는 빨간 끈이 달린 옻칠 나막신을 신었다. 사랑스러운 색과 소품을 좋아하는 할머니는 부끄러워하면서도 정말 기쁜 듯 보였다.

"가토 씨랑 스즈코 씨, 그리고 아스카도 곧 올 거야. 다들 정말 멋있어서 기절초풍할 거다."

오사와 할머니가 웃었다. 착각이 아니라 정말로 열 살은 젊어진 것처럼 보였다. 거울 앞을 떠나지 못하는 할머니는 새로운 자신을 발견한 덕에 정말 행복해 보였다.

그때 계단을 올라오는 발소리가 들리더니 입구에 둥근 얼굴이 나타났다.

"아, 하야토. 금방 준비될 거야."

점퍼를 입은 하야토는 기어드는 목소리로 인사하고, 큰 짐을 짊어지고는 머뭇머뭇 스튜디오로 들어왔다. 이사부로 양복점을 인터넷에 홍보하는 일을 맡았다. 촬영 현장과 가게가 문을 열기까지 과정을 기록해서 조만간 동영상으로 공개할 생각이라고 했다. 하야토는 예쁘게 꾸민 할머니를 보고 순간 놀랐지만, 곧 가방에서 커다란 카메라를 꺼내 설정을 시작했다. 그러자 오사와 할머니가 하야토에게 차분하게 물었다.

"네가 가와치 조원의 손주구나?"

머리부터 발끝까지 천천히 눈을 위아래로 움직였다.

"증조부랑 어쩜 이렇게 닮았니. 신사에 참배하러 갈 때도, 명절을 쇨 때도, 시치고산 때도 네 사진은 전부 여기서 찍었어. 요만할 때 봤는데 이렇게 자랐구나. 토실토실 살이 오른 아기였는데 많이 컸어."

할머니는 손을 뻗어 하야토의 머리를 쓰다듬고 엉덩이와 배를 만지며 튼실하다고 칭찬했다. 이번에는 오사와 할아버지가 오더니 문 앞에 우뚝 멈춰 섰다.

"캐논, PSG1X 마크 2."

할머니에게 붙잡힌 하야토는 얼어붙은 채 손에 든 카메라를 내려다보았다.

"제법 좋은 카메라를 쓰는구나. 역시 가와치 재벌다워."

"아니, 재벌은 아닌데……."

하야토가 씁쓸하게 웃는데, 할아버지가 스튜디오로 들어오자마자 예의 그 대사를 늘어놓았다.

"얘야, 이 가게를 사주지 않겠니? 절세 대책으로도 좋을 거다. 여기서만 하는 얘긴데, 세무서가 가와치 조원에 눈독을 들이고 있어. 방심했다가는 조만간 당할지도 모른다."

그러자 할머니가 곧장 손뼉을 짝 쳤다.

"이 영감탱이가, 그만둬요! 대체 왜 그런 바보 같은 얘기를 아무한테나 하는 거야! 부끄럽지도 않나!"

"그야 어지간해서는 잡을 수 없는 기회니까. 가와치의 후계자라면 이야기도 빠르고."

역정을 내는 할머니를 무시하고 짧은 머리 할아버지는 유유히 말하더니, 안쪽에 놓인 삼각대를 정 위치로 끌어당겼다. 그 뒤에서 하야토도 자기 삼각대를 꺼내 디지털카메라를 세팅했다.

"동영상인데 고정해서 찍으려고?"

"네. 제가 생각한 그림이 있어서요."

"타임랩스인가?"

노인이 말하자 하야토가 눈을 반짝였다.

"바로 그거예요! 홈비디오처럼 영상을 지루하게 보여주는 게 아니라 저속도 촬영해서 30초 이내로 콘셉트를 압축할 생각이에요! 진짜 재밌을 거예요!"

"그렇군. 너, 이 일을 마치면 내 작업실로 와라. 양복점 오피셜 사이트 계획을 세우자꾸나. 기재와 소프트웨어라면 썩어 문드러질 만큼 많아."

할아버지가 히죽 웃자 하야토도 웃었다. 겨우 이 정도 대화로도 둘은 서로의 자질을 완벽하게 파악했나 보다. 할아버지는 세월이 느껴지는 커다란 카메라를 삼각대에 세팅했고, 할머니를 스크린 앞에 세워 노출을 조절했다. 그리고 내게 말했다.

"너는 거기 창고에서 병풍을 꺼내주련? 뚫새김된 거."

나는 고개를 끄덕이고 스튜디오 옆의 작은 암실 문을 열었다. 벽 쪽에 기댄 병풍 같아 보이는 것을 꺼내 수건으로 먼지를 털고 할아버지가 지시한 자리에 설치했다.

할아버지는 카메라에 달린 새까만 장막에 얼굴을 넣고 몇 장인가 시험 촬영을 하고, 스튜디오 라이트의 가감을 조정했다. 어떤 계기를 들여다보면서 시험 촬영을 반복하는데, 키가 늘씬한 가토 부인이 나타났다. 나는 무심코 숨을 죽였다.

오사와 할머니와는 분위기가 완전히 달랐다. 가토 부인이 주문한 코르 발레네는 지금 처음 보는데, 광택이 살짝 나는 까만 옷감에 역시 까만색으로 큼지막한 장미를 수놓은 것이었다. 가슴 아래부터 허리까지 오는 짧은 코르셋은 전부 새까맸다. 그러나 그것이 우아한 아름다움을 연출했다.

"오래 기다렸지?"

가토 부인은 하얀 앞머리를 높이 띄워 묶고, 빨간 칠기 빗을 귀 옆에 하나만 꽂았다. 얇은 회색 무지 천에 문양을 넣은 까만 하오리를 맞추고, 그 위에 까만 코르셋을 입어 아주 심플했다. 나는 스마트폰을 꺼내 사진을 찍었다.

"멋있어요! 폴 푸아레 같은 분위기예요!"

"폴 푸아레?"

"20세기 초에 몸을 조이지 않는 폴 푸아레의 기모노 스타일이 파리에서 크게 유행했어요. 덕분에 코르셋은 눈 깜짝할 사이에 구닥다리가 되어버렸죠. 당시 유럽에서는 예술을 포함해서 자포니즘이 대단한 인기를 끌었어요. 그 까만 장미 코르셋, 품이 꽤 넉넉해 보여요."

"어머나, 아쿠마리는 눈이 좋구나. 나는 트위드 코트나 미치유키* 위에도 이걸 입고 싶어서 크게 만들어달라고 했어. 조절할 수 있게 끈으로 묶게 했고."

가토 부인이 뒤를 돌아 보여주었다. 구멍에 끈을 꿰는 고전적인 스타일이었다. 이 할머니는 패션에 고정관념 없어 독자적으로 연구하고 마음껏 진화시키는 대단한 사람이었다. 게다가 자신에게 어떤 것이 잘 어울리는지도 안다.

이어서 스즈코 할머니가 기모노 옷자락을 쥐고 큰 소리로 떠들며 들어왔다.

"드디어 모두 모였네. 이렇게 옷 입히는 건 처음이었어."

스즈코 할머니는 보라색 머리를 연보라색으로 다시 염색했는지, 전에 봤을 때보다 발색이 차분했다. 그리고 역시 두 사람과는 전혀 다른 옷을 입었다. 보라색과 흰색 줄무늬의 대담한 기모노를 거의 끌리듯이 입었고, 그 위에 길이가 긴 코르셋을 입었다. 나비 문양이 들어간 기모노 옷감이었는데, 자잘

• 하오리와 비슷한 형태의 여성용 외출복

한 조각이 스무 개 이상은 연결된 것 같았다. 거기에 술 장식
이 달린 긴 새시*를 두른 모습은 오페라 가수처럼 관록이 넘
쳤다.

그리고 통통 바쁘게 뛰어 들어온 아스카를 본 나는 웃었
다. 완전히 다른 세계의 주민으로 변신했다.

"으아, 생각보다 시간이 걸렸어. 스즈코 할머니가 혼자서
다 하느라 지치셨을 거야."

"지치긴 했는데, 오랜만에 솜씨 좀 발휘했네. 입히는 방법
이 거기서 거기인 기모노랑 달리 이번에는 각자한테 맞는 이
미지를 끌어내는 게 가장 중요하니까. 아아, 정말 재미있었어.
더 많은 사람의 개성을 끌어내고 싶어."

아스카가 오사와 할아버지 뒤에 선 하야토를 보고 친근하
게 손을 들었다.

"가와치도 왔구나? 인터넷 프로모션 잘 부탁해. 드디어 네
솜씨를 전 세계에 뽐낼 때가 왔어."

하야토도 손을 들어 인사하고 슬쩍 내 곁으로 와 목소리를
낮췄다.

"여전히 사투리 억양은 대단한데, 미키 녀석 생각보다 귀
엽다."

하야토의 솔직한 의견을 듣고 왠지 내가 부끄러워졌다. 화
장과 머리 스타일 때문이기도 하겠지만, 가공의 시대를 활발

하게 돌아다니는 모습이 언뜻언뜻 보였다.

넷 중에서는 역시 아스카가 에버렛 자포니즘을 가장 잘 연출해냈다. 대나무 숲에서 참새가 춤추는 모습을 표현한 무늬를 넣은 세련된 긴 하오리 아래 프릴 달린 블라우스를 입고, 고동색 롱스커트를 펄럭였다. 아스카가 입은 코르 발레네에는 금색과 은색 실로 짠 니시진오리●● 오비를 썼다. 이사부로 아내의 유품이다. 많은 추억이 담겼을 텐데, 이사부로는 두말없이 아스카에게 내주었다.

"좋아, 그럼 촬영을 시작하지. 먼저 젊은 사람부터."

오사와 할아버지가 말하자 아스카가 목이 긴 부츠를 울리며 카메라 앞에 섰다. 헤어와 메이크업 담당인 스즈코 할머니가 얼른 다가가 묶은 머리를 고치고 빨간 립스틱을 발라주었다. 그러고는 하오리 옷깃을 정리하고 할아버지에게 오케이 사인을 줬다.

"젊은 사람한테 쓸데없는 지시는 필요 없겠지. 어쨌든 마음대로 움직여보렴. 타이밍은 내가 알아서 정할 테니까."

"모델을 해본 적이 없어서 좀 어려워요."

아스카는 그렇게 말하면서도 빼지 않고 척척 포즈를 취했

● 드레스 허리나 모자 따위에 장식으로 붙이는 폭넓은 띠
●● 교토 니시진에서 나는 고급 비단

다. 하야토는 액정을 확인하며 카메라를 돌렸다. 촬영 풍경을 동영상으로 촬영하는 멋진 그림을 노리나 보다. 아스카가 까만 레이스 우산을 펴고 다리를 교차하거나 뒤를 돌아볼 때마다 할아버지는 플래시를 터뜨리며 사진을 찍었다.

뭐랄까, 대단한 일이 되어버렸다. 나는 눈부신 조명이 켜진 공간에 취해 어지러웠다. 이곳은 한적한 마을의 상점가, 게다가 폐업 직전이어서 세간에서도 잊힌 개인 상점이 분명하다. 오랜 세월 다른 이가 정한 이벤트를 타성적으로 하며 시대가 변한 것을 그저 한탄하기만 했다. 그러나 코르 발레네에 매료된 사람들은 다르다. 아니, 누구나 자신의 삶을 찾을 기회를 바라고 있다.

사진관 노인이 카메라를 보며 외쳤다.

"시선을 잠깐 비껴보겠니? 그리고 내리깔아보렴."

촬영 도중 할아버지는 필름을 몇 개나 갈아 끼웠고, 이따금 디지털카메라로 교체해 들고서 피사체에게 예리한 시선을 보냈다. 빈둥거리던 평소 모습은 찾아볼 수 없다. 오사와 할머니는 그런 반려자를 바라보며 감격한 듯 중얼거렸다.

"이렇게 활기 넘치는 촬영이 몇십 년 만이더라……. 저 양반, 참 즐거워 보이네. 입으로는 이러쿵저러쿵해도 역시 타고난 사진가라니까."

눈물 많은 할머니는 벌써 눈에 그렁그렁했다. 그때 내 뒤에서 소리 없이 이사부로가 나타났다. 금테 안경을 중지로 밀어 올리며 자신이 만든 코르 발레네를 입은 세 사람을 한 명씩 차분히 지켜보았다. 그리고 발걸음을 돌려 떠나려고 했다.

"앗, 이사부로 씨. 뭐라고 한 말씀 안 하세요?"

내가 서둘러 붙잡자 이사부로가 돌아보았다.

"네 말대로 저 사람들 뒤로 정말 다른 풍경이 보이는 것 같다. 상상력을 막 자극해. 이게 에버렛 자포니즘이로구나?"

노인은 반쯤 충격을 받았는지 조용히 스튜디오를 떠났다. 갑자기 그런 표정을 짓다니, 나는 정말로 감격했다. 심호흡을 하고 다시 카메라를 보는데, 오사와 할아버지가 손가락을 딱 울렸다.

"좋아, 다음은 가토 접골원으로 체인지. 창고에서 자카드 의자를 가져오너라. 그리고 키 큰 플로어 조명도. 잠자리 세공이 달린 거다."

나는 얼른 뛰어가 두 개를 꺼내 먼지를 털어내서 지시한 장소에 놓았다.

이어진 촬영은 점점 더 흥이 올라 연보라색 머리의 스즈코 할머니는 바닥에 무릎을 꿇고 의자에 기대는 대담함까지 연출했다. 오사와 할머니는 수줍음이 많아 표정을 잘 꾸미지 못했지만, 그 덕에 오히려 풋풋한 결과물이 나왔다. 마지막으로 넷의 단체 사진을 몇 가지 포즈로 찍고 끝마치자 오사와 할아버지가 의기양양하게 말했다.

"이거야, 오랜만에 카메라를 들어서 어깨가 뭉치는군. 그나저나 가와치 댁 도련님."

노인은 허리를 두드리며 하야토를 돌아보았다.

"이걸 올릴 웹사이트는 다국어로 하는 게 좋겠어. 영어와 프랑스어와 중국어. 일본어로만 제공하기에는 아까우니까."

"하지만 그렇게 하려면 고성능 번역 소프트웨어가 필요해요. 무료 번역기 같은 걸로는 해석이 난장판이 될 테니까요."

하야토가 말하자 할아버지가 허허 웃었다.

"그건 어떻게든 된다. 오카야초에 쇼류지라는 절이 있지. 거기 스님이 중국인 신부를 맞았어. 그쪽에 번역을 부탁하면 되겠지."

"아, 우리가 단가*니까 부탁해볼게요. 기량이 뛰어나고 머리도 좋은 사람이니까. 부인회 소속이기도 해요. 장래가 유망해."

가토 부인이 물 흐르듯 자연스럽게 말을 이었다.

"그리고 시청에 있는 외국인 생활 상담 코너에서 번역도 맡아서 여기저기 파견되기도 해요. 국제 교류 센터 자원봉사자니까 그쪽에도 부탁할 수 있을 거야. 영어와 프랑스어도 어

• 특정 절에 속해 시주를 하며 해당 절을 돕는 집

떻게든 될 것 같아요."

"그럼 이사부로 씨 댁의 다이치한테 물어봐야겠군. 공무원이니까 부탁하려면 서류가 필요할지도 몰라."

오사와 할머니도 말을 덧붙였다. 역시 마을을 꿰뚫고 있는 노인들이다. 무한하게 뻗어 있는 네트워크는 무시할 수 없다.

이후 나와 하야토는 스튜디오 정리를 도왔고, 친구는 그대로 오사와 할아버지에게 끌려가 암실을 개조한 컴퓨터 룸으로 사라졌다. 노인을 싫어하는 하야토도 이번만큼은 흥미가 솟구치나 보다.

드디어 대단원이 코앞이다. 나는 열기로 가득한 스튜디오를 둘러보았다. 이제는 내 개인적인 문제를 해결하면 된다. 괜찮아, 분명히 잘될 거다. 나 자신을 응원하며 이사부로의 가게로 가려고 했는데, 뒤에서 팔을 붙잡혀 돌아보았다. 오사와 댁 손님방에서 옷을 갈아입은 가토 부인이 평소처럼 사람 좋은 미소를 지으며 나를 쳐다보았다.

"너는 당당해도 된단다. 부끄러워할 것 하나 없으니까."

그 말과 함께 팔을 툭 치고, 가토 부인은 노인답지 않은 유연한 움직임으로 오사와 사진관을 나갔다. 내게 벌어진 일을 알고 있는 듯했다. 마나베 여사와 관련이 있다는 것도 들었을지 모른다.

나는 수많은 각오를 가슴에 담고 성큼성큼 옆 가게로 갔다.

5

11월 말에 첫눈이 내린 것을 시작으로 12월에 들어서면서부터 본격적으로 눈이 내리기 시작했다. 우리 집에도 드디어 난로와 고타쓰가 등장해 절약에 신경 쓰며 난방을 켜는 긴 겨울에 돌입했다. 나는 다른 때보다 더 기말시험 공부에 몰두했다. 지금 성적이 떨어지면 내가 패배했다고 인정하는 것 같았기 때문이다. 이사부로 양복점의 작업을 잠시 중단하고 학교에서는 담임과 스쿨 카운슬러, 아동복지사와의 교대 면담도 정기적으로 진행했다. 그쪽은 사후 보고서를 정리하기 위한 작업이었고, 나 역시 비슷했다. 특히 아동 상담소의 복지사에게는 무슨 대답을 원하는지 이미 알고 그대로 읊어주는 귀찮은 짓을 할 뿐이다.

아직 마나베 여사와는 마주치지 않았다. 그 점이 목에 걸린 불안의 씨앗이었는데, 아스카가 그런 스트레스를 해소해주었다. 나흘에 한 번, 둘이서 시계탑의 추를 감는 일로 현실에서 조금 거리를 둘 수 있었다.

12월 10일 금요일.

종료를 알리는 종이 울림과 동시에 반에서 요란한 환성이 울렸다. 닷새간 치른 시험이 드디어 끝나 겨울방학까지 속 편하게 지내면 된다. 시험관을 맡은 교사가 답안을 모으는데, 뒤에서 나직한 소리가 들렸다.

"어땠어?"

뒤를 돌아보니 눈 아래 진한 다크서클이 드리운 하야토가 하품을 참으며 책상에 팔을 올리고 있었다.

"아마 지금까지 본 시험 중에서 제일 잘 봤을걸. 너는 표정이 왜 그래, 별로였어?"

"그게 말이야."

하야토가 수면 부족이 극에 달한 표정으로 잘난 척하는 듯한 미소를 지었다.

"나도 이번에는 최고 점수를 받을 것 같아. 오랜만에 열심히 공부했어. 역시 옆에서 격려해주는 사람이 있으니까 인생이 달라진다."

"옆에서? 뭐야? 설마 여자 친구 생겼어?"

최대한 목소리를 낮춰 물어보자, 하야토가 재빨리 내 머리를 쳤다.

"그럴 리 없잖아. 말조심해."

"그럼 뭔데?"

나는 머리를 문지르며 원망스럽게 쳐다보았다.

"사실 나, 사진관 할아버지랑 매일 화상 채팅을 하거든."

여든을 넘은 노인과 화상 채팅을 한다고?

"게다가 그 할아버지, 보통 사람이 아니야. 이건 극비인데,

마을 상공회의 데이터베이스에 침입한 적이 있나 봐."

"어이, 그건 너무 위험하잖아. 설마 너도 어울려서 같이 할 생각은 아니겠지?"

"나한테는 아직 이르대. 지금은 양복점 웹사이트랑 인터넷 전략을 짜는 중이니까. 잘 지켜봐라, 반드시 성공할 테니까."

하야토가 의욕을 드러내며 후후후 웃었다. 친구가 이렇게까지 빠져들 줄은 몰랐다. 그냥 둬도 괜찮을지 조금 걱정이 되었지만, 생각해보면 이사부로나 점집 할머니도 그렇고 등장인물 모두가 위험하니 괜한 참견일 것이다.

짧은 홈룸 시간과 청소를 마치고 나와 하야토는 상점가로 서둘러 갔다.

"어쨌든 양복점 오픈은 12월 25일 크리스마스야. 그때까지 2주 남았어. 웹사이트나 SNS 관련은 내일부터 대대적으로 공개할 거야. 카운트다운의 시작이지. 트위터를 하는 시장이랑 시의회에서 널리 퍼뜨려주기로 했으니까."

"진짜? 어떻게 부탁했어?"

"우리 가와치 조원을 허투루 보지 마. 조상 대대로 이 마을을 좌지우지하는 대지주 집안이니까."

하야토가 무뚝뚝하게 말하며, 이마에 땀을 송골송골 매단 채 페트병에 든 스포츠 음료를 마셨다.

"어쨌든 오늘은 완성된 사이트의 시사회 날이야. 사진관으로 가자."

대략적인 계획은 물론 알고 있지만 완성작을 보는 것은 처음이다. 우리는 구름 낀 추운 거리를 내달려 시험이 끝나 신이 난 학생들 사이를 비집고 지나갔다. 노래방이나 패밀리 레스토랑에 가자는 소리가 사방에서 들려왔지만, 우리에게는 이사부로 양복점이 가장 우선이다.

길가에 그제 내린 눈이 쌓였고 물웅덩이에 얇은 얼음이 끼었다. 마을은 어쨌든 크리스마스 분위기였는데, 전구 장식을 달고 트리를 내놓고 음악을 틀어놓는 정도로 끝이다. 상점가에서 하는 크리스마스 할인 행사는 상공회가 기획한 것일까? 나는 창에 붙은 형형색색의 포스터를 힐끔 보고 지나쳤다. 퉁퉁하게 살이 오른 상공회장 소마는 여전히 이사부로 양복점을 눈엣가시로 여기고 있을 것이다. 그러나 대놓고 공격할 명분을 잃은 모양이다. 마을에 어울리지 않는 파렴치한 것이라고 공격하던 예전과 달리 이제 가게에 있는 코르 발레네는 속옷의 영역이 아니기 때문이다. 이대로 문제없이 리뉴얼 오픈해서 가능하면 무의미한 적대 관계를 끝내고 싶었다.

우리는 주변을 살피며 이사부로의 집 현관으로 돌아갔다. 가게로 들락거리면 남들 눈에 띄기 쉬워서 요즘은 이렇게 다닌다. 재봉틀을 치워서 넓어진 작업실에서 옷을 갈아입고 가게에서 다리미질을 하는 이사부로에게 말을 걸었다.

"다녀왔습니다. 이사부로 씨, 오사와 사진관에서 시사회가
있어요."

"아, 오늘이었지."

노인은 다리미 전원을 끄고는 양손 검지로 수염을 쓰다듬
었다.

가게는 거의 완성되었다. 나는 입구에 서서 가게 안을 쭉
훑어보았다. 자연스럽게 입가에 웃음이 번졌다. 이후 코르 발
레네는 형태와 숫자가 순조롭게 늘어나 붙박이 선반에도 쭉
진열할 정도가 되었다. 베리에이션도 풍부해서 구경할 가치도
충분하다. 상품에 달린 격조 있는 가격표는 전부 아스카가 만
들었다. 오래된 필사본에서나 볼 법한 필기체로 '이사부로 양
복점'이라고 적고, 독특하게 가공도 했다. 종이를 커피로 물들
여 오븐으로 살짝 구우면 오래된 분위기를 낼 수 있다고 한다.
금속 전기 스위치나 벽에 걸린 오래된 지도까지, 스팀펑크로
익힌 기술을 마음껏 발휘했다.

우리 셋은 오사와 사진관으로 가서 2층 촬영 스튜디오로
들어갔다. 삼각대와 카메라 기재를 정리해 넓어진 바닥에 방
석을 놓고 프로젝터까지 준비했다. 마치 소극장 같았다. 늘 모
이는 사람들이 벌써 와 있었고, 암막을 단 벽 옆에는 자수 전
도사인 점집 하나 할머니도 있었다.

"오오, 왔구나, 브래드 팔콘. 이쪽이다."

안쪽에서 노트북 앞에 진을 치고 있던 오사와 할아버지가 하야토에게 손을 들어 보였다.

"늦었습니다, 타르타로스."

"왜 코드 네임으로 부르는 거야……."

나는 약간 질려서 둘을 보았다. 어느새 영혼의 동지 수준으로 가까워졌나 보다. 하야토는 당연하게도 할아버지 옆에 앉았다. 이사부로는 제일 앞으로 갔고, 나는 뒤쪽에서 손짓하는 아스카 옆에 앉았다. 그와 동시에 오사와 할아버지가 쓱 일어나더니 갑자기 시끄럽게 손뼉을 치고는 가성으로 외쳤다.

"자, 여러분. 날이면 날마다 오는 게 아닙니다. 놓치면 없어요. 애들은 가라, 애들은 가. 자, 조금만입니다. 조금만이라면 보여드릴 수 있어요. 자아, 자아, 고개 쭉 빼고 보십시오. 이런, 너무 많이 봤다가는 곱게 못 돌아가요."

이게 무슨 소리인가 어리둥절해서 아스카와 얼굴을 마주 보는데, 중간쯤에 앉은 오사와 할머니가 버럭 소리를 질러서 깜짝 놀랐다.

"이 양반이! 정신 좀 차려요! 이상한 얘긴 필요 없다고! 여긴 서커스장이 아니잖아! 내 팔자야, 허구한 날 정신을 놓고 곁길로 빠진다니까!"

할아버지는 "예이, 예이" 하고 웃으며 스튜디오의 전등 스위치를 내리고는 "브래드 팔콘, 막을 올려다오" 하고 손가락을 튕기며 지시했다. 그러자 하야토가 컴퓨터 키를 눌러 정면에 있는 스크린에 영상을 띄웠다. 줄이 들어간 8밀리 비디오 같은 노이즈가 들어간 화면에 화질에 갈색 활자가 떴다.

쇄국으로 세상과 단절된 일본, 그러나 어쩔 수 없이 문호를 개방했다. 서양 문화가 순식간에 퍼지자 사람들은 근대화를 서두르고 새로운 기술을 도입하려고 했다. 그러자 '인간은 모두 평등하다'는 사상에 위기감을 느낀 국가는 다시금 문을 닫고 철저한 계급사회를 구축했다. 부가 독점되어 빈곤에 허덕이는 시민은 레지스탕스를 결성해 양복점 깊은 곳에서 국가를 전복할 기회를 노리고 있다.

뭐야 이거……. 나는 넋이 나가 스크린을 바라보았다. 록 음악과 함께 영상이 바뀌고, 지난번에 이곳에서 촬영한 풍경을 담은 컷이 흘러갔다.

"이 오프닝은 건너뛸 수 없어."

오사와 할아버지가 옆에서 보충 설명을 했다. 웹사이트를 열면 동시에 동영상이 재생되는 프로그램인가 보다. 영상이 지나가고 이사부로 양복점 로고가 스크린을 장식하자, 바이올린의 애절한 음색이 흐르면서 가게 외관 사진이 나왔다.

"음악은 끌 수 있어. 동사무소 같은 곳에서도 일하면서 몰래 볼 수 있게."

"왜 하필 동사무소야?"

스즈코 할머니가 재빨리 딴죽을 걸었다.

"이 사이트는 체감형이어서 보는 사람이 직접 문을 열고 진행해. 게임처럼. 이건 브래드 팔콘의 아이디어지."

하야토를 보자 내게 엄지를 번쩍 세워 보였다. 그가 화면 속 이사부로 양복점의 문을 클릭하자 종소리가 울리며 문이 삐걱 열렸다. 그러자 나란히 앉은 노인들이 술렁였다.

"이게 뭐야! 진짜 가게 같네!"

"영상을 보는 사람이 가게에 들어간다는 거지? 게다가 360도로 볼 수 있다니 대단해! 정말로 가게에 들어가서 상품을 보는 것 같아!"

스즈코 할머니와 가토 부인이 흥분해서 비명을 지르자 오사와 할아버지가 히죽 웃었다.

"이건 양복점을 구석구석 촬영해서 이어 붙인 거야. 실제 가게와 똑같은 배치로. 하지만 이것뿐만이 아니지."

할아버지가 하야토에게 턱짓을 하자 하야토가 재빨리 마우스를 움직였다. 코르 발레네를 건드리자 곧 상품 설명 페이지가 떴다.

"양복점에서 인터넷 판매는 안 한다고 하니까, 이 페이지는 완성한 상품을 곧바로 추가하는 형식이 되겠지."

"물건을 손에 들어보지도 않고 산다는 건 말도 안 돼. 흥미가 있다면 가게로 찾아와서 만져보고 결정해야지."

책상다리를 하고 앉은 이사부로가 팔짱을 끼고 낮게 잘라 말했다.

"그나저나 인터넷은 마법 같네. 이 화면을 전 세계에서 동시에 볼 수 있다면서? 대체 어떤 이치로 그럴 수 있지?"

오사와 할머니가 말하자 나란히 앉은 노인들도 일제히 고개를 끄덕였다.

스크린 안 가게를 더 걸어가자 흑백사진 속 이사부로가 나타났다. 꼭두각시 인형 같은 움직임으로 재봉틀을 움직이더니 갑자기 고개를 들고 말했다.

화염병을 준비해라.

"왜 이 대사를 해요! 관계없잖아요!"

"실제 내 목소리를 녹음했어. 영어와 프랑스어와 중국어로도 말했다니까."

뒤를 돌아본 이사부로의 얼굴은 만족스러운지 히죽거리고 있었다. 오히려 내 얼굴이 굳었다. 이사부로의 기술을 소개하는 짧은 동영상도 준비되어 있었다.

일개 상점의 사이트라고 보이지 않을 정도로 완성도가 대단했고, 재미있는 요소까지 가득했으며 자유분방했다. 프로가 아닌 아마추어가, 그것도 여든 넘은 할아버지와 고등학생이 만들었다는 사실이 믿기지 않았다. 가게 안 물건을 건드리면 다양한 반응이 나타나 보물찾기와 비슷하게 호기심을 자극했다. 인터넷에 익숙하지 않은 사람을 위해 간단한 텍스트 페이지도 있었다. 모든 면에서 완벽했다.

하야토가 또 커서를 움직여 가게 페이지에 실린 다양한 링크를 보여주었다. 오사와 할아버지가 스크린을 가리켰다.

"촬영한 손님의 앨범 페이지도 만들 수 있어. 물론 허가를 받아서."

하긴, 다양한 코디가 있으면 흥미를 불러일으킨다. 대여할 경우의 옷 입기와 헤어 메이크업, 그리고 촬영 세트 가격까지 다 결정되었다. 빈틈없이 장사와 연결 지었다.

"등장인물도 제대로 소개해놨지."

오사와 할아버지가 말하자 하야토가 가게 진열장에 놓인 실패 중 빨간 실패를 눌렀다. 곧바로 진열장이 좌우로 열리며 비밀의 방으로 이어지는 계단이 등장했다.

"아! 이거, 내가 생각한 거잖아!"

정신없이 보던 아스카가 비명을 지르고, 내 팔을 때리면서 반쯤 몸을 일으켰다. 숨겨진 어두컴컴한 방 중앙에 여섯 명이 모여 있었다. 이사부로와 오사와 할아버지, 자수 기술자 하나 할머니, 그리고 나와 아스카와 하야토다.

"여긴 지하조직의 은신처니까 아이들 셋은 모자를 씌워서 얼굴을 가렸어. 미성년자니까 이름도 안 올렸고. 인터넷에서 난리가 나서 앞으로 취직 못하면 곤란하니까. 또 공모죄에 걸릴지도 모르고."

"안 걸리게 해주세요."

내가 재빨리 못을 박았다. 인터넷을 뜨겁게 달굴 요소가 많아서 곤란하다. 하나 할머니를 소개하는 페이지는 인형으로 뒤덮였고, 할머니를 건드리면 염불까지 하는 오싹한 연출이었다. 스크린의 움직임과 함께 자리에 계신 '진짜' 할머니도 눈을 빛내며 염불을 시작했다.

"짜릿하다."

아스카가 만족스럽게 중얼거리는데, 연보라색 머리카락을 빗으며 스즈코 할머니가 불만스럽게 소리를 높였다.

"이봐요, 우리도 여기 끼워줘요. 미용실 스즈코 홍보도 될 테고 파리지앵에게도 내 기술을 보여주고 싶어."

"그래요. 전 세계 사람들이 본다면 나도 꼭 부탁하고 싶어요. 대사는 '몸져눕고 싶지 않으면 가토 클리닉으로 오세요'로."

"이봐요, 할멈들. 양복점 신장 개점을 뭐라고 생각하는 거야. 노는 게 아니라고."

오사와 할아버지의 말 그대로 본인한테 돌려주고 싶었다.

"하여간 평화로운 인간들이라니까. 할멈들은 인터넷이 얼마나 무서운지 몰라요. 그래도 뭐, 괜찮나. 늙은이들의 앞날은 짧아. 악플이든 체포든 얼마든지 괜찮겠지."

"체포는 되지 마시고요."

나는 내 책임 아니라는 듯 말을 보탰다. 나는 무난하고 차분한 분위기가 좋지만, 아무도 떠올리지 못한 것에는 의미가 있다. 게다가 이 사이트는 한 명 한 명의 개성을 단적으로 표현해주었다. 자기주장이 강하고 입도 험해서 장사꾼답게 손님에게 알랑거리지 않는다. 그러나 실력만큼은 확실하고 자긍심이 있다. 보는 사람에게도 그런 것이 전해졌고, 섬세하며 아름다운 코르 발레네와의 대비가 흥미를 더욱 부채질했다.

모든 것이 충족된 듯한 기분이었다. 옆에 앉은 아스카가 묘하게 조용하다 싶어 봤더니, 눈가를 훔치고 있었다. 그때 이사부로가 천천히 일어나 우리를 돌아보았다. 헛기침을 두어 번 하더니, 끝에서부터 순서대로 눈으로 살펴보았다.

"나는 악에 받쳐 있었소. 내 인생에 무슨 의미가 있는지도 몰랐고. 아니, 원래 내 인생에는 의미가 없었겠지. 운 좋게 일시적으로 살았을 뿐이야. 어차피 벌레 따위보다 조금 나은 정도의 생물이니까. 그래서 생각하기를 그만뒀다오. 나는 이제껏 생각만 너무 많았어. 있는 그대로 느끼기를 포기했지. 쌓아

올린 경험에 의존하는 것을 포기했을 때, 무의 상태에서 만든 것이 코르셋이야. 그런 부정적인 산물 같은 것에 빛을 비쳐준 것이 아쿠아, 그리고 탁한 물속에서 나를 건져내준 것이 여러분이오."

거기에서 잠깐 쉬고 나를 가만히 바라보았다.

"진심으로 고마운 마음을 전하고 싶구나. 고맙다."

이사부로가 고개를 푹 숙이고 한동안 움직이지 않았다. 어두운 스튜디오가 고요해졌다. 이렇게 솔직하게 마음을 보여주는 것은 처음이었다. 그것도 체면을 생각하지 않고 모두 앞에서……. 아마 지금까지 아내 외의 사람을 믿지 못했을 것이다. 적을 만들어 스스로 고립되어 분발해왔다. 시건방진 소리지만, 좁고 깊고 묵묵하게 살아온 노인은 열등감 덩어리였던 나와 함께 새로운 걸음을 한 발 내디딘 것이다.

오사와 할머니가 코를 훌쩍이며 눈가를 손수건으로 눌렀다. 여전히 고개를 숙인 이사부로를 바라보는데, 어디선가 박수가 일었다. 이사부로가 새빨개진 얼굴을 들었는데, 이제껏 본 적 없는 환한 웃음을 짓고 있어서 다시 커다란 박수가 스튜디오를 뒤흔들었다.

박수의 파도가 걷히자, 오사와 할아버지가 머리를 긁적이며 입을 열었다.

"흥, 벌써 쑥스러운 소리는 하지 마. 결전은 이제부터니까.

이사부로 양복점은 아직 시작하지도 않았어. 우는 건 개미 한 마리도 안 찾아와서 와장창 실패한 후에 하라고."

"여보!"

오사와 할머니가 울면서 또 크게 꾸짖었다.

완전히 날이 저문 휴가 단지 앞에서 아스카와 헤어지고 나서, 추위에 떨며 현관문에 열쇠를 꽂았다. 차가운 북풍에 발을 동동 구르며 손잡이를 당기는데, 안에서 동시에 문을 밀어서 기절초풍했다. 팔뚝을 붙잡혀 안으로 끌려 들어가 이번에는 앞으로 고꾸라질 뻔했다.

"아쿠아! 오랜만이야! 키가 또 컸네!"

자빠질 뻔한 고개를 들자, FBI 저지 위에 방한복을 입은 엄마가 있었다. 머리를 하나로 묶고 앞머리를 머리띠로 올렸고, 손에는 하얀 수정액을 덕지덕지 묻히고 있었다. 나는 넋이 나갔다.

"어? 돌아와도 돼?"

"응! 위에서 허가했나 봐. 나도 진짜 반성 많이 했으니까. 아쿠아, 기다렸지? 자, 엄마 품에 안기렴."

"아니, 그건 됐어."

나는 무뚝뚝하게 신발을 벗었지만, 심장박동은 확실히 쿵쿵 빨라졌다. 올해 안에는 못 돌아온다고 들었는데, 완전히 허를 찔렸다. 왠지 부끄러워서 자꾸만 시선이 흔들렸지만, 나는 새삼스럽게 엄마를 살펴보았다. 친정에서 주눅 들어 우울하게 지냈을 줄 알았는데, 몸이 마르기는커녕 혈색이 좋았다. 나는 엄마를 정면에서 내려다보았다.

"저기 엄마. 좀 살찌지 않았어?"

"어? 역시 그렇지? 나는 손 하나 까딱하지 않고 맨날 차려 준 밥을 먹고 안 움직였거든. 게다가 새언니 요리 솜씨가 어찌나 좋은지 젓가락이 안 멈추지 뭐야. 오빠랑 아버지 입도 완전히 길들여놨어."

"그거 다행이네."

나는 길게 한숨을 내쉬었다. 나도 할머니 덕분에 식생활이 완전히 개선되긴 했지만, 이런저런 고민을 하느라 살이 2킬로 그램이나 빠졌다. 어떤 상황에 놓여도 살이 찌는 엄마의 뻔뻔함이 부러웠다.

만나지 못한 동안에 일어난 일을 줄줄이 늘어놓으며 엄마는 일도 문제없이 진행하고 있다고 환하게 웃었다. 최대한 평소처럼 행동하려는 것이 훤히 보여서 조금 안타까웠다. 예전의 모자 관계로 다시는 돌아가지 못할 테지. 이렇게 되고 보니 아쉬웠지만, 나도 엄마도 변했다. 아니, 변해야만 하는 시기가 와버렸다.

재잘대며 내 뒤를 따라오는 엄마 코앞에서 내 방 미닫이

문을 닫고, 편안한 옷으로 갈아입은 후 방에서 나왔다. 엄마는 졸졸 뒤를 쫓아오며 세면대에서 입을 헹구는 내게 물었다.

"밥은 뭐 먹을래?"

"그러고 보니 오늘 이상하게 배가 고프네."

"할머니가 반찬을 잔뜩 냉동해두셨어. 마음대로 골라."

엄마가 냉동실을 열고 밀폐 용기에 담은 요리를 확인했다.

"햄버그, 돼지고기 생강구이, 양배추 롤. 오오, 탕수육도 있어. 이거 다 먹으면 우리 식탁, 어쩌면 좋지?"

"진수성찬은 내일 이후로 미루자. 오늘은 카레가 먹고 싶어."

갑작스러운 말에 엄마가 놀란 듯 고개를 들더니 조금 부끄러운 듯한 표정으로 웃었다.

"좋아, 카레라면 맡겨줘. 어묵이랑 유부를 더 넣어줄게."

엄마는 천장 선반에서 카레용 냄비를 꺼내 가스에 올리고 팔을 걷어붙였다.

6

크리스마스 아침은 몇 발인가 쏘아 올린 불꽃놀이 소리 때문에 잠에서 깼다. 베개 옆 스마트폰을 끌어당기니 7시가 조금 넘은 시각이었다. 너무 추워서 이불을 잡아당기는데, 착신음이 울려 깜짝 놀랐다. 화면에 아스카의 이름이 떴다.

"여보세요?"

이불을 뒤집어쓰고 스마트폰을 귀에 대자마자 시끄러운 목소리가 들렸다.

"지금 불꽃놀이 소리 들었어?"

"아아, 응. 그것 때문에 깼어. 어느 동네에서 운동회라도 하는 건가."

"쓰다! 잠꼬대는 그만하고 일어나! 이렇게 추운 12월에 운동회를 하는 멍청이가 어디 있어!"

"그것도 그러네……."

"어느 동네에서 축제를 연 건지도 몰라. 아니면 이온 슈퍼의 크리스마스 이벤트거나! 이사부로 양복점의 리뉴얼 오픈 첫날과 겹치다니! 젠장, 열받아! 어쨌든 8시 반에 늘 보던 거기에서 집합이야!"

아스카는 자기 할 말만 하고 매몰차게 전화를 끊었다. 나는 꿈틀꿈틀 이불에서 일어나 파카를 걸치고, 난방기라곤 없는 혹독한 집에서 덜덜 떨며 나갈 준비를 했다.

아스카의 말처럼 모처럼 첫날인데 대형 이벤트와 겹치는 것은 싫었다. 그러나 오늘은 시골 마을에서도 가장 흥이 오르는 크리스마스다. 주변 정보를 전혀 확인하지 않은 것이 뒤늦게 후회되었다.

얼 것처럼 차가운 물로 세수를 하는데, 문을 열고 엄마가 하품을 하며 나왔다.

"안녕. 오늘 운동회라도 하니? 엄청난 불꽃놀이를 하던데."

"이렇게 추운 연말에 운동회를 할 리 없잖아."

나는 아스카가 한 말을 그대로 되풀이했다. 엄마는 방한복 앞섶을 그러쥐고 팬히터 스위치를 켠 다음, 불이 늦게 켜진다며 짜증을 부렸다. 주전자를 불에 올리고 머그잔 두 개에 커피 가루를 대충 부어 넣었다.

"오늘이지? 양복점 오픈. 몇 시부터야?"

"10시 예정이야. 갑자기 무지 불안해졌어."

나는 위장 근처를 손으로 쓸었다. 만약 손님이 하나도 오지 않는다면, 구경하는 사람조차 없다면 이사부로를 어떻게 위로해야 할까? 아니, 나야말로 그 상황을 어떻게 받아들여야 할까? 요 몇 개월 동안 끊임없이 노력한 것도 이사부로 양복점 리뉴얼 오픈이라는 목표가 있었기 때문이다. 그것이 완전히 불발로 끝날 가능성을 나는 놀랍게도 생각조차 하지 않았다. 사람들이 가게를 무시하고 지나가는 모습을 떠올리기만 해도 등골이 오싹하고 입이 썼다.

"엄마도 나중에 갈게. 정말 기대된다. 역사적인 순간을 이 눈으로 꼭 보고 싶어."

"그러게……."

나는 건성으로 대답하고 엄마가 구워준 토스트를 우물거렸다. 스펀지 같은 토스트를 커피로 억지로 삼키고 방으로 돌아가 청바지로 갈아입은 후, 하릴없이 스마트폰을 켰다. 요 며칠간 인터넷에 접속할 용기가 없었다. 하야토와 오사와 할아버지가 수단과 방법을 가리지 않고 이사부로 양복점을 홍보했는데, 혹시라도 혹평이 쏟아졌다면 쓰러질지도 모른다.

나는 스마트폰을 내려놓았다. 창을 활짝 열어 찬 바람을 맞으며 습관처럼 새겨진 부정적인 마음을 날려버리는 데 집중했다. 안 되면 안 되는 거고 다음 수를 찾아내면 된다. 애초에 장사는 성공할 확률이 더 낮다. 그건 그렇지만 다음 수가 있을까?

대담함과 무력함이 수없이 교차하는 가운데 집에서 출발할 시간이 되었다. 나는 괜찮다고 중얼거리며 배에 힘을 주고, 창문을 닫고 다운 재킷을 걸쳤다.

"그럼 다녀올게."

팬히터 앞에 진을 치고 앉아 텔레비전을 보는 엄마에게 말했다. 집을 나와 건물 뒤편으로 돌아가 계단으로 가다가 환하게 갠 푸른 하늘에 떠 있는 홍백색 애드벌룬이 눈에 들어와 급하게 걸음을 멈췄다. 후다닥 난간 너머로 몸을 내밀고 거대한 구슬 두 개를 멍하니 바라보았다. 길게 늘어진 직사각형 현수막에 새빨간 글씨가 큼지막하게 적혀 있었다.

축·이사부로 양복점! 신장 개점 오픈! 신작 속속 MAX!

"저, 저게 뭐야. 파친코 광고냐고. 문구가 이상하잖아."

나는 깜짝 놀라서 현수막 문구를 거듭 읽었다. 이사부로가 애드벌룬에 집착하는 것은 알았지만 마지막 회의 때도 전혀 언급하지 않아서 방심했다. 대체 언제 주문한 거지.

나는 양손으로 마른세수를 하고, 일단 마음을 다잡고는 비좁은 계단을 뛰어 내려갔다. 괜찮아, 아무 문제 없어. 머릿속에서 같은 말을 반복하며 단지 부지를 가로질러 시영 도로로 나갔다. 전봇대 조금 앞에 선 아스카는 완전히 동요한 기색으로 나를 보자마자 애드벌룬 방향을 여러 번 가리켰다.

"쓰다, 어쩌지. 신작 구슬 맥스래."

"아니, 비슷한데 그건 아니야. 일단 가자."

아스카는 하얀 니트 모자를 눌러쓰고 늘 입는 모즈 코트에 미니스커트 차림이었다. 짤랑짤랑 엔지니어 부츠 소리를 내며 뛰어서 가와라마치로 빠져나가는 골목으로 들어갔다.

"드디어 오늘이다. 진짜 기쁜데 무섭기도 해."

아스카가 하얀 입김을 내뿜으며 말했다.

"그래도 인터넷에서는 꽤 화제가 됐어. 우리 사이트 열람자 수도 무서운 속도로 늘었고, 동영상 재생 횟수도 괜찮대."

"진짜?"

나는 아스카를 보았다.

"가와치가 계정을 몇 개 돌려서 조작을 좀 했는데, 이제 그럴 필요가 없대. 이사부로 양복점이 걷기 시작했어."

그러며 생긋 웃었지만 아스카의 미소는 곧 흐려졌다.

"하지만 인터넷과 현실은 달라. 도쿄라면 트위터를 보고 가볍게 가볼 마음도 들겠지만, 여기는 후쿠시마의 시골이니까."

그게 문제다. 시간과 교통비를 들여서라도 가보고 싶다고 생각하지 않으면 의미가 없다. 이 근방에서 조금 화제가 되고 말면 의미가 없다. 우리는 코르 발레네에 가치가 있다고 확신했지만, 불안감이 끝도 없이 밀려들었다.

그때 주머니에서 스마트폰이 울렸다. 하야토가 보낸 메시지가 와 있었다. '위험해'라는 글에 나도 모르게 발걸음을 늦췄다.

"뭐야? 누구야?"

"하야토. 뭔가 문제가 생겼나 본데."

아스카의 하얀 얼굴이 점점 더 하얗게 질렸다.

"설마 상공회의 돼지 영감이랑 원수가 주먹다짐을 한다거나……."

"무서운 소리 하지 마. 그래도 오픈날이니까 시비를 걸지도 모르겠다."

우리는 흙탕물을 밟으며 가와라마치 상점가로 서둘러 향했다. 수만 가지 최악의 경우에 머릿속을 점령당한 채, 에일 듯 차가운 바람을 맞으며 나아갔다. 메인 스트리트로 나와 곧바로 가게를 봤는데, 시커먼 인파로 북적이는 모습이 눈에 들어왔다.

"잠깐만. 설마 정말로 싸움이 난 거야?"

허둥지둥 달려가려는데, 팔이 덥석 붙잡히는 바람에 뒤로 넘어질 뻔했다. 돌아보니 아스카가 새파래진 얼굴로 멍하니 서 있었다.

"저, 저거."

아스카가 가늘게 떨며 가게와 다른 방향을 가리켰다. 완만한 언덕길에 이어진 주택과 나무들 사이로 무수한 그림자가 보였다. 나는 얼른 아스카를 돌아보았다.

"말도 안 돼! 줄이…… 설마 저거 이사부로 양복점 앞까지 이어지는 줄이야?"

"어, 어, 어쩌지. 큰일이 나버렸어!"

아스카가 더듬더듬거리고 비명을 지르며 가슴 근처를 여러 번 쳤다.

"저건, 우리 세계로 들어오고 싶어 하는 사람들이야! 에버렛 자포니즘을 받아들인 사람들이라고! 사이트를 보고 좀이 쑤셔서 온 사람들이야!"

"응, 그렇지! 문을 열길 기다리는 거야!"

아스카가 펄쩍 뛰어 나를 끌어안았고, 우리는 동시에 뛰었다. 한 발 내디딜 때마다 시야가 트여 완만한 언덕 도중에 있는 이사부로 양복점의 모습이 보였다. 사람들의 파도는 상점가를 따라 쭉 이어져서 그대로 골목을 꺾어 역까지 이어졌다.

"대단해! 꿈은 아니겠지!"

내가 소리를 지르자 아스카는 "꿈이면 벌써 깼어!" 하고 대답했다. 가게 앞에는 초록색 카디건을 입은 이사부로가 서 있었고, 주변에 진을 치고 있는 것은 텔레비전 카메라였다. 마이크를 앞에 둔 노인은 평소처럼 무뚝뚝한 표정이었다. 좀 더 잘 보려고 발돋움을 하는데, 일안 리플렉스 카메라를 목에 건 하야토가 달려왔다.

"쓰다! 상황이 장난 아니야! 아마 삼백 명쯤은 줄 섰을걸!"

"사, 삼백!"

"앞으로 역에 전철이 멈출 때마다 늘어날 거야! 텔레비전이랑 신문기자도 왔으니까 그걸 보고 사람들이 더 올걸!"

믿을 수 없다. 나는 다시 행렬을 바라보았다. 물론 젊은 사람들이 많지만, 중·장년도 적지 않았다. 기모노를 입은 사람이 보이는 것은 오피셜 사이트의 효과겠지. 모두 크리스마스의 한산한 하늘 아래에 줄을 서면서까지 이사부로 양복점을 구경하고 싶어 했다.

"대성공이야……."

내 심장은 날뛰기 일보 직전이었다. 오사와 할아버지는 가게 앞에 내놓은 높은 발판 사다리에 올라가 대포처럼 거대한 망원렌즈가 달린 카메라로 행렬을 촬영하고 있었다. 미용실 스즈코 옆에는 텐트가 쳐졌고, 주민 몇 명이 대형 냄비로 돼지고기 된장국처럼 보이는 것을 끓이고 있었다. 늘 문을 닫아두어 음침했던 상점도 전부 문을 활짝 열었다. 흥분한 내 곁으로 촬영했을 때와 같은 차림을 한 오사와 할머니가 다가왔다.

"아쿠마리야."

"하, 할머니, 그 옷 입으셨네요!"

"그럼. 오늘은 특별한 날이잖니. 가토 씨랑 스즈코 씨도 다 갖춰 입었어. 아까부터 사람들이 얼마나 사진을 찍어대는지. 젊은 사람들이랑 같이 찍기도 했어."

부끄러운지 할머니의 뺨이 불그스름했다.

"그나저나 일이 어마어마하게 커졌구나. 아침부터 소란스럽다 싶더니 밖에 줄이 길게 늘어섰지 뭐니. 이사부로 씨가 폭죽을 쏘아 올리기 전부터."

오늘 아침의 불꽃놀이는 이사부로 씨의 솜씨였나 보다.

"급하게 상점가 사람들과 의논해서 된장국과 커피를 대접하기로 했어. 오늘 날씨가 너무 춥잖니. 조금이라도 몸을 녹였으면 해서."

"다들 협력해주셨어요? 상점가는 상공회 편이잖아요."

내가 묻자 할머니가 화장한 주름진 얼굴로 생긋 웃었다.

"대접하려고 임시 허가를 받으러 보건소에 달려간 게 상공회의 젊은 사람들이야."

"어, 그럼 화해한 건가요?"

할머니는 떨떠름한 표정으로 한숨을 쉬고 고개를 좌우로 저었다.

"소마 씨는 여전히 똑같아. 코빼기도 안 비쳐. 그래도 다른 사람들은 달라. 이 소란을 보고 마음에 안 든다고 어깃장을 놓았다간 상공회 따위 이제 필요 없다는 뜻이 되니까. 당연하지 않니? 우리는 장사하는 사람이야. 손님이 만족하는 얼굴을 보고 싶어."

할머니는 사람들로 빼곡하게 찬 골목을 보며 웃었다.

"그건 그렇고 몇 년 만인지 모르겠구나. 가와라마치 상점가가 이렇게 단결한 게. 그것도 자기들이 나서서 움직이다니. 이해득실과 관계없이 모두 즐거워하고 있어."

오사와 할머니의 눈에 벌써 눈물이 그렁그렁한 것을 보니 나까지 가슴이 뜨거워졌다. 그러나 지금은 감동에 취할 때가 아니다. 아스카는 벌써 배식을 돕고 있었고, 하야토는 오사와 할아버지와 함께 라이브 중계를 시작했다. 인터뷰하던 이사부로가 가게로 들어가자 양복을 입은 시장이 교대로 카메라 앞에 서서 마을에 대해 설명했다.

나는 사람들 틈을 파고들어 가게로 들어갔다.

"이사부로 씨!"

소리 높여 불렀지만, 여러 생각이 단숨에 벅차올라 다음 말을 좀처럼 하지 못했다. 게다가 갑자기 눈물까지 넘쳐서 오랜만에 울어버렸다. 마치 어린아이가 된 것 같았다. 그날 아침, 이사부로의 코르 발레네와 만나지 못했다면 나는 지금쯤 어떻게 되었을까. 목적도 없이 메마른 하루하루를 보내며 부정적인 감정만 커다랗게 키워갔을 것이 뻔했다. 어쩌면 수많은 중압감에 눌려 완전히 찌부러졌을지도 모른다.

손등으로 눈물을 훔치는 나를 가만히 쳐다보던 이사부로가 재봉틀 앞에 앉아 평소와 다름없는 목소리로 말을 걸었다.

"아쿠아."

"이, 이사부로 씨……. 저, 저는 기뻐요. 이사부로 씨와 만나서 정말 다행이에요."

이사부로는 의자에서 일어나 감격해서 어쩔 줄 모르는 나를 툭 쳤다.

"내 애드벌룬, 제법 쓸 만했지?"

"저, 저기요! 지금 그 말씀을 하시기예요!"

완전히 힘이 빠져서 눈물이 곧 웃음으로 바뀌었다.

"마쓰이 간판집에서 가장 잘 팔리는 문구를 엄선해서 써 줬어. 효과가 확실하지. 봐라, 저 사람들을."

"정말로 효과는 확실하네요."

나는 처음으로 애드벌룬에 동의하며 소매로 눈을 벅벅 문질렀다.

"그래도 여기 모인 사람들은 다 이사부로 씨가 만든 코르발레네에 이끌린 거예요. 실물을 꼭 보고 싶어서요. 정말 대단해요. 개점하는 날에 맞춰 일정을 짜고 아침 일찍 일어나 전철을 타고 추운데 자기 시간을 들여서 줄을 서기로 한 거니까요!"

"아아"라고만 대답한 이사부로는 말로 표현할 수 없이 만족스러운 표정을 지었다. 이 용감한 표정을 볼 수 있어서 다행이다. 마지막까지 나를 믿길 정말 잘했다. 진심으로 그렇게 생각했을 때, 집과 이어진 출입구에서 아들 다이치가 고개를 내밀었다.

"아버지, 반응이 대단해요. 무서울 정도예요. 시청의 문의 메일 서버가 마비됐대요. 시장이 텔레비전에 나왔으니까요."

비쩍 마른 아들은 흥분을 감추려는지 진지한 눈빛으로 말했지만, 얼굴이 히죽거리는 것은 감추지 못했다. 아버지의 정신 상태를 걱정하던 아들이 드디어 코르 발레네라는 이해하기 어려운 것을 인정하게 되었나 보다.

"그래서 시장과 관광진흥과에서 부탁이 하나 있대요. 이 가게를 중심으로 마을을 활성화하는 프로젝트를 기획하고 싶대요. 제목은 '불가사의한 세계를 만드는 마을'이고요. 상점을 소개하고 명소와 특산품을 정리하는 책자를 새로 내겠대요. 일정한 예산이 책정되니까 개인이 하는 수준을 넘어 대대적으로 가게를 홍보할 수 있어요."

"그만둬라."

이사부로가 단칼에 거절했다.

"너희 관공서가 끼어들어서 제대로 된 일이 없어. 차곡차곡 쌓아 올린 것이 죄다 무너진다고. 이쯤에서 그만 정신 차리고 관공서에 있는 컨설팅이니 뭔지 하는 걸 의심 좀 하지 그러냐. 하라는 대로 전국 각지에서 판에 박힌 이벤트를 열고, 그다음에는 관광을 끄집어내지. 그게 성공한 꼴을 본 적 있냐? 정말 마을을 위한다면 끼어들지 말고 돈만 내."

흠씬 두들겨 맞았지만 다이치도 물러서지 않았다.

"지금 말씀드린 건 컨설팅과 관계없어요. 이 마을은 프랑스 툴루즈와 자매도시잖아요. 며칠 전 그쪽에서 연락이 왔어요. 가게 오피셜 사이트를 봤나 봐요. 무슨 말인지 아시겠어요? 현지에 본사를 둔 세계적으로 유명한 패션 브랜드에서 아버지가 만든 코르셋에 관심을 보였다고요. 꼭 초대하고 싶다고 해요."

"이사부로 씨! 툴루즈라면 로마네스크 건축물이 남아 있는 오래된 문화 도시예요! '자르댕 자포네'라는 일본 정원도 있어서 원래 자포니즘에 관심이 높은 도시고요!"

놀라서 소리를 지르자 아들 다이치가 "넌 그런 걸 잘도 아는구나" 하고 감탄하며 팔짱을 끼었다. 그러나 이사부로는 표정 하나 바꾸지 않았다.

"코르셋에 흥미가 있다면 직접 프랑스 구석에서 여기까지 와야지. 시간이 맞으면 안 만나줄 것도 없지."

코르 발레네의 본고장인 프랑스의 일류 브랜드를 상대로 말도 안 되는 시건방진 태도다. 그러나 안색을 보면 제법 마음이 동한 것을 알 수 있었다.

이사부로는 창 너머로 문을 열길 기다리는 사람들을 보고 눈을 가늘게 떴다. 이미지라는 개념에 둔했던 노인은 그것이 지닌 대단한 힘을 마침내 깨달았다. 아마 아름답고 완벽한 코르 발레네만으로는 이 정도로 사람의 마음을 움직이지 못했을 것이다. 오래된 양복점이 자아낸 이야기와 본 적 없는 기발한 판매 전략. 그리고 그 일에 연관된 사람들이 누구 하나라도 빠졌다면 이 순간은 오지 않았을 것이다.

그때 가게 문이 열리고 차가운 공기가 밀려 들어왔다. 아스카의 뒤를 따라 엄마가 걸어 들어왔다. 머리를 경단처럼 정수리에 하나로 틀어 올리고, 차분하지 못하게 가게를 두리번두리번 둘러보았다.

"이야, 대단해, 진짜 대단해. 크리스마스에 이 마을의 기적을 목격했어. 내 앞에 서 있던 사람이 도쿄에서 왔다고 하더라? 양복점을 보러 일부러 신칸센을 타고 도쿄에서 왔다니까? 게다가 이 가게, 수준이 정말 높은데?"

"너희 엄마가 글쎄, 줄 뒤에 서 계시지 뭐야. 일단 모시고 왔어."

아스카가 말하자, 엄마는 목도리를 풀며 앞으로 나와 이사부로와 악수했다.

"스즈무라 씨, 아들 녀석이 많은 신세를 졌어요. 정말 대단해요, 감동했어요. 게다가 지난번에는 제 사적인 일로 폐를 끼쳐서 죄송합니다."

엄마가 고개를 숙여 인사하고 옆에 선 다이치를 보았다. 그리고 목에 건 사원증을 보고는 곧바로 눈을 반짝였다.

"혹시 아드님이 공무원인가요?"

"네, 뭐."

"와, 마침 잘 만났어요. 내년 공사 때, 휴가 단지를 관통해서 도로를 내주실 수 있을까요? 그 단지도 너무 오래됐고 좁으니까 그만 떠나서 새로운 곳으로 옮기고 싶은데."

"갑자기 무슨 소리야?"

나는 엄마의 팔을 잡아당겼다. 그대로 밖으로 몰아내려고 했는데, 이번에는 뚱뚱하게 살이 오른 사람이 들어와 깜짝 놀랐다. 상공회의 소마였다. 기름진 붉은 얼굴에 모자를 눌러쓰고 목에 수건을 두르고 헉헉 숨을 몰아쉬고 있었다. 그런데 그 뒤에 선 사람을 보고 숨이 막혔다. 마나베 여사였다. 백발 섞인 단발머리는 산발이 되었고 안색이 유난히 거무죽죽해 보였다. 내가 멍하니 서 있자, 소마 노인이 목에 두른 수건으로 관자놀이의 땀을 닦으며 입을 열었다.

"개점하기 전에 꼭 해두고 싶은 말이 있어."

"다음에 다시 오게. 보면 알잖아. 지금 그럴 상황이 아니야."

이사부로가 천천히 앞으로 나서자, 소마가 본 적 없는 살기등등한 시선을 던졌다.

"이런 걸로 마을을 구했다고 생각하지 마. 쏘아 올린 불꽃처럼 이 소동도 순식간에 끝나. 금방 뒤집어질 거야. 들뜬 마을 사람들은 전보다 더 절망하겠지."

"그러니까 계속 절망하는 편이 낫다는 소린가?"

이사부로가 무서울 정도로 차분하게 말하자, 다이치가 허둥지둥 두 사람 사이에 끼어들었다.

"소마 어르신, 일단 오늘은 돌아가시지 않겠어요? 이렇게 사람들이 모였고 텔레비전과 신문사에서까지 왔으니 소란이 일어나면 곤란해요."

다이치는 불안하게 가게 밖을 살폈다. 그러자 이번에는 마나베 여사가 한 걸음 나와, 노려보는 두 사람을 지나 엄마 정면에 섰다. 응어리를 풀고 이해하려는 자세는 손톱만큼도 없이 딱딱한 표정에서 분노를 내뿜었다. 아스카가 얼른 뒤로 물러나 내 다운 재킷 옷자락을 꽉 움켜쥐었다.

"조금 전에 길에서 당신을 보고 깜짝 놀랐어."

마나베 여사가 평소보다 빠르게 말하고 엄마를 대놓고 노려보았다.

"행정 기관에서 그렇게 얘기했는데도 전혀 반성하지 않았나 보네."

"물론 반성해서 많은 것을 개선했는데요. 마나베 선생님한테도 폐를 끼쳤네요. 하지만 밖에 나오지 말라는 지도는 받지 않았어요."

엄마가 대꾸하자 마나베 여사의 말투가 강해졌다.

"그런 문제가 아니야! 자숙이라는 말을 모르지는 않겠지! 진심으로 반성하는 인간은 이런 바보 같은 소동에 끼어들지 않아! 아들을 가장 먼저 생각해서 나대지 않고 얌전하게 지낼 거라고!"

잔뜩 쉰 듣기 싫은 목소리가 내 귓속을 후볐다. 마나베 여사가 나와 엄마에게 전혀 미안해하지 않는다는 것을 알고 놀랐다. 아주 조금이라도 죄책감을 느낄 줄 알았는데, 자신이 정의라고 믿어 의심치 않는다. 등줄기에 식은땀이 흘렀다. 그러나 엄마는 아무런 반응을 보이지 않고 마나베 여사의 날카로운 시선을 그대로 받아들였다. 소마 노인과 마나베 여사 사이에서 다이치가 우왕좌왕하며 안경을 밀어 올리고 재판관 역할을 맡았다.

"마나베 선생님. 반성과 마을 외출은 상관이 없습니다. 그리고 지도는 아동 상담소가 하는 것이니, 그 부분은 이해해주시지요."

"무슨 헛소리를 하는 거야? 아이들은 마을 전체가 지켜야 한다고 주장하는 게 공무원이잖아!"

"아니, 그건 그렇지만 뉘앙스가 좀 다른 것 같은데."

다이치는 검지로 안경을 몇 번이나 밀어 올리며 어떻게든 이 상황을 수습하려고 노력했다. 그러나 마나베 여사는 절대 물러설 마음이 없는지, 가방을 거칠게 내려놓고 안에서 몇 권인가 책을 꺼냈다. 나는 땅이 꺼질 듯 한숨을 내쉬었다. 엄마의 단행본이었다.

"이 책, 내용이 얼마나 경악스러운지. 실존했던 위인이 음란한 행위를 하고 역사적 사실과 다른 거짓말만 늘어놓고, 거기에 여성 멸시까지 있으니 유해 도서가 아니고 뭐야! 이런 걸 고등학생 아들에게 돕게 해서 팔다니, 여자로서, 교육자로서 내가 어떻게 가만히 있어! 바로 판매를 중지하고 회수하라고 출판사에도 말해뒀어. 서명 활동을 할 준비도 해놨다고!"

마나베 여사의 목소리와 말은 흉기였다. 당장 귀를 틀어막고 싶었다. 나는 이제 마나베 여사를 온몸으로 거부했다. 모두가 만들어온 오늘이라는 이 소중한 날이 짓밟힌다. 그리고 엄마가 폄하당하는 것도 지긋지긋하다.

내가 이 의미 없는 싸움을 멈춰야 한다. 과감하게 입을 열려고 했을 때, 엄마가 손을 들어 나를 막았다. 얼굴을 보니 아주 차분했고, 부드럽게 미소까지 짓고 있었다. 엄마는 마나베 여사에게 한 걸음 다가갔다.

"제가 선택한 길을 두고 많은 사람이 틀렸다고 말해요. 세상을 모르는 어린애가 아내가 되고 엄마가 되어서, 아니나 다를까 전부 망쳐버렸다고요. 마나베 선생님도 그렇게 생각하시나요?"

"그런 소리를 듣는 것도 당연하지. 하지만 제일 나쁜 건 남자야. 처자식을 버리고 집을 나가도 남자란 이유로 그럴 수 있다고 허용되는 풍조가 있어. 심지어 아내에게 문제가 있어서 그렇다는 이야기로 탈바꿈되는 게 이 세상이야. 당신도 그걸 직접 경험해서 알 거 아니야. 그런데 왜 여성을 깔아뭉개는 만화를 그리는 거야? 왜 남자를 비난하지 않지?"

엄마는 흔들림 없는 미소를 지었다.

"저는 언제까지나 피해자라는 위치에 있고 싶지 않을 뿐이에요. 저는 이제 그 차원에 없어요. 마나베 선생님, 아무도 대놓고 반대하지 못하는 '남녀평등'이라는 목적을 위해 수많은 자유를 빼앗는 것이 용인될까요? 역사 속에서 자유를 쟁취해온 사람들이 이해할 것 같아요?"

"무슨 소리야. 설마 당신, 남존여비를 인정할 생각이야?"

마나베 여사가 놀라서 말끝을 높였다. 그러나 엄마는 웃으며 고개를 저었다.

"선생님은 다른 사람의 단점에만 눈이 가서 본인의 단점에는 무관심해요. 뭐, 저도 그러기 쉽지만요. 아마 타인을 용서하는 것은 자신을 용서하는 것과 이어질 거예요. 그러니까 저는 어쨌든 마나베 선생님을 전부 인정해요. 표현하는 데는 조건 없는 자유가 주어졌으니까요. 이걸 목숨 걸고 주장한 위대한 사람은 정말 대단해요."

엄마가 평소와 똑같은 투로, 그러나 단호하게 말했다. 자신의 모든 것을 드러내며 전혀 동요하지 않는 엄마를 나는 가만히 바라보았다. 오랫동안 엄마를 부끄러워하고 숨기며 살아왔지만, 지금은 다르다. 나는 이런 어른이 되고 싶다고 처음으로 바랐다.

근원적인 사상, 그리고 누구에게도 들어본 적 없을 의견과 맞닥뜨린 마나베 여사는 할 말을 찾지 못했다. 엄마가 한 말은 야유나 아양이 아니라 모든 인간이 평등하게 지닌 권리에 대한 것이다. 자신의 권리가 전부 받아들여진 마나베 여사로서는 난동을 피울 의미가 사라져버렸다.

아무도 입을 열지 못하는데, 가게 문이 열리고 가토 부인이 고개를 들이밀었다. 황홀한 흑장미 코르 발레네를 입고 오늘도 싹싹한 모습이었다.

"여러분, 슬슬 시간이 됐어요. 손님들한테는 번호표를 나눠줬으니까 이사부로 씨가 인사를 마치면 일단 흩어져달라고 할 거예요. 춥기도 하고, 서서 기다리기보다 마을을 둘러보는 게 나을 테니까."

가토 부인은 그렇게 말하고 화사하게 웃었다. 그리고 가게 중간쯤에 서 있는 마나베 여사를 보더니 고개를 갸웃거렸다.

"어머나, 마나베 선생님이잖아. 새롭게 문 여는 걸 축하하러 일부러 와주셨군요? 클리닉 앞에서 국과 커피를 나눠주고 있으니 선생님도 꼭 드세요."

대답하는 대신에 몸을 움찔거린 마나베 여사는 엄마와 시선을 맞추고 조곤조곤 속삭였다.

"내가 댁을 인정한 건 아니야. 지금 반박은 비겁했어. 그러니까 당신, 공민관에서 하는 공부 모임에 오도록. 모임에서 이번 일을 다시 논의해보자고. 여성의 진정한 자립을 위해서 나는 오랫동안 싸워왔어. 아무리 심한 중상모략을 당하더라도 절대 질 수 없었지. 언제나 제일 앞에 서 있었으니까. 그게 얼마나 상상도 하지 못할 정도로 괴로운 일인지, 당신은 모를 거야."

"부디 그 이야기를 들려주세요. 꼭 공민관에 갈게요."

엄마가 분위기와 어울리지 않게 발랄하게 대답하자, 마나베 여사는 힘 빠진 시선으로 쳐다보고는, 분개하는 소마 노인 뒤를 따라 가게를 나갔다. 충격을 받은 걸까? 그래도 지금까지 자신의 궤적을 돌아보고 대화를 하려고 해줬다.

다이치가 안심해서 이마의 땀을 닦자, 이사부로가 가게 안에서 소리를 질렀다.

"아쿠아, 나도 너도 문제가 가득하구나. 하지만 각자 문제는 끝까지 고민해서 반드시 스스로 해결하자. 흐리멍덩하게 내버려두지 마. 알겠지?"

나와 엄마가 동시에 고개를 끄덕였다. 노인은 카디건 옷자락을 잡아당겨 펴고, 손가락으로 수염을 정성껏 정돈했다. 거기에 오사와 할아버지가 뛰어들어 갑자기 모두의 사진을 찍으며 걸걸한 목소리로 외쳤다.

"어이, 뭘 꾸물대고 있는 거야. 점잔 빼지 말고 다들 밖으로 나와. 그리고 고오리산에서 비둘기꾼이 왔어. 아까부터 기다리고 있다고."

"네? 뭐예요, 비둘기꾼이라니?"

"비둘기꾼은 비둘기꾼이지. 이벤트에는 하얀 비둘기가 있어야 하니까."

"설마 비둘기를 날리시려고요……?"

다급하게 이사부로를 돌아보자, 그는 당연하다는 듯 고개를 끄덕였다.

"너는 상식이 너무 부족하구나. 새롭게 가게 문을 열면서 흰 비둘기를 날리지 않으면 어쩌려고?"

애드벌룬에 불꽃놀이에 비둘기에, 이사부로는 하고 싶은 것을 전부 해냈다. 노인은 아들에게 확성기를 건네받고, 비둘기꾼으로 보이는 젊은 남자에게 문밖으로 나가는 순간에 날려달라고 지시했다.

"아쿠아, 아스카. 너희는 내 옆에 있어라. 이사부로 양복점을 일으켜 세운 핵심이니까. 너희 둘이 곁에 있어준 덕분에 지금 내가 있어."

나와 아스카는 얼굴을 마주 보고 웃었다.

지금 갑자기 배우고 싶다는 욕망이 강하게 솟구쳤다. 나만의 진리를 찾아 그것을 식량 삼아 당당하게 살고 싶다. 형태뿐인 안정에 매달려 그럴싸하게 나 자신을 속이자는 선택지는 완벽하게 사라졌다. 학교에 가자. 이 마을을 나가서 나를 시험해보자.

"이사부로 씨, 학교 연구 발표 주제가 떠올랐어요."

나는 옆에 선 노인에게 말했다.

"'양복점 혁명의 다세계 해석과 패러독스'는 어떨까요?"

"나는 무슨 말인지 모르겠구나. 하지만 하려거든 노벨상쯤
은 노려야지?"

이사부로는 농담 같지 않은 강렬한 눈빛으로 나를 보았다.

자그마하고 둥근 노인의 익숙한 등을 좇아, 우리 혁명군
세 사람은 가게 격자문을 지났다. 순간 수많은 비둘기가 창공
으로 날아올랐고, 도로를 가득 메운 사람들이 크게 환성을 질
렀다.

참고 문헌

《コルセットの文化史》古賀令子(青弓社)

《西洋服飾史　図説編》丹野郁(東京堂出版)

《ビジュアルでわかる世界ファッションの歴史　下着》ヘレン・レイノルズ、徳井淑子(監修)(ほるぷ出版)

《図解　貴婦人のドレスデザイン　1730〜1930年》ナンシー・ブラッドフィールド、ダイナワード(訳)(マール社)

《ファッションとアート　麗しき東西交流》横浜美術館・京都服飾文化研究財団(六耀社)

《花の手仕事　flower works》丸山敬太(文化出版局)

《ネオ・ヴィクトリアンスタイルDIYブック　ホームズの部屋・スチームパンク室内装飾》五十嵐麻理(グラフィック社)

《〈改訂新版〉パリ職業づくし　中世〜近代の庶民生活誌》F・クライン=ルブール、ポール・ロレンツ(監修)、北澤真木(訳)(論創社)

《ルポ児童相談所——一時保護所から考える子ども支援》慎泰俊(ちくま新書)

《죽음을 주머니에 넣고》찰스 부코스키 지음, 설준규 옮김(모멘토)

* 국내에 출간된 것 외에는 작가가 참고로 한 책의 원서명, 저자, 출판사로 표기

"누구보다도 하고 싶은 일을 할 권리가 있다."

이 문장이 유독 가슴을 울렸던 《이사부로 양복점》의 저자 가와세 나나오는 패션디자인 전문학교인 문화복장학원에서 디자인을 전공했고 현재 디자이너로 활약하면서 소설을 쓰는 작가로, 우리나라 독자들과는 이번이 첫 만남이다. 2011년에 문화인류학자가 저주와 살인의 미스터리를 밝혀내는 《모든 것을 조심하라 よろずのことに気をつけよ》로 에도가와란포상을 수상했다. 이후 인터뷰에서 저자는 디자이너와 작가는 무에서 유를 만 들어낸다는 점이 비슷하다고 언급했다.

이 작품은 처음부터 끝까지 전공 지식을 아낌없이 펼쳐 지적 호기심까지 챙겨주는데, 내용을 간단히 정리하면 동일 본 대지진 참사를 겪은 후쿠시마현의 한 조용한 마을에서 에 로 만화를 그리는 엄마를 둔 한 소년이 재봉사 노인과 우연히 만나 그가 만들어 가는 혁명에 참전해 생기 없는 자기 인생과 저물어가는 마을에 활기를 불어넣기 위해 노력하고 결실을 맛보는 이야기다. 이때 혁명의 무기는 당연히 화염병……이 아니라 코르셋이다. 그렇다, 코르셋. 과거 여성들의 몸을 조여 잘록한 허리를 만들었던 그 속옷 말이다. 코르셋, 하면 가장 먼저 떠오르는 것은 역시 '탈코르셋'이다. 이때 코르셋은 여성이라는 이유로 가해지는 다양한 억압을 말하는데, 그런 상징으로 쓰일 만큼 코르셋은 여성 억압적인 면이 있다. 한데 재미있고 매력적이게도 이 작품에서 코르셋은 자유를 의미한다.

일반적이지 않은 가정환경과 독특한 이름 때문에 미래를 꿈꾸지 못하던 소년 아쿠아가 인생의 전부였던 아내를 잃은 슬픔을 견디기 위해 코르셋을 만든 노인을 만나 회색빛 인생이 형형색색으로 물드는 경험을 한다. 역시 현실이 버거워 환상을 추구하던 소녀도 혁명에 뛰어들어 에버렛 자포니즘이라는 새로운 세계관을 구축한다. 그리고 이 소용돌이는 이사부로 양복점과 가깝게 지내는 노인들을 끌어들인다. 이 노인들은 각자 욕망이 있고 개성이 넘치지만 세상에 순응해 살아가던 사람들이다. 그들은 어떤 강요나 의리가 아니라 새로운 세계관에 흥미를 느껴 자주적으로 인생의 전환점을 맞이한다. '코르셋 혁명'이라는 독특한 경험을 거치며 그들은 삶의 또 다른 의미를 찾은 것이다.

후반까지 마치 악역처럼 묘사되는 마나베 여사는 실제로 비열한 수법으로 아쿠아 가족에게 충격을 주긴 했다. 그러나 미성년자에게 에로 만화 어시스턴트를 맡기는 것은 누가 봐도 옳지 않다. 불합리한 면도 있는 아동 보호지만 그 사건을 겪은 덕분에 아쿠아 가족은 좀 더 건강한 관계를 맺을 수 있게 되었다. 또 마나베 여사의 적극적인 여성 보호 활동 덕분에 도움을 받은 사람도 있다. 마나베 여사 역시 자기가 할 수 있는 일을 해서 세상을 바꾸려고 노력하는 것이다. 코르셋과 마나베 여사로 대표되듯 《이사부로 양복점》은 어떤 한 대상을 무조건 옳거나 나쁘다고 이분법으로 제시하는 것이 아니라 읽는 사람이 생각하고 판단할 수 있게 해주는 이야기다. 세상 만사 무 자르듯이 선과 악이 딱 나뉘지 않으니 말이다.

서두의 '누구보다도 하고 싶은 일을 할 권리가 있다.'라는 문장으로 돌아가자.

앞으로 살날이 얼마 안 남았으니 하고 싶은 일을 하겠다는 비장한 각오인데, 이 말은 소설에 등장하는 노인들에게만 한정되지 않는다. 우리는 누구나 하고 싶은 일을 할 권리가 있다. 나이를 먹으면 이래야 하고 무난하게 살려면 저래야 한다는 상식은 존재한다. 이런 상식이 사회를 매끄럽게 굴러가게 하는 윤활유일 것이다. 그러나 상식을 지나치게 강요하면 개인의 자유나 희망을 깔아뭉개고 억압하는 족쇄가 된다. 마치 코르셋의 일반적인 의미처럼 말이다. 개성적인 노인들과 청소년들이 활약하는 이 사랑스러운 이야기를 읽고 번역하면서 누구든 하고 싶은 일을 하고 좋아하는 것을 좋아해도 된다는, 현실을 살면서 지켜내기는 어렵지만 아주 당연한 권리를 새삼스럽게 깨달았다. 물론 이 하고 싶은 일이 남을 해롭게 하거나 법과 인륜을 거스르는 것은 아니어야 하겠지만.

아무튼, 화려하게 코르셋 혁명의 축포를 쏜 이들의 그 다음이 궁금해진다. 뜨겁게 달아오른 열기는 시간이 지나면 자연스럽게 식는다. 그때 이들은 또 어떤 시도를 할까? 첫 단계가 여성을 대상으로 한 코르셋이었으니 다음 단계로 남성 복식에도 에버렛 자포니즘을 도입하는 시도를 할 수도 있겠다. 어떤 시도가 됐든 지금처럼 열심히 대화를 나누고 각자 자기 위치에서 할 수 있는 일을 하며 자신의 인생을, 경직된 마을을, 나아가 세상까지도 바꾸려고 노력하지 않을까? 부디 그러기를 바라는 마음을 담아, 이들에게 조용하면서도 뜨거운 응원을 보낸다.

이소담

이사부로 양복점

지은이 가와세 나나오
옮긴이 이소담
펴낸이 정규도
펴낸곳 황금시간

초판 1쇄 발행 2019년 3월 28일
    2쇄 발행 2019년 8월 2일

편집 박은경
교정교열 이정현
디자인 디자인 잔

황금시간
Golden Time

주소 경기도 파주시 문발로 211
전화 (02)736-2031(내선 361~362)
팩스 (02)732-2036
인스타그램 @goldentimebook

출판등록 제406-2007-00002호
공급처 (주)다락원
구입문의 전화: (02)736-2031(내선 250~252) **팩스:** (02)732-2037

값 14,800원
ISBN 979-11-87100-70-6 (03830)

http://www.darakwon.co.kr
• 다락원 홈페이지를 통해 주문하시면 자세한 정보와 함께 다양한 혜택을 받으실 수 있습니다.
• 기타 문의사항은 황금시간 편집부로 연락 주십시오.